台灣の讀者の皆さんへのコメント

海を越えて旅したことのない私の書いた小説が、
海を越えて多くの讀者の皆様のもとに届いていることを、
心から嬉しく思っています。
この作品も、どうぞお樂しみいただけますように！

致親愛的台灣讀者

從未出國旅行的我，
這次很高興自己寫的小說能跨海與許多讀者見面，
希望這部作品能帶給您無上的閱讀樂趣。

宮部みゆき

三鬼

三島屋奇異百物語 四

宮部美幸
Miyabe Miyuki

高詹燦——譯

目錄

總導讀——傅博

宮部美幸的推理文學世界「增補版」

日本當代國民作家宮部美幸

近年來在日本的雜誌上，偶爾會看到尊稱宮部美幸爲國民作家。怎樣才能榮獲這個名譽呢？好像沒有確切的答案，然而綜觀過去被尊稱爲國民作家的作家生涯便不難看出國民作家的共同特徵。

明治維新（一八六八年）一百多年以來，被尊稱爲國民作家的爲數不多，夏目漱石和吉川英治是最早期的國民作家。夏目漱石是純文學大師，其作品具大眾性，一九一六年逝世至今，已歷九十年，其作品在書店仍然可見，代表作有《我是貓》、《少爺》等等。吉川英治是大眾文學大師，其作品有濃厚的思想性，對二次大戰戰敗的日本國民發揮了鼓舞的作用，其著作等身，代表作有《宮本武藏》、《新．平家物語》等等。

屬於戰後世代的國民作家有松本清張和司馬遼太郎。松本清張是社會派推理文學大師，其寫作範圍十分廣泛，除了推理小說之外，對日本古代史研究、挖掘昭和史等，留下不可磨滅的貢獻。司馬遼太郎是歷史文學大師，早期創作時代小說，之後撰寫歷史小說和文化論。這兩位作家的共同特徵是，著作豐富、作品領域廣泛、質與量兼俱。他們的思想對一九六〇年代後的日本文化發揮了影響力。

上述四位之外，日本推理小說之父江戶川亂步、時代小說大師山本周五郎，以及文學史上創作量最多、男女老少人人喜愛的赤川次郎也榮獲國民作家的尊稱。

綜觀以上的國民作家，其必備條件似乎是著作豐富、多傑作；作品具藝術性、思想性、社會性、娛樂性、普遍性；讀者不分男女，長期受到廣泛的老、中、青、少、勞動者以及知識分子的閱讀。

宮部美幸出道至今未滿二十年，共出版了四十三部作品，包括四十萬字以上的巨篇八部、長篇二十四部、中篇集四部、短篇集十三部，非小說類有繪本兩冊、隨筆一冊、對談集一冊。以平均每年出版兩冊的數量來說，在日本並非多產作家，但是令人佩服的是，其寫作題材廣泛、多樣，品質又高，幾乎沒有失敗之作。所獲得的文學獎與同世代作家相較，名列第一，該得的獎都拿光了。質的成功與量成比例，是宮部美幸文學的最大武器，也是獲得國民作家之稱的最大因素。

宮部美幸，本名矢部美幸，一九六〇年十二月二十三日生於東京都江東區深川。東京都立墨田川高中畢業之後，到速記學校學習速記，並在法律事務所上班，負責速記，吸收了很多法律知識。一九八四年四月起在講談社主辦的娛樂小說教室學習創作。

一九八七年，〈鄰人的犯罪〉獲第二十六屆《ＡＬＬ讀物》推理小說新人獎，〈鎌鼬〉獲第十二屆歷史文學獎佳作。一位新人，同年以不同領域的作品獲得兩種徵文比賽獎項實為罕見。

前者是透過一名少年的觀點，以幽默輕鬆的筆調記述和舅舅、妹妹三人綁架小狗的計畫所引發的意外事件，是一篇以意外收場取勝的青春推理佳作，文風具有赤川次郎的味道。後者是以德川幕府時代的江戶（今東京）為時空背景的時代推理小說。故事記述一名少女追查試刀殺人的凶手之經過，全篇洋溢懸疑、冒險的氣氛。

要認識一位作家的本質，最好的方法就是閱讀其全部的作品。當其著作豐厚，無暇全部閱讀時，則是先閱讀其處女作，因爲作家的原點就在處女作。以宮部美幸爲例，其作品裡的偵探，不管是系列偵探或個案偵探，很少是職業偵探，大多是基於好奇心，欲知發生在自己周遭的事件眞相，而做起偵探的業餘偵探，這些主角在推理小說是少年，在時代小說則是少女。其文體幽默輕鬆，故事收場不陰冷而十分溫馨，這些特徵在其雙線處女作之中已明顯呈現。

繼處女作之後的作品路線，即須視該作家的思惟了；有的一生堅持一條主線，不改作風，只追求同一主題，日本的推理小說家大多屬於這種單線作家——解謎、冷硬、懸疑、冒險、犯罪等各有專職作家。

另一種作家就不單純了，嘗試各種領域的小說，屬於這種複線型的推理作家不多，宮部美幸即是罕見的複線型全方位推理作家。她發表不同領域的處女作——推理小說和時代小說——同時獲得肯定，登龍推理文壇之後，此雙線成爲宮部美幸的創作主軸。

一九八九年，宮部美幸以《魔術的耳語》獲得第二屆日本推理懸疑小說大獎，拓寬了創作路線，由此確立推理作家的地位，並成爲暢銷作家。

宮部美幸作品的三大系統

這次宮部美幸授權獨步文化出版社，發行台灣版《宮部美幸作品集》二十七部（二十三部中有四部分爲上下兩冊），筆者以這二十三部爲主，按其類型分別簡介如下。

要完整歸類全方位作家宮部美幸的作品實非易事，然其作品主題是推理則毋庸置疑。筆者綜合故事的時空背景以及現實與非現實的題材，將它分爲三大系統。第一類爲推理小說，第二類時代小說，第三類奇幻小說，而每系統可再依其內容細分爲幾種系列。

一、推理小說系統的作品

宮部美幸的出道與新本格派崛起（一九八七年）是同一時期，早期作品除可能受此影響之外，文體、人物設定、作品架構等，可就是受到赤川次郎的影響了。所以她早期的推理小說大多屬於青春解謎的推理小說；許多短篇沒有陰險的殺人事件登場，大多是以日常生活中的家庭糾紛爲主題，屬於日常之謎系列的推理小說不少。屬於本系列的有：

1.《鄰人的犯罪》（短篇集，一九九〇年一月出版）收錄處女作以及之後發表的青春推理短篇四篇。早期推理短篇的代表作。

2.《完美的藍——阿正事件簿之一》（長篇，一九八九年二月出版／獨步文化版．宮部美幸作品集01——以下只記集號）「元警犬系列」第一集。透過一隻退休警犬「阿正」的觀點，描述牠與現在的主人——蓮見偵探事務所調查員加代子——的辦案過程。故事是阿正和加代子找到離家出走的少年，在將少年帶回家的途中，目睹高中棒球明星球員（少年的哥哥）被潑汽油燒死的過程。在搜查過程中浮現的製藥公司的陰謀是什麼？「完美的藍」是藥品名。具社會派氣氛。

3.《阿正當家——阿正事件簿之二》（連作短篇集，一九九七年十一月出版／16）「元警犬系列」第二集。收錄〈動人心弦〉等五個短篇，在第五篇〈阿正的辯白〉裡，宮部美幸以事件委託人登場。

4.《這一夜，誰能安睡？》（長篇，一九九二年二月出版／06）「島崎俊彥系列」第一集。透過中學一年級生緒方雅男的觀點，記述與同學島崎俊彥一同調查一名股市投機商贈與雅男的母親五億圓後，接獲恐嚇電話、父親離家出走等事件的眞相，事件意外展開、溫馨收場。

5.《少年島崎不思議事件簿》（長篇，一九九五年五月出版／13）「島崎俊彥系列」第二集。在秋天的某個晚上，雅男和俊男兩人參加白河公園的蟲鳴會，主要是因爲雅男想看所喜歡的工藤小姐一眼，但是到了公園門口，卻碰到殺人事件，被害人是工藤的表姊，於是兩人開始調查眞相，發現事件背後的賣春組織。具社會派氣氛。

6.《無止境的殺人》（長篇，一九九二年九月出版／08）將錢包擬人化，由十個錢包輪流講自己所見的主人行爲而構成一部解謎的推理小說。人的最大欲望是金錢，作者功力非凡，藉由放錢的錢包揭開十個不同的人格，而構成解謎之作，是一部由連作構成的異色作品。

7.《繼父》（連作短篇集，一九九三年三月出版／09）「繼父系列」第一集。一個行竊失風的小偷，摔落至一對十三歲雙胞胎兄弟家裡，這對兄弟的父母失和，留下孩子各自離家出走，於是兄弟倆要求小偷當他們的爸爸，否則就報警，將他送進監獄，小偷不得已，承諾兄弟倆當繼父。不久，在這奇妙的家庭裡，發生七件奇妙的事件，他們全力以赴解決這七件案件。典型的幽默推理小說集。

8.《寂寞獵人》（連作短篇集，一九九三年十月出版／11）「田邊書店系列」第一集。以第三人稱多觀點記述在田邊舊書店周遭所發生的與書有關的謎團六篇。各篇主題迥異，有命案、有日常之謎、有異常心理、有懸疑。解謎者是田邊舊書店店主岩永幸吉和孫子稔。文體幽默輕鬆，但是收場不一定明朗，有的很嚴肅。

9.《誰？》（長篇，二〇〇三年十一月出版／30）「杉村三郎系列」第一集。今多企業集團會長今多嘉親之司機梶田信夫被自行車撞死，信夫有兩個未出嫁的女兒，聰美與梨子。梨子向今多會長提議，要出版父親的傳記，以找出嫌犯。於是，今多要求在集團廣報室上班的女婿杉村三郎協助姊妹倆出書事務。聰美卻反對出書，杉村認爲兩姊妹不睦，藏有玄機，他深入調查，果然……

10.《無名毒》（長篇，二〇〇六年八月出版／31）「杉村三郎系列」第二集。今多企業集團廣報室臨時僱用的女職員原田泉與總編吵架，寄出一封黑函後，即告失蹤。原田的性格原來就稍有異常，今多會長要求杉村三郎調查眞相。杉村到處尋找原田的過程中，認識曾經調查過原田的私家偵探北見一郎，之後杉村在北見家裡遇到「隨機連環毒殺案」第四名犧牲者的孫女古屋美知香，於是捲入毒殺事件的漩渦中。杉村探案的特徵是，在今多會長叫他處理公務上的糾紛過程中，因其正義感使他去解決另外的事件。

以上十部可歸類爲解謎推理小說，而從文體和重要登場人物等來歸類則是屬於幽默推理、青春推理爲多。屬於這個系列的另有以下兩部。

11.《地下街之雨》（短篇集，一九九四年四月出版）。

12.《人質卡濃》（短篇集，一九九六年一月出版）。

以下九部的題材、內容比較嚴肅，犯罪規模大，呈現作者的社會意識。有懸疑推理、有社會派推理、有報導文體的犯罪小說。

13.《魔術的耳語》（長篇，一九八九年十二月出版／02）獲第二屆日本推理懸疑小說大獎的社會派推理傑作。三起看似互不相干的年輕女性的死亡案件，和正在進行的第四起案件如何演變成連續殺人案。十六歲的少年日下守，爲了證實被逮捕的叔叔無罪，挑戰事件背後的魔術師的陰謀。宮部美幸早期代表作。

14.《Level 7》（長篇，一九九〇年九月出版／03）一對年輕男女在醒來之後失去記憶，手臂上被印上「Level 7」；一名高中女生在日記留下「到了 Level 7 會不會回不來」之後離奇失蹤。尋找自我的男女，和尋找失蹤女高中生的眞行寺悅子醫師相遇，一起追查 Level 7 的陰謀。兩個事件錯綜複雜，發展爲殺人事件。宮部後期的奇幻推理小說的先驅之作、早期代表作。

15.《獵捕史奈克》（長篇，一九九二年六月出版／07）持散彈槍闖入大飯店婚宴的年輕女子關沼慶子、欲利用慶子所持的槍犯案的中年男子織口邦男、欲阻止邦男陰謀的青年佐倉修治、欲去探望臥病妻子的優柔寡斷的神谷尚之、承辦本案的黑澤洋次刑警，這群各有不同目的的人相互交錯，故事向金澤之地收束。是一部上乘的懸疑推理小說。

16.《火車》（長篇，一九九二年七月出版）榮獲第六屆山本周五郎獎。停職中的刑警本間俊介受親戚栗坂和也之託，尋找失蹤的未婚妻關根彰子，在尋人的過程中，發現信用卡破產猶如地獄般的現實社會，是一部揭發社會黑暗的社會派推理傑作，宮部第二期的代表作。

17.《理由》（長篇，一九九八年六月出版）二〇〇一年榮獲第一百二十屆直木獎和第十七屆日本冒險小說協會大獎。東京荒川區的超高大樓的四十樓發生全家四人被殺害的事件。然而這被殺的四人並非此宅的住戶，而這四人也不是同一家族，沒有任何血緣關係。他們爲何僞裝成家人一起生活？他們到底是什麼人？又想做什麼？重重的謎團讓事件複雜化，事件的眞相是什麼？一部報導文學形式的社會派推理傑作。宮部第二期的代表作。

18.《模仿犯》（百萬字長篇，二〇〇一年四月出版）同時榮獲第五十五屆每日出版文化獎特別獎，二〇〇二年同時榮獲第五屆司馬遼太郎獎和二〇〇一年度藝術選獎文部科學大臣獎文學部門獎。在公園的垃圾堆裡，同時發現女性的右手腕與一名失蹤女性的皮包，不久凶手打電話到電視公司和失主家中，果然在凶手所指示的地點發現已經化爲白骨的女性屍體，是利用電視新聞的劇場型犯罪。不久，表面上連續殺人案一起終結，之後卻意外展開新局面。是一部揭發現代社會問題的犯罪小說，宮部文學截至目前爲止的最高傑作，推理文學史上的不朽名著。

19.《R．P．G》（長篇，二〇〇一年八月出版／22）在食品公司上班的所田良介於杉並區的建築工地被刺死，在他的屍體上找到三天前在澀谷區被絞殺的大學女生今井直子身上所發現的同樣纖維，於是兩個轄區的警察組成共同搜查總部，而曾經在《模仿犯》登場的武上悅郎則與在《十字火焰》登場的石津知佳子連袂登場。是一部現今在網路上流行的虛擬家族遊戲爲主題的社會派推理小說。

宮部美幸的社會派推理作品尚有：

20.《東京下町殺人暮色》（原題《東京殺人暮色》，長篇，一九九〇年四月出版）。

21.《不需要回答》（短篇集，一九九一年十月出版／37）。

二、時代小說系統的作品

時代小說是與現代小說和推理小說鼎足而立的三大大眾文學。凡是以明治維新之前為時代背景的小說，總稱為時代小說或歷史・時代小說。

時代小說視其題材、登場人物、主題等再細分為市井、人情、股旅（以浪子的流浪為主題）、劍豪、歷史（以歷史上的實際人物為主題）、忍法（以特殊工夫的武鬥為主題）、捕物等小說。

捕物小說又稱捕物帳、捕物帖、捕者帳等，近年推理小說的範疇不斷擴大，將捕物小說稱為時代推理小說，歸為推理小說的子領域之一。捕物小說的創作形式是日本獨有，其起源比日本推理小說早六年。一九一七年，岡本綺堂（劇作家、劇評家、小說家）發表《半七捕物帳》的首篇作〈阿文的魂魄〉，是公認的捕物小說原點。

據作者回憶，執筆《半七捕物帳》的動機是要塑造日本的福爾摩斯——半七，同時欲將故事背景的江戶的人情和風物以小說形式留給後世。之後，很多作家模仿《半七捕物帳》的形式，創作了很多捕物小說。

由此可知，捕物小說與推理小說的不同之處是以江戶的人情、風物為經，謎團、推理為緯而構成的小說。因此，捕物小說分為以人情、風物為主，與謎團、推理取勝的兩個系統。前者的代表作是野村胡堂的《錢形平次捕物帳》，後者即以《半七捕物帳》為代表。

宮部美幸的時代小說有十一部，大多屬於以人情、風物取勝的捕物小說。

22.《本所深川詭怪傳說》（連作短篇集，一九九一年四月出版／05）「茂七系列」第一集。榮獲第十三屆吉川英治文學新人獎。江戶的平民住宅區本所深川，有七件不可思議的事象，作者以此七事象爲題材，結合犯罪，構成七篇捕物小說。破案的是回向院捕吏茂七，但是他不是主角，每篇另有主角，大多是未滿二十歲的少女。以人情、風物取勝的時代推理佳作。

23.《幻色江戶曆》（連作短篇集，一九九四年八月出版／12）以江戶十二個月的風物詩爲題，結合犯罪、怪異構成十二篇故事。以人情、風物取勝的時代推理小說。

24.《最初物語》（連作短篇集，一九九五年七月出版，二〇〇一年六月出版珍藏版，增補一篇作品／21）「茂七系列」第二集。以茂七爲主角，記述七篇茂七與部下系吉和權三辦案的經過，作者在每篇另有記述與故事沒有直接關係的季節食物掌故，介紹江戶風物詩。人情、風物、謎團、推理並重的時代推理小說。

25.《顫動岩——通靈阿初捕物帳1》（長篇，一九九三年九月出版／10）「阿初系列」第一集。破案的主角是一名具有通靈能力的十六歲少女阿初，她看得見普通人看不見的東西，而且一般人聽不到的聲音也聽得到。某日，深川發生死人附身事件，幾乎與此同時，武士住宅裡的岩石開始顫動。這兩件靈異事件是否有關聯？背後有什麼陰謀？一部以怪異取勝的時代推理小說。

26.《天狗風——通靈阿初捕物帳2》（長篇，一九九七年十一月出版／15）「阿初系列」第二集。天亮颳起大風時，少女一個一個地消失，十七歲的阿初在追查少女連續失蹤案的過程中遇到邪惡的天狗。天狗的眞相是什麼？其陰謀是什麼？也是以怪異取勝的時代推理小說。

27.《糊塗蟲》（長篇，二〇〇〇年四月出版／19・20）「糊塗蟲系列」第一集。深川北町的鐵瓶大雜院發生殺人事件後，住民相繼失蹤，是連續殺人案？抑或另有陰謀？負責辦案的是怕麻煩的小官井筒平四郎，協助他破案的是聰明的美少年弓之助。本故事架構很特別，作者先在冒頭分別記述五則故事，然後以一篇長篇與之結合，構成完整的長篇小說。以人情、推理並重的時代推理傑作。

28.《終日》（長篇，二〇〇五年一月出版／26．27）「糊塗蟲系列」第二集。故事架構與第一集一樣，在冒頭先記述四則故事，然後與長篇結合。負責辦案的是糊塗蟲井筒平四郎，協助破案的除了弓之助之外，回向院茂七的部下政五郎也登場，作者企圖把本系列複雜化，或許將來作者會將幾個系列納爲一大系列。也是人情、推理並重的時代推理小說。

以上三系列都是屬於時代推理小說。案發地點都在深川，但是每系列各具特色，有以風情詩取勝，也有以人際關係取勝，也有怪異現象取勝，作者實爲用心良苦。宮部美幸另有四部不同風格的時代小說。

29.《扮鬼臉》（長篇，二〇〇二年三月出版／23）深川的料理店「舟屋」主人的獨生女阿鈴發燒病倒，某日一個小女孩來到其病榻旁，對她扮鬼臉，之後在阿鈴的病榻旁連續發生可怕又可笑的不可思議的事，於是阿鈴與他人看不見的靈異交流。一部令人感動的時代奇幻小說佳作。

30.《怪》（奇幻短篇集，二〇〇〇年七月出版）。

31.《鎌鼬》（人情短篇集，一九九二年一月出版）。

32.《忍耐箱》（人情短篇集，一九九六年十一月出版／41）。

33.《孤宿之人》（長篇，二〇〇五年出版／28．29）。

三、奇幻小說系統的作品

史蒂芬．金的恐怖小說和奇幻小說《哈利波特》成爲世界暢銷書後，原處於日本大眾文學邊緣的奇幻小說獲得成長發展的機會，漸漸確立其獨立地位，而宮部美幸的奇幻小說就在這欣欣向榮的機運中誕生。她的奇幻作品特徵是超越領域與推理小說結合。

34.《龍眠》（長篇，一九九一年二月出版／04）榮獲第四十五屆日本推理作家協會獎的長篇獎。週刊記者高坂昭吾在颱風夜駕車回東京的途中遇到十五歲的少年稻村愼司，少年告訴記者：「我具有超能力。」他能夠透視他人心理，愼司爲了證明自己的超能力，談起幾個鐘頭前發生的事件眞相，從此兩人被捲入陰謀。是一部以超能力爲題材的奇幻推理傑作，宮部早期代表作。

35.《十字火焰》（長篇，一九九八年十一月出版／17．18）青木淳子具有「念力放火」的超能力。有一天她撞見了四名年輕人欲殺害人，淳子手腕交叉從掌中噴出火焰殺害了其中的三個人，另一個逃走了。勘查現場的石津知佳子刑警，發現焚燒屍體的情況與去年的燒殺案十分類似。也是一部以超能力爲題材的奇幻推理大作。

36.《蒲生邸事件》（長篇，一九九六年十月出版／14）榮獲第十八屆日本ＳＦ大獎。尾崎孝史爲了應考升學補習班上京，其投宿的飯店發生火災，因而被一名具有「時間旅行」的超能力者平田次郎搭救到一九三六年二月二十六日的二．二六事件（近衛軍叛亂事件）現場，兩名來自未來的訪客能否阻止起義而改變歷史？也是一部以超能力爲題材的奇幻推理大作。

37.《勇者物語——Brave Story》（八十萬字長篇，二〇〇三年三月出版／24．25）念小學五年級的三谷亘的父母不和，正在鬧離婚，有一天他幻聽到少女的聲音，決心改變不幸的雙親命運，打開幽靈大廈的門，進入「幻界」到「命運之塔」。全書是記述三谷亘的冒險歷程。一部異界冒險小說大作。

除了以上四部大作之外，屬於奇幻小說的作品尚有以下四部：

38.《鵪笛草》（中篇集，一九九五年九月出版）。

39.《僞夢1》（中篇集，二〇〇一年十一月出版）。

40.《僞夢2》（中篇集，二〇〇三年三月出版）。

41.《ＩＣＯ——霧之城》（長篇，二〇〇四年六月出版）。

以上三十九部是小說。另有四部非小說類從略。

如此將宮部美幸自一九八六年出道以來，一直到二〇〇五年底所出版的作品，歸類爲三系統後，再按時序排列，便很容易看出作者二十年來的創作軌跡，也可預見今後的創作方向。請讀者欣賞現代，期待未來。

二〇〇七・十二・十二

本文作者簡介

傅博

文藝評論家。另有筆名島崎博、黃淮。一九三三年出生，台南市人。於早稻田大學研究所專攻金融經濟。在日二十五年以島崎博之名撰寫作家書誌、文化時評等。曾任推理雜誌《幻影城》總編輯。一九七九年底回台定居。主編「日本十大推理名著全集」、「日本推理名著大展」、「日本名探推理系列」以及「日本文學選集」（合計四十冊，希代出版）。二〇〇九年出版《謎詭・偵探・推理——日本推理作家與作品》（獨步文化），是台灣最具權威的日本推理小說評論文集。

序

提袋店三島屋，位於江戶神田筋違御門前的一隅。這是店主伊兵衛與老闆娘阿民夫婦同心協力，勤勤懇懇工作所建立的店鋪，如今已成爲名店，人氣直逼兩大老字號——池之端仲町的「越川」與本町二丁目的「丸角」，頗受風雅人士喜愛。

三島屋的店主夫婦育有二子，長大成年後，便要他們離家，試著到其他店裡當夥計。不過，就在兩年前的入秋時節，伊兵衛的姪女阿近住進三島屋。

一般人當阿近是三島屋老闆的千金，但她在店內向來都和女侍阿島、阿勝一樣勤快工作。同時，她奉伊兵衛之命擔任一項職務：一次請一名說故事者到三島屋的「黑白之間」，聽對方親口講述不可思議的故事或驚悚怪談。

舉辦「百物語」怪談會，在市井間不算罕見的嗜好。在文人雅士間，算是娛樂場所，社交的一部分，也是增廣見聞的道場。

然而，三島屋與眾不同，並非一次多人群聚，依序說出故事，眾人一同傾聽，而是僅有一名說故事者，聆聽者也只有阿近一人。伊兵衛認爲，既然機會難得，不妨挑選一些有意思的奇聞，多方蒐集，因此他認眞地四處張羅，此事逐漸傳開。要募集說故事者，必須事先評鑑對方的人品背景，於是特意請來練達的人力仲介商「燈庵」居中安排，大獲好評，連燈庵老先生也大爲吃驚。

人們都想說出自己的故事。

但這時候，在當事者的人生中占據某個角落，揮之不去的過往，勢必會攤在別人面前。不想讓太多人聽聞此事，不過，要是不一吐心中的祕密，只能帶進棺材裡，又會感到說不出的難受。若日後有個什麼萬一，這祕密恐怕也無法封存在棺材裡，心中滿是不安。

所以，三島屋的奇異百物語才會召募到說故事者。

這裡沒有繁瑣的規矩。聽過就忘，說完就忘。僅僅如此。

今日，有一位新客人來到「黑白之間」。

第一話

迷途客棧

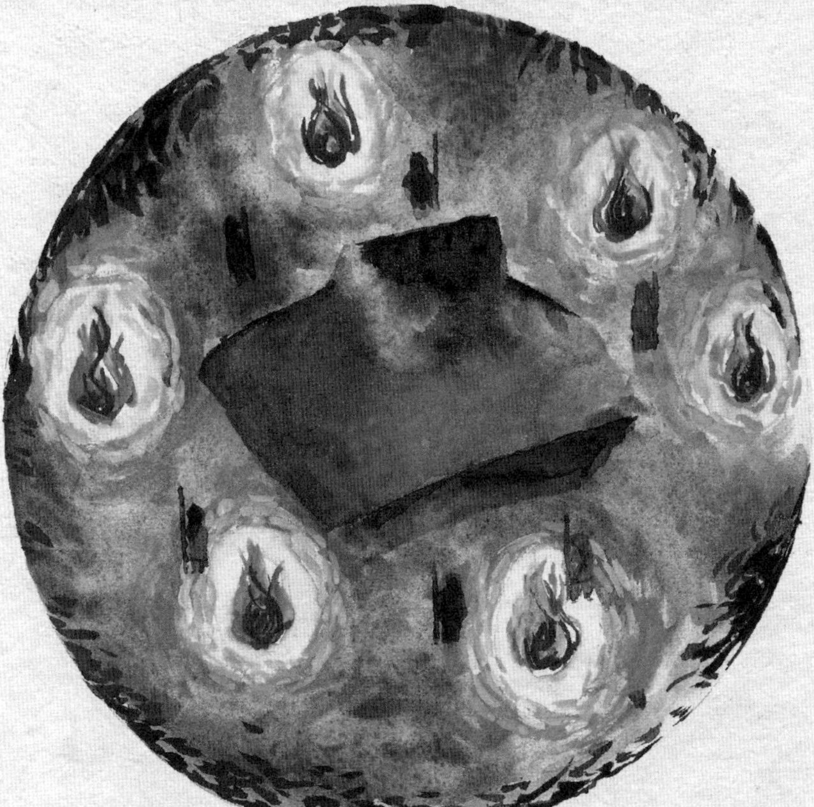

那是個孩子。

來到江戶後又添了兩歲，如今十九歲的阿近，眼前站著一名怎麼看都像孩童的女子。約莫是十二、三歲吧。

三島屋有幾名住在工房內的裁縫女工，差不多是同齡。家住本所龜澤町，因百物語和阿近熟識的調皮三人組，也常到店內幫忙跑腿、顧孩子、撿薪柴，賺點工錢。年幼的孩子工作賺錢，在阿近眼中並不是什麼新鮮事。

不過，這還是第一次有孩子來到「黑白之間」擔任說故事者。

被奉爲佳賓，背對壁龕而坐，應該是她有生以來第一次體驗。不管怎麼請她就座，她始終不敢答應，直接展開談話。

「小姐，這位子給您坐。」

「可是，這樣和我們平時的做法不一樣，我會無法勝任聆聽者的工作。」

「還是請您坐這裡吧。」

「妳在這裡是客人，大可坐這個位子上，不必顧忌。」

不久，守在隔門對面小房間裡的阿勝笑出聲，走進來道歉。

「剛才笑出聲，請見諒。我是女侍阿勝。我躲在這個地方，想必嚇到妳了。」

阿勝是髮量豐沛、細腰如柳的美女，但端整的臉上，有著罹患天花後遺留的許多痘疤。這是受疱瘡神這位力量強大的瘟神疼愛的證明，所以阿勝在疱瘡神的守護下，擁有驅魔的神力。

阿勝大致說明自身的來歷後，溫柔地繼續道：

「在『黑白之間』，說的都是可怕或離奇的故事，或許會招惹不淨或邪惡之物。我守在隔壁房間，就是爲了因應那樣的情況發生。」

阿勝朝胸口用力一拍。

「只要有我在，就不會引發怪事。請當是坐上大船，儘管放心。」

「大船……」

前來說故事的女孩，一臉呆愣地複述。

「沒錯，妳在大船上。三島屋的小姐則是船老大。」

阿勝伸手搭在阿近的肩上。

「船老大都待在船尾。若不這麼做，船就無法前進。這一點妳應該明白吧。」

女孩急忙點頭。「是，我明白。」

「那麼，船老大。」

阿勝笑咪咪地望向阿近。

「今天的客人說，她還不習慣坐船，怕搖晃太厲害。如果請她坐靠近一點，可以在一旁看著船老大，心裡會比較踏實。」

接著，阿勝一把將上座的坐墊拉過來，移往面向外廊的雪見障子（註）旁。

「啊，有道理。」

阿近明白她的用意，莞爾一笑，將自己的坐墊靠向對方。

「這樣妳覺得如何？」

註：爲了欣賞戶外風景，在紙門底下裝上玻璃，內側再加裝可上下移動的小拉門。

說故事的女孩雙目圓睜。

這時，另一名女侍阿島端來茶點。

「阿島姊，請送往這邊。」

一見到兩張坐墊緊靠在紙門邊的景象，阿島露出納悶的神情，但馬上心領神會。她應了聲「好」，端著托盤走來。盤內擺著芳香的焙茶和茶包子。阿近身邊的火盆上方，鐵壺的壺口微微冒著蒸氣。

「今天吹著冷風，眞不巧。」

「就是說啊。如果可以打開紙門望向庭院，感覺一定更棒。」

「每到這時節，剛收好雛人偶，要爲接下來的賞櫻做準備時，一定又會颳起寒冷的北風，眞不知是爲什麼。」

三島屋昨天才將雛人偶的裝飾收拾妥當。陪襯裝飾的桃枝，上頭仍滿是盛開的桃花，於是改用花瓶盛裝，擺在壁龕。只要輕輕一碰，花瓣彷彿便會凋落。

聽著阿近與女侍們的對話，前來說故事的女孩眼睛瞪得更大，最後縮起脖子低語：

「對不起。」

因爲自己不聽話，讓她們費了一番工夫——應該是心裡這麼想吧，眞是聰慧的孩子。

「好了，茶點準備完畢。」

阿勝雙手撐向榻榻米行一禮，站起身。阿島也溫柔行一禮，旋即退下。

阿近率先落座，望向明亮的紙門。

「我們是一家提袋店，有負責裁縫的工匠和女工。從老先生、老太太，到像妳這年紀的女孩都有，約莫二十人。」

他們的工作地點不在店內，而是在附近的工房。有人直接住在工房裡。工房大大小小的事，由老闆娘阿民一人打點，完全獨立運作，所以店面這邊，光阿近她們三個女人就能處理。

但自從過完年，爲了學裁縫，阿近不時會找機會到工房露面。

「我在老家大致學過，但畢竟是自學，與商家的裁縫技藝相比，還差大一截，所以從頭學起。避免打擾裁縫女工們，我都窩在工房的角落，靠紙門旁的明亮處，一針一線慢慢學。」

阿近做出刺繡的動作，女孩神情逐漸緩和。

「小姐，您不是一直住在三島屋嗎？」

「嗯，我來到江戶兩年了。老家在川崎驛站經營旅館。」

「咦，旅館？」

見女孩一臉驚訝，阿近同感吃驚。

「沒錯，很少見嗎？」

「不是……呃……」

她忸怩地把玩著手指。

「名主大人（註）要我到三島屋來說的故事，恰巧和旅館有關。」

「哎呀，和旅館有關的故事，這還是第一次。」

這麼一個帶有土味的純樸女孩前來說故事，早引起阿近的興趣，經她這麼一說，又變得更有意

註：在領主底下掌理村政的村莊首長。

思了。

「請到這邊坐，我洗耳恭聽。」

女孩雙手撐地，低頭行一禮，接著弓身坐向坐墊。雖然純樸，但很有規矩。

「請問芳名是……？」

「我叫阿月。」

「原來叫阿月啊。容我再自我介紹一次，我是三島屋的阿近，是店主伊兵衛的姪女。請多指教。」

阿月的髮型，是帶著少女氣息的可愛結綿（註一），但上頭既沒髮飾，也沒纏髮布，只綁了白紙。身穿黑領的格子條紋玉紬和服，繫著一條黑緞晝夜帶（註二）。衣服的袖長略短。看她的打扮，像是店內的夥計。不過她顯得乾乾淨淨，且衣服的圖案還是翁格子。這是大格子裡有好幾個小格子交錯的圖案，象徵多子多孫，富貴吉祥。可能是這孩子的外出服裝吧。

「來這裡之前，人力仲介商的燈庵先生告訴過妳該留意的地方嗎？」

在春天的花朵由桃花轉爲櫻花的美麗時節，送如野花花蕾般的女孩來說故事，眞懂情趣啊。

「哦，他吩咐我千萬不能沒有規矩。」

「這倒是不必顧忌。」

剛才說燈庵懂情趣，就當沒說過吧。眞不識趣。

「重要的是，妳不想說的事，就不用勉強。關於住家、人名、場所，如果隱瞞會比較好，也可以不透露。」

「哦……」

這次阿月發出的「哦」，不是回答，而是率眞的驚訝表現。
「名主大人說，像我們村莊那樣的情況，絕不能再度重演，爲了讓世人引以、引以……」
見阿月無法接話，阿近從旁協助。「引以爲戒嗎？」
「啊！沒錯。」
引以爲戒。帶有嚴厲的教訓意涵。
「名主大人說，爲了讓世人能引以爲戒，要請對方仔細聽這個故事。」
嗯——阿近頷首。
「不過阿月，我們在這裡聽到的故事不會外傳，這是規矩。妳告訴我故事，我仔細聆聽，就這麼一次，外人不會知道。」
阿近原本就是以伊兵衛代理人的身分，擔任聆聽者的角色，所以事後她會告訴伊兵衛，今天聽到的是怎樣的故事。但僅此一次，有時視故事的內容，阿近會將故事藏在心中，伊兵衛也不會責怪她。
「『聽過就忘，說完就忘』，是這裡的規矩。即使我仔細聽完妳的故事，也無法像名主大人預想的那樣……」
——絕不能再度重演。
「恐怕很難讓世人引以爲戒。因爲我無法到處跟人說『這是很重要的教訓，要引以爲戒』。難

註一：江户後期的髮型，主要以未婚的年輕女孩爲對象。
註二：正反兩面用不同布料製成的腰帶。

道是燈庵先生不清楚名主大人的用意，而介紹妳到我們這裡來嗎？」

「咦……是這樣嗎？」

阿月一臉不知所措，顯得楚楚可憐。

「還是，燈庵先生想讓我引以爲戒？」

讓阿近引以爲戒的故事。很有可能。那個老人講起話毫不客氣，尤其愛對阿近說教。

「燈庵先生總是沉著一張臉，且身材矮短，膚色黝黑，一點都不親切。妳不覺得他看起來好似一隻大蛤蟆？我們店裡的人都叫他『蛤蟆仙人』。」

阿近用辭很不客氣，神情和口吻卻像刻意在說人壞話，十分逗趣。阿月忍不住「嘿嘿」笑了兩聲，急忙雙手摀住嘴。

阿近也笑了。「如果覺得好笑，不必顧忌，大聲笑出來。如果覺得害怕、難過，沒辦法繼續，請跟我說一聲。或許妳會覺得我嘮叨，但我還是要再強調一次，妳是我們的客人。」

「是，謝謝您。」

阿月再度行一禮。

「開始說故事後會覺得口渴，漸漸感到肚子餓，所以先喝杯熱茶，吃些茶點吧。」

就算試著這麼提醒，阿月應該還是會客氣。於是阿近先拿起一個茶包子，掰成兩半。包子仍透著熱氣，紅豆餡的香氣撲鼻而來。

她將單邊的包子又再分成兩半，送入口中，慢慢細嚼，同時展開思索——

即使當中有什麼誤會，我還是得聽她說故事。如果是成人，最好的做法是讓對方從喜歡的地方說起，但對阿月不能採這種方式。我主動問她問題，開啓她的話匣子吧。

「阿月，妳今年幾歲？」
「十三。」
「妳的出生地是哪裡？」
「鶴見川北邊的小森村。」
阿近停止咀嚼。
「哎呀，那不就在中原街道附近嗎？」
「是的。」
「我老家在川崎驛站經營一家名為『丸千』的旅館，不過一開始似乎是曾祖父在中原街道的茅崎村一帶開設旅館。」
連結武藏國和相模國的中原街道歷史悠久。在現今的東海道整頓完善之前，中原街道是銜接虎門到平塚的重要道路。「中原街道」這個名稱，是源自於權現大人（德川家康）充當行館的平塚中原府邸。
「我們真有緣。」
阿近將茶包子擱下，單手從托盤拿起一張懷紙，另一手執起阿月的右手，讓她掌心朝上。接著，將懷紙鋪在她的掌心，放上一顆茶包子。
「來，請吃吧。阿月，妳家是做什麼營生？」
阿月靜靜注視著茶包子，開口回答：
「我爹是一主公名下水田的佃農。」
中原街道周邊，自古都是肥沃的土地。雖然是平原，但有許多山谷包夾之處，並非全是遼闊的土地。不過，這裡的氣候和鶴見川的水流都很平穩，稻米產量豐富。山林中的枹櫟和山毛櫸生長茂密，人們會砍伐製成木柴或木炭。

如此豐饒的土地，又有重要的中原街道通過，那一帶有不少天領（註一）和旗本領（註二）交錯其中。自戰國時代起，當地便存在各種村落，分割農民的耕地，就算一個村裡同時有多處旗本領，也不足爲奇。

剛才阿月說「一主公」，應該是因小森村也是這樣的情況，多名旗本以領主的身分治領當地。

「你們村子有幾位主公？」

「三位。」

分別是一主公、二主公、三主公。當然，這是村民平日私下的稱呼，並非正式名稱，不過，眼下正適合用來問話。

阿近老家所在的川崎驛站周邊也有類似的村莊，所以她很清楚，像這種村莊都會有村長，及負責管理村莊的名主，而名主的職務，就是各個領主的代理人。一年之中，名主要多次前往拜見待在江戶的領主們，詳細報告各項瑣事，例如耕種收穫、村莊的情況等等。這與江戶市街的差配人，代替地主到各地租屋處及長屋收取租金，並擔任租屋者的保證人，負責打理一切的結構頗爲雷同。

「小森村的名主現下在江戶吧。」

「是的。」

「那麼，是名主大人帶妳過來嗎？」

「是的，昨天剛到。」

名主命她前來專門蒐集奇聞怪事的三島屋，道出村裡發生的事。但應該不會只爲說故事，挑選這個十三歲的女孩，專程帶她到江戶吧？

「阿月，妳今後準備在江戶當夥計嗎？」

阿月搖頭。

「等名主大人辦完事，我會和他一起回村莊。」

咦，眞的只是爲了說故事專程帶她前來？

「阿月，妳家中有爹娘，還有……」

「還有奶奶、哥哥，及兩個妹妹。」

「這樣啊。不過，名主大人只帶妳一個人。」

可能是注意到阿近懷疑的神情，阿月想了想，開口應道：

「名主大人會向一主公報告村裡的事，不過……」

報告領地內發生的事，是名主的職責。

「嗯、嗯。」

「因爲這件事很離奇，令人難以置信，就算名主大人如實稟報，一主公可能也不相信。」

原來如此。

「到時候我就充當……」

阿月努力想憶起名主說過的話。

註一：江户幕府直轄領地。

註二：旗本的領地。

「活、活、活證人嗎？」

「我懂。活證人是吧？意思就是要妳作證，證實名主大人所言不假。」

「啊，是的，應該吧。」

阿月沒自信地側著頭低語，小小聲補上一句。

「因爲清楚看見那些妖怪的人，只有我一個。」

那些妖怪。

由於阿近已習慣擔任聆聽者，乍聽此言，全身一陣雞皮疙瘩。這不是害怕，而是產生興趣的緣故。

「可是，名主大人不確定我是否能把來龍去脈交代清楚。」

十三歲的女孩不擅言詞。

「他認爲得先找地方練習一下，要說到讓完全不瞭解村裡情況的人也能聽懂才可以。於是，他帶我去見燈庵先生。」

原來是這麼回事。糾纏的絲線解開，阿近終於明白原因。

名主說「要請對方仔細聽這個故事」，意思並不是要廣爲周知，而是希望一主公及小森村的領主們能仔細聽，並理解他們的狀況。這才是他眞正的用意。

況且，這是「能讓世人引以爲戒」的重要故事。充當活證人的阿月不振作一點，名主可就傷腦筋了，所以需要事先練習。最後，選中三島屋。

「承蒙你們看得起。」

蛤蟆仙人，原來你挺清楚的嘛。阿近覺得進展順利，甚至幹勁十足，很想捲起袖子。

「既然是這樣，我自認滿適合當妳的練習對象。我來想一下該怎樣起頭。阿月，妳先吃包子吧。」

「是！」

阿月這才張口咬了包子。

這次並不是要讓不想說的人主動開口，也不是對方有話想說，但因爲口拙，得主動幫忙整理思緒。對象是孩子，雖然懷有故事，卻不知該如何說起，語彙懂得又不多。

那些妖怪。

看來，還是要從這點下手。直接一箭射向紅心，試著一探究竟。

阿月捧著茶碗喝茶，眞有規矩。

阿近從她手中接過空碗，放回托盤後，開門見山地問：

「阿月，剛才妳提到『妖怪』吧？」

阿月原本陶醉在包子的甘甜中，聞言後表情轉爲緊繃。

「是、是的。」

「是怎樣的妖怪呢？模樣可怕嗎？」

阿月直眨眼。

「嗯……」

接著，她小聲補上一句「是人」。

「人？」

「沒錯，因爲小夏也在。」

「小夏是村裡的人嗎？」
「是。不過，她去年夏天死於疫痢。」
疫痢。
「小夏回來時，完全是原本的模樣。我爹說，小夏就算成了亡靈，一樣是美人胚子。」
「小夏和妳感情很好嗎？」
「是的，她本來要嫁給我哥當媳婦。」
這麼說來，應該是正値適婚年紀的少女，死後化爲亡靈回到村內——
「小夏是什麼時候回來的？」
「立春的隔天。」
阿月馬上回答，沒半點遲疑。
「小夏是第二個人，最早是名主大人的父親。而第三個人……」
返回村內的亡靈並非只有一、兩個人。可能是察覺阿近內心的震撼，阿月暫停一會，微微側頭。
「呃，在我們村裡，每年立春的前一天都會舉行『座燈祭』。」
阿月想以自己的一套順序說故事，阿近點頭鼓勵。
「嗯，然後呢？」
「名主大人的父親在立春當天回來，接著是小夏。」
「嗯、嗯，座燈祭是小森村的慶典嗎？」
「不光是我們村莊，還有余野村、長木村，身爲小森神社信眾的這三個村莊，會合力籌辦這場慶典。」

「小森神社位於小森村嗎？」

「是的。在我們村莊東邊的『明森』裡，有一座小神社。」

明森，好美的名字。

「明大人就住在那哩，祂是我們的水田之神。」

座燈祭是在立春的前一天舉辦的慶典，用來喚醒冬眠的水田之神。

「明大人在冬天時一直在睡大覺，所以在開始耕田前，得先把祂喚醒。我們要告訴祂：『明大人，明天就是立春了。』」

算是一種通報。

「不過，明大人是一位女神，不能用響器大吵大鬧。」

這樣可能會冒犯祂。

「祂同樣討厭男人扛著神轎大聲吆喝。」

也許祂會感到難爲情吧。

「所以我們有個習俗，就是點亮座燈將祂喚醒。」

「這麼說來，座燈祭是夜間慶典嘍？」

「是的，從傍晚到入夜，直至完全天黑爲止。只有那時候，就算我們很晚沒睡，也不會挨罵。還會煮飯給大家吃，眾人一起同歡。比過年還熱鬧。」

座燈祭應該是小森神社的信眾一年一次的娛樂吧。

「慶典時，座燈都怎麼處理？裝飾在神社內嗎？」

聽阿近如此詢問，阿月四處張望。「黑白之間」現在沒點燈，但擺著一盞箱形座燈，阿月伸手一指。

「我們的座燈就像那樣。」

不過還要更大。

「有這麼大。」

她敞開雙臂。

「哇，可以環抱呢。」

「是的，並且不是正方形，稍微寬一些。」

是長方形。

「底下穿著兩根木棍，方便扛起來。」

「類似轎子。」

「是的，但和神轎不一樣。」

阿月加重語氣，彷彿在強調「這是重點」。

「要是搖晃或舉高，裡頭的燈油會溢出，起火燃燒。」

因爲裡頭有火，這也是理所當然。

「要安～安靜～靜的。」

動作也要靜悄悄。

「腳緊貼著地面行走。」

「沒用任何響器嗎？」

「為了配合扛座燈者的腳步，會敲打小鼓。」
咚、咚、咚，阿月保持緩慢的間隔，拍著手示範。
「然後，村長會輪流唱歌。」
似乎是相當低調的慶典。
「這樣明大人就會醒來吧。」
「是的。」
「因爲座燈很大？」
「又很漂亮。」
上頭有彩繪——阿月補充道。
「有春天的花朵、山野的景致、童話故事裡的人物等圖案，色彩十分鮮豔。」
「聽起來不像座燈，比較像燈籠。」
「可是它很大，足足有這麼大。」
阿月再度張開雙臂。爲了極力伸展雙手，她從坐姿改爲跪姿。
「一個村莊，負責扛一個座燈嗎？」
阿月態度堅決地搖頭，彷彿在說「怎麼可能」。
「光我們村莊就出動五人，余野村也五人，長木村八人。」
阿近不禁佩服。月曆上顯示現在已是春天，但仍舊寒氣逼人。從傍晚到深夜，一群靜靜行走的男人，扛著十八個約一人環抱的大小、帶有五顏六色彩繪的座燈，在鶴見川北邊的農田裡遊行。光想像便覺得是一幅絕美的景象。

「哇……一定很美。」
「我奶奶說，那幕景象宛如極樂淨土。」
響器只有小鼓，這點也十分獨特。
明大人，今年同樣是美麗的座燈，請祢過目。明天就是立春，等天亮後，請務必醒來……
「座燈是村民合力製作的吧。」
「是的！」
阿月用力回答的模樣相當可愛。
「所以，秋收結束後，大家會慢慢著手準備。用來扛座燈的長棍，夏天就先砍伐晾乾。」
座燈上貼的紙，是紙門用的紙，爲了呈現漂亮的顏色，防止暈開，會除去紙上的油和蠟。
「繪圖的顏料怎麼張羅？」
「以樹果或野草榨汁熬煮而成，這樣還不夠，名主大人會從江戶買回來。」
這是對小森神社的捐獻，名主也會幫忙。
「聽說，以前奶奶在我這個年紀時，規模沒這麼大。座燈的數量比較少，圖畫是黑墨繪成，只稍微加一些紅色和藍色。」
之所以愈來愈華麗，應該是小森神社信眾的三座村莊愈來愈繁榮的緣故。
不過，還是令人疑惑。這麼漂亮的座燈祭，難道都沒人去參觀嗎？
「待在老家時，我從沒聽過在中原街道附近有這麼美麗的慶典。」
四處旅遊的人不必提，應該很適合喜歡遊山玩水的江戶人前往一觀。
「哦……這樣啊。」阿月略顯尷尬，「這是規矩，座燈祭不得讓外人瞧見。」

「哎呀，多可惜。」
「明大人討厭喧鬧。」
沒錯。這場夜間慶典，自始至終都得安安靜靜進行。
「村民不會公開談論慶典的事。偶爾會有客人來拜訪名主大人，但一樣絕不能對外透露。」
阿月光滑的前額，浮現淺淺的皺紋。
「這次要不是名主大人家有那位畫師，或許不會引發那種風波。」
那是無限感慨的低語。
這時候千萬催促不得。阿近接著問：
「負責扛座燈的人選都是固定的嗎？」
「是的，從村裡的每一戶挑選出一到兩人。」
全是男人。
「不會挑女人，所以女人都在家煮飯等候。」
「負責扛座燈的人，整晚都在奔波嗎？」
「余野村和長木村的座燈一直都在自己村內繞圈，然後才來到小森神社。而我們村莊的座燈，則是先繞一圈，來到村莊的邊界後，再返回小森神社。」
等抵達神社後，便依序熄去座燈的燈火，擱在地上。
「然後毀了座燈。」
因爲是座燈，體積雖然龐大，作工還是很講究。要毀壞座燈應該十分容易，但實在可惜。
「接著堆疊在神社內，當篝火焚燒。」

安排篝火的，是小森神社的神官、名主，及三個村莊的村長。負責扛座燈的人們在篝火的亮光照耀下參拜完，各自返家，而後宴會展開。

「雖然我們吃吃喝喝直到半夜，但天亮後明大人醒來，要是身為信眾的我們還在睡大覺，那可不行，所以我們在立春當天都很睏。」

阿月彷彿眞的很睏，眨了眨眼。阿近嫣然一笑。

「不過，感覺十分歡樂。」

夜間慶典後的宴會，想必擺滿豐盛的菜肴。剛才阿月形容比過年熱鬧，不難理解。

「神官是由固定的人擔任嗎？」

「是的，代代都是長木村的人。聽說，明大人以前就住在長木村的森林裡，但森林後來因大火燒毀，神社的鳥居也被燒得焦黑，不太吉利，於是遷到我們的村子。這是奶奶告訴我的。」

土地神的小神社都有各自的歷史緣由。座燈祭會以那樣的形式成立，一定也有淵源。

整個故事的梗概大致明白，差不多該進入正題，談到阿月口中的「那場風波」。

「今年江戶在立春時特別冷，甚至還飄雪。」

天氣冷得可怕，童工新太不愼感冒，噴嚏打個不停。掌櫃八十助腰背不好，遇上這麼冷的天，他彎身前行，不住低喃著「我要忍耐」。

「小森村應該很冷吧。今年的座燈祭如何？」

阿月表情轉為緊繃，似乎想起這是重要的說故事練習。

「今年……沒辦法舉辦座燈祭。」

是一主公的命令。

「去年長月（九月）初，名主大人在江戶晉見主公時，主公下的決定。」

「為什麼？知道原因嗎？」

「上個月，主公家有幼兒不幸往……往生。」

「不幸往生」這個說法，應該是阿月聽人轉述。

「妳的態度相當小心謹慎，不過，妳明白這句話是什麼意思嗎？有個幼兒去世了。」

「是的，對方是這麼說明。」

那是個女娃，算是旗本家的千金。

「年僅三歲，染上痲疹。病情一度好轉，但又突然惡化，用盡各種辦法都救不了她。」

對只能在一旁守護的父母而言，想必是難以承受的悲痛。儘管如此，禁止領地的村民舉行重要的慶典，未免太粗暴。

「明明是一場很安靜的慶典啊。」

在座燈仍只有簡樸黑墨畫樣式的時代，這場慶典無比肅穆，猶如送葬的隊伍。

阿月頷首應一聲「是啊」，露出遙望遠方的眼神。

秋風吹過剛割過稻的水田。

水田裡已沒水。一整排的架子上晾著一綑綑稻束，沐浴在金黃色的朝陽下。矗立於各處，連腳都看得一清二楚的稻草人，顯得十分悠閒，但也透著一股寂寥。

村民在地瓜田和青蔥田裡忙碌，田壟的土堤上也有人在收割雜穀。道路的交會處一株高大的柿子樹結實纍纍，烏鴉在上頭盤旋。

天空無比蔚藍，但陽光並不刺眼。不必抬手遮擋陽光，一樣能遠眺村莊的秋日景致。此時的風已透著涼意。

「阿月，妳眞是的，誤摘漆樹的葉子了。」

身後的阿玉尖聲指責，從阿月背上的竹籠裡抽出一片葉子。

「才沒有，漆葉的形狀不一樣。」

「不，這是漆樹的葉子沒錯，妳仔細看。」

阿玉打算將鋸齒狀的葉片貼向阿月的臉。

「阿月，妳這個糊塗蛋。等著看妳的臉變得又腫又癢吧。」

「別這樣。阿玉，妳爲什麼這麼壞心……」

阿玉是小森村的女孩，大阿月兩歲。明明算是姊姊，卻老愛惡作劇，嘲笑阿月。

——悟作家全是惹事者。

阿月的母親私下都這麼形容阿玉家的人。意思是愛吵鬧搗蛋的人。

阿月和阿玉剛走進附近山丘上的森林，採集描繪座燈畫所需的顏料材料，甚至撥開草叢翻找，足足花了一個時辰（兩個小時）。辛苦這麼久，背上的竹籠終於裝滿，但光這樣還不夠。顏料在調煮及壓榨的過程中，要是步驟稍有差池，馬上會變得渾濁，以失敗收場。

「阿月，明年這時候我就是妳的嫂子。再說我壞心，小心我生氣。我眞的會打妳喔。」

「這件事又還沒確定。」

「早就決定，我爹都那麼說了。」

阿月的父親，與阿玉的父親悟作，都是佃農。阿月的哥哥名叫一平，今年十七歲。在工作上已能獨當一面，原本預定在明年春天成婚。

對象是村裡的姑娘阿夏，與一平同樣年紀。不，應該說本來是同樣年紀。阿夏的年歲不會再增長。因爲在盛夏時節，她罹患疫痢猝逝。

提到成婚，其實也沒什麼盛大的儀式。只是獲得村長同意，夫妻倆喝交杯酒。儘管如此，阿月仍對哥哥娶妻一事充滿期待。畢竟爲她和阿夏自小感情就好。

阿夏的父母早逝，只得投靠擁有田地的叔叔。儘管寄人籬下，身世坎坷，但阿夏個性溫柔，工作勤快。說到姿色，也遠在阿玉之上。配上一平，想必會是一對金童玉女。

阿夏的叔叔有自己的田地，卻不是地主。這一帶的農地都歸領主。村裡擁有田地的人，持有像「可耕種從北邊灌溉用水處往南三十塊田地」這樣的證明書，並有資格僱用佃農。因此，他們比佃農威風，但在村長面前又矮一截，而村長上頭有名主，最上面則是主公。小森村有三位主公。對阿月來說，主公和神一樣偉大。

雖然找偉大的主公談也沒用，不過阿月實在搞不懂，爲什麼溫柔的阿夏突然一命嗚呼，阿玉這種惹事者卻活得好端端？

——在稻草枯黃的乾旱時節，雜草仍不會乾枯。人也是如此。

母親這樣說過。果然，母親也討厭阿玉。

阿夏死後，連弔唁儀式都還沒結束，阿玉就厚著臉皮緊黏著一平，在阿月面前更是擺出一派大嫂的架勢。村裡有其他適合一平的女孩，但悟作他們住在佃農長屋裡，就在阿月家隔壁。一來住得近，二來熟識，阿玉才會滿心以爲自己將成爲一平的媳婦。之前談到阿夏與一平的婚事時，阿玉怒不可抑。

如今礙事的阿夏消失，阿玉心花怒放，今天也一直緊跟在阿月身邊，對她惡作劇。

——去年不小心摘到漆葉，導致皮膚紅腫的，不就是妳嗎？

不光雙手，臉頰也腫一倍大，連眼皮都腫得不像樣，整張臉慘不忍睹。阿月提醒自己別笑得太大聲，但因爲住得近，想必仍傳進阿玉耳中。那次的事種下惡果，現在阿玉對她百般挑剔。

令人對阿夏的死更不勝唏噓。

阿夏死時，連平常老將她當丫環使喚的叔叔也十分悲傷，吐出一句「要是早知道妳這麼早走，當初應該對妳好一點」，惹來妻子一頓白眼。

不用說也知道，一平自然是悲傷不已。

得知阿夏染上疫痢後，村民被迫與她隔離，見她一面都不行。一平進森林四處找尋治療疫痢的草藥，甚至到長木村和余野村尋覓，耽擱農事，引來父親一頓打罵，但他依舊不肯

放棄。

然而，阿夏最後還是死了。一平整天呆坐地上。

眼下阿玉哼著歌，踩著輕盈的步履，時而走在阿月前面，時而緊跟在身後，健康得讓人看了就有氣。至於一平，從阿夏死後至今將近三個月，仍是魂不守舍的模樣。他呆立原地時，往往會讓人誤以爲是稻草人。阿玉難道不瞭解哥哥此刻的心情嗎？

「嗯？阿月，停一下。」阿玉停下腳步，揚聲問道：「那不是長木村的村長嗎？」

她舉起手臂指向名主的屋子。

那棟在樹籬和防風林包圍下的稻草屋頂房，座落於村子這一側的小山丘上，像在環視小森村。

因此，只要有人行經田壟進出名主的屋子，隔好幾塊田地一樣看得見。

此時，一個穿半纏（註）的男子，帶著穿田間工作服的童僕，快步朝名主家走去。阿月看不清對方的長相，但那件明亮的藍色半纏，是長木村的男子在座燈祭穿的衣服。

阿月急忙抓住阿玉的手肘，要她放下胳臂。

「不能用手指人家。」

阿玉在這方面也很沒規矩。就算對方同樣是佃農，也不該這麼做，何況對方是村長。

阿玉彷彿覺得光線刺眼般，瞇起雙眼，靜靜望著對方。

「跟他同行的是六助。」

是在名主家工作的小森村男童。

註：外褂簡化而成的短上衣。

「這麼匆忙，會是什麼事？」

「一定是聚會。」

「不，日子不對。」

小森村、長木村、余野村會一同舉辦慶典，時常互相幫助，村長們會當面商量要事（因此，小森村的阿月和阿玉記得長木村和余野村的村長外貌）。他們的聚會日期，都是事先約定。阿玉說，今天不是聚會的日子。阿月大吃一驚，心想：眞是這樣嗎？

「阿玉，妳怎會這樣清楚？」

「有聚會的日子，佃農要是動作拖拖拉拉，事後會被佃農頭領狠狠訓一頓，說『你們害我沒面子』，所以我爹都會特別小心。」

哦，原來是這麼回事。

「六助專程跑一趟長木村，找來他們的村長，一定是發生什麼嚴重的狀況。」

阿玉以看好戲的口吻說道。

「我們去問問六助。」

「不要啦。」

一來一往之際，田壟上的兩人已走進樹籬內。

「別再磨蹭，我們快點回去吧。」

阿月催促著阿玉。回家後，得立刻將背上竹籠裡的葉子攤在地上晒乾，然後幫忙母親替青菜疏苗。這個時期經過疏苗作業的青菜，能當下酒菜，在江戶市區可賣出好價錢，是很重要的工作。

然而，當阿月拉著注意力全放在名主宅邸的阿玉衣袖，往前走沒幾步，換她自己停下腳步。

縱橫交錯的水田邊緣，田壟的右側，又有幾人快步朝名主的宅邸走來。身穿深藍色半纏，是余野村的男人。緊接著，一名女子踩著小碎步尾隨在後，是名主家的女侍阿松。

「余野村的人也來了……」

聽到阿月的低語，阿玉猛然轉頭。

「眞的耶，那是余野村的村長。」

這次兩人從阿月她們面前經過，距離比剛才更近。余野村的村長一心趕路，阿松倒是發現站在田壟上的阿月和阿玉。她停下急促的腳步，氣喘吁吁地大聲叫喚：

「妳們怎麼在那裡打混啊。」

她甩著手趕阿月她們離開。

阿玉朝阿松奔去，阿月急忙追上前。

「我們剛才從森林裡回來。」

阿松停下腳步後，上氣不接下氣。只見她弓著身，雙手撐膝，喘息不止。

「哦，去摘採製作顏料的材料吧。」

阿月側身讓她看背上的竹籠。

「嗯，採了很多。」

「這樣啊。」

阿松目光投向逐漸遠去的余野村村長的背影。村長頭也不回。

「妳們趕緊回去。」

阿松拭去汗水，重重吁一口氣。

「快到田裡去吧，也許今年不需要顏料。」

「咦！」阿月和阿玉異口同聲地驚呼。

阿松朝余野村村長偷瞄一眼。那深藍色半纏的後背，已沒入名主宅邸的樹籬後方。

「唉，眞是累死我。余野村的久藏先生年紀明明比我爹大，竟還能走那麼快。」

余野村離小森村約三里（註二）。一路上，阿松似乎一直碎步急行。換句話說，余野村的村長久藏，就是以這樣的速度趕來參見名主。

「阿松姊，爲什麼今年不需要顏料？」

阿玉一再追問，阿松意識到說溜了嘴，皺起眉頭。

「我只是說『也許』，現在還不知道，千萬別到處宣傳。」

「嗯，我不會的。不過，這是爲什麼？」

阿松悄聲回答：

「可能不辦座燈祭了。」

阿月驚訝得發不出聲音。

阿玉不同。她嗤之以鼻地笑道：

「這是不可能的。」

「也對。過去從沒發生過這種事，今後也不該發生。」

阿松朝名主的宅邸望一眼，不安地瞇起雙眼。

「因此，村長們才會聚在一起，想和名主大人一起商量。好了，妳們快回去吧。」

惹事者向來口風不緊，明明阿松一再叮囑，阿玉卻馬上四處宣傳——這次的座燈祭似乎要取消。發生無法舉辦慶典的大事，村長個個臉色大變，聚在名主的宅邸討論。

小森村的人沒那麼輕易著阿玉的道。大人們皺著眉頭，聽過後不當一回事，孩童則像剛才阿玉對阿松那樣，不以爲然地嘲笑：「座燈祭要取消？哪會有這種事啊，阿玉，妳該不會是睡迷糊了吧？」

那天村長們深談的結果，無從得知。只曉得三天後的傍晚，佃農頭領將阿月的父親和悟作找去，不清楚在忙些什麼，花了不少時間，直到深夜才返回佃農長屋。當時孩子們早睡了。

阿月的父親望著妹妹們天眞無邪的睡臉，將一平和阿月叫醒，告訴他們從佃農頭領丈吉那裡聽來的事。

「前不久，一主公的千金罹患痲疹，在江戶的宅邸去世。」

母親、一平和阿月，並未太驚訝。痲疹是常見的兒童疾病，沒能撐過便會喪命。

話說回來，像小森村這種地方，孩子夭折是常有的情況。阿月家也不例外，一平的上面原本有個哥哥；一平和阿月中間原本有個姊姊；阿月的大妹和小妹中間原本有個弟弟，全在幼兒期夭折。

那明森的小森神社後方有座墳墓，信眾家中若有未滿七歲早夭的孩子，都會依規矩葬在該處。那裡的墳墓沒有卒塔婆（註二）或墓碑之類的東西，只有在春分、秋分及座燈祭時，早夭孩童的家人會在墳前立起風車。座燈祭時，有用來替座燈塗色的顏料，可做出比春分和秋分期間更美的風車。

「所以明年立春時，一主公家仍在守喪。我們不能舉行慶典。名主大人前往江戶時，主公嚴厲

註一：將近十二公里。

註二：立於墳墓後方，呈塔狀的長形木片，是一種供養佛具。

吩咐過。」

父親的表情嚴峻。一平只是發愣，什麼也沒說。不是睡到一半被叫醒的緣故，而是他每次入夜就會陷入沉思，或是夢見阿夏。阿月猛然一驚，明白之前阿松所言不假。爲了避免父親看出她的詫異，她刻意揉了揉眼，佯裝睏倦。

母親沮喪地喃喃「這麼一來，明年春天就不能立風車了」。

母親腦中浮現亡故的孩子。

「風車只是供品，不重要。」

「丈吉先生怎麼說？」

「他只是傳達村長的指示。」

「那麼，你去向村長問個清楚吧。」

阿香——難得父親直接叫喚母親的名字，像在安慰似地輕拍她的背。

「妳振作一點。比起風車，不能舉辦座燈祭更嚴重。要是無法舉辦座燈祭，在立春時沒喚醒明大人，到時候會鬧荒災啊。」

父親語氣堅決。由於他講得斬釘截鐵，阿月忍不住插嘴：

「可是，以往座燈祭不是從未停辦嗎？明明沒停辦過，你怎麼確定會鬧荒災？」

父親的神情益發嚴峻。

「從來沒停辦過？妳聽誰說的？」

阿月縮起肩膀。「我不知道哪一年沒辦座燈祭。」

「妳不曉得大家一起啃草根吃的荒災是什麼情景，少亂講話。」

這不是知不知道的問題——父親語帶訓斥。

「座燈祭是重要的習俗，用來向明大人表示，我們一直虔誠地膜拜祂。絕不能停辦這項慶典。」

「可是，一主公……」

就算是名主也不敢忤逆領主的威儀，這點連身爲孩童的阿月都知曉。

「所以，爲了請二主公和三主公居中協調，名主大人接下來要辛苦奔走了。」

什麼嘛，既然這樣，就不必太擔心。

「不過，阿月、一平，你們聽好。」

父親一把抓住眼神迷濛的一平肩膀，粗魯地搖晃他。

「我們要是惹惱主公，協調的事就全泡湯。接下來，得安分守己一點。」

「安分守己」這個說法，阿月是第一次聽聞，父親應該也是第一次說吧。恐怕是村長這麼叮囑，丈吉聽了之後照著說，父親跟著鸚鵡學舌。但父親重新坐正，雙手放在膝上，阿月不禁心想，這句話的意思應該是要守規矩、順從吧。

「名主大人很清楚我們的狀況，及小森神社的淵源。他保證會設法讓座燈祭繼續舉行，所以沒必要停止慶典的準備工作。阿月，妳最近都會到森林裡吧？」

「嗯。」

「可以繼續去，因爲製作顏料需要很多野草和樹果。」

不過，要隱密進行。

「絕不能說出『期待座燈祭到來』這種話，得暗中準備。不光是我們村莊，長木村和余野村也會悄悄籌備，這是村長們聚在一起討論的結果。」
原來是在討論這件事，阿月恍然大悟。
「主公不會到村裡來。為了不讓主公費事，才需要名主大人。但名主大人提出舉辦慶典的請求，就是忤逆一主公的意思。一主公可能會大發雷霆，猜忌起名主大人。」
身為小森神社信眾的三個村莊，要是離江戶有千里之遙，名主就不必那麼擔心。不巧的是，這裡離江戶只有兩天的路程。倘若一主公命家臣前來查看，馬上便能抵達。理應奉主公之命乖乖服喪的村民，歡天喜地為明年春天的慶典做準備，一旦穿幫，名主的項上人頭肯定不保。
「請二主公和三主公出面協調前，暫時靜候結果不是很好嗎？」
一平開口，像在說夢話般低語。一旁的母親也頷首。
「沒錯，這麼做比較妥當吧。」
父親盤起雙臂。
「就算等，也不知道會不會得到同意。」
父親的聲音充滿怒火，宛如從腹中發出低吼。
「三個村的村長一致認為，座燈祭非舉行不可。萬一主公堅持不同意，慶典就悄悄進行。」
這麼一來，不得不暗中行事。
「我不要這樣。」
「孩子的娘，妳要違抗村長嗎？」
母親頹然垂首。
「第一，座燈祭的準備工作很花時間。如果一直等到主公同意才行動，會製作不出好的座燈。

要是讓明大人看到我們倉促完成的座燈，也許會觸怒祂。」

佃農頭領丈吉個性火爆。父親可能是受丈吉脅迫，一肚子怒火，才拿阿月他們出氣。

地爐裡燃燒的木柴爆裂，揚起火星。一平注視著火粉，再次喃喃自語：

「說到服喪，我也是啊。」

母親抬眼望向一平，父親頓時脹紅臉。

「你這個蠢蛋！你打算一蹶不振到什麼時候！」

地爐的木柴益發激烈地爆裂，阿月嚇一跳，差點彈起。

說到這裡告一段落，阿近將第二個茶包子放在阿月手上，阿月包覆在掌中。

「好吃嗎？」

「好吃。」

小森村雖然位於江戶近郊的豐饒之地，但對佃農家的孩子而言，這種點心是遙不可及的奢侈品。阿近想讓她多吃一點。

「大小姐，坦白講……」

可能是吃了甜食的緣故，阿月的嘴角似乎不再那麼緊繃。

「我爹說那件事情時，我不太清楚服喪的意思。因爲村裡有人過世埋葬後，大家還是馬上就會回到田裡工作。」

「也是。」

改爲樸素的穿著，避免歌舞笙樂，根本沒這種事。

「聽哥哥那樣說，我終於明白。原來是因爲有人過世，感到無比悲傷，心情沮喪。」

「嗯，所以才要禁止慶典和慶祝儀式。大概就一年吧。」

阿月拿著包子，深深點頭。

「我對一主公及小姐一無所知，只覺得他們彷彿住在雲端。但如果和哥哥思念阿夏一樣悲傷，那麼，一主公吩咐我們不能舉辦慶典，也是無可奈何。」

這孩子眞聰明，看得出別人的心情，相當機伶。阿近暗想，要向主公稟告「不能再度重演」的事，名主挑選阿月，帶她到江戶來，是正確的決定。

「於是村民按照村長所言，背地裡繼續偷偷爲慶典做準備嗎？」

「是的。當時我們一會蒐集製造顏料的材料，一會討論座燈要畫怎樣的圖案，全是瑣細的事。加上田裡的工作很忙碌，大家都無法全力投入慶典的籌備作業。」

近來白晝漸短，農務的時間也愈來愈少。江戶的秋天風情萬種，人們都到近郊賞楓紅或賞月，而三島屋有許多客人前來挑選當季才用得上的飾品，門庭若市，可是農村沒這份閒情。

「平均三、四天我才有辦法去一趟森林，還有……」

說到這裡，阿月忍不住笑起來。

「阿松明明下了封口令，阿玉仍四處逢人便說。這件事穿幫後，村民禁止阿玉參與座燈祭的準備工作。」

由於得暗中進行，惹事者令人頭疼。

「這麼一來，阿玉沒辦法再干涉妳了吧。」

「是啊。在田裡，有佃農頭領會盯著，她不能緊黏著我哥。回到長屋後，我爹又擺出可怕的表情。」

兩人哈哈大笑。阿近一直覺得阿月的哥哥一平很可憐，此時她的笑聲中帶有一絲安心。

「村莊四面都是森林，我常和奶奶到森林裡走動，就算我獨自一人也不會迷路。奶奶教我哪些野草和樹果可當顏料，什麼草菇能吃、什麼不能吃，每次走進森林滿載而歸，我都非常開心。」

阿月可靠的這一面，替她引來一個意外的職務。

「邁入十月後，森林也因樹葉掉落變瘦。當我要去森林時，村長吩咐我帶一名客人同行。」

請阿月帶路的，是那年早春便暫住在名主宅邸的別房的畫師。

故事的一開始，就提過這個在名主家作客的畫師。阿月說過，要不是那個人物，或許就不會引發「那種風波」。

「他是怎樣的人？」

小森村的村民一致認爲他是個怪人。

那畫師名叫岩井石杖。石杖是他的號。他本人爽朗地向村民們問候「在下名叫岩井與之助，請多指教」，但名主都稱呼他「岩井老師」，所以村民跟著稱呼他「老師」。

「他爲了展開繪畫的修行捨棄佩刀，但原本是武士，千萬不可冒犯。」

名主直接向眾人吩咐，村民都戰戰兢兢，對他敬而遠之，本人卻一點架子也沒有。年約三十五歲，綁成一束的頭髮雖然烏黑，但可能是過於清瘦，臉上滿是皺紋，最顯眼的是缺了右邊的犬齒。

照顧畫師的生活起居，是女侍阿松的工作。

「他都用缺牙的地方叼住菸管抽菸。」

這麼一來，兩邊的牙齒也會跟著受損。

岩井老師常帶著畫冊和矢立（註）在村裡四處遊蕩，走到哪裡畫到哪裡。村民鋤田的景象，種苗床的模樣，撒蕎麥和青菜的種子，替地瓜分株。在水田裡、旱田裡、水邊的小路上，常見他畫得樂在其中。他常穿窄袖和服搭配一襲輕衫，如果下小雨就戴斗笠，下大雨就披簑衣，天熱就裸露單邊肩膀；如果陽光刺眼，他會拿手巾綁在頭上，處之泰然。

他從不打擾村民的農務，說話的口吻十分溫柔。

「哦，今天大家還是一樣賣力工作呢。可以讓我在這裡待一會嗎？」

剛打完招呼，他便著手作畫，全心投入。隨著日子漸長，大家對他不再敬而遠之。

「是啊，老師今天也一樣在精進畫技。」

「您一直坐在那裡晒太陽，小心會頭昏眼花。請到一旁的樹蔭下吧。」

村民甚至開始和他親近。

阿月也是其中之一，所以她並不覺得老師可怕，或不想幫忙。那日天一亮，阿月馬上前往宅邸。畫師早準備妥當，等候她到來。只見他揹著小包袱。

「我打算花上一整天的時間，所以請阿松準備了我們兩人的午餐。」

老師說話眞是直爽。

十月上旬一過，小森村一帶的早晚特別冷。走進森林後，樹蔭遮蔽陽光，連習慣這裡環境的阿月也覺得冷，於是她忍不住提醒：

「老師，您帶件外掛出門吧。」

「哦，是嗎？」

那麼，我去借一件半纏來穿吧——畫師說。

「我只有一件外褂，要是穿破或弄髒就頭疼了。」

小森村的半纏是藍染的方格圖案。

「我問過村長，他說要進森林，最好能請妳帶路。不好意思，有勞妳了。」

阿月恭敬地雙手併攏置於膝前，低頭鞠躬。

「瞭解。請問您要去哪裡？」

「妳想去哪裡採製造顏料的材料，我跟著妳。」

阿月一時語塞。村民暗中準備座燈祭的事，老師也知道？

可能是從阿月的神情察覺她的心思，畫師咧嘴大笑，連缺牙也能看得一清二楚。

「因爲領主的任性，村民多所顧忌，眞是辛苦。箇中緣由我也聽說了，所以我明白。」

要暗中悄悄進行——畫師狀甚親暱地說道。

「還有，阿月，不光是在森林裡作畫，希望妳能教我關於顏料材料的事。爲了舉辦座燈祭悉心製作的顏料中，或許加入外地人不知道的稀奇原料。」

阿月一臉詫異，「我們製作的顏料，您用不來的。」

「沒試過誰知道呢。」

既然畫師堅持，也莫可奈何。

他們決定從南邊的森林開始。那裡陽光充足，能採到最多野草。

註：攜帶型筆記用具，是一種附有墨壺和毛筆的筆筒。

阿月時而摘草，時而割草。

「剛才那是什麼?」

畫師一一詢問，相當囉嗦。一會將阿月摘來的草葉送往鼻尖嗅聞，一會試著用手指擰碎。

「請注意漆樹葉。」

「嗯、嗯。」

「草叢裡有蛇，千萬別突然把手伸進草叢中。」

「嗯、嗯。」

「老師，那邊的地面滑。」

「嗯……哇!」

兩人走了一段路後，阿月發現畫師全神貫注時，似乎只會隨口回應，所以她心想，自己得多用點心。

畫師也想畫阿月工作的模樣。

「阿月，維持剛才的姿勢別動，一下子就好。」

他口中的「一下子」，根本不是短短的「一下子」，相當折騰人。阿月保持腳跨在粗大樹根上，伸手搭著頭上樹枝的姿勢，一撐就是兩刻鐘（三十分鐘）。

「老師，我手都發麻了。」

「啊，抱歉、抱歉。」

這種情況一再發生，工作根本沒進展。要是阿月獨自進森林，一個時辰就能裝滿一竹籠，現在都快中午了，卻裝不到一半。

「我們換個地點吧。」
阿月喝一口竹筒裡的水，歇息片刻後，如此提議。這時，畫師再度朗聲喚道：
「就維持這個姿勢！拿著竹筒，手肘舉高。哎呀，這姿勢太棒了。」
一陪又是兩刻鐘。
「謝謝。對了，阿月。」
老師喜上眉梢，阿月只感到腰背僵硬。
「在，什麼事？」
「村長說，妳不僅熟悉森林裡的地形，也比實際年紀穩重，辦事可靠，眞是一點都沒錯。」
所以，我想拜託妳一件事——老師繼續道。
「接下來，可以帶我到東邊的森林嗎？」
這並不是什麼難事，用不著刻意請託。
「好啊。那裡有一種叫『根葛』的樹根，熬煮後可製成漂亮的黃色顏料。」
「這樣啊。東邊的森林裡都採得到嗎？」
「是的。」
「在明森也是嗎？」
阿月大吃一驚，「咦？」
小森神社所在的明森，位於東邊森林的外圍，唯有那一帶像小山丘般高高隆起。村民會在東邊的森林裡收割、採集草藥，但絕不會涉足明森。因爲絕不能驚擾明森。
「老師，我們不能進入明森。參拜時也不能走出參道外，連負責維護神社的男人都不會走進森林。這是規矩。」

畫師急忙做出安撫阿月的手勢。

「我知道。村長和名主大人曾叮嚀我。一來到村裡，他們就帶我去參拜過。」

「這樣的話……」

「哎呀，阿月，別那麼嚴肅。」

畫師搔著頭，不如知何是好。

「我也不想破壞明森啊。不過，通往小森神社參道的登山口旁，不是有一條通往北側的小路嗎？我想那去那邊。順著那條路走，不就能進入明森？」

原來如此，老師誤會了。

「那條路會通往溪谷，前面沒路。」

「這樣啊。」

畫師頻頻點頭。

「既然這樣，就不會破壞你們的規矩。方便帶我去嗎？」

「可是，那種地方……」

話說到一半，阿月猛然驚覺。

「老師，您是想去名主大人父親的住處嗎？」

畫師的雙眼一亮。

「嗯，妳果然知道。阿松說的沒錯。」

阿月似乎被套出話，不自主說溜嘴。雖然馬上摀住嘴巴，但為時已晚。

「我去小森神社參拜時，發現草叢中那條蜿蜒的小路。我問名主大人，那條路前方有什麼？他說那是一條獸徑，前面什麼也沒有。當時他的表情嚴峻，實在在令人納悶。」

畫師都像他這樣，觀察如此細微嗎？

「於是，我不時會暗中在宅邸內向人打聽，得知那條小路前方有一幢小屋，在前年收割前……差不多是這個時節，原本都是名主大人的父親一個人住在裡頭。」

畫師都像他這樣伶牙俐齒，很懂得向人套話嗎？

「老太爺去世了。」阿月板起臉。

畫師重重點頭，彷彿在說「正合我意」似的。

「從那之後，應該一直是空屋吧。我想看看那裡的景致，總覺得能畫出一幅很棒的畫。」

妳能帶我去嗎？

「妳害怕去那幢別房嗎？」

「阿松姊認爲那裡很可怕？」

「嗯，聽說當時名主大人宅邸裡的僕人都很害怕，沒人想跟隨老太爺一起過去。於是，村長……」

阿月搶先接話，「挑中我爹娘，命他們每天到別房照顧老太爺。我也不時會去幫忙。」

「阿月眞了不起，很可靠。」

剛剛才在想，老師怎麼老誇她熟悉森林裡的地形，做事可靠，原來他一開始就打這種主意。阿松把一切全告訴老師，口風未免太鬆。

「拜託，求求妳。」

畫師向阿月合掌懇求。

「只要今天去一次就行。」

「眞的只有一次嗎？」

「嗯，知道那裡的情況，下次我可以自己去。當然，我會保密，妳不必擔心。」

他不光給阿月添麻煩，甚至打算拉她下水。

「我參觀那幢別房時，妳可以採那個叫什麼來著……對，根葛。妳裝滿一整籠帶回去，大家就不會起疑。」

阿月嘆一口氣。要拒絕並不難，但如果回絕了他，下次他可能會改爲拜託阿月的母親幫忙。

「我們吃完午餐再去吧。」

還好今天早上請人磨過鐮刀。

「自從老太爺逝世，我便不曾靠近那幢別房。那條小路一定都被雜草淹沒了，老師，您得注意腳下跟著我走。」

「好的，我明白。」

「我懷疑那幢別房是否建得牢靠。要是快傾倒，就不能走進屋內。萬一發生什麼事，我一個人無法救您。」

「我會小心，不給妳添麻煩。」

阿月心想，畫師都像他這般愛四處參觀嗎？

在東邊的森林裡，路上遇見幾名撿拾柴薪和採集顏料材料的村民，但靠近明森後，只剩阿月和畫師。轉進那條小路時已是午後，太陽往西行，明明光線應該比上午還亮，這一帶卻略顯昏暗，吹來陣陣寒風。

在人跡罕至的場所，這種情況並不罕見。畫師覺得冷，縮起脖子，冷不防被蔓延至小路上的雜草絆一跤。就說吧。

「此處離明森很近了，直接走進去，發出窸窣聲響，對明大人非常失禮。話說回來，村民平常都不太靠近這一帶。」

阿月拿鐮刀割草邊說道。

「不過，這裡是明大人的地盤，不是什麼恐怖或可疑的地方。我娘提過，名主大人在前方蓋別房，就是心想，如果能待在明大人身旁，老太爺的病應該會好轉。」

「是……是這樣啊。」

畫師跟在她身後，走得上氣不接下氣。

「不、不過……阿松說……老太爺……是被趕出……名主大人的宅邸。」

「我不清楚，沒聽人這麼說過。」

話說回來，當老太爺還好端端住在名主的宅邸裡時，像阿月這種佃農的女兒根本沒機會靠近。

阿月的母親和阿夏也不例外。

「老太爺在別房裡大概住了半年左右，我娘和阿夏輪流去照顧他。老太爺似乎一整天都在睡覺，跟嬰兒一樣。」

「阿月，妳可曾在那幢別房……」

「老師，這棵樹砍不斷，請跨過去。」

畫師在阻擋小路的倒木前休息。

「見……見過老太爺？」

「我不常去那裡。」

只是送交上頭吩咐的東西，幫忙洗衣、汲水，不曾走進屋內。

「這樣啊。可能是阿松講得太誇張，或是我誤會了。」

阿月心想，不能再被他套話，於是選擇沉默。她抽出纏在脖子上的手巾，擦拭臉上的汗水。

「老太爺最後是病故嗎？」

「村長說他是壽終正寢。」

「每個人早晚都會遇上這種事，爲何阿松會那麼害怕？」

「她一直待在熱鬧的宅邸裡，一定很怕留在空屋。」

之後，阿月一直閉口不語，老師走得氣喘吁吁，兩人默默前進。

不久，終於看到別房的稻草屋頂，畫師發出一聲讚嘆。

「阿月，蓋得很牢固嘛。」

老師抬手擋在額頭前，望向別房。

「還很氣派，我一直以爲是簡陋的小屋。」

「這是名主大人的父親居住的地方，當然不可能是簡陋的小屋。」

別房的興建，動員所有佃農。阿月的父親也在佃農頭領丈吉的指揮下，做了五天苦力。

「不過，我爹說這是趕工建造，不夠牢靠。」

別房四周竹林叢生。不過，一度開拓過的森林，短短兩年內不會馬上恢復原貌，加上後方有溪谷，通風和日照都格外好。

「哇，眞不錯。」

走進別房的前庭，畫師做了個深呼吸，環視整幢建築。

每扇防雨門皆緊閉，短短的外廊上遍布落葉，外廊下方有幾處隆起的黃土。約莫是這兩年來，每當降下大雨，溪谷的河水滿溢，一路將土沙沖往別房一帶留下的痕跡吧。

除此之外，倒是沒什麼損壞。

「如果是這種狀態，稍微整修一下，應該就能居住吧。」

原以爲會更加殘破，連阿月也大吃一驚。

「老師，看您的神情，似乎很想住在這裡。」

「嗯，確實，如果要是能在這裡作畫就太好了。」

語畢，老師毫不猶豫地走近別房，打開土間（註）的門。一陣晃動後，門板上的塵埃紛紛掉落。

「這門果然不太好推。」

太陽已繞往別房的另一側，土間深處如森林的夜晚般漆黑。

「奇怪……」

阿月拂開竹子，繞往土間後方，抬頭仰望。

「煙囪塞住了。」

看來是從內部釘上木板。

註：日式房屋入門處沒鋪木板的黃土地面。

「大概是爲了防止風雨吹進屋內吧，我先進屋打開一扇防雨門。」

畫師準備跨越後門的門檻，阿月不自主地拉住他的衣袖。

「老師，我們沒帶油燈。」

「摸黑探索就行。」

「這樣的話，你進門後，右邊的爐灶上方有扇小窗。打開那扇窗，陽光就能照進土間。」

「好、好。」

走進黑暗中的畫師，馬上「哇」一聲大叫。

「呸、呸，這什麼啊？」

想必是一頭衝進蜘蛛網了。

「老師，是右邊才對。請沿著牆壁往右走。」

「嗯，明白。」

接著傳來咚一聲。

「噢，好痛。」

「老師，待著別動，讓我來。」

「不，沒關係。小窗在這裡。只要推開……」

陽光馬上射進土間一角，又是一陣塵埃飛揚。

「那裡應該有撐門棍。」

「嗯，有有有。」

畫師將小窗完全敞開，架上撐門棍，土間轉爲明亮。

「阿月，我似乎踢翻了水甕。」

原來如此，一個和阿月腰部一樣高的大水甕翻倒在地，側腹處有裂痕。

「是我弄破的嗎？」

畫師檢查上頭的裂痕。

「不，不像剛才打破的。」

屋裡瀰漫著一股沉積不散的臭味。蜘蛛網覆滿土間的天花板，從屋梁垂掛而下，一路來到阿月頭頂上方。

阿月接著提醒：「從那裡進屋後，有兩個房間。因爲鋪有木板地，我猜還沒腐爛，但或許有些地方會鬆動，請小心。」

兩人分頭而行，將每一扇防雨門都打開。風吹拂過來，陽光照進屋內，臭味散去。蜘蛛網上掛著好幾隻蜘蛛，上頭黏著乾涸的飛蛾和蒼蠅的屍骸。

屋裡空無一物。在阿月的記憶裡，這裡沒有衣櫃和碗櫃。老太爺逝世時，一些不需要的生活用品不是搬出屋外，就是直接丟棄。

門上糊的紙泛黃，但沒什麼破損。地板沾滿塵土而十分髒汙。沒看到老鼠的糞便，也沒黃鼠狼之類的小動物闖入的痕跡。

畫師雙手插腰，仰望天花板。這是一幢平房，可清楚瞧見屋梁和稻草屋頂的內側。前方的房間裡有座小小的地爐，雖然留有餘灰，但沒看到火爐吊鉤。

「煙囪果然是從內部釘上了木板。」

土間和前頭房間上方的兩座煙囪，都是這麼處理。

「拜此之賜，裡頭不太骯髒。不過看得出，名主大人今後不打算再使用這屋子。」

「為什麼？」

畫師微微側頭，望著阿月。

「小森村不是有這個規矩嗎？」

見阿月一臉茫然，畫師指著翻倒在土間的水甕。

「就是那個水甕。把那種生活必需品打破，擱置在此，證明這裡不會再使用，沒人會到這幢屋子。」

「這是老師故鄉的規矩嗎？」

「嗯，在江戶也是如此，旅途中我不時目睹這種情形。」

說得更明白一點——畫師停頓一會，接著道：「屋子或是房間刻意擺放破損或缺角的物品，表示不是活人所待的場所，是死人所屬的場所。」

哦——阿月如此應道，莞爾一笑。

「有什麼好笑的？」

「可是，老師，我家的茶碗都缺角耶。」

畫師聞尷尬一笑。

「我的意思不太一樣。不過，是我不好，請別見怪。」

阿月不懂他為何道歉，跟著感到有點尷尬。

「名主大人的夫人是從江戶嫁來此地，可能不知道這個規矩。」

「哦，是嗎？」

畫師收起笑容，別有含意地挑起雙眉，但並沒未多說什麼。

「哎呀，這裡的塵埃和蜘蛛網，弄得我的臉和脖子又刺又癢。」

畫師走出別房，前往溪谷，清洗臉和雙手，接著在一塊大小合適的石頭坐下，稍稍歇息。他眞的是以缺牙的部位叼住菸管。

接著，阿月開始四處找尋製造顏料的材料，畫師著手作畫。值得慶幸的是，畫師沒再高喊「阿月，維持這個姿勢別動」。他似乎挺喜歡別房，全神貫注地振筆作畫，就算阿月給他看挖到的根葛，他也只隨口敷衍幾句。

太陽逐漸西沉，畫師收好矢立和畫冊，兩人再次走進別房，將防雨門全部恢復原狀。

「妳的竹籠也裝滿了，很好。」

返回村莊的路上，阿月看得出，老師不只是疲憊，還若有所思。

「聽說，有個叫阿夏的女孩，和妳娘一起照顧老太爺，今年夏天罹患疫痢去世，這是眞的嗎？」

來到小路的出口，老師問道。

「是眞的。」

「妳和她感情好嗎？」

「嗯，她原本要當我哥的媳婦。」

「這樣啊，那又更教人同情了。」

畫師雙眉垂落，一臉難過。

「阿夏死的時候……不，別談這個話題了。阿月，謝謝妳今天的關照。」

回到佃農長屋後，阿月只向母親透露受石杖老師的請託，帶他去東邊森林的別房。

母親驚訝的反應超乎阿月的預期。母親沒生氣，但想知道詳情，於是阿月和母親一同來到後院，緊挨著母親講述經過，一邊將摘採回來的顏料材料分類。

「這樣啊……別房果然還是保持原貌。」

母親雙臂環住自己的身軀，如此低語。母親夏天晒黑的手臂，不再那麼黝黑，上頭的斑點卻變得明顯。

「在別房裡有沒有發生什麼麻煩事？」

「沒有。」

只有畫師要求她「維持這個姿勢別動」，令她不堪其擾。

「老師將妳畫進圖畫裡嗎？」

母親如此問道，緊盯著阿月的雙眼。

「以後不管老師怎麼拜託，妳都不能再去別房。如果老師堅持，妳來跟娘說。」

「可是，老師自認以後能一個人去。他是這麼說的。」

「既然這樣，妳就裝不知道吧。」

母親的口吻嚴厲，阿月一陣洩氣。

「娘，對不起。」

「這不是妳的錯。」

母親低語，像在盤算什麼，瞇起雙眼。

「老師也想詢問阿夏的事吧？」

「嗯，不過他馬上就不問了。」

是嗎——母親頷首，緊咬著嘴唇。

「要是阿夏還在世，一平或許就會跟妳說，況且妳一知半解，反倒不好。所以，娘就把知道的告訴妳吧。不過，絕不能向任何人洩漏，包括妳爹，明白嗎？」

母親停止挑選材料，緊握阿月的手叮囑。

「老太爺上了年紀，身子骨虛弱，連腦袋也變得健忘，不時會說些莫名其妙的話。於是，夫人嫌棄老太爺，央求名主大人另蓋一幢別房，將老太爺趕去住。」

這樣的話，石杖老師推測「老太爺是被趕出名主大人的宅邸」，並沒猜錯。

「老太爺一個人連飯都沒辦法吃，也沒辦法如廁，受到這麼冷酷的對待，不可能不生氣，所以常破口大罵。偶爾名主大人悄悄前來探望，他總是流著淚，吐出心中的怨恨。不論名主大人怎麼安撫，他仍無法平息怒氣。」

原來這麼嚴重啊。

「娘和阿夏很同情老太爺。因爲兒子對媳婦言聽計從，極爲不孝，他會生氣也是理所當然。如果一平這麼做，娘一樣會生氣。」

母親板起臉，撇下嘴角。

「所以，我們十分用心照顧老太爺，但老太爺可能是把我和阿夏，當成名主大人和夫人的同夥。當他頭腦清醒時，總對我們口出惡言，娘是無所謂，但阿夏就可憐了。要是有人對妳說『我死了之後，一定會狠狠詛咒你們』，是不是很恐怖？」

阿月非常震驚。阿夏遭受這麼嚴苛的對待，仍在別房工作？

「娘，妳和阿夏從沒透露隻字片語。」
「這不是可以逢人便說的事。」
當然，名主大人嚴厲下過封口令。
「不過，老太爺去世後，前來幫忙整理別房的阿松怕得直發抖。」
母親相當生氣，忍不住半挖苦道：
「妳要是這麼排斥，小心老太爺會化身成鬼魂出現。他怨恨每一個人。」
阿月打了個寒顫。「眞、眞的耶，阿夏眞的死了。」
莫非是老太爺的恨意造成的？
啊，糟糕！阿月以前去過別房，偏偏今天還吵吵鬧鬧地闖進屋內。難道下次會換我？還是母親會更早？
正當她快要哭出來時，母親朝她額頭拍一下。
「怎麼連妳也說這種蠢話。」
哪會有這種事啊——母親笑道。
「那只是娘對阿松的惡作劇。」
「可、可是，阿夏……」
「她是染上疫痢。雖然可憐，但夏天喝了水腹瀉，有時就是染上疫痢，並不是老太爺的詛咒。」
母親謹愼向阿月解釋。
「阿夏是今年夏天過世，與老太爺相隔兩年。況且，名主大人的宅邸裡，都沒人發生異狀。」

如果我們先遇害，還有天理嗎——母親笑著解釋。

「也、也對。」

見母親一臉平靜，阿月的顫抖逐漸止歇。

「沒錯。不過，娘對阿松的惡作劇似乎有點過頭。」

阿松至今仍害怕老太爺的怨恨，才會告訴畫師這件事。

「那個人也很傷腦筋。石杖老師看起來不是壞人，但畢竟是外地人。」

又油嘴滑舌。

「由於有過這樣的紛爭，名主大人才想暗中封閉那幢別房。因為害怕，想拆也不敢拆。」

要是拆毀後，老太爺的怨念散播開來，可就麻煩了。

「所以才關上防雨門，連煙囪一併堵死，將別房封閉。儘管如此，總有一天那幢別房還是會在風雨中枯朽。這麼一來，怨念也會消散。名主大人應該是這麼希望吧。由於坐落在小森神社的跟前，明大人的威儀可能也會加以淨化。」

未免想得太美好。明大人是水田之神，才不會插手管人們的怨恨。

「既然名主大人這麼想，我們最好離別房遠一點。不然，可能會惹來無妄之災。這樣明白了嗎？」

「我明白了。」阿月向母親承諾。

不過，之後什麼事也沒發生。石杖老師一樣在村裡四處作畫，他看到阿月，只笑咪咪地打招呼，完全不會提到別房。阿月不清楚他後來是否曾獨自到別房作畫，但這樣正好。阿月決定忘掉此事。

秋天的蔬菜和雜穀的收割期結束，時序邁入寒冬。許多工作勤奮的男女，紛紛從小森村前往江戶市區打零工。男人當搬貨的苦力，女人則是幫傭。

出外工作的地點，是由名主大人與江戶的人力仲介商討論後決定，再由村長指派人手。每年幾乎都是去固定的地方，大家已習慣。這種時候，男人是佃農頭領帶頭，阿月的父親同樣跟著丈吉走。

原本今年秋天，一平要是娶阿夏爲妻，成了有家室的人，便可一起到外地工作。如今他無法成行，十分遺憾，更增添心中的悽楚。一平送父親離開時，顯得意志消沉。吃完早餐，阿玉來邀他替熬煮顏料開鍋，難得一平板起臉下逐客令。

「我要去幫甚兵衛先生工作，有許多事要忙。」

對留在村內的人來說，在進行農具保養的同時，還要燒製木炭，都是很重要的工作。製成的木炭裝進草袋，批賣給前來採購的中盤商，換取貴重的錢財。甚兵衛是燒製木炭的老翁，後背嚴重彎駝，十分高興一平願意幫忙。

「一平，你既然是村裡的男人，就得學會製作顏料的方法啊。」

阿玉不滿地發著牢騷，但有件事更令阿月擔心。

「我們可以製作顏料嗎？」

「是上頭叫我們製作的，應該沒關係吧。不過，今年不能用村長家的倉庫，現在正將需要的物品運往北邊水田的農舍。」

前往一看，北邊的農舍裡設有臨時搭建的爐灶，運來熬煮顏料的大鍋、研磨材料用的缽、篩濾煮汁的細網竹篩。裡頭聚集了五、六人。

「阿月，謝謝妳湊齊這麼好的材料。」

擁有自己的水田，每年都會爲座燈祭使用的大座燈上畫的老爺爺惣太郎，如此誇獎阿月。今年凡事都得暗中進行，採集材料倒還好，但要晾乾時，需要特別費心，所以看到成果格外開心。

阿玉馬上插話。

「我也很賣力。」

「是嗎？得做出氣派的大座燈才行。」

沒能獲得誇獎，可能是心裡不滿，阿玉多嘴補上一句。

「不過，座燈祭眞的辦得成嗎？要是一主公不同意，我們偷偷這麼做不太好吧？」

惣太郎聞言，臉色一沉。

「不懂別亂說。座燈祭有多重要，妳不會不知道吧？」

惣太郎扯開嗓門喝斥，在場的大人紛紛轉頭望向他們。挨罵的阿玉垂眼望向地面，噘起嘴。

「惣先生，用不著這麼緊繃。」

同樣負責替大座燈上畫的老爺爺巳之助，出聲緩頰。

「阿玉和阿月都做得很好，接下來就是我們的工作。」

「是，有勞大家。」

拉著阿玉的衣袖走出屋外時，石杖老師悠哉走在北邊水田的田壟上，逐漸接近。一看到阿月，便朝她揮手。

「那畫師整天嬉皮笑臉的，是個怪人。」

阿玉見對方和這裡有段距離，毫不顧忌地拿他出氣。

「他來做什麼？」

「不知道，我們快回去吧。」

阿月催促阿玉，突然一陣心神不寧。惣太郎先生平時對佃農很和善，但剛才似乎是真的動了肝火。莫非阿玉說中了？

儘管名主大人居中協調，一主公還是不肯同意？這次的座燈祭將無法舉行？

那年冬天特別冷，連小森村也下過幾場大雪。臘月時下的那場雪，是得上屋頂除雪的大雪。在這一帶是相當罕見的情形。

「冬天下這麼大的雪，也許明年夏天會鬧大旱。」

望著紛飛的白雪，一平如此說道。

「我聽甚兵衛先生提過，以前曾有幾年是這樣的情況。」

「別講這種不吉利的話。」

母親的語氣很冷淡。

「有明大人的守護，這個村子會平安無事。」

阿月幫母親的忙、照顧妹妹們、將舊衣拆開重縫，學做針線活、編草鞋……每天都過得十分忙碌。想到去年的這時候常和阿夏在一起，又感到一陣落寞，連帶記起那幢別房，於是她索性把內心的蓋子蓋上。

座燈祭的準備工作理應是暗中偷偷進行，但在那之後，阿月再次目睹村長和長木村的村長穿著棉襖的背影，垂頭喪氣地離開名主大人的宅邸。村長他們的步伐似乎無比沉重，連阿月都看得出他們的疲憊。

不久，在臘月中旬時，擁有水田的男人全被村長找去。聚會結束，消息傳進佃農長屋，得到的結論是——座燈祭取消。

「最後還是沒能獲准吧。」

阿月說個不停，爲了讓她歇口氣，阿近插話。

「這樣實在令人爲難。有沒有引發衝突？」

阿月喝口茶潤喉後，重重點頭。接著，她露出不知該怎麼接話的表情，於是阿近又幫她剝開一顆茶包子。

不久，阿月側著頭吐出一句：

「炫鬧不朽？」

她其實是想說另一個成語吧，眞可愛。

「是喧鬧不休，對吧？意思是，人們各自說出想法，吵得不可開交。」

喧鬧不休。

「阿月，妳會很多艱澀的字彙呢。」

「是那時候學的。」

阿月靦腆回答，將包子送入口中。

「製作大座燈的人選都已固定，加上村裡一半的人到外地工作，像我們這種佃農沒資格參與村長他們的聚會，所以聚在村長家喧鬧不休的人數，推算得出來。」

「嗯、嗯。」

「不過，如果只是小森村自行討論，不會有結果，於是找來余野村和長木村的人。三個村的村長和負責準備座燈祭的人聚在一起，人數眞不少。當大家決定要前往名主大人的住處談判時，那股氣勢簡直就像一揆（註）。」

「名主大人想必大吃一驚。」

「是的，我們非常擔心，站在遠處觀看宅邸的情況，一直傳來大聲的咆哮。」

聽說村民也並非團結一致。有人主張無論如何都得舉辦座燈祭，有人認爲既然主公不允許，也沒辦法，不要給名主大人添麻煩。姑且分爲強硬派和恭順派吧。兩派人馬的對立，沒有身分高低之差，形成一場直言不諱的爭論。

「不久，兩方都開始徵求支持者。」

甚至想派信差把前往江戶工作的人叫回來。

「平常不會這麼做吧？」

「是的，到外地工作的人，直到座燈祭即將開始才返回村內，是我們的慣例。」

座燈祭的隔天是立春，是新的一年農事正式展開的日子，所以合情合理。

「在村長的訓斥下，終究沒這麼做，不過佃農還是主張大家要團結起來。」

阿月的父親到外地工作，家中派一平前往名主宅邸。

「哥哥很擔心今年夏天會鬧大旱，大罵停辦座燈祭的命令豈有此理，撩起下襬塞進衣帶，朝名主宅邸飛奔而去。」

在強硬派中，有人和一平一樣擔心。甚兵衛爺爺的話，可謂前人遺留的智慧。這一帶流傳著一種傳說，只要冬天下大雪，隔年夏天就會鬧大旱。

大旱馬上會引來荒災。對農村而言，完全乾涸的水田，是等同地獄圖般的景象。正因出現這麼可怕的情形，才得虔誠向明大人祈願，現在卻礙於人世間的緣由要停辦座燈祭，算哪門子事啊？

阿近認爲此話有理。

「自從阿夏死後，哥哥第一次顯得這麼有精神。」

上午前往宅邸的一平，直到入夜後才返家。

「他說事情已談妥。」

多虧有石杖老師。

「又是那個畫師？」

「是的，哥哥一臉難以置信。」

那位老師口才眞好。

「身爲外地人的石杖老師，說服名主及喧鬧不休的村民，成功解決麻煩嗎？」

「是的。」

石杖老師是這麼說的：

——總之，爲了避免觸怒服喪中的領主，得停辦慣例舉行的慶典，但只要能喚醒水田之神就沒事了。既然如此，不妨採用另一種處理方式，各位意下如何？

「利用那幢別房？」

註：農民或信徒集結在一起，反抗當權者的組織團體。

母親聽得雙目圓睜。
「嗯，將別房的門板和防雨門全部拆下，改成紙門，糊上紙。」
整個別房看起來就像大座燈一樣。
「別房位在小森神社跟前。在那裡安設一個特大號的座燈，從神社就能清楚看見，豈不是最適合用來喚醒明大人嗎？」
但這絕不是座燈祭，只是改造別房，不算違抗一主公的旨意。況且，採用這個提案，爲了舉行座燈祭準備的顏料和用紙也不會白白浪費。
「這是石杖老師的提案吧。」
母親表情凝重。
「他竟能讓名主大人同意。」
「因爲老師說，只要有一個晚上用漂亮的圖畫裝飾別房，並點亮燈火，就稱得上是對在別房逝世的老太爺的一種供養。」
阿月和母親不禁面面相覷。哈，原來是這麼回事。
「這樣很好啊，名主大人也算是對老太爺盡了一分孝心。」
其實根本不算是盡孝，名主大人明白自己的不孝引來父親的怨恨，如果能讓這筆仇恨一筆勾銷，心中的憂悶也能消除，可謂一石二鳥。這才是名主大人的眞心話。阿月忍不住想這麼說，但母親蹙起眉，搖搖頭，她才沒說出口。
「點一整晚的燈火後，別房要怎麼處理？」
「和大座燈一樣，搗毀焚燒。當然是盡量和座燈祭的慣例相同比較好。」

別房將從世上消失，完成重要的任務。

「原來如此。」

母親語意深長，只有阿月才懂。「眞是好主意。」

「我就說吧。老師好像也不是這幾天才臨時想到，貿然提出，應該很早以前就持續和名主大人討論吧。」

極有可能。

「長木村的村長說，他無法做主，要再回去討論，余野村的村長則是接受提議，表示要派個負責畫圖的人過來。如果每天都從余野村趕來，太浪費時間，乾脆借住村長家。總之，這是今天的結論。」

「有人說，要是最後一主公怪罪下來，比鬧荒災可怕。」

這是在一旁聆聽眾人討論的阿松提出的看法。

「雖然名主大人斥責『還有比荒災更令農民害怕的事嗎！』，但長木村的村長並未讓步。他說『名主大人，要是您誤聽外地人的花言巧語，做出錯誤的決定，最先人頭不保的將會是您，眞要這麼做？』，恫嚇名主大人。」

名主是領主的代理人，頗有身分地位，但管理村子的是村長。況且，這次的情況，村長很清楚名主不可能對一主公說「長木村的村長違抗命令，令我很頭疼」，才會賭上村長的尊嚴，堅持自己的主張。

至於小森村的村民是否全部上下一心，著手將別房布置成大座燈？其實不然。負責製作大座燈這項重要工作的人員中，有人認爲將別房改造成像大座燈一樣，反倒會引來明大人的懲罰，不太願意配合。負責作畫的惣太郎也是其中之一。

「如果不能好好舉辦慶典，乾脆不要做還比較說得通。」

他留下這些話，退出作畫。如此一來，其他負責作畫的人也心生不安，最後只剩巳之助爺爺。正在發愁時，石杖老師主動加入。他一定是從一開始就打這個主意。

「歸咎起來，這算是我的提議，況且我也是一名畫師，請務必讓我略盡綿薄之力。」

開始進行作業前，我會齋戒沐浴，到小森神社參拜，向明大人稟報此次的緣由。如果接下來的行動不合明大人的意，將懇請明大人對我岩井石杖降罰——話說到這個分上，他展現出無比的熱忱，自然是奏效了。

小森村的人過完簡樸的新年，馬上著手修繕別房。在紛亂的情況下，起步晚了，偏偏這次做法又和往年不同，眾人手忙腳亂。

一平主動請求村長，讓他幫忙修繕整理。

「當初老太爺住在別房的時候，阿夏常去那裡吧。」

「唔……嗯，她很認眞照顧老太爺。」

「所以，這次不光是對老太爺的供養，也會是對阿夏的供養。」

一平表示，爲了阿夏，他想將別房改造成漂亮的大座燈。

「哥，石杖老師的話，你居然當眞呢。」

阿月嘴上調侃，但失去阿夏，她同感悲傷，十分明白一平的想法，於是自願前往支援。女人和孩童不能參與座燈祭，阿月只能負責打雜。每天揹著重物前往東邊森林，是很辛苦的粗活，但她甘之如飴。

「你們兩個眞是的。」

母親感到訝異，但並未攔阻。

於是，阿月與石杖老師再次碰面。

「噢，是阿月。麻煩妳了。」

老師忙著指揮修繕及討論該如何畫底稿，阿月只是遠遠望著他。

——他似乎相當高興。

自從在阿月的帶路下來到別房，老師可能就在打這個主意吧。他曾經提過——眞想在這裡作畫。對了，乾脆將整幢屋子改造成大座燈，並在上頭作畫，想必會很美。該怎麼說服名主大人？

名主推託「不能讓人覺得是我在指揮一切」，始終沒踏進別房。只有在修繕完成，裝上僅有框架的門和紙門時，偷偷來瞧過。與他同行的，是至今仍惴惴不安的阿松。

「只要全部糊上紙，看起來就像一盞大座燈。」

名主發出讚嘆，四處檢視，並欣賞石杖老

師和巳之助爺爺畫的底稿。阿月一直很在意名主的反應，她並未錯過那一幕。

畫師湊向名主耳畔，悄聲道：

「關於擱置在這裡的破水甕，還是保持原狀。當順利完成儀式，要將這裡搗毀焚燒時，再連同那個水甕一起打碎吧。」

那就太好了——名主應道。

一直擺在別房裡的破水甕。這裡不是活人的住處，是死人的居所，證據至今仍擺在土間的角落。阿月親手擦拭得乾乾淨淨，不是奉了誰的命令，而是她替水甕感到哀傷。不過，此舉博得畫師的誇讚。

開始要使用顏料了，需要許多陶壺和碟子。阿月在溪谷邊清洗村裡運來的用具時，阿松走近。

「妳眞賣力。」

「是啊，阿松姊不也一樣？」

「這種地方，我一刻都不想待。」

阿松縮著肩膀，轉頭望向別房。

「老師常往這裡跑，我們得來看看情況。」

「如果是要替老師辦事，我可以代勞。」

「妳和一平都很了不起。對了，從明天起阿玉會來幫忙，她想看人作畫。」

不管她以什麼當藉口，重點就是想待在一平身邊，眞煩人。

一切應該都與阿月的想法無關，不過，確實就在阿玉到來的那天，發生異狀。

「唉，好麻煩。」

吃完午餐，收拾餐具時，阿玉發著牢騷。

在別房裡無法煮飯。土間的爐灶要是清理乾淨，就能重新使用，然而……

「這裡不是住家，是要獻給明大人的大座燈，不能將無謂的生活瑣事帶進來。」

由於石杖老師如此吩咐，在修繕時一概撤除。如果要取暖，就在溪谷邊升火，順便燒開水。一天吃三餐，分別是早餐、午餐，及下午點心，不過都是在名主宅邸烹煮後運來。

因此一天當中，阿月至少得往返村莊和別房兩次。工作空檔能吃的有蒸地瓜、稗餅、飯糰等。一直都有六、七個男人在場，所以一次這麼多人份，頗有重量。由於提供醬菜，甚至是裝在飯盒裡的燉菜，一次搬不過來。有時臨時需要物品，還得立刻趕往拿取。

對此，阿玉相當不耐煩。

阿月冷淡應道：「既然這樣，妳回去吧。我一個人也忙得過來。」

「哼，我是想說，只有妳一個人會很辛苦，才來陪妳耶。」

「有我哥在，沒問題。」

這裡的工作，一樣得暗中偷偷進行。村裡的女人不能吵吵鬧鬧來幫忙，幾乎只有阿月和一平在打雜，牢騷滿腹的阿玉留下只會礙事。

此刻，一平上到屋頂打掃。要將這裡布置成大座燈，其實最好不要有屋頂，但擔心會降雨或下雪。既然這樣，至少要打掃乾淨。

阿玉仰望著一平。

「他的動作眞輕盈。」

一平應該不是察覺阿玉的視線刻意避開，但他突然走向屋頂的另一側，消失蹤影。

一平的動作確實輕盈。就算是高處，他也三、兩下就攀了上去。這麼一提，之前爬上屋梁，將封死的煙囪打開的也是一平。煙囪是縱一尺、寬一尺半的窗戶，上頭罩著網子，防止鳥獸潛入。網子上還疊著木板釘死，所以打開時費好大一番工夫。

——爲何當初要這麼大費周章？

雖然訝異，但阿月答應過母親，只得選擇沉默。

「我也去幫一平的忙好了。」

「隨便妳。不過，要是踩穿屋頂，跌落地面，小心扭斷脖子。」

石杖老師和巳之助爺爺等幾個負責作畫的人，拿著用黑墨大致畫成的底稿抵向門框和紙門，討論哪幅畫該擺在哪個位置上。底稿是在透寫紙上繪製，待一切分配妥當，再重新描繪在眞正的用紙上。這麼一來，就不會浪費紙張和顏料，所以作畫者全認眞起來。

老師的態度，就像之前對阿月一樣，完全不會用高姿態的口吻，大家迅速打成一片。此刻，他們拿著底稿，一會貼向紙門，一會移開。

「這樣的話，在這裡擺上西邊森林的景致，前方安排插秧時的水田畫面，如何？」

「如果是這樣，針對此處水田與貼在土間後門的畫做圖案的連接，不是挺好？」

眾人討論熱絡，興致勃勃。

「人家本來很期待大座燈的武者圖。」

阿玉一臉無趣地說道。

「今年畫的全是鄉村景致。」

描繪村莊四季不同的風貌，其中將春天的圖畫特別放大，數量也格外多，提醒「明大人，春天來了」。這也是老師的主意。

「要把人也畫進去，還有插秧和收割的模樣。」

「嗯。」

「以靠近小森神社的那一邊當春天，往右依序是夏、秋、冬。好，那我先走一步。」

阿月整理好要搬的貨物，站起身時，石杖老師看到她，抬起手叫喚。

「阿月，妳要回村子嗎？」

「是的，您有什麼事嗎？」

「或許有江戶寄來給我的包裹。妳可以代我向阿松詢問嗎？是裝著膠水、白胡粉、岩繪具（註）的包裹。」

其他作畫者聞言，一陣譁然。老師咧嘴而笑，露出缺牙。

「各位教我調製小森村所用的顏料，我也想貢獻一些，當成回禮。」

「太感謝了。」

巳之助爺爺十分開心。

「送我們老師用的顏料，未免太可惜。」

取下包覆頭頂的手巾，笑咪咪低頭鞠躬的，是余野村唯一派來的作畫者，名叫貫太郎。他的父親是余野村擁有第二多田地的農民，他今年應該已過二十歲。此人微帶戽斗，嘴角垂落，起初覺得有點可怕，習慣後才發現，他其實個性溫柔，就是身子骨太瘦，也許是大病初癒。因爲他吃不多，

註：日本畫顏料所用的原料，多以礦石磨碎製成。

看起來沒什麼精神。這是他第一次露出笑臉。

「那我走嘍。」

阿月轉身，朝仍在打混摸魚的阿玉呼喚。

「阿玉，記得先去汲水。泡在水桶裡的墨壺和小碟子可以洗乾淨，不過擺在外廊上的千萬別碰。」

「阿月，妳少擺架子，我就快當妳的嫂嫂了……」

阿月沒聽她把話說完，便快步離去。

到名主大人家拜訪時，郵包已送達，是個小木盒。裡頭裝著幾個用油紙包覆，再以蠟封住的包裹。因爲入手並不沉重，阿月決定連同木盒一起揹著走。擺上一包當下午點心的蒸地瓜和柿餅後，她返回別房。路上看到一群在外頭玩耍的孩子，阿月的妹妹們也在其中，於是互相揮手。一早降霜，太陽升起後便融解，田壟上多處泥濘。春天的腳步接近了。

她想早點讓老師和大家見識木盒裡的東西，氣喘吁吁回到別房時，已發生那場風波。阿玉平躺在外廊，貫太郎憂心忡忡地朝她的臉搧風。一平待在一旁，滿臉羞愧，不知所措，簡直坐立難安。

「啊，阿月小妹。」

可能是身爲來自余野村的客人，貫太郎並未直呼阿月的名字。

「這女孩突然大叫一聲，仰身倒下。」

阿月邊喘息邊問道：

「她從屋頂掉下來嗎？」

「阿玉怎麼會爬到屋頂上？她是在屋裡。」

由於老師他們忙著用漿糊暫時固定底稿，打掃完屋頂的一平從旁協助。在溪谷邊洗東西的阿玉回到屋內，站在後面觀看。

「她突然大叫一聲。」

兩眼翻白，仰倒在地上。

「她放聲大叫時，指著那邊的煙囪。」

貫太郎比向前面房間的屋梁上方。

「不曉得她是怎麼了……我揹她回村裡吧。」

底稿幾乎都固定完畢，別房宛如一盞貼滿水墨畫的座燈。屋裡傳來畫師們的話聲。

阿月悄聲問：

「阿玉會不會是希望哥哥理她，才刻意這麼做？」

咦？發出驚呼的，不是一平，而是貫太郎。

「阿月，妳別胡說。」

一平又氣又急，但阿月毫不顧忌。老愛添亂的阿玉如果是在演戲，絕不能將貫太郎這樣的好人捲入其中。

「貫太郎先生，我是說眞的。阿玉整天嚷著要當我哥的媳婦。」

哦，貫太郎笑道。

「原本說好，要讓我哥娶一名叫阿夏的女孩當媳婦，但去年夏天她突然病逝。阿玉覺得自己有希望，漸漸變得厚臉皮。」

動了怒氣的阿月口無遮攔。貫太郎聞言，再度發出「咦」一聲驚呼，收起帶有調侃意味的笑容。

「一平，眞有這件事？」

雖然兩人無話不談，但貫太郎畢竟是余野村的人，應該是第一次聽聞此事。

「那名叫阿夏的女孩，是病死的嗎？」

「是的，死於疫痢。」

原來是這麼回事——貫太郎頷首。

「眞可憐，你一定很難過。」

令人驚訝的是，他眼中竟微泛淚光。阿月和一平面面相覷。

貫太郎急忙拭淚。

「哎呀，讓你們見笑了。抱歉、抱歉。其實，去年春天，妻兒雙雙離我而去。」

這次發出驚呼的，是阿月和一平。

「現在還是不時會想起他們，管不住淚水。其實，我們村子原本應該是要派一位名叫伊助的老爺爺來作畫，但他有事離不開村莊，我自願代替他前來。」

陰錯陽差問出這麼沉重的一段過往，不知該說些什麼才好。貫太郎頻頻吸著鼻涕，頹然垂首。

就在這時——

「哇！」

阿玉突然大叫一聲，猛然坐起身。阿月他們大吃一驚，紛紛往後退開。

「阿玉！」

「阿、阿月！」

阿玉面無血色。

「阿、阿、阿……」

阿玉口水飛濺，下巴抖個不停。看來不是在演戲。

「是我。我在這裡。」

阿月執起阿玉的手。「我哥也在。阿玉，到底怎麼了？」

阿玉突然表情一垮。

「有、有、有妖怪！」

畫師們不知發生何事，紛紛跑到外廊來。

「噢，她醒啦。」

阿玉不顧一切握緊阿月的手，拚命搖晃，放聲哭喊。

「有妖怪！我看到了！妖怪瞪著我們！」

「在、在哪裡？」

眾人盡皆錯愕，一平率先提出正經的提問。

「那座煙囪！」

阿玉看也不看，轉身指向房間的煙囪。

「啊，一平。」

阿玉猛然回神般，甩開阿月的手，緊抱著一平不放。

「一平，我好怕啊！我想回村子。」

一平連忙著將阿玉往回推。

「眞會添亂。」

巳之助爺爺半生氣、半無奈地說道。

「這種地方哪會有妖怪啊，妳是被狐狸或狸貓耍了吧。」

「它、它長著人臉。」

阿玉緊抱著一平，極力辯駁。

「它一頭亂髮，下巴凸尖，瘦得像骷髏一樣。」

同樣瘦得下巴凸尖的貫太郎，尷尬地搔抓臉頰。

「那個東西從高高的煙囪往屋內窺望。」

巳之助爺爺指向煙囪。

「會不會是有人從村裡跑來看熱鬧？」

「不，應該是狸貓在搞鬼吧。」

這群作畫者你一言、我一語時，阿玉再度放聲尖叫。

「那是老太爺變成的妖怪！」

這時，原本面露苦笑，望著這場騷動的石杖老師，突然一本正經地喝斥。

「不可胡說。」

他的嚴厲口吻，令其他臉上掛著笑容的人紛紛轉爲嚴肅。

「可是……」阿玉再度哭起來。

「一平，帶這女孩回村裡吧。」

一平和阿玉離去後，眾人又開始作業，不時更換底稿的位置。老師打開阿月運來的木盒，檢視裡頭的東西，接著向眾人說明顏料的色調和用法，別房又恢復生氣。

阿月忙著汲水、調製漿糊，張羅各項瑣事，但若說阿玉剛才的話她完全不在意，那是違心之言。

她忍不住抬眼往上瞄。那是再平常不過的煙囪，拆除木板後，一平重新套上網子，不必擔心鳥獸會闖入。

土間上方的煙囪朝西，房間上方的煙囪朝東。此時已是向晚時分，橘紅色的陽光從土間射進屋內。

「今天就到這裡吧。」

晚上眾人會先將防雨門和門板裝回去。正當眾人拆下暫時固定的底稿時，一平返回。「占用各位的時間，眞是抱歉。」

眾人小心收拾整理、熄滅餘火，一起離開。

「話說回來，還眞是奇怪。」

巳之助爺爺笑著朝阿月問道。

「阿月，妳不怕嗎？」

一點都不會——阿月回答。「不過，我是不是不該在場？女人向來不能參與座燈祭。」

「妳和阿玉都還不算是女人，只是小孩。」

就是說啊——其他作畫者跟著附和。貫太郎頷首贊同。

「在製作大座燈時，向來都會請女人幫忙張羅。妳工作勤奮，做事又謹愼，別說不能參與了，連明大人都會誇獎妳。」

石杖老師也在一旁面露微笑。但阿月看得出，他似乎在想些什麼。

立春的腳步一天一天接近。對於別房的工作，眾人也加快步調。

從那之後，阿玉非但沒到別房來，連在佃農長屋裡，也不再糾纏一平和阿月。阿玉的母親從一平口中得知經過後，將阿玉痛罵一頓。因此，阿玉總站在不遠處，怨恨地注視著每天去別房報到兩兄妹。

「阿玉才像妖怪。」

一平如此說道，露出許久未見的愉快笑容，阿月看到也同感開心。

在立春前三天，第一次貼上全部上好色的圖畫。雖然是暫時固定，但這是正式要用的圖畫，勢必得小心處理才行。

「哇……」

眼前的景象美不勝收，阿月看得目眩神馳。

「老師，好美喔！」

「是嗎？妳也喜歡？」

老師指著其中一幅「秋天」的圖畫。

「這裡不是畫了一名採收樹果的少女嗎？因爲人太小，臉畫得沒那麼像，不過這就是妳。」

這麼一提才想到，這就是先前老師要阿月「維持這個姿勢別動！」時，她擺出的姿勢。

「數數看從春天到冬天畫的所有人像，剛好就是小森村的人數。」

長木村和余野村分別畫出象徵他們村莊的半纏，加進畫面。在「冬天」的圖畫中，披在地藏王身上的是長木村的半纏，而「夏天」時插在水田中的稻草人，穿的則是余野村的半纏。

「我在這裡。」

貫太郎指著站在圖畫角落朝田裡施肥的人，莞爾一笑。

「這是巳之助爺爺畫的，下巴明顯往前凸出。」

等入夜後，四周變得昏暗，把屋內的燈點亮，就會浮現每一幅畫。如果從外頭看，感覺像在觀賞巨大的幻燈片。

大家都歡欣鼓舞。阿月拍手直喊「好美、好美」，雀躍地繞著別房轉圈時，有個東西映入眼簾。

是手。

土間上方的煙囪。將原本封住的木板拆下後，一平重新套上網子。有人從外頭伸手，搭在網子上。

——居然爬到那種地方。

阿月腦中閃過這個念頭。會是誰？這名想偷看別房美麗布置的調皮鬼，究竟會是誰？

下一瞬間，網子外赫然出現一張枯瘦的老人臉孔。雙目圓睜，嘴巴半張。

光是這樣就夠古怪了，但他的出現方式同樣怪異。手明明從煙囪底下伸出，臉卻由上而下垂吊著。

阿月放聲叫喊。當時她到底叫了什麼，直到現在仍想不起來。只記得她的聲音馬上被另一個更大的聲音掩蓋，背上有隻手摀住她的眼睛。

發出叫聲，並伸手摀住阿月眼睛的人，是巳之助。他單手摀住阿月的眼睛，一個扭身，因力道過猛，倒臥在地。

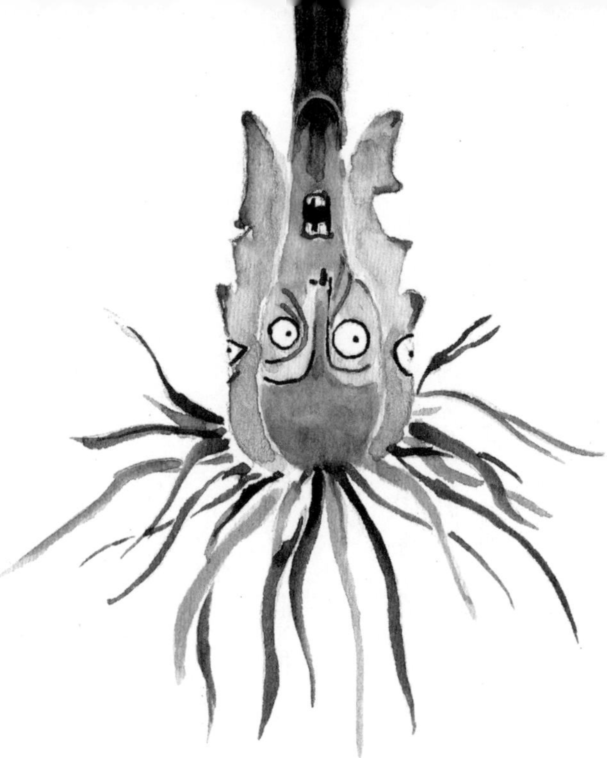

「巳之助先生，振作一點啊。」

余野村的貫太郎馬上扶他起身。巳之助緊緊抱著阿月躺在地上，呼吸急促地叫喊：

「不行、不行，不能看！」

接著，他以很快的速度誦念著「南無阿彌陀佛」。

阿月掙扎著從巳之助的臂彎裡溜出。她以手撐地坐起身，抬頭望向土間的煙囪。

那裡已空無一人，什麼也沒看見。

石杖老師及周遭的男子，皆呆立原地。阿月用力握住一平的手，他才回過神。

「阿、阿月，妳不要緊吧？」

「哥，是老太爺！」

發出聲音後，阿月也變得呼吸急促。

「老太爺從煙囪窺望我們！」

惹事者阿玉並非信口胡說，阿月同樣親眼目睹。

巳之助聞言，再度扯開嗓門道：

「那不是老太爺！」

「可是，巳之助爺爺……」

「不行，不行！」

巳之助可能是想抓住阿月，彷彿在游泳，一再伸手抓向她。貫太郎急忙從身後架住他。

「你冷靜一點啊。這到底是怎麼回事？」

阿月躲在一平背後，一平挺身保護妹妹。

「你們說的老太爺……」

石杖老師仰望土間上方的煙囪，接著環視在場眾人。

「是名主大人的父親吧？」

村裡的作畫者紛紛頷首。

「是的，是前任名主大人。」

「阿月，妳確定對方是老太爺嗎？」

他平靜地詢問，阿月點頭。巳之助安分許多，神情轉爲頹喪，雙手掩面。貫太郎憂心忡忡地伸手貼向他後背。

「和阿玉那時候一樣，對吧？」

「是的，阿玉並不是在胡鬧。」

雖然很不甘心，但阿月不得不這麼回答。

這樣啊——畫師說著，點了點頭。

「可能是這裡的圖畫太美，已故的老太爺跑來欣賞吧，根本沒什麼好怕的。」

對他來說，這會是極佳的供養——畫師繼續道。

「乾脆多加把勁，在立春的前一晚，努力布置出人間仙境般的景致吧。巳之助，好不好？」

石杖老師拍著巳之助的肩膀，柔聲勸道。巳之助頹然垂首，沉默不語。作畫者面面相覷，但沒人提出反駁。

「好了，今天做到這裡吧。」

聽從老師的指揮，眾人把畫取下，著手收拾。巳之助仍沒有要起身的意思，阿月替他擔心，來到他身旁。

「巳之助爺爺。」

她出聲叫喚，巳之助沒動，只瞅阿月一眼，壓低聲音說道：

「哪有什麼供不供養的。」

那東西才不需要——巳之助語帶不屑。

「阿月，妳剛才看清楚了嗎？」

「我看到老太爺的臉。」

老太爺臥病前，常在村裡散步。要是有人工作偷懶，就會出言訓斥，如果孩童做危險的事，也會當場喝斥。大家都認得他的臉。

「雖然長得像，但那種東西怎麼可能是老太爺？是狐狸或狸貓想誆騙我們。這是山裡的野獸幹的好事。」

之前阿玉目睹時，作畫者當中也有人笑著這麼反駁。

巳之助低頭望著地面，無精打采地搖搖頭。

「算了，妳不必再說。」

余野村的貫太郎擔憂地望著他們。與阿月目光交會時，他像在打圓場般喚道：阿月，熄滅餘火的工作就麻煩妳嘍。

返回佃農長屋的路上，一平開口問：

「阿月，坦白告訴我，妳看到什麼？巳之助先生對妳說了些什麼？」

阿月詳述經過，一平聽得神情凝重。

「連妳都看到啦。」

是狐狸還是狸貓呢——一平喃喃低語。

「哥，你也這麼認爲？」

一平頻頻轉動手和頭。

「那反而比較像是守宮（壁虎）。」

張開手腳，緊貼著煙囪的牆壁。的確很像守宮，並且手和頭上下顛倒。

「亡靈會以那種模樣現身嗎？」

「我哪知道。」

一平似乎有些惱火，語帶不悅。

那天，阿月心裡一直擱著這件事，但過了一晚，旭日東升後，心情好轉許多。昨天事發突然，不太有眞實感，像做了一場噩夢。

一如平日，揹著大大的包袱前往別房時，她發現變得不太一樣。雖然防雨門敞開，但還沒開始作業。沒看見巳之助的身影，村長和惣太郎已到場。他們找來村裡的作畫者和貫太郎，圍著石杖老師盤腿而坐。

她正納悶是怎麼回事時，一平急忙爬行來到外廊。

「現在正聊到棘手的事，妳先別過來。」

一路將阿月趕到東邊森林內，一平才道出緣由。

「昨晚巳之助先生跑到惣太郎先生家，兩人一同去找村長談判。」

「談判？」

「他們希望不要將別房布置成這個模樣。」

阿月大吃一驚。

「若是如此，就沒有大座燈，明大人也不會醒來啊。」

明天就是立春的前一天。

「爲什麼現在才說這種話？」

一平噘起嘴，盤起雙臂，十足的男人樣。

「昨天那件事，巳之助先生好像大受打擊。」

——那是亡靈。是妖怪。我看到了，我親眼瞧見了。

「他還說，會出現那種東西，全是我們做錯事的緣故。」

——就算將別房裝飾成那樣，仍不能用來代替座燈祭。這麼做喚醒的不是明大人，而是亡靈啊。

「談判結束，他便一病不起，直到今天早上都無法起身。」

惣太郎益發慷慨激昂，於是村長前往查看別房的情況。

「老師可有說什麼？」

「還不就和昨天一樣。別房變得漂亮，已故的老太爺前來觀看，有什麼不對？他說得一派輕鬆。」

「那大家呢？」

「大家都沒看到亡靈。」

眞傷腦筋——一平說。

「喂，阿月。妳眞的看到老太爺嗎？」

阿月一時不知該如何回答。她確實親眼目睹，但現在感覺一切就像一場夢。在這種情況下，如果說自己沒瞧見，是一時眼花看錯，這件事就能平安收場。

一平嘆了口氣，「逼問妳也沒用。」

阿月的哥哥心地十分善良。

「村、村長打算怎麼做？」

「他吩咐今天暫停作業，等村民齊聚再討論。」

原來如此，前往江戶工作的村民今天會返回。

「那麼，會等到大家集合後再討論嘍？」

「只能這麼做吧。」

「哥，你支持哪一邊？」

「不知道。」

雖然他很坦率，但實在不太可靠。

「不過，惣太郎先生是不會改變心意的。他看起來怒不可抑，一直說石杖老師不能信賴。」

「什麼話嘛，老師才不是壞人。」

一平點點頭。

「我也這麼認爲，但惣太郎先生的話我明白。他說那個畫師和我們這些農民百姓不同，猜不出究竟是什麼心思。」

石杖老師的心思，和這次的事會有什麼關係？阿月一頭霧水，返回村裡。好轉的心情再次跌落谷底，很不甘心。

——全是我害的。

不管看到什麼，當時別那麼驚慌就好了。要是別大呼小叫就好了。這麼一來，巳之助爺爺就不會發現，都怪我太粗心大意。

「眞是辛苦妳了……」

阿近心有所感地說道。多麼棘手的情況啊。

「阿月，這不是妳害的。妳完全沒錯，更不是個粗心大意的人。」

這點我很篤定——阿近也慷慨激昂起來。

「仔細想想，是誰引發這些紛爭？不都是一主公嗎？」

歸咎原因，全是一主公禁止舉辦座燈祭的關係。這正是一切紛爭的開端。

「這件事我也明白。名主大人會想向一主公稟報，希望他引以爲戒，不要重蹈覆轍，也是無可厚非。十分理所當然。」

見阿近義憤塡膺，阿月直眨眼。

「不過，小姐，這次的事順利解決了。」

阿近大感意外。

「咦，沒有再度變成喧鬧不休的場面？」

不是要等到出外工作的人返回村內，大家齊聚一堂後，才要做定奪嗎？

「是的。因爲不像上次花那麼多時間，很快談出結論。」

「是怎麼辦到的？」

小森村的村長一回到村裡，便催促大家參觀別房，並吩咐從外地工作返家的人，把伴手禮擱一旁，先去一趟。

「村長還說，就算是佃農也不必有所顧慮，畢竟是和村子有關的大事。」

村子裡上上下下，只要是能動的人全部出動。就算是不能動的，也會請人揹著前往別房。

「名主大人的女侍阿松也去了嗎？」

「是的，畢竟是村長的吩咐。」阿月笑道。「連怕得要命的阿玉也一樣。我想拖著她走，她卻從我手中掙脫，大呼小叫，後來是我哥陪她前往。」

阿玉恭順地跟著一平，可見很懂得見風轉舵。

「親眼目睹後，再也沒人害怕。」

也是。貼上繪有小森村四季景致的圖畫後，別房完全化身成特大號的座燈，美麗又夢幻。

「石杖老師逐一指出上頭的圖案，解釋『其實我們把所有人畫進圖裡』，大家都開心極了。」

哦，這是我嗎？我家在哪裡？啊，眞的畫進裡頭了。爹，你在這裡——於是，連一開始反對裝飾別房的人，也馬上受到吸引。

「我爹說，江戶有許多吸引人去觀賞的漂亮玩意，但都沒它好看。」

「唔……」阿近一臉佩服，「原來如此，村長眞是深謀遠慮。」

既然布置出這麼棒的作品，輕易捨棄實在糟蹋，乾脆用來代替慶典的大座燈。只要村民也傾向這麼做，就能力排眾議。

實在高招。不過，想必村長不是憑邏輯判斷，想出此一方法。約莫是親眼目睹別房後大爲驚奇，相當欣賞，才想出這個方法。

「那天傍晚，村民一直在討論，如果朝別房點燈，不知會是怎樣的景象。」

幾名作畫者一度被惣太郎說服，心生動搖，後來聽到大家這般讚嘆，也就不再那麼反感。別房是我們嘔心瀝血的作品——他們馬上振作起來，轉爲得意洋洋。

「惣太郎先生雖然焦急，但沒人肯聽他的。」

「這也難怪。」

說什麼亡靈如何如何，當然不吉利，又駭人聽聞，但也只是片面之辭，村民並未親眼瞧見。相對地，彩繪別房的四季圖畫在眼前展開，兩者說服力截然不同。

「名主大人怎麼說？」

「儘管石杖老師一再邀約，但名主大人表示，爲了顧及一主公，他得保持一概不知的立場，一直待在宅邸裡。」

還順便訓了村長一頓，責怪他不該讓村民這般喧鬧。

「連名主大人都感到憂慮，可見村民多麼開心。石杖老師肯定得意不已吧。」

聽到阿近的話，阿月的臉龐蒙上一層陰影。

「啊，抱歉。」

聆聽者實在不該搶話。

「不，是我不好。呃……」

阿月雙目低垂，似乎在思考接下來該怎麼說。阿近重新坐正，安分地等待。

「隔天……就是立春的前一天，一早別房就忙得不可開交。村裡的民眾全跑來參觀，弄得到處髒兮兮。」

這也是無可奈何，但湧進大批群眾，再怎麼小心提防，還是會弄髒畫，或導致邊角剝落，勢必得趕在傍晚前修補完成。

「我再度和哥哥一起幫著打掃，搬運座燈、燭臺、油桶、蠟燭箱，爲了到時能點燃眾多燈火。」

阿月和一平忙進忙出。

「不久，村長和扛大座燈的人前來，著手準備今晚的各項慶典。」

座燈祭的大座燈會在村內遊行，但別房無法離開原地，今晚喚醒明大人的祭禮結束後，爲了讓村民能再來參觀，得做好事前準備。由於眾人萬分期待，要是放任不管，一定會爭先恐後地蜂擁而至。晚上要穿越漆黑的東邊森林，有些地方路面不平，容易引發危險。爲了讓眾人井然有序地前來，預先做好安排，派人擔任前導。

「村長和扛座燈的男人好像都忘了，這不是座燈祭，如果不低調地暗中進行，將會惹禍上身，個個興奮雀躍。」

連阿月也爲這樣的氣氛沖昏頭，前天的事幾乎全忘了。雖然對巳之助有點抱歉，不過土間上方煙囪出現妖怪的事，阿月往內心蓋上蓋子，不再憶起。

「申時（下午四點）過後，我和哥哥忙完，打算回去時，石杖老師走來，說他也要回去。」

圖畫全部處理妥當，畫師的工作也結束了。

「關於祭典，已沒有我置喙的餘地。」

但他拿著一束東西，阿月發出驚呼。

「啊，是風車！」

是小森神社後方供養塚供奉的風車。

「我將用剩的紙交給阿松，請她替我製作的。顏色是我用顏料畫上的，看起來很華麗吧。」

一、二……共有十根。

「你們去祭拜過了嗎？」

「還沒。」

在家中都是母親負責製作風車，但今年阿月和一平根本無暇顧及，完全忘記風車的事。

老師提議：「那我們一起去吧。應該說，要是你們能替我帶路，就幫了我一個大忙。」

一平略顯躊躇，但阿月一口答應。

「沒問題，謝謝！」

三人一起走上小森神社的參道。穿過鳥居後，阿月和一平停下腳步，彎腰行禮，接著穿過神社旁，繞往後方。

「不參拜嗎？」

「老師，明大人還在沉睡，我們不能打擾。」

「哦，這樣啊。」

村民合力清除冬天時堆積的枯枝和落葉，爲變硬的黃土進行鬆土，供養塚上供奉著五顏六色的風車，幾乎覆滿整個表面。

雖然太陽逐漸西斜，但天氣晴朗，平靜無風。包圍神社和後方供養塚的明森，寂靜無聲。

阿月一直覺得很不可思議。山鳥是如何知曉季節的變換？難道鳥兒有自己的農民曆？現在明明聽不到鳥鳴，但等座燈祭結束，立春到來，馬上變得生意盎然。

老師華麗的風車已全部立好，阿月後退一步，環視漂亮的景象。

「唯獨這裡像一片花田。」

一平拂去掌中的泥土，點點頭。「嗯。」

石杖老師解釋道：「阿松並非只是忙著聊天。」

一平緊繃的臉頰，終於緩和。「是。」

「那麼，我們合掌膜拜吧。」

不僅是爲了自己的兄姊和弟弟，而是爲了一起住在村內的孩童，阿月和一平雙手合十，低頭膜拜。他們恭敬膜拜許久，抬頭一看，老師仍舊合掌，雙目緊閉。

阿月望向石杖老師的側臉。畫師睜開眼，放下雙手，凝視點綴供養塚的眾多風車，以阿月之前不曾聽過的柔弱聲音娓娓道來。

「其實，七年前我也失去孩子。」

一陣微風拂過，風車發出聲響。

「自從有了家室……就是結婚成家的意思，一直沒能有孩子。我們夫妻向賜子之神祈求，試過各種人們建議的方法，終於生下一個男孩。」
阿月說不出話，一平則悄聲詢問：
「他是幾歲過世的呢？」
「六歲。剛開始到習字所上課，還結交了朋友。雖然吩咐過他，回家路上不能繞去別的地方，但夏天時他和朋友到河邊玩水。」
不小心溺水身亡。
「三天後，在下游十六丈（註）遠處找到漂浮的遺體。」
阿月驚訝得說不出話，胸口一塞。
「眞教人同情。」
一平啞聲道。石杖老師可能沒聽到，茫然注視著風車。
「內子終日哭泣。」
他的聲音低沉單調。
「她不睡不吃，身體日漸衰弱。我只能在一旁乾著急，無能爲力。」
一平深深低著頭。風車再度發出聲響，葉片微微轉動。
「所以，我爲內人作畫。」
畫下兒子的肖像。
「一張又一張畫出那孩子嬉笑、遊玩、在內人懷中熟睡的圖畫。畫下他生前的模樣。」
老師告訴我們這件事好嗎？我們該聽嗎？阿月心神不寧。
石杖老師緩緩搖頭。

「這種東西根本發揮不了作用。畢竟只是一張紙，畫得再好，還是不會有生命。說來可悲，內子益發悲傷哭泣，瘦骨如柴，最後隨著孩子的腳步離世。」

阿月按捺不住情緒，伸手想碰觸畫師沾滿顏料的和服衣袖：您不該講這個故事。在阿月的手指即將觸及前，老師轉身面向他們。

「一平，你一直懷疑我別有企圖吧。」

老師面露微笑。

「阿月遭遇那麼可怕的事，巳之助又臥病不起。惣太郎會生氣是無可厚非，聰明的你會接納惣太郎的意見，也是理所當然。我沒生你的氣。」

一平抬眼望向老師，神情有些慌亂，半晌說不出話。

「不過，我有我的想法，希望你們能諒解。可以聽我把話說完嗎？」

就算他沒開口請託，我也想知道。阿月心裡有一半這麼想，另一半卻想摀住耳朵逃離。但她哪裡也去不了，雙腳釘在原地。

「願聞其詳。」

一平顫聲道。老師笑逐顏開，對他說「謝謝」。

「我喪妻後，一直四處雲遊。因爲我下定決心，要走遍這個國家，持續探求智慧和技藝。」

要怎麼做才能喚回性命？

「我是一名畫師。如果是作畫，我有自信能畫得巧奪天工，但就是這樣才感到空虛。既然如

註：約五十多公尺。

此，我又該怎麼做？要怎麼做，才能讓死者從黃泉歸來，棲宿在我的畫中，重新復活？」

「老師，別再說了！」阿月以強而有力的聲音打斷他的話。「如果是死者的靈魂，會在盂蘭盆節及春分秋分時歸來，所以我們才會加以供養啊。」

石杖老師突然伸長脖子，湊近阿月。

「盂蘭盆節及春分秋分時，死者會歸來？那麼，阿月，妳親眼見過嗎？見過死者跟著盂蘭盆節的迎靈之火歸來，還是在邁入春分秋分時，懷念的死者穿過家中大門露面？」

「我、我沒見過，但爹娘都是這麼說的。」

「沒錯，他們是這麼說的，你們才會一直這麼相信，不是嗎？」

那是一種矇騙。不過是一種可悲的矇騙說法——石杖老師繼續道。聲音相當溫柔，表情也很平靜，阿月卻雙膝發顫。

「我走遍大江南北，往來於東西兩地，造訪過各種地區，瞭解當地的風俗習慣。令我驚訝的是，許多地方熱中的不是喚回死者，而是爲了讓死者別再回來，才進行祭祀。」

因爲大家都害怕亡靈，阿月在內心大喊。老師今天的眼神好恐怖。

——從煙囪往內窺望的老太爺。

和那個亡靈的眼神一模一樣。

「活在世上的人，擅自認定死者無法混在他們當中，一起在人間生活。爲了抒解這份落寞，及些許的歉疚，才定下盂蘭盆節和春分秋分這樣的慣習。」

那麼，試著反過來做會如何？

「於是我想到一個點子。若運用我的畫功，將死者和生者全畫進圖畫裡，不知會有什麼結果？」

死者的畫像不管畫再多張，依舊空虛。

「關鍵在於，重現死者生前時的世界，將死者和活人放在同一空間。」

如此一來，或許死者就會重回世間，並棲宿其中。

「其實，造訪這個村莊前，我曾返回江戶，和某商家達成共識，成功將這個想法付諸實行。」

老師的話中，帶有一種傾訴祕密般的親近感。

「我全神貫注爲他們作畫。」

爲了喚回商家因染上瘟疫夭折的女兒，在她起居的閨房裡，盡可能詳實畫出她生前的模樣、往昔與她親近的人、她喜歡的各式物品、她喜愛的風景、她生前周遭的一切。

「但只有一個房間，能畫的事物畢竟有限。我竭盡所能畫出那些圖畫後，半夜裡多次聽到女孩柔細的嗓音，卻始終不見她現身。」

石杖老師緩緩握緊拳頭。

「我需要更大的地方。要用遍家中的每個房間，重現那女孩生前的景象。我深信唯有這麼做才能將她喚回人世，於是極力說服他們。身爲母親的老闆娘答應我，但老闆說什麼也不肯同意。」

這是當然。阿月暗暗想著，不住顫抖。聽到亡故女孩柔細的嗓音？

太不正常了。

老師卻沒明白這一點。

得知此事，阿月只能一味顫抖。此刻，她的悲傷和害怕，老師同樣感受不出。

「最後起了口角，我吃足苦頭，被商家的男丁轟出門外。」

老師露出嘴裡的缺牙苦笑。
「弄斷了這顆牙。」
一平拿定主意般趨身向前，挨近老師。
「老師，這次別房的事，你一開始就是打這個主意？」
石杖老師一愣，接著莞爾一笑。
「別說這種會讓人誤解的話，我才沒打什麼主意。」
「怎麼可能！」
你先別激動——老師安撫道。
「我會造訪這個村落，是熟識的畫師與名主大人素有交誼。託他的福，名主大人才會邀我前來。剛開始在宅邸住下時，我並不知道老太爺和別房的事。我以為在這個豐饒又充滿朝氣的村落，應該沒機會嘗試。」
畫師笑咪咪地說，見阿月和一平仍神情嚴肅，可能是覺得尷尬，他伸手搔抓鼻頭。
「不過……自從聽阿松提到已故的老太爺及別房的事，我心想，這或許是個好機會。」
如果能巧妙說服名主，就能使用別房。
「但交涉的過程要是稍有差池，恐怕會重蹈覆轍。名主大人雖然為自己的不孝感到後悔，卻也不想讓人知道別房的內情。」
絕不能貿然行動。
「不管怎樣，要使用那幢別房，畫下老太爺周遭的一切景致，必須熟悉村莊和村民。」
阿月發出驚呼。

「所以，老師一直到處閒晃，四處作畫。」

「嗯，沒錯。」

爲了畫下這村莊的「人世」風景。試著畫下景致和人物，以備日後派上用場。

「但請相信我。儘管一直在等待機會，我沒進一步盤算。當然，名主大人一概不知。」

「所以，老師才會要我帶路去別房。」

「嗯，沒錯。託妳的福，我比預期早得知情況，順利掌握後來出現的機會。」

——既然禁止舉行慶典，不妨想辦法製作大座燈的替代品，各位意下如何？

儘管如此——老師蹙眉道。

「名主大人的父親就像阿松所言，是懷抱著深深怨念死去。」

「你、你爲什麼知道？」

「因爲出現奇怪的幻影，嚇壞了你們。那不是死者眞正的魂魄，不過是死者殘留的邪念罷了。」

說起來，算是「贋品」。

「街頭巷尾常聽人提到目擊亡靈或鬼魂的怪談，全算是這一類。死者的意念像破布的邊角勾到某物，會留在有深厚淵緣的場所。看在活人眼中，就像詭異的幻影，如此而已。」

這種東西毫無價值。無聊，無聊至極——老師說。

「眞正的死者，會以更完美的形態返回人間。只要道路開啓，陰陽兩地便可相通。」

吐出的話語荒誕不經，老師卻相當沉著冷靜。

「一平，你也有機會重逢。」

老師微微一笑。一平不住後退，一臉驚詫。

「我、我才不要和老太爺的亡靈重逢。」

「不不不，不是老太爺。」

是阿夏。

「在別房的圖畫中，我不光是畫上名主大人的父親，還畫下阿夏的身影。你沒發現嗎？」

一平張口結舌。

石杖老師猛然挺直腰桿，望向別房。

「等今晚別房點亮燈火，整幢屋子散發出比大座燈更絢爛奪目的光彩時，將會成爲路標。」

從陰間返回人世的路標。

「和這個村子有淵源的死者，曾在這裡生活的人，全會回到這幢別房。」

老師瞇起眼，頻頻點頭。

「快了。做好路標，也開通道路。別房將成爲重返陽間的死者安身立命之所，和客棧一樣。」

老師呵呵輕笑。

「對重返故地，備感懷念的死者來說，比起墳墓、陰間，或任何地方，別房會是最舒服的客棧。陽世的人必須盡心款待他們。」

死人的客棧——

由於太過荒誕，阿月差點笑出來。但口中逸出的，只有喘息般的嘶嘶聲。

老師太怪異了。他是不是瘋了？

沙沙。

傳來細微的聲響，用來裝飾供養塚的風車開始轉動。一個順時鐘轉，旁邊一個逆時鐘轉，後面的又是順時鐘轉。

這不是風吹造成。

阿月踉蹌後退。成群風車一起轉動，紛亂不一。有的順時鐘轉，有的逆時鐘轉，嗡嗡作響，轉勢愈來愈強。

卡啦卡啦卡啦。

成群風車帶動的風吹向兩兄妹臉頰。帶著濃濃土味，透著溼氣，而且這氣味是……

——是焚香的氣味。

腦中剛閃過這個念頭，一平已扯開嗓門，發出顫抖的破音。

「阿、阿月，快逃！」

石杖老師敞開雙臂，承受風車帶來的風，不住讚嘆：

「噢，眞不簡單。這是徵兆。」

道路即將開通。

一平一把抓住阿月的胳臂。

「快逃啊，阿月！」

兄妹兩人像被彈開般，發足狂奔。

卡啦卡啦卡啦。

阿月回頭一望。在搖晃的視野中，只看到背對供養塚佇立的石杖老師身影。

成群的風車轉動，吹亂畫師的工作褲下襬。他凌亂的鬢髮隨風飄揚。老師咧嘴而笑，露出口中的缺牙。

不知為何，阿月流下眼淚。之後她頭也不回，一路奔向村莊。

石杖老師不太正常。可能是太過思念亡故的妻兒，令他走偏了路，跳脫正常範圍。

眼看別房即將盛大點燃燈火，要恭請明大人醒來，向祂祈求豐收，這話怎麼可能說得出口。就算說了，又有誰會信？

祭禮的準備工作按部就班進行。阿月和一平縮著身體，噤聲不語。母親前去幫忙煮飯，妹妹們也受村內興奮的氣氛感染，雀躍不已，一直在屋外歡騰嬉戲。

在江戶的工作應該很辛苦，每年父親從外地返家，都一臉疲態，雙頰略顯凹陷。但回到村裡，新的一年又能從事農務，他十分開心，看起來心情不錯。今年前往別房參觀，深受美景吸引，加上村長和作畫者都誇讚阿月和一平，他顯得更高興。

父親動不動就談到這件事，直說「你們工作認眞，是我的驕傲」，阿月好幾次差點向父親坦白一切，但每次都會湧現從供養塚哭著跑回來的心情。那是阿月言語無法表達的感受，她害怕得雙膝發顫，一句話也說不出。

「阿月，妳肚子痛嗎？臉色不太好。」

父親反倒這麼詢問。

今晚要在別房進行的祭禮，和座燈祭一樣，只有名主、村長、扛大座燈的人在場。余野村的村長已抵達，至於原本堅持只到小森神社參拜，一概不進行慶典儀式的長木村村長和扛大座燈的人，可能是被阿月他們的村長說服，也前來參觀別房，大為驚嘆，無比入迷，決定一同參與儀式。

今晚，大家都想一睹燈火輝煌的別房，阿玉也不例外。

「一平、阿月，你們在嗎？丈吉先生和佃農頭領猜拳輸了。我們長屋的人很晚才能前往別房，大概要等到半夜吧。」

戌時（八點），阿玉語帶不滿，在門外露臉。

別房正在舉行祭禮。夜氣清新，是個寧靜的晚上。儘管待在村裡的佃農長屋，仍可聽見遠方微微傳來的鼓聲。

等儀式結束，就輪到村民依序參觀燈火通明的別房。最早前往的那群人，應該已走到別房附近。

父親也帶妹妹們出門去了。長屋的住戶明知今晚沒有大座燈遊行，仍懷著雀躍的心情四處聚集。一平卻默默坐在地爐旁編織草鞋，阿月則是在縫補衣物。

「聽說在名主大人的宅邸，會發紅白包子給村民。阿月，要不要一起去？如果幫阿松的忙，就能早點吃到包子。」

一平一起去嘛——阿玉直接挨過來，但一平既沒停下手中的工作，也沒抬頭瞧她一眼。

「到底是怎麼了？」

儘管阿玉感到詫異，但在一平面前，還是展現出溫柔婉約的姿態。

一平突然起身。

「我去甚兵衛先生家一趟。」

「哥！」

一平逃也似地步出家門。

「真奇怪。阿月，妳和妳哥吵架嗎？」

面對鼓著腮幫子，嗔目瞪視的阿玉，阿月忍不住問：

「阿玉，妳不怕了嗎？」

「咦？」

「不害怕別房了嗎？妳明明親眼目睹過老太爺的亡靈。」

「什麼嘛。」阿玉毫不遮掩地露出掃興的神情。「我早就不在意。」

她刻意擺出一副大姊的姿態。

「昨天和我娘他們一起去參觀。現在變得很漂亮，完全變了個樣。」

哦，是嗎——阿月沉著臉應道。

「現在那裡可能完全亮起燈，應該是很華麗的景象。要照順序前往，眞是麻煩透頂。我們先偷偷跑去看吧。」

「勸妳最好別去。」

不可以去。阿月的聲音和神色，連阿玉看了也不禁怯縮。

「妳、妳在胡說些什麼啊。」

看到阿玉流露敵意，阿月心中一股強忍的情緒爆發，索性將縫補的衣服拋向一旁。

「不管了，我簡直像個傻蛋。」

阿月和一平一樣，走出屋外，離開佃農長屋，大步前行。

村裡每戶人家都亮著燈。可望見田壟上有幾盞燈籠朝東邊森林而去。在清冷的夜氣中，清楚傳來遠方咚咚的鼓聲。

現在我不想遇見任何人。不想在聚滿人群的明亮場所，看見大家的笑臉。

包圍村莊的黑夜和森林的幽暗又深又重，今晚的夜空不見星月，被濃雲覆蓋。白天明明晴空萬里，為什麼突然濃雲密布？

該去哪裡？哪裡能安心躲藏，直到天亮？要和哥哥一起去甚兵衛先生家嗎？

待阿月回過神，已來到村莊南側的十字路上。她不知該何去何從，冷得直打哆嗦，垂首佇立。

這時，突然有人朝她肩膀拍一下。

「阿月，妳在這裡做什麼？」

是惣太郎。他提著白色燈籠，穿著小森村的半纏。

「惣太郎先生……」

「妳不去參觀嗎？」

對了，還有他在。

「惣太郎先生，你也不去嗎？巳之助爺爺目前情況如何？」

惣太郎微微抬起燈籠，照亮阿月的臉龐。

「妳怎麼面無血色……」

惣太郎補上一句「和巳之助先生一個樣」。

「咦！」

「從那之後，巳之助先生時睡時醒。入夜狀況又惡化，臉色蒼白，陷入沉睡。」

惣太郎皺起臉，似乎相當難過。

「他太太很擔心，淚流不止，我不能放著他們不管。我一直陪在一旁，但突然想起妳，不知妳後來情況還好嗎？」

惣太郎先生在為我擔心——阿月頓時解開心防，差點又哭起來，一口氣將在供養塚發生的事，及石杖老師的話全告訴他。

惣太郎默默聽完，沒出聲打斷。他脫下半纏，替不住顫抖的阿月穿上後，盤起雙臂。

「我也覺得那個畫師有點古怪。」

阿月終於說完始末，停下喘口氣，惣太郎低聲道：

「我無法評論。妳聽到的事，我也是第一次聽聞，完全沒料到。不過，石杖老師的眼神我向來都沒有好感。」

還有他一心只想畫畫的態度。

「不過，阿月……」

惣太郎輕拍阿月的肩膀，像在安慰她。

「說什麼詳細畫下村莊的景物，把活人和死者全畫進裡頭，就能喚回死者，簡直是鬼扯。眞有這種事，豈不天下大亂？」

咚、咚，傳來鼓聲。

「陰陽兩界若是暢通無礙，可就麻煩了。要打開通道，到底是往哪裡開？又是怎樣的通道？像中原街道般寬闊的大路，連主公的轎子都能通行嗎？」

惣太郎嗤之以鼻，搖搖頭。

「那種無稽之談，只存在於那可憐的畫師腦袋裡，不會眞的發生。」

「是嗎……」

「沒錯。如果妳害怕，沒必要刻意去參觀別房，蓋上棉被好好睡一覺吧。等天一亮，就是立春了。」

「巳之助爺爺也會沒事嗎？」

「他一定會康復。」

雖然惣太郎這番話沒憑沒據，但感受得出他想安慰阿月的心意。

「阿月，等這場風波結束，一切都會恢復原狀。」

遠方微弱的鼓聲，突然發出響亮的一聲「咚」，戛然而止。

再度恢復爲寂靜的夜。

惣太郎目光投向別房，低喃著「可能是結束了」。

這時，阿月腳底感到一股震動。起初她以爲是膝蓋在顫抖，其實不然，是地面在震動。

惣太郎猛然擺出防禦姿勢，「是地震嗎？」

轟——

傳來了聲音，還有氣息。某個東西從東邊森林的別房直逼而來，地面不停震動。

轟——

一股腥臭。冰冷的土味，還有焚香的氣味，和之前供養塚的風車開始轉動時一樣。不過，這次的氣息流動更強烈。

原本阻擋住的東西潰散奔流。

原本不相通的地方已打通。

從那裡湧來壓倒性的黑暗氣息。

沒錯，行經「通道」而來。

阿月和惣太郎愣在當場，爲這股氣息的洪流包覆。髮鬢被吹亂，衣袖隨風揚起。彷彿遭黑暗舔舐吞沒，燈光陸續從東側熄滅。通往別房的田壟上，燈籠熄滅。村子裡住家的燈火紛紛熄滅。人們的尖叫聲四起，旋即趨近無聲。接著，傳出「啪」、「咚」的聲響。

小森村被黑暗吞沒。

「惣太郎先生！」

阿月放聲大叫，緊緊抓住惣太郎的手，但感覺力量逐漸洩去。她明明睜著雙眸，眼前景象卻化爲一片漆黑，一陣天旋地轉。

——我要昏倒了。

阿月被黑暗的洪流淹沒。

「等我醒來，已是早上。」

此時坐在阿近面前的阿月，氣色紅潤，聲音清亮。一時之間，阿近感到難以置信。

「阿月，妳當時平安無恙嗎？」

「是的。」

「也對。這是一定的……啊，太好了。」

阿近深深吐出一口氣，阿月縮著脖子說「眞是不好意思」。

「我醒來時，完全不曉得發生何事，也不清楚身在何處。」

「妳當時在哪裡？」

「村子南邊的十字路口。惣太郎先生倒在一旁，我將他搖醒。」

據說，村裡的人全是這副模樣。

「不論屋內、屋外，或田壟上，村民都昏倒在地。」

「像被某種東西吞沒，昏厥過去吧。」

「是的。前天晚上燈火熄滅時，到處傳來東西掉落的聲響，就是人們昏倒，及手中的東西掉落地上的緣故。」

「可見事情來得相當突然。」

幸好沒釀成火災，阿近再次撫胸感到慶幸。

「有人昏倒受傷，我急忙替他們治療，整理損毀的物品，不久後才想到，村長怎麼了？前往別房參觀的人呢？」

此時已日上三竿，村內恢復平靜，但前往別房的人都沒回來。

「於是，村裡的男人決定前去一探究竟。我爹、哥哥、惣太郎先生都說要去，我便跟著他們。」

要穿過東邊森林，並不是多遠的路程，根本不必心急。阿月卻太過焦急，一路上不斷踩滑跌跤，緊追在村裡的男丁身後。

「最後抵達別房一看……」

阿月打了個哆嗦。

「老太爺出現在那裡。」

名主的父親坐在屋內的木板地上，雙手置於膝頭，弓著背，腦袋往前垂落。

果然如同石杖老師的描述，死者完全是生前的樣貌，並不是身子倒掛、從煙囪往屋內窺望的怪狀。

不過，雖然可清楚看見他們的模樣，他們卻略顯透明。隱約能透過他們的身體，窺得貼在另一側的圖畫線條和顏色。

前一晚留在別房的幾位村長，全癱倒在前庭或外廊邊。眾人面無血色，彷彿失了魂，無精打采，等趕到的男丁大聲叫喚，揪住他們胸前的衣襟搖晃，才好不容易回神。

只是，不管再怎麼追問，他們都搞不清狀況，連在場的幾位村長也不曉得發生何事。昨晚，他們和村民一樣感覺到地面震動，旋即被黑暗的洪流吞沒。

燈油和蠟燭都燒盡，別房的燈光熄滅。浮雲散去，太陽露臉，日光普照大地。

然而，死者卻靜靜坐在屋內。石杖老師待在一旁，就坐在死者身邊，既像在禮佛，也像是朝美景看得出神，更像是眼前擺滿山珍海味。他露出柔和的神情，凝望著老太爺

哥——阿月輕聲叫喚，抓住一平的手。一平不發一語，將她的手撥開，往前跨出一步，接著又是一步。

「老師。」一平喚道。

在看得目不轉睛的眾男丁面前，畫師望向一平。他眨了眨眼，莞爾一笑：

「哦，是一平。瞧，我沒說錯吧。死者回來了，就棲宿在這裡。」

當時阿月發現，別房西邊有一扇紙門敞開。

畫師指向那邊：

「就是這樣開啓通道。」

最後，畫師被眾人帶出別房。他開心不已，一副渾然忘我的模樣，無法好好對話。男人們看了直打寒顫。

眾男丁戰戰兢兢走進別房內，執起石杖老師的手，半扶半抱帶他走出，一旁老太爺的亡靈卻絲毫沒動，似乎對靠近的人沒任何反應。這樣究竟是好是壞，一時難以判斷，不過當大家將石杖老師帶往名主的宅邸後，又得知另一件離奇的事。

「昨晚村裡每戶人家的燈光都熄滅後，這屋內的座燈和蠟燭也跟著熄滅，我們不知不覺昏倒。」

阿松面如白蠟地描述當時的情況，與阿月他們的遭遇完全相同，包括一早在陽光中醒來。然而，唯獨名主遲遲沒醒，至今仍不省人事。

「他還有呼吸，但不管怎麼叫喚、拍打、朝他臉上潑水，還是不醒。加上渾身冰冷，就像……」

就像死了一樣——這句話沒說完，阿松便號啕大哭。

昨晚小森、長木、余野三村的村長都在場，於是開始討論，想釐清到底是怎麼回事。一平也被他們找去，應該說是被惣太郎拉去。當然，是爲了詢問石杖老師對一平講的話有什麼含意。

阿月擔心哥哥的狀況，但就算把兩人抓來質問，能說的一樣是那些話。她想先見老師一面。她前往宅邸，向六助詢問，得知老師在宅邸裡的一個房間作畫。

「雖然不知爲何，但他看起來很開心，讓人覺得十分陰森可怕。」

六助撫摸著昨晚昏倒時留下的腫包，淚眼汪汪地說道。

「那麼，由我來照顧老師吧。我和老師比較熟。」

阿月悄悄潛入，發現老師專注畫著底稿。
「老師，我是阿月。看您正在忙，是否有需要我的地方？」
「哦，阿月。妳來得正好。看看這個。」
老師畫的是客棧的招牌及立式看板，上頭寫著「小森村　歸來客棧」。
「妳看這名稱怎樣？」
我認為簡單明瞭就好——畫師說。
「是、是啊。」
「那就趕快完成吧。」
「有我幫得上忙的地方嗎？」
「這個嘛。等畫好看板，我馬上會啓程前往江戶，妳能先替我準備行李嗎？」
「咦，您要回去啦？」
可能是阿月的聲音在顫抖，老師眨眨眼，溫柔一笑。
「因為在別房的實驗相當成功，這次我要在自己的家裡試試。」
看著他笑咪咪，阿月殘存的些許恐懼消失，感到無比悲傷。
——老師是真的想從陰間喚回妻兒。
「可是，您在江戶的屋子有別房這麼大嗎？您能盡情使用那幢屋子嗎？」
「確實有點難。」
老師像在談論正經事，一臉嚴肅。
「喏，之前提到的商家也是相同情況，很難取得他們的諒解。」

阿月試著想像。石杖老師回去自家後，那會是棟小屋子，還是比這裡氣派的宅邸？她不知道，但要是老師全部用來作畫，加以裝飾，周遭的人們一定很驚訝。等聽過老師的解釋後，一定會覺得他有毛病。況且，把別房布置成這副模樣，背後有個說得通的緣由，只是，這種藉口不是隨便就有啊。

「既然如此，您先別急著回去，留下來多觀察一陣子吧。」

「爲什麼？」

「老太爺才剛來啊。」

還不曉得老太爺是否中意「歸來客棧」，會不會久留。或許他很快又回到陰間，爲了在此久居，也許會主動開口要人替他做這個做那個。

阿月想到什麼就說，信口胡謅，幾乎是絞盡腦汁。她爲老師著想的心意，不容懷疑。

「原來如此，不無道理。」

阿月，妳眞聰明——老師頗爲佩服。

「那麼，我就再多待幾天。」

「好的，請務必多待幾天。那您就不必急了。我拿些吃的來，您先休息片刻。顏料應該不夠用吧，我幫您準備。」

與老師談完話，步出房間後，阿月以衣袖遮臉，忍不住悄聲嗚咽。但她馬上重振精神，伸手拭去臉上的淚水，朝廚房走去。

小森村這天在一片慌亂中，迎接黃昏的到來。從一平口中得知事情經過的村長們，直接與石杖老師談判，但老師現在這種狀態，根本談不出結果。於是，他們派人在別房監視，升起篝火。名主還是沒清醒。阿月巧妙說服阿松，得以留在宅邸裡，盡可能待在老師身旁，寸步不離。

入夜後，一平前來幫忙。

「村長們說要暫時在這裡過夜。」

村裡的重要人物匆忙進出宅邸，商討要事。惣太郎也是其中之一，看起來臉色凝重。

「我不能回長屋，所以請他們乾脆讓我和老師待在一起。」

原來妳也在這裡——一平鬆一口氣。

於是，兄妹倆擔任起監視老師的工作。老師半夜仍在作畫，但兩人累得筋疲力竭，在走廊縮著身軀入睡。

一夜過去，隔天清晨，聒噪的女侍阿松大呼小叫著跑來。

「喂，大事不妙。阿玉從昨晚便一直昏睡，怎麼也叫不醒。」

雖然有呼吸，但身體冰冷，感覺就像處於半死的狀態。

「噢，太可怕了，豈不是和名主大人一樣嗎？莫非是瘟疫？怎麼辦才好？這村子到底怎麼回事？」

阿松大聲嚷嚷著離去，紙門後傳來石杖老師睏倦的話聲。

「名主大人怎麼了？」

老師從昨天起便穿同一套衣服，直接睡在散落一地的底稿之間。

「剛才聽說有人身體冰冷，難道是誰死了嗎？這樣的話，我得趕緊加進別房的畫裡頭。」

他完全搞不清楚狀況。這也難怪，於是阿月向他說明一切。

「原來名主大人發生這種事啊……」

老師馬上變得正經起來，重新端正坐好。

「沒想到會發生這種事。不，坦白講，進行得這麼順利，這還是第一次。」

老師擱下畫筆，雙手伸進衣袖內，喃喃自語。

「這下可傷腦筋了，不知有沒有改善的方法……」

「老師，您到底在說些什麼？」

老師發現兄妹倆一臉困惑，急忙解釋：「我的意思是，用我安排的方式開啓通道，喚回一名死者，村裡就會有一名活人失去生氣。依眼前的情況，只能如此推測。」

阿月和一平面面相覷。

「這就是極限嗎？範圍內的生氣有極限嗎？那麼，從其他地方引來更強的生氣就行了嗎？」

他又開始喃喃自語。

「老師，這麼說來，阿玉失去生氣，表示有另一個人回到別房嘍？」

「什麼？嗯，沒錯。」

老師彷彿因一平的詢問猛然察覺，朝他頷首。

「我應該履行了對你的承諾。」

老師在別房的小森村圖畫中畫下的死者。

一平立刻奪門而出。

在別房的土間角落，阿夏穿著熟悉的工作服，茫然佇立原地。

阿夏並未望向特定的地方，面無表情。她的身影略顯透明，和老太爺一樣，可透過軀體看見另

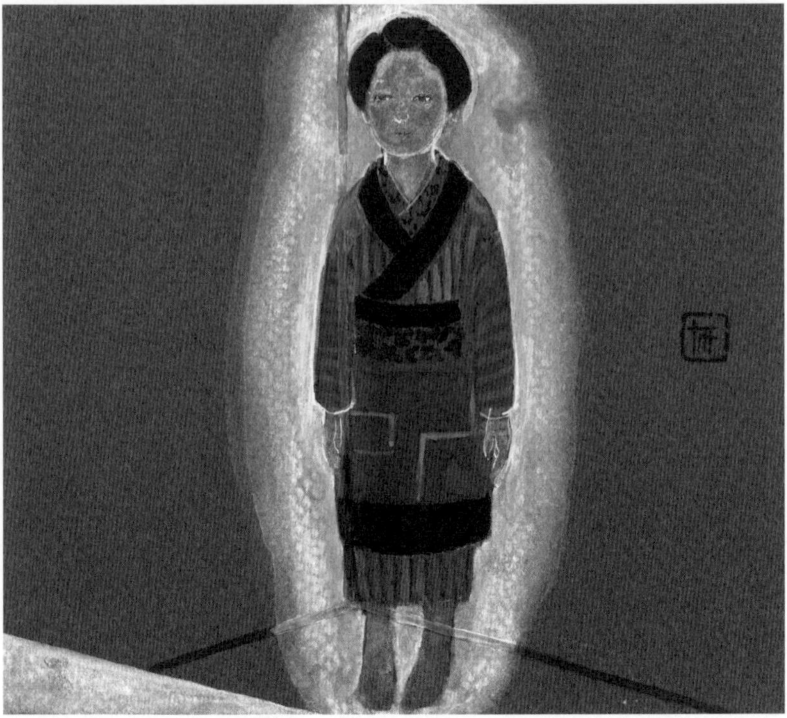

一側略嫌骯髒的牆壁。

從名主的宅邸到別房的路上，一平以更勝山犬的速度狂奔，比誰都早抵達別房。他著魔般盯著阿夏。

阿月什麼也沒想，緊追在一平身後，不住叫喚：「哥、哥，不能去啊！」村長和惣太郎等男丁聽到她的叫喊，跟著跑來。阿月的父親衝出佃農長屋，由於太過驚訝，打赤腳便跑來。起初他想追回阿月，但她哭著不住掙扎，不肯聽話，便改爲摟著她同行。

「一、一平……」

父親朝一平叫喚。他滿身大汗，並非全然是奔跑的緣故。

「清醒一點，阿夏死了。那是阿夏的亡靈啊。」

聽聞父親悲痛的聲音，阿月頓時明白。哥哥因痛失阿夏萎靡不振，父親動不動就喝斥他，並不表示父親完全不擔心他。

然而，一平看也不看父親一眼。村長露出

阿月及村裡婦孺從未見過的嚴肅神情，以渾厚的嗓音叫喚：

「一平，站著別動！」

但一平頭也不回。

「老太爺依舊待在昨天那個地方。」

惣太郎從別房外廊返回，如此說道。

「他完全沒動，模樣也沒任何改變。」

別房裡現在有兩個亡靈。「歸來客棧」的第二名客人是阿夏。

一平移動腳步，想走進別房的土間。眾人紛紛尖聲勸阻「別動，別過去，不要靠近那邊」。

「抓住一平！」

村長大吼，但一平快了一步。

「阿夏！」

他一口氣奔向阿夏，重重撞向土間的入門臺階，栽了個跟斗。

一平從阿夏身上穿過。

阿夏仍佇立原地。

「唔……阿夏。」

可能是撞到肚子，一平痛彎了腰，還是重新爬起，轉身面向阿夏。接著，他雙膝一軟，整個人跪下，雙手撐向土間地面。

阿夏倏然往旁邊移動。雖然移動雙腳，卻沒有腳步聲，也沒聽見工作服的摩擦聲，彷彿在水上漂流，轉眼移至土間另一側的角落，背對著眾人，茫然佇立。

阿月望著這一幕。當阿夏橫越土間時，穿過一平身旁。從她透明的軀體可看見一平。

阿夏——一平低聲叫喚，整個人蜷縮。以爲他要放聲大哭，沒想到竟轉爲低沉的呻吟，接著他癱軟在地。

「一平！」

父親準備衝出時，惣太郎一把拉住他，俐落走進土間，將一平扛出。

一平面如白蠟。阿月緊握哥哥的手，感覺冷得像冰。接觸過亡靈就會結凍嗎？一平也會像名主或阿玉那樣沉睡不醒嗎？

「哥、哥。」

拍打一平的臉頰，搖晃他的身體後，他打了個哆嗦，睜開眼。

「啊，太好了。」

一平眼神游移，「阿、阿夏呢？」

「那是亡靈，不是阿夏又活過來。你不要搞錯，蠢蛋。」

在村長的訓斥下，一平的淚水奪眶而出。

「那是阿夏沒錯啊。」

「沒錯，是阿夏。」父親噙著淚水點點頭。「雖然成爲亡靈，還是一樣漂亮。」

「你們父子一個樣，都是蠢蛋。」

男人們你一言、我一語。現場充滿活人的怒吼、活人的眼淚、活人的恐懼。至於別房裡的兩名亡靈，只是茫然待在原地。老太爺弓著背坐著，阿夏面壁而立。他們什麼也聽不到、看不見嗎？

「話說回來，眞虧那傢伙想得出這種方法。」

這聲音來自余野村的貫太郎。他從與眾人有些距離的地方霍然站起，收起下巴，望向別房深處，不顯一絲怯意。

「居然打算用圖畫聯繫陰陽兩地，那位老師真不是簡單的人物。」

「現在是欽佩他的時候嗎！」

「不是發生在你們村莊，你才能講得一派輕鬆。如果你只是來看熱鬧，就快滾回去吧！」

「真的很厲害啊，你們沒看到嗎？你們個個都很害怕，離得遠遠的，才沒看到。你們過來這邊。」

貫太郎走近一步，指向屋內西側的紙門。

「喏，就是那個。」

「你這傢伙，別太過分。」

「別吵了，我們起內鬨又有何用。」

惣太郎攔阻情緒激動的同伴，靠近貫太郎。

「你說的是什麼？到底能看見什麼？」

「只有一扇紙門開著。」

貫太郎搖晃著修長的手指。

「有沒有？」

惣太郎瞇起眼。村長走上前，定睛凝視，發出沉吟。

「看得到嗎？很厲害吧。」

貫太郎環視在場眾人，包括一平和阿月。

「那扇門的前頭是後院，還有通往溪谷的小路和竹林。阿月，沒錯吧？」

「嗯。」

那是阿月常走的小路。

「現在看得到竹林嗎？看不到吧？」

這麼一提，確實看不到。只隱約窺見灑落的明亮月光。

「那裡成爲陰陽兩地的交界，是亡靈的通道。」

實在太厲害了——貫太郎不住讚嘆，惣太郎厲聲大吼：

「你這個看熱鬧的傢伙，睡昏頭了不成！」

貫太郎微微一笑。

「我才沒睡昏頭。不然，你走到那扇門旁邊，往門外窺望，也許能看到忘川。」

「別再說了！」

男子們將貫太郎壓制在地。這時，父親懷中的一平掙扎著坐起。

「我也想看。」

「你別亂動！」

一平馬上又被按回去，他大聲嚷嚷。

「大家退下。」

村長像在威嚇眾人，發出震撼性十足的聲音。

「阿月，別房裡還有燈油嗎？」

「啊，有的。」

爲了徹夜點燈，搬來許多燈油，應該還剩下一些。

「在哪裡？」

「放在土間。」

「是嗎？那麼，妳去升火，點燃篝火。」

把這裡燒了——村長吩咐。

「昨天就該燒了。雖然是亡靈，畢竟是老太爺，我一時心生顧慮，是我不對。」

村長咬牙沉吟，再度扯開嗓門，朝男丁吆喝。

「大家都來幫忙。把剩下的燈油全潑了，丟薪柴進去，一把火燒掉。」

「這怎麼行，快住手！」

一平放聲大叫，但父親用力抓著，他只能揮動手腳。

「阿夏在裡面！她好不容易才回來！」

「吵死了！」

「一平，你快清醒啊。」父親緊緊勒住極力掙扎的一平，聲嘶力竭地發出哭泣般的聲音。

「那不是原本的阿夏啊。那是亡靈，再怎麼美，身體還是透明的。」

嘿嘿嘿嘿——貫太郎在一旁發笑。「這不是好主意。」

「輪不到你這個外人發表意見！」

村長脹紅臉。這時，惣太郎一把抓住他的手臂，阻攔道：

「村長，冷靜一點。我也認爲這不是好主意。」

「連你都這麼說？」

惣太郎極力制止情緒激動的村長。

「我也認爲該燒掉這裡，但現在不行。村長，冷靜一點。你看這個天氣，這樣的風勢。」

天空一片蔚藍，北風吹得四周森林的樹木沙沙作響。

「最近五天一直都很晴朗，天乾物燥，要是火勢蔓延開來怎麼辦？」

村長頓時語塞。

「先花幾天砍伐周邊的竹林和樹木吧。或許這段期間會降雨，到時就能比較安心。」

也對，沒錯。男子們紛紛點頭同意。

「這是要燒毀一整幢房子，和燒掉一盞大座燈是兩碼子事。不小心一點，恐怕會惹出大禍。」

此時，別房裡突然有動靜。原本一直弓著背坐在地上的老太爺，霍然起身。

眾人大吃一驚，僵在原地。

但亡靈只是站起。半透明的身軀微微左右搖晃，站了起來——不，應該說是浮了起來。

阿月悄悄往土間窺望，一屁股跌坐在地。

阿夏面向他們。

與阿夏空洞的雙眼對望，阿月完全發不出聲音，只能吐出「嘶、嘶」的呼吸聲。村長他們的注意力全放在老太爺那邊，連一平也不例外。只有阿月和阿夏一對一互望。

阿夏邁開腳步，像活人一樣行走，感覺像是微微浮離地面。沒有腳步聲，也沒有衣服的摩擦聲。

她走近阿月。從土間角落來到中央，接著往阿月癱坐的後門而來。

——她要到外頭來了。

不，她來到門檻前陡然停住，彷彿遇上隱形的障礙，連阿月也看得出。

阿夏搖了搖頭，百般不願地不斷搖頭。

她是想說「我不要到另一頭去」、「我去不了」，或者，是在說「阿月，妳不能過來」？還是，「請不要燒掉這裡」？

阿月泫然欲泣，於是她用力將手腕抵向鼻子。

對了，這是阿夏教她的方法。阿夏說過，遇上難受的事，或是想哭時，這麼做就能忍下來。在叔叔家遭到惡意對待，被當丫鬟使喚的阿夏，生活中有許多難熬的狀況。

「阿月，怎麼啦？」

父親朝阿月叫喚。阿夏像是聽到聲音，倏然回到原位，改爲側臉朝向阿月，仰望屋梁。

「沒事，阿夏一直都沒動。」

阿月沒發出半點哽咽聲，相當堅強。

「她一定是無法走出這裡。」

從陰間返回的死者，無法走出這座客棧，也無法像在世時一樣行動自如。

這就是死亡。

眾男丁開始砍伐別房四周的竹林和樹木，闢出防火的空地，並從村裡搬來好幾個水桶，以備萬一火勢蔓延時使用。長木村和余野村也派人前來幫忙，男人們全力投入工作。

村長派人加強看守別房，連晚上也輪班站崗，並嚴格吩咐，今後不管發生何事，一概不准靠近亡靈。之前平安無恙實屬幸運，要是隨便接觸亡靈，不知會有什麼後果。

每年此時即使前一天降雪，只要舉行完座燈祭，隔天便會是好天氣，一持續就是十天或半個月。小森神社的信眾看到這樣的結果都很開心，認爲是明大人醒來的證據。

今年完全相反。每個人都在等下雨或降雪，但一直是空等。天空依舊晴朗，不斷吹來乾燥的落山風，幾乎要把冬天枯黃的森林吹倒。

當人們空虛地仰望天色的期間，亡靈的數量逐漸增加。

繼阿夏後，第三個歸來的，是燒製木炭的甚兵衛爺爺的妻子阿元。她逝世約有十年之久，和阿夏一起出現在土間，在爐灶那一帶飄然遊蕩，似乎忙著廚房的工作。

第四個歸來的是幼兒。他出現在相連的隔壁房間裡，在地上爬來爬去。

雖然是亡魂，但模樣活潑可愛，教人想走近叫喚。看在眾人眼中，不由得心生迷惘，不知如何自處。

一開始不曉得是誰家的孩子，後來得知是幾年前夭折的一名長木村婦人的孩子時，這份驚訝擴散開來。長木村的死者明明沒畫進別房的圖畫裡，爲什麼會返回陽間？

——因爲通道打開了。

不光是石杖老師，連貫太郎也一副瞭然於胸的神情，如此說道。

「你們還不懂嗎？陰間和陽間連在一起了，每個人都能從陰間回到這裡。」

他就是這樣，才會遭村長白眼。起先被關進倉庫，後來可能是恢復冷靜，他恭順地說：

「我不會再靠近別房。在一切處理妥當前，請讓我留在小森村。」

後來，他果然信守承諾，開始幫忙農務，到男丁不足的人家汲水劈柴，勤奮工作。

只要有一名死者歸來，就會有一名生者變得像死去一樣冰冷，沉睡不醒。一切如同石杖老師的推測，在甚兵衛的妻子歸來那天，身爲他弟媳的一名余野村老太太便出現這種狀況。

「阿元太太是余野村人，聽說和弟媳水火不容。」

父親告訴阿月這件事。死者歸來後沉睡不醒的人，似乎是和死者有血緣關係的家人，或是不分感情好壞，和死者有深厚淵源的人。名主和老太爺的情況屬於前者，阿夏和阿玉則屬於後者。

「也許是阿夏討厭阿玉吧。」

父親如此說道，彷彿牙痛般，皺著眉頭。

由於村長嚴厲吩咐，一平不敢靠近別房，在佃農頭領丈吉的監視下，從早到晚都投入農活。但他還是會趁別人不注意時，纏著在眾男丁身旁幫忙的阿月，詢問別房的情況。

「阿夏的情況怎樣？眞好，妳可以見到阿夏。」

聽起來，哥哥不僅沒死心，還充滿任性的妄念，於是阿月回一句：

「我不是爲了見阿夏才去別房幫忙。是村長吩咐，我才去的。」

坦白講，阿月也不想這樣。得知長木村那名幼兒的母親已辭世時，她一陣心痛。爲了一吐心中的愁悶，她跑去見被軟禁在名主宅邸裡的石杖老師。

這名畫師已沒有先前的興奮，垂頭喪氣，宛如變了個人。

「那名幼兒就算回到陽間，還是沒能和母親見面，反倒可憐。」

這種情況，老師也不樂見吧。爲了喚回死者，需要犧牲一名生者。死者只能復活一半，生者卻半死不活。

「老師，你不該這麼做。就算是這樣，您仍無法和妻兒見面。」

喚回妻子的代價，或許是自己變得全身冰冷，沉睡不醒。

「您得停止這一切，請想想辦法。」

石杖老師以缺牙的部位叼住菸管，垂首不語。待阿月的指責停歇，他以菸管敲打菸盒，長嘆一聲。

「造成混亂，我很抱歉……」

「那就快想想解決的辦法啊！」

「如果是解決的辦法，應該已在進行。村長的想法沒錯，只要將別房的圖畫全部燒毀即可。」

也只能這麼做——老師頹然說道。

「我在畫中注入的願望，加上村裡的作畫者一心想用來代替座燈祭的熱忱，開啓通往陰間之門。只要那幅畫消失，一切就結束了。一定會結束的……應該會吧……」

他的口吻變得愈來愈不可靠。

「在此之前，找個人去那扇開啓的紙門旁，試著關上，或許也是個方法。」

如此一來，陰陽兩界的出入口便會封閉。

「但這樣的話，出現在別房的亡靈或許會無法返回彼岸，被困在這裡。換句話說，他們會感到迷惘……嗯。」

現在不是忙著認同自己推論的時候吧！

「老師，當初是您畫出那樣的東西，才會讓原本沒必要迷惘的死者變得迷惘，不是嗎？」

「好像是。」

一切都怪我不好——老師全身蜷縮。

「我曾稱此地是死者的『歸來客棧』，講得煞有其事，還沾沾自喜。我由衷爲自己的膚淺感到羞慚。」

雖然老師的話語文謅謅，但似乎不是想含混帶過。阿月發現，老太爺歸來那天，老師全神貫注爲客棧看板畫的底稿，完全不見蹤影。

不過，硯臺上留有殘墨，裝顏料的小碟子仍未乾。那塊木片又是什麼？

「老師，你在畫什麼？」

阿月正想往書桌上窺望時，畫師急忙橫身擋住。

「我沒畫畫，是在寫日記。」

「那塊木片是什麼？」

「木片？什麼啊？」

「就擺書桌上啊。喏，在那張紙底下……」

「不是說了，我只是在寫日記。」

阿月想將老師推開，但老師反推回去。正當兩人手忙腳亂時，門外傳來叫喚聲。

「老師，我進來嘍。」

是貫太郎的聲音。他爲何來找老師？阿月還來不及納悶，貫太郎已打開紙門，露出下巴，發出「啊」一聲驚呼。

「阿月，妳也在啊？妳在做什麼？」

「貫太郎先生，你又是來做什麼？」

「我、我是來幫忙。」

「幫什麼忙？」

「就是幫忙嘛。」老師也在一旁圓場。

「男丁全出動了，到處都人手不足，貫太郎才會在這裡，呃……」
「我、我是來打掃。老師一直待在這裡，得、得幫忙丟垃圾才行。」
他們含糊不清地找藉口搪塞，將阿月當垃圾般趕出房外。
「妳不去別房可以嗎？那裡只有妳一名女性幫手，要是偷懶，小心會挨村長的罵。」
「我才沒偷懶！」
一開始，村裡的女人懼怕亡靈，不想靠近別房。關於處理雜務和準備飯菜的工作，村長和眾男丁自然只能找習慣這場風波（至少看起來像是）的阿月來幫忙，但現在情況不太一樣。
長木村的幼兒歸來這件事傳開後，在曾喪子的女人之間引發騷動。她們抱持相同的想法：下次歸來的或許是我的孩子。如果到別房去叫喚孩子的名字，不知會如何？
村長大為震怒，為了不讓這些女人靠近，命人更加嚴密看守。女人聚在一起哭喊著——要把別房燒掉，實在太殘酷。通往另一個世界的通道好不容易打開，請不要關閉。
村長大罵：「快醒醒！死掉的孩子重返人間，付出的代價可能是現在活蹦亂跳的孩子會沉睡不醒，形同死人，妳們覺得無所謂嗎？」
怎麼可能無所謂？但還是想和夭折的孩子見面。就算不合理，依然想見。
阿月夾在中間，左右為難。更教她難過的，是母親也在這群女人中。
「娘，那幢別房不能一直放著不管，這點請您諒解。」
母親坐在地爐邊沒答話，神情恍惚。
第五個歸來的，是三年前受盡風寒折磨而喪命，名叫阿優的女子。她的丈夫隨即一睡不醒，全身冰冷。丈夫埋葬她後馬上續弦，並生下兩個孩子。後妻悲傷又氣憤，不斷嚷嚷著「趕緊燒掉別房吧，不管火勢會怎樣蔓延都無所謂。快燒、快燒、快點燒」，令村裡的男人提不起勁，同時招來那些想和已故的孩子見面的女人對她的憎恨。

這樣下去，村子將會分崩離析。

但雨遲遲不下。一直是令人憎恨的晴天，落山風終日吹拂不息。

第六個出現的，是一個棘手的亡靈。

「那是惣太郎的母親。」

是惣太郎二十二歲那年過世的母親。她是性格豪邁，工作勤奮，大嗓門的女人。

這個亡靈出現後，惣太郎的妻子便全身冰冷。

惣太郎只是定睛望著母親，一動也不動。

「村長，我再也等不及了，放火燒掉別房吧。」

竹林已完全砍除，樹木也砍伐許多，別房四周徹底清空，並疊放不少水桶。可以了，就放火燒吧。

「惣太郎，你……」

別太逞強啊——儘管同伴一再勸慰，但他不哭也不笑，更沒嘆息。

「我娘只會欺負媳婦。」

儘管臉色發白，他口氣充滿不快。

「而且是極盡欺負之能事。她都死了，還是這麼壞心，益發證明這一點。」

「別講死人的壞話。」

「就是啊，她的模樣很可憐。」

惣太郎的母親站在裡頭房間的角落，頭側向一邊，一雙眼睜得老大，連嘴巴都張開。

「難道我老婆就不可憐嗎？」

惣太郎的吶喊，促使村長拿定主意。

「我明白了，放火燒掉別房吧。」

幸好，今天落山風的風勢略微減緩。

「在那之前，我們一起去小森神社參拜。畢竟是要在明大人的跟前放火，得先請祂原諒我們的無禮，求祂爲我們加持，再來進行。」

於是，一行人穿上相同的半纏，由神官帶頭前往小森神社，然而……

等在眾人眼前的，卻是意想不到的情況。神社遭到嚴重破壞。

小森神社的外型小巧，打開正面的雙開門後，裡頭只有約兩張榻榻米大的空間。收納神體的木盒安置在白木臺上，蓋著紫色絲巾。

如今絲巾被掀開，掉落地上。木盒不翼而飛，地面留有赤腳踩過的痕跡。

神官差點沒昏倒，不該發生這種冒瀆神明的事。

正面那扇門並未上鎖，因爲沒必要。對小森、長木、余野這三個村莊來說，明大人是無比尊貴的神明，地位等同太陽，不是凡人可以隨便靠近，只能虔誠膜拜。

這時，村長第一次向神官詢問：

「神體到底是什麼？」

「是、是、是一面鏡子。」

據說，是大小與成人的手掌相當的青銅鏡。

「那不是很重嗎？」

到底是誰搬走的？現下又會在哪裡？

「這是天譴。」

發出微弱話聲的，是余野村的村長。

「信眾擅自取消座燈祭，明大人震怒，一氣之下離開，棄這塊土地於不顧。」

你在扯些什麼——小森村的村長喝斥。

「你眼睛長哪裡去啦？沒看到地上的腳印嗎？那是人的腳印。有人潛入這裡！」

居然有人如此膽大包天——長木村的村長沉吟。

「小森村竟養出這種不肖之徒。早知如此，當初就不該將明大人從長木村移到這裡。」

「什麼？都哪朝哪代的事，還在提！何況，引發火災燒毀明大人神社的，不就是你們長木村的人嗎？」

就是啊——小森村的男丁揚聲附和。以人數來看，自然是小森村人多勢眾。見氣氛緊張，余野村的村長急忙出面緩頰。

「算我拜託各位，先冷靜一下，現在不是爲此爭吵的時候。」

「就是啊，村長。快放火燒掉別房吧。」

可能是心中苦惱，惣太郎的聲音聽起來像身體哪個部位極度扭曲。

「處理乾淨吧。這麼一來，明大人一定會復歸。」

村長聽得直眨眼，「這話是什麼意思？」

「我們這些信眾做出奇怪的舉動，才會陸續有亡靈出現在神社腳下……也就是出現在明大人跟樣不應該。

前。明大人討厭邪穢之物，於是消失。」

所以，一起驅逐亡靈吧，這是最好的辦法。惣太郎壓低聲音，握緊拳頭抵向自己的臉。

那幢別房是一切不祥事件的開端。

首先，名主將老太爺關在那裡，讓他孤身死去，實在不應該。然後，房子就這麼擱著不管，同樣不應該。

就算無法舉辦座燈祭，但要不是這裡有空屋，大家也不會聽信石杖老師的花言巧語。不會在老師的安排下，在這裡投入地描繪村莊的四季景致。

要是再多等一天，就會有新的亡靈歸來，到時又有人會變成半死人，眞是受夠了。現場充斥著對惣太郎的同情，及擔心他的悲嘆或許明天就會發生在自己身上的恐懼。從小森神社返回的男丁，應該都是這番心思。從村長以下，每個人都橫眉豎目。

由於替負責看守的人送便當，阿月恰巧在別房。聽聞要放火燒別房，她大吃一驚。

「可是村長，又起風了。」

負責看守的男子們不安地說道。

「而且，這風吹得有點怪異。」

一點都沒錯，阿月也發現了。從今天一早到剛才爲止，原本一直都很和緩的風勢，突然增強。

這不是落山風，是強風。

——是從別房裡吹來的嗎？

從只開一扇的紙門深處吹來。

怎麼會有這種事？不過，那確實是風，可以清楚感受到。

「我都準備好了，不必再管有沒有風。只要我們小心一點，別讓火勢蔓延開來，就不會有問題。」

「可是村長……」

「少囉嗦，你在違抗我的命令嗎！」

負責看守的人嚇得不敢作聲。從小森神社返回的一行人，取出裝油的容器，朝別房的外廊和外牆潑灑。指示眾人行動的惣太郎，眼中充滿血絲。

「阿月，妳回村裡。」

村長粗魯地抓住阿月的手肘，將她推向森林。

「不過，這件事不准跟任何人說。女人們要是又鬧起來，就麻煩了。」

受村長的氣勢震懾，阿月只得點頭，正準備離去時，一名看守人悄悄喚住她。「喂，把一平也帶走吧。」

「咦，我哥？」

「不就是妳帶來的嗎？打從剛才起，他就一直在那邊徘徊。」

阿月完全沒發現。

「對了，現在沒看到他。到底躲去哪裡？」

他偷偷跑來見阿夏了，阿月感到怒火中燒。

「隨他去吧。待會放火時，要是我哥大呼小叫，請好好揍他一頓。」

面對阿夏的遭遇，阿月也很難過，但她忍了下來。哥哥怎麼就是不懂？

明明生氣，卻又感到悲傷，愈走愈遠。在阿月背後推著她走的這陣風，混雜著一股濃濃的燈油氣味。

——這時候放火真的不要緊嗎？

正當她感到躊躇，忍不住停下腳步回望時，石杖老師和貫太郎走來，並叫喚著「喂，阿月」。

「老師、貫太郎先生，你們怎麼來了？」

「我們想找村長商量，所以拜託阿松放我們出來。」

「男人們都在別房吧？」

「他們準備放火。」

聽到阿月這句話，兩人大吃一驚。

「他們打算今天動手。」

因爲惣太郎的神情看起來不太一樣——貫太郎那張下巴挺出的臉變得歪曲。

「明明吹著這樣的風，眞是胡來。他們在自暴自棄嗎？」

「這陣風很奇怪。」阿月也不自主地說道。「難不成是我有問題？總覺得風是從別房裡吹出的。」

「有一股燈油的氣味。」老師神情緊繃，頻頻嗅聞。「貫太郎，動作快。阿月，妳先回村裡。要是出了差錯，火勢蔓延開來，這一帶會有危險。」

目送兩人離開，阿月也轉身準備離去，思緒卻一直被往後拉。

還是回去瞧瞧吧。

跑回別房一看，村長他們正從溪谷架起的篝火中取出薪柴，交到每一個人手上，再將火苗移往堆積的樹枝。

惣太郎站在土間入口，將浸過油的破布拋進別房內。

「等等，村長。請等一下！」

石杖老師大聲叫喚，貫太郎也揮著手，大喊著「喂～喂～」。

「老師，你來做什麼？」

眾人情緒激昂。「就是啊，就是啊……」大家你一言我一語，逼近老師。

「村長、各位，請聽我說。其實不必做這麼危險的事，我有替代方案。」

老師氣喘吁吁地宣告，但這句話反倒激起眾人的怒火。

「我們不會再上你的當！」

「對啊，閃一邊去。」

「都這時候了，還想騙我們，休想！」

村長的面容猶如惡鬼，一把揪住老師的衣領，將他推回去。老師一屁股跌坐在地，翻了個跟斗。

「別、別這麼粗魯。」

這時，某處傳來一道聲音。

「不能燒掉別房！」

眾人一愣，面面相覷。

那聲音接著道：「阿夏會一直待在這裡，我不准你們將她趕回陰間。」

是哥哥的聲音。

阿月環視四周，揚聲叫喚。

「哥，你在哪裡？」
跌坐在地、低著頭的石杖老師，率先發現一平，指向別房。
「在那裡。」
在天花板的方向，屋梁的上方。一平蹲在那裡，朝底下的群眾大叫。
村長和眾人衝向別房的外廊，紛紛抬頭仰望。看得雙目圓睜，驚訝不已。
「一平，你在做什麼？」
「很危險，快下來。」
「你怎麼上去的？」
阿月馬上猜到。一平動作俐落，他趁看守者不注意，從別房旁邊或後面爬上屋頂，潛入煙囪。
「一平，你拿著什麼？」
惣太郎提出一個嚴肅的提問。沒錯，一平小心翼翼抱著一個紫布包，一半藏在懷中。
「原來如此……那是你幹的好事吧？」
村長粗聲大吼，眾人一驚。
「破壞明大人神社的人是你嗎？」
阿月納悶地環視眾人。看守的人同樣一臉困惑，但去過小森神社的人，全都臉色發白。
「一平，快回答！」
從底下仰望，看得出一平的臉色蒼白。他像猴子般蹲在屋梁上，一手捧著紫布包，另一手抓著抵向天花板的屋柱。
「我不會離開。」

一平的聲音在顫抖。

「你們敢放火，就試試看啊。」

「一平！」

村長的怒吼聲，令在場眾人不住顫抖。

「你知道自己在做什麼嗎？犯下這種滔天大罪，就算用性命償還，也不可原諒。這麼一來，村子會跟著完蛋。明大人將大發雷霆，今年粒米無收，繳不出年貢，我們只能啃樹根，最後活活餓死！」

阿月不明白是怎麼回事，一時不知所措，惣太郎低聲告訴她：「一平拿著小森神社的神體，他偷偷從神社裡取了出來。」

一個手掌大小的青銅鏡。棲宿著明大人力量的神聖之物。

阿月感到一陣天旋地轉，哥哥居然犯下大錯。

的確，這麼一來就不能放火燒別房。一旦燒了屋子，神體也會受火焚燒。這會引來多可怕的天譴啊。

「啊，哥……」

阿月放聲哭泣。原本一直佇立在土間角落的阿夏亡靈，像是注意到異狀，飄也似地進入房間。可能是受她吸引，四處亂爬的幼兒亡靈，朝聚在外廊的人們前進。

「哇，亡靈過來了！」

大半的男人嚇得落荒而逃。從外廊探進屋內的村長和惣太郎，也略顯畏怯，向後退開。

弓著背席地而坐的老太爺亡靈，嫌吵般轉身背對眾人。甚兵衛的妻子靜坐不動。惣太郎的母親與那名村婦待在隔壁房間，面對面坐著，彷彿在交談。兩人眼神空洞，呈半透明狀，就近一看才發現，她們的身體有點扭曲歪斜。

「我、我不會離開這裡。」

一平發出破鑼般的哭聲。

「我死也不要燒掉這幢別房。」

「那就不要燒吧。」

以平靜到近乎悠哉的口吻吐出這句話的，是貫太郎。他從人群中走出，靠近外廊。幼兒亡靈朝他爬來，近在咫尺。貫太郎面露微笑，像要輕撫幼兒的頭，溫柔抬起手。

「老師，請拿出來。」

在他的催促下，離眾人稍遠、仍坐在地上的石杖老師急忙站起，從懷中取出一個小包袱。貫太郎接過後，環視眾人。

「這是老師製作的通行證。」

大小與繪馬（註）相當，上頭有紅黑兩色的文字。之前的木片原來是這個！

「這是讓亡靈返回陰間的道路通行證。接下來我會一一發給他們，並說服他們從敞開的紙門返回陰間。」

貫太郎脫下鞋子，單腳跨上外廊，一旁的幼兒轉向地爐。

「等亡靈全都前往陰間後，我就把紙門關上。我會獨力完成任務，各位就在一旁觀看吧。」

接著，貫太郎爬上外廊。在裡頭房間的兩名女亡靈抬起臉，轉頭望向他。

阿夏像一陣薄煙般，佇立在外廊前，凝視著哭泣的阿月。那理應是空洞，看不出視線投往何方的雙眸，但此刻阿月清楚感受到阿夏注視著她。是和生前一樣的溫柔眼神。

事情的發展出人意料，貫太郎卻出奇沉著。眾人看得出神，一動也不動。阿月吸著鼻涕，以衣袖擦臉。

這時，阿夏的亡靈嫣然一笑——看起來像是嘴角輕揚。

貫太郎恭敬一鞠躬，對老太爺的亡靈說道：

「老太爺，在下是余野村的貫太郎。」

亡靈置若罔聞。

「這幢別房是您生前臥病的地方，是我改造成供你們從彼岸返回人間的客棧。您似乎很中意，眞是太好了。」

下巴挺出的貫太郎客氣周到地說明，宛如客棧的主人在接待房客。

「不過，這裡無法一直充當客棧。您應該知道，立春已過，明大人即將醒來。這裡是明大人跟前的森林，信眾不可在此喧鬧。」

這家客棧即將關門——貫太郎此話一出，老太爺的亡靈才抬起臉，表情有些變化，像在說「哦，這樣啊」，也像在說「你眞囉嗦」。至少阿月是這種感覺，而在一旁注視著這一幕，暗自吞下唾沫的村長和眾男丁，應該也是相同的看法。

「聽得懂話呢。」惣太郎低語。

貫太郎遞出一張通行證。

註：在日本神社、寺院裡祈願時用的一種供物，一般用木板製成。

「我帶來這個，請收下。」

老太爺的亡靈茫然望著眼前的通行證，一直擺在膝上的手，微微抬起。

眾人一陣譁然。石杖老師急忙制止：「噓，安靜！」

「通行證上的這裡……」

貫太郎修長的手指向上頭寫的文字。

「記載出發的日子。老太爺，就是今天。另外這行字，是您要回去的地方，上頭寫著『西方極樂』。」

老太爺緩緩頷首。

「通行證的背面寫有契約，提到各位要過忘川的渡船費，已在本客棧結清。所以，您可隻身搭乘渡船。」

貫太郎瞇起天生的細眼，柔聲細語地說明，頻頻點頭。

「您或許會懷念這裡，但您如今已是西方極樂世界的居民。這客棧再舒適，終究不是可久待之處。在下會送您離去，請即刻啓程吧。」

貫太郎笑容滿面，但老太爺的亡靈一動都不動。

一旁觀看的眾人也僵住不動。

只見老太爺的亡靈伸出枯木般纖瘦的右手，接過貫太郎遞出的通行證。

阿月倒抽一口氣。石杖老師在木板上寫字製成的通行證，以陽世的材料製成的通行證，經亡靈碰觸，馬上變得和亡靈一樣，呈現半透明狀。

貫太郎的笑臉皺成一團，像是想哭卻強忍著淚水。

「那麼，請往這邊走。」

貫太郎移往一旁，伸手比向開啓的紙門，深深一鞠躬，促請亡靈上路。老太爺站起身。他彷彿在漂浮，但確實邁開雙腳。側臉似乎不太高興，也像帶著睏意，手持通行證。一步、兩步，亡靈朝盈滿神祕光芒的紙門深處走去。

阿月發現，那陣怪風已停息。

宛如從別房深處吹出的風，在不知不覺間戛然而止。

「路上請小心。」

貫太郎深深行一禮。老太爺的亡靈從他面前橫越，跨過紙門的門檻。

「名主大人很照顧我們小森神社的信眾，他做得很好，請老太爺放心。」

漂浮的亡靈突然停止動作，空洞的雙眼望向貫太郎。

亡靈張開口，聲音流洩而出。與其說是聲音，不如說是風的震動，也像是響聲即將停止的鐘聲。無比微弱，震動卻傳入人們的腹部深處。

「他……是……個……不……孝……子……」

貫太郎搔頭苦笑。

「是嗎……那我眞是多嘴了。」

朝苦笑的貫太郎瞪一眼後，老太爺的亡靈再度飄然轉身，以略嫌滑稽的姿勢，縱身一躍，跳進敞開的紙門後方，消失無蹤。

貫太郎望向眾人，臉上仍掛著苦笑。

「一人出發了。」

村長發出低吟。

「貫太郎，那名幼兒在你腳下。」

惣太郎悄聲提醒貫太郎。那名幼兒爬到貫太郎身旁，眼看就要抱住他的腿。

這時，待在土間的甚兵衛妻子走進房內，動作比漂移的速度還快。只見她一面行進，一面彎身探出雙手，將在地上爬的幼兒一把抱起來。

「啊，謝謝您。」

貫太郎朝亡靈一笑，「您是……」

「燒製木炭的甚兵衛爺爺的妻子，名叫阿元。」石杖老師開口。

「阿元女士。」

貫太郎恭敬行一禮，從包袱裡取出兩枚通行證。

「這是您的，另一枚是這名幼兒的，再麻煩您了。」

阿元一手抱著幼兒，一手接過兩枚通行證，收進懷裡。她的眼神一樣空洞，但似乎明白貫太郎的意思。

「回到西方極樂世界後，就有您可以使用的廚房。待在這家客棧，不能隨心所欲地煮飯吧？」

這麼一提，阿月猛然想起，貫太郎的妻兒去年春天剛過世。

如此一來，三名亡靈離開客棧。貫太郎仰頭朝屋梁上的一平叫喚。

「一平，如何？這樣就不必燒掉別房。」

一平像猴子般蹲在屋梁上。因爲屋梁擋著，看不到他臉上的神情。

「我、我、我……」

一平慌了。他一心只想著不讓阿夏回去，才會做出荒唐的行動。

「不過，阿元女士並未顯得依依不捨。」貫太郎感到納悶。「她和丈夫甚兵衛先生見過面了嗎？」

沒見面——眾男丁異口同聲。

「我吩咐過，除了看守者之外，其他人一律不准靠近。」

村長說完，微微沉聲道：

「早知如此，真該讓他們見上一面。這教人有點難過。」

「才沒這回事。」長木村的村長插話。「甚兵衛爺爺應該不會過來，他明白這是最好的方法。」

甚兵衛說過，那只是軀殼回到人世，根本不是妻子。

「他還說，我很快就會跟著她到那個世界，根本不必急。」

惣太郎補充道，第一次露出笑容。貫太郎也心有所感。「這樣啊，甚兵衛爺爺真了不起。」

倒是橫梁上的一平聽了，頗不以爲然。「甚、甚兵衛爺爺才不會那麼快死！」

「哼，這種事你哪知道啊。人的壽命不是自己能決定的，你這個大蠢蛋。」

貫太郎冷冷撂下一句，望向裡頭的房間。

「接下來，妳們是……？」

女亡靈雙人組並肩而坐。

「左邊的女人名叫阿優，右邊的是我娘，名叫阿吉。」

惣太郎告訴貫太郎，口吻已恢復平靜。

「丈夫全身冰冷，沉睡不醒，後妻大發雷霆的是……」

「是阿優、阿優。」眾男丁齊聲回答。

「阿優女士，請多多包涵。」

貫太郎像是代替對前妻冷漠無情的男人道歉般，朝亡靈鞠躬行禮。

「如果您不嫌棄，要我磕幾次頭都行，請賣我這戽斗男一個面子。這家客棧非關門不可。」

貫太郎遞出通行證，阿優馬上接過，彷彿被人拉走，猛然起身，漂浮般往紙門前進。

「下次要回來，就是春分秋分的時候。您可以站在丈夫的枕邊，問他有沒有好好供養您。」

貫太郎笑著揮手。阿優雖然沒回頭，但阿月目睹她側臉掛著一抹淺笑。

裡頭的房間只剩惣太郎的母親阿吉。惣太郎走近外廊，準備進屋。

「停，你別過來。」

貫太郎馬上制止。
「她是我娘啊。」
「所以，你不能過來。」
貫太郎來到阿吉身旁蹲下，雙手插在衣袖裡，望著阿吉。
「阿吉女士，您要不要動身離開？」
看得入迷，一時忘了恐懼的眾人，全嚇一跳。阿吉的亡靈突然露出白眼。
「您生氣啦。爲什麼？惣太郎只懂疼媳婦，您吃味嗎？」
阿吉翻著白眼，瞪向站在別房旁的惣太郎。
「娘……」
惣太郎吞了口唾沫，喉結滑動。
「如果看我不順眼，就詛咒我吧。不要牽扯到我媳婦，在這裡求妳了。」
惣太郎雙膝跪地，雙手撐著地面。貫太郎長嘆一聲「唉……」。
「你這麼做，反倒會讓你娘更固執。」
阿吉瞪著青蛙般趴在地上的惣太郎，不久，她的白眼恢復原狀，空洞的目光四處游移。
「這是您的通行證。」
阿吉接過通行證，手指一碰觸，通行證便轉爲透明。
「西方極樂世界住起來比這裡舒服多了，您的丈夫應該也在那裡吧。」
村長代替跪在地上不動的惣太郎，嘆一口氣，出聲道：
「因爲擁有自己的田地，出身比別人好，反而容易惹禍。惣太郎的父親是個浪蕩子，在惣太郎小時候就離家出走。」
「哎呀呀。」
貫太郎閉上眼，不住搖頭。
「阿吉女士，您一定很難過、很辛苦吧。不過，令郎並不是您的丈夫。他十分疼惜妻子，這一點您得誇誇他。」
阿吉霍然起身，緊握通行證。貫太郎陪她走向紙門。
「喂，惣太郎，快來送令堂一程。」
在這聲催促下，惣太郎抬起臉，發現阿吉在跨過門檻時，又轉爲白眼。眾人紛紛後退，惣太郎僵在原地。
接著，阿吉消失在紙門後方。
最後剩阿夏一人，她待在靠近外廊的房間角落。
「呃……妳是？」
「她是阿夏。」
在阿月出聲回答時，屋梁上的一平大叫：「別靠近阿夏！阿夏要待在這裡！她才不會回去那個世界！」
貫太郎彷彿沒聽到他的叫喊，挺出凸尖的下巴，朝阿夏走近。
阿夏轉向貫太郎。
「停、停，站住！」
一平從屋梁躍下。咚一聲，從他放在懷中的紫色包袱裡滑出小小的青銅鏡，不偏不倚立在地板上，順勢一路滾向外廊。

「噢，鏡子！」

「哇！」

發出叫聲的，是村長和小森神社的神官。神官原本屏息躲在眾人身後，這時就像屁股挨了一鞭，一躍而起，朝鏡子直奔而去。

「可惡！可惡！」

腰部撞向地面的一平，一時無法起身，不住掙扎。貫太郎上前壓制。

「放開我，放開我！」

貫太郎朝大吼大叫的一平賞一巴掌。

「一平，清醒點！」

神官將青銅鏡捧在胸前，從外廊滾了下來。村長在他背後保護。

阿夏的亡靈緩緩轉頭，朝扭打在一起的一平和貫太郎望一眼，目光再度移向阿月。

——她同意了？

阿夏的身體宛如花瓣隨著流水漂浮，上下擺動，一路朝紙門而去。

一平大聲叫喊著：「阿夏，別去啊！」

阿月再也按捺不住，甩開腳下的鞋子，躍向外廊。

「貫太郎先生，請把通行證給我。」

讓阿夏前往西方極樂世界的通行證。

「好，給妳。」

「謝謝！」

阿夏來到紙門前。阿月快步追上，雙手緊握通行證。

「阿、阿夏。」

一平持續叫喚著。「阿夏，不能去啊！阿月，少多管閒事。妳知道自己在幹什麼嗎！」

貫太郎突然又賞一平一巴掌，「不知道自己在幹什麼的是你。」

「阿夏，阿夏！」

「靜靜目送她離去吧。阿夏不希望以這副模樣留下。」

「我不要、我不要！」

「哥……」阿月顫聲道。「阿夏要是繼續待在這裡，阿玉今後將會一直半死不活啊。」

一平沾滿淚水和鼻涕的臉龐極度歪曲。

「誰管阿玉啊！像她那種惹事者，死了最好！」

他放聲痛哭，像渾身充滿憎恨和詛咒。

「爲什麼那傢伙活蹦亂跳，阿夏卻喪命？」

此時，阿月心中升起的怒火，連自己都吃驚。哥哥這番話實在不可原諒。

我也會這麼想啊。我討厭阿玉，思念阿夏，但現實就是無可奈何。

——因爲……

「哥，要是你說這種話，阿夏會難過的。」

阿月望著亡靈阿夏纖瘦的背影。阿夏在紙門前轉過頭。

她望向一平，望向貫太郎。接著，轉動她纖細的頸項，與阿月目光交會。

沒錯，兩人四目交接。阿夏的眼睛重返生氣。那是無比溫柔的眼神。

——我要走了。

阿夏的聲音，在阿月心中低迴。

所以，阿月回一聲「嗯」。

「阿夏，這是妳的通行證。」

阿夏伸手接過。儘管成爲亡靈，阿夏的手依舊粗糙。

阿夏珍惜地將通行證抵在胸前。通行證逐漸變得透明，唯有黑墨寫成的「阿夏　小森村　女得年十七」這幾個字，從阿夏透明的手掌後方浮現。

「不要走，不要走！」

貫太郎將抱頭哭號的一平拉起來，一路將他拖往外廊，使勁拋出。眾男丁靠過來接住一平，石杖老師緊緊抱住他。

「我做了很對不起你的事，請在這裡目送她離開吧。」

一平停止吵鬧。他緊抓著老師，號啕大哭。

貫太郎重新面向阿夏，恭敬行一禮。阿夏也回一禮。

接著，她一腳跨向紙門的門檻。

阿月不自主地向前，站在阿夏身旁。

紙門深處那寬闊的光景映入她眼中。

是一片草原，在陽光下熠熠生輝。由於光線太過耀眼，亮光從紙門往外滿溢而出。

阿月瞠目結舌。那就是另一個世界嗎？居然如此明亮、溫暖……

不，不對。

那並不是明亮的景致。是在無限遼闊的草原上，不斷往這邊群聚靠近的「東西」發出的亮光。

那東西帶有亮光，向外散發光芒。

靈魂？這就是所謂的亡魂嗎？阿月目睹的是成群的亡魂嗎？

在每一個短暫的瞬間，他們看起來都是理所當然的人形，緊接著化為普通的光球，再下一刻又恢復人的模樣。

可是很怪異。他們不斷顫抖，持續發出低吼，並改變輪廓。由於這個緣故，手腳看起來忽伸忽縮，有時像頭上長角的惡鬼。

他們不再是人。

從這邊看過去，根本就是……

——妖怪。

「阿夏！」

聽見阿月口中發出的悲痛叫喊，阿夏微微一笑，點點頭。

嗯，是妖怪沒錯。

不過，妳不必擔心。

因為妳是用這世界的眼光看，才覺得可怕。

不可以召喚我們回到陽間。

你們得放棄這個念頭。

阿月緊咬嘴唇，點點頭。淚水泉湧而出。

阿夏腳一跨向紙門對面，半透明的身體便由內而外散發耀眼光芒。阿月不停眨眼，就在這時，阿夏的身體消失不見。

一定是化爲亮光飛散了。

她在原地潸然落淚，背後突然有人一把抓住她的手肘。是貫太郎。他點著頭，輕撫阿月的腦袋。

「妳眞了不起。好，到妳哥身邊去吧。」

「嗯。」

阿月退下，貫太郎從背後將她推往外廊。阿月赤腳落向地面。

「喂，貫太郎！」

惣太郎厲聲叫喚。阿月轉頭一看，發現理應和她一起走出的貫太郎，竟還在紙門旁。不僅如此，他還伸手搭著門的外緣，準備一腳踏進門內。

「你在幹什麼？快回來啊！」

嘿嘿——貫太郎露出靦腆的笑容。

「我要從這裡到另一個世界。」

眾人一愣。

「我想見妻兒。」

怎、怎、怎麼會這樣——石杖老師驚訝得快口吐白沫。

「你完全沒提過這件事啊！貫太郎，早知道你打這個主意，我就不會製作通行證了！」

「抱歉，老師。」

貫太郎臉上不顯一絲羞慚。他收起靦腆的笑容，挺出的下巴往內收，頷首道：

「我妻子難產而死，肚裡的孩子也沒救活。」

好悲慘的遭遇……

「沒錯，你的遭遇是很悲慘。」

出聲安撫的，是余野村的村長。

「但女人因產劫喪命，並不罕見。嬰兒也一樣，在我小時候，平均每三人就有一人無法順利出生。不是只有你一個人痛苦。不管再痛苦，擁有生命的人就得好好活下去。因為擁有生命，就是老天最大的恩賜。」

貫太郎低著頭，應一聲「嗯」。

「這我明白。雖然明白，還是感到寂寞難耐。」

他搭在紙門外緣的手，鼓足了力。

「我多次想尋死，但每到緊要關頭就感到害怕。不是害怕死亡，是想到沒死成，變得半死不活就糟了，才沒能下定決心。」

但如果是走到這扇紙門對面，一點都不麻煩，往前跨出一步就行。

「貫太郎，不能這麼做。你要重新想清楚。」

石杖老師聲嘶力竭地大喊，貫太郎又微微一笑。

「老師，要跟我一起來嗎？」

不光是畫師，在場眾人聞言，皆全身戰慄。

石杖老師臉上血色抽離，滿身大汗。緊抓著老師的一平，畏怯地離開。

「我、我……」

老師結結巴巴。

「原來如此。老師不想去那個世界，只想讓妻兒回到人間。」

貫太郎的表情第一次浮現責備之色。

「一平，你呢？」

聽到突如其來的提問，一平望向貫太郎，接著望向敞開的紙門。

「你要和我一起到對面去見阿夏嗎？」

阿月緊抓著一平的衣袖。但就算她沒這麼做，一平也沒有離開原地的意思。他滿是淚水的臉龐，只有眉毛和鼻翼微微抽動。

「這樣啊。嗯，原來如此。」

貫太郎頷首，恢復溫柔的笑臉。

「那麼，各位，我告辭了。」

貫太郎躬身行一禮。

「這扇紙門，我會從對面好好關上，請各位放心。」

話聲剛落，那清瘦的身軀已消失在紙門後方。

「貫太郎！」「喂，貫太郎！」

男子們齊聲叫喚，但也只有叫喚。沒人敢靠近外廊，僅僅是觀望。

短暫的瞬間，貫太郎發出「哇」的感嘆聲，旋即消失。

紙門輕輕滑動，旋即關上，發出「啪」一聲清響。

滿溢而出的神祕亮光消失。

眾人屏息以待。

——是風。

聽見風聲，阿月猛然回神。

是落山風。吹過森林，吹響樹梢。吹得枯草窸窣作響，塵土飛揚。

是陽間的風。

「要點火了。」

村長威儀十足的聲音，破除眾人中的咒縛。

「這屋子不能再留。」

沒人應聲，眾男丁不發一語地行動。像是突然想到般，一股燈油的氣味朝阿月撲鼻而來。

轟！小火瞬間繞別房一圈，行經外廊，滑過地面，順著屋柱竄升。灼熱的濃煙滲入眼中，刺痛喉嚨。

「阿月。」

一平一把抓住阿月的手。阿月與哥哥緊握著彼此的手，望著逐漸被大火吞噬的別房。

「火只會燒掉別房，不會延燒到其他地方。」

別房之外的地方，一根枯草也沒燒焦。

描述經過的阿月聲音沙啞，應該不是感觸良深的緣故，單純是累了。

「火還沒燒完，村裡有人來通報。沉睡得像死人的名主大人、阿玉、惣太郎先生的妻子，全醒過來了。」

阿月吁一口氣。
「不過，貫太郎先生卻一去不返，消失不見。」
前往那個世界，沒再回來。
「余野村的村民至今仍害怕貫太郎先生會化爲妖怪出現，但似乎沒發生這種情況。」
阿月微笑，「他是做好覺悟才前往那個世界。」
不曉得他有沒有見到妻兒？在那光芒四溢，但人已不再是人的世界，不曉得他們一家三口是否成功團聚？
眞是可喜可賀。遇上無法明說的故事結局，阿近並非第一次體驗。
「到焚燒過的別房收拾時，我發現那個水甕。」
阿月與岩井石杖初次踏進別房時，那個擺在土間、有裂痕的水甕。
「水甕燒得焦黑，一碰觸便碎成粉末。」
還有另一個碎成粉末的東西，就是風車。
「隔天我到供養塚一看，風車全壞了。不光是葉片，連握柄全都斷折。」
那模樣像被人踐踏過。
「石杖老師將烏黑的水甕碎片及葉片損毀的風車，小心翼翼包好帶走。」
——我希望今後的人生能引以爲戒。
「引以爲戒是吧……」
「接著，過不到三天，他便離開名主大人的宅邸，動身前往江戶。」
對於這名畫師的離去，小森村沒人感到惋惜。

「名主大人得知沉睡期間發生的事後，大發雷霆。不過，我倒是想送老師一程。」
阿近莞爾一笑。這孩子果然情深意重。
「哥哥也一起來了。」
這對畫師來說，應該是很大的安慰吧。
「我們在村子的十字路口道別，老師告訴哥哥：如果待在村裡覺得很痛苦，就來投靠我，我跟名主大人提過，准許你到我的住處工作。」
「一平先生的決定如何？」
阿月聳聳肩，「他仍在村裡。」
她的動作十足大人樣，有點滑稽。
「後來，阿玉呢？」
之前她變得半死不活，不知有什麼改變。
「又恢復原樣，一樣是個惹事者。」
「哎呀，那不就沒意義了嗎？」
「她就是學不乖。沉睡期間什麼也沒吃，瘦了許多。周遭人擔心她，將她照顧得無微不至，所以她一度變得比之前更囉嗦，更任性。」
雖然是生氣的口吻，阿月卻笑了，於是阿近跟著笑。接著，阿近端正坐姿，鞠躬行禮。
「小森村的阿月小姐，感謝提供這個不可思議的故事。」
「啊，這樣就行了嗎？我才要道謝。」
阿月急忙磕頭行禮。阿近拍手喚來阿島，於是阿島刻意發出腳步聲前來。

「故事說完啦？辛苦了。」

阿島笑容滿面地接待阿月。

「我們準備了件手禮，請稍候。」

「咦？不用那麼客氣。」

「沒關係、沒關係。」阿島應道。「老闆娘吩咐過『要給那孩子一個獎賞』，所以我急忙去拿了過來。」

是三島屋常光顧的一家外燴店的便當。

「這三層餐盒裡，裝滿可口的菜肴。我會送到妳住的旅館，順便陪妳回去吧。」

阿月一臉泫然欲泣，「這麼貴重的禮，我怎麼受得起。」

阿近的嬸嬸阿民，做事設想周到。就算讓阿月一個人帶這麼豪華的餐盒回去，她吃不吃得到都還是個問題，才派阿島前往監視。

這恰巧也給了阿近一個方便。

「那麼，剩下的包子一併打包吧。阿島姊，我還有一個東西要讓她帶回去，請等我一下。」

阿近急忙回自己房間，迅速寫一封信，悄悄將阿島喚至阿勝所在的隔壁房間，請她幫忙辦一件事。阿島露出驚訝之色，但阿勝嫣然一笑。「這故事還有後續。」

「沒錯，聽阿月的描述，最後是大團圓，但有些細節我想知道。」

「是，我明白了。」

阿島帶阿月離開後，半個時辰不到，那個人物便出現在三島屋。阿近馬上請他進「黑白之間」。

此人便是小森、長木、余野三個村莊的負責人，代替三位領主統管這些地方的名主。

他苦著臉，開口就問：

「小姐，找我伊原彌次郎兵衛前來，說有急事要商量，究竟有什麼事？」

彌次郎兵衛。這老翁的名字，雖然和可愛的玩具（註）同音，但長得一點都不像。他的表情宛如心中的不悅深深滲進臉上的每一道皺紋中，清瘦的身體微微左偏。從他走路的姿勢推測，似乎左膝有傷。

他連聲音都充滿不悅，以乾啞的嗓音快速道：

「我有很多事要忙。跟妳這種江戶商人的千金不同，我沒閒工夫沉迷於百物語。今晚我得到堀……領主大人的宅邸拜訪。」

他說了個「堀」字便急忙改口，應該是一主公的名諱。

我猜中了——阿近心想。

她雙手撐地，恭敬行一禮。

「如您所言，以我這等身分，膽敢請名主大人前來，實在是僭越，這點我相當清楚。對您萬分失禮，不過……」

接著，她獻上恭敬的微笑。

「聽過阿月的故事後，我猜想，那位去年桂月（八月），年僅三歲的女兒因痲疹病故的一主公，該不會是宅邸位於本鄉的旗本，堀越新之丞大人吧？」

名主彌次郎兵衛聽得雙目圓睜。

「小、小姐，為什麼妳會知道？」

阿近裝出連自己也很驚訝的表情。

「哎呀，果然沒錯。眞是巧遇啊，堀越大人是我們三島屋的常客。去年弔喪時，爲了前往西方極樂世界的小姐，還特別向我們訂製小飾品。」

坦白講，一聽阿月說這個故事，阿近馬上猜出一主公是誰。但堀越大人的領地上發生的事，獲准在他江戶宅邸進出的商人自然無從得知，所以那幢別房引發的騷動，阿近是第一次聽聞，全程都很感興趣。

但接下來，名主要帶阿月前往堀越大人的宅邸晉見，爲了讓世人「引以爲戒」，道出這個故事。這麼一來，情況就不同了。

「如同對您來說，堀越大人是重要的領主一樣，對我們三島屋而言，他也是重要的客人。」

阿近沒有伊兵衛的威儀，也沒有阿民那種充滿氣勢的眼神，只能展現誠意與人溝通。

「我明白這麼說實屬僭越，還是無法默不作聲。名主大人，您向堀越大人稟報別房發生的亡靈風波，是希望領主大人如何引以爲戒？」

可清楚看出，伊原彌次郎感到慌亂。

「如、如何引以爲戒？歸咎起來，那場騷動都是禁止舉辦座燈祭才會發生。」

「您的意思是，堀越大人因喪女之痛，下令禁止領地的人民舉辦熱鬧的慶典，這個決定有錯？」

註：一種傳統玩具，呈人形，以中心爲支點，保持左右平衡，名爲「與次郎兵衛」，與「彌次郎兵衛」同音。

「我沒這麼說，只不過……」

名主吞吞吐吐。

「那是農村的慶典，而且是向水田之神致敬的慶典，不能想禁就禁。身爲江戶人的妳或許不明白……」

阿近打斷名主的話。「爲什麼？會引發荒災嗎？」

「沒錯。」

「可是，小森、長木、余野三個村莊是否會引發荒災，目前還不知道，不是嗎？」

去年冬天確實降下大雪，年邁的甚兵衛擔心今年夏天可能會鬧旱災，這也是無庸置疑，但現在才三月。

「接下來才要插秧，目前根本沒半點荒災的跡象。」

「小姐……」

沒半點親和力的彌次郎兵衛，臉上每一道因不悅擠出的皺紋，彷彿隨時都會冒出冷汗。

「妳應該聽過阿月的故事，因爲神體從小森神社消失……」

「那是一平先生拿走的，不是神體討厭亡靈自行消失吧？」

阿近直視名主一陣紅、一陣青的面容。

彌次郎兵衛突然垂頭喪氣。

「我希望能坦白說出我們所犯的過錯，請堀越大人謹記在心，希望他能引以爲戒。」

「要讓他謹記什麼在心？」

名主柔弱低語：「爲了讓已故的小姐重回人世，他用盡各種方法。」

哦——原來是這麼回事。

「之前堀越大人還同意一些可疑的巫女、修行者、祈禱師在宅邸裡進出，白白被騙走大筆錢財。那些人全是假貨、騙子。」

無法眞正喚回死者的騙子，把堀越家當搖錢樹。

「堀越大人和夫人都難以徹底死心，我實在無法坐視不管。我曾提出建言，他的親戚也居中規勸……」

但完全起不了作用。

「既然如此，也沒其他辦法。只好向大人坦言這次的騷動，讓他明白，就算將前往陰間的死者喚回人世……就算眞的能辦到，也不會帶來任何好處。這是唯一的辦法。」

要是坦白說出別房的那場騷動，彌次郎兵衛等同是招認他身爲名主，處理失當，並揭露自己不孝的行徑。儘管如此，他也不在乎。他心意已決。

阿近心想，這個人本性不壞。畢竟是阿月他們（還算）敬重的人物。

「既是如此，畫師石杖老師在小森村住下，也是您爲了迎合堀越大人的想法，主動邀請嗎？」

岩井石杖並非騙子，是眞的一味追求讓死者復活的方法，並加以實現的人，雖然最後的結果稱不上成功。

然而，名主聞言直往後退，極力否認「才沒這回事」。

「那個老師來到村裡，眞的是偶然，我什麼也不知情。如果知道他是那樣的畫師，我早把他趕出去。」

眞的是偶然嗎？不過，換個角度來看，這凸顯出一個可悲的眞相，想將自己所愛的人重新喚回陽世，這樣的人到處都有。

阿近柔聲詢問：「名主大人，後來您的身體狀況可好？」

突然改變話題，彌次郎兵衛一時不懂她的意思。「啊？」他應一聲，眼神游移。

「老太爺的亡靈出現在別房的期間，您一直沉睡不醒吧。當時您的身體冰冷，醒來後便完全恢復原狀嗎？有沒有出現什麼障礙？」

「哦，我倒是一點問題也沒有。醒來後就恢復正常，平安無恙。」

聽他這麼說，讓人鬆一口氣。

「倒是巳之助比較令人擔心。他之後一直很虛弱，上個月還引發中風，幾乎臥病不起。」

雖然只是聽阿月講述這個故事，但阿近彷彿和小森村的村民成爲熟識。聽聞此一消息，她胸中隱隱發疼，感到無比同情。

「巳之助爺爺在別房看到的景象……阿玉和阿月似乎也曾目睹，究竟是什麼？」

石杖老師曾不屑地說是「死者殘留的邪念」。

「這個嘛……」

彌次郎兵衛取出懷紙，像要抑制冷汗流出，不斷擦拭，苦著一張臉。

「我不知道。父親死後不久，一開始是出現在我家中。」

這倒是令人驚訝的消息。

「所以，我將父親過世的場所封閉，之後就沒再出現。」

「現在呢？」

「又回到我家了，內人終日提心吊膽。」

又是一件令人同情的遭遇。

「最近我覺得，這或許才是眞正的亡靈。在岩井老師的帶領下，陸續回到別房的那些人，應該全是幻影。」

雖然他們微帶透明，身軀飄浮，幾乎無法和人溝通，但能以當事人原本的姿態出現在別房裡，其實是村民在岩井石杖的指示下用心畫出的圖得到生氣，產生的幻影罷了。

這麼一想，每出現一名亡靈，就會有一名和死者關係深厚的生者一睡不醒，像被奪走生氣，變得全身冰冷，似乎就說得通。

沒錯，別房那位老太爺的亡靈，從貫太郎手中接過通行證，準備返回陰間時，罵兒子是「不孝子」，也不是老太爺本身的想法，而是名主潛藏在心中深處的歉疚念頭。

——我是個不孝子，做出虧欠爹的惡行，讓他孤零零地死去。

這個想法不就是藉由亡靈之口，在眾目睽睽下說出嗎？

因此，匯聚一平的思念之情現身的阿夏幻影，和一平記憶中的她一樣溫柔。並且讓一平討厭的阿玉沉睡，使她遠離一平。

到頭來，石杖老師高明的畫技召喚、操控的，或許是生者的靈魂。

不過，面對眞正的亡靈，又該怎麼處理？

「這次，您要不要試著將老太爺生前，在您宅邸內起居的房間封閉？讓那裡成為一個無法開啓的房間。」

名主眨眨眼，打量著阿近。

「小姐，妳主持百物語，聽過這類的故事嗎？」

「這個嘛……不管怎樣，我認爲供養一定不能少，這點很重要。」
「嗯，也對。」
彌次郎兵衛一臉沮喪。
「容我說句僭越的話，您要晉見堀越大人，與其帶阿月前去，不如帶我同行，還比較恰當。」
由阿月居中擔任向一主公說教的角色，未免太可憐。
「如果我出面有失禮數，請我們店主伊兵衛出馬如何？我叔叔常與堀越大人對弈，大人應該願意接見。」
對名主這種身分的人，用這樣的說辭最有效果。彌次郎兵衛馬上立正站好，應一聲「是」。
「三島屋這般受領主大人眷顧嗎？既然如此，如果你們肯助一臂之力，在下感激不盡。」
其實伊兵衛棋藝高強，兩人不是對手，所以堀越大人只請他去下過一次棋，不過現在沒必要坦白道出此事。
「那麼，我會先向叔叔說明。」
「有勞了。」
不同於進門時的神情，名主彌次郎兵衛踩著如釋重負（至少卸去一半）的步履離去。目送他的背影，阿近吁一口氣。
通往隔壁房間的紙門霍然開啓，阿勝露出臉。
「小姐，辛苦了。阿月實在是可靠又可愛的孩子。」
「很希望她能到我們店裡來工作。」
「阿島姊應該是在旅館裡陪著她，讓她能安心享受便當，您大可放心。」

在這方面，兩人心意相通。

「那畫師現在不知怎樣了……」

阿勝的低喃中，摻雜一絲悲戚。

「不知是否眞的對妻兒的事死心。」

「阿勝姊，妳擔心石杖老師嗎？」

阿近則是在意貫太郎的下落。他跨過門檻前往的地方，眞的是那個世界嗎？她十分懷疑。

「如果那也是幻影，他應該會在某個地方重回人間。我們總有一天會死，在那之前，不管怎樣都得活下去。」

語畢，阿勝嫣然一笑。

第二話

食客饑神

慶典和吵架，堪稱是江戶的精華。

但令江戶人為之歡騰的，還有比這兩項更重要的事，那就是春季賞花。連生意興隆，終日忙碌的三島屋也不例外，每年都會到隅田堤賞花。這是自開店後，一直延續至今的慣習。

以神田的地理位置來看，上野山更近，但山內禁止笙歌飲酒。笙歌姑且不提，難得的賞花機會，要是少了酒，著實無趣。話雖如此，偏偏這裡離江戶賞櫻的名勝飛鳥山又有些路程。看來看去，還是眾人可一起搭船前往的隅田堤最為合適。

由於會在春季挑選吉日，同時看準天氣，大家一同外出賞花，因此位在三島町的店面會休息一天。不過，生意可沒跟著休息。每年賞花時，都會向熟識的貸席（註）租一間面向大路的包廂，擺攤做生意。商品會像昔日伊兵衛和阿民沿街兜售提袋時一樣，吊在竹子上，立在屋簷下。

「賞花時，大家都比較捨得花錢。欣賞美麗的花朵，就會想要美麗的小飾品，這是人之常情。」

既然有機會好好做買賣，斷然沒有錯失之理，這是阿民的點子。

不過，平時辛苦工作的工匠和裁縫女工，今天完全不必幫忙做生意，這是他們定下的規矩。只要開開心心賞花即可，生意全由店主夫婦來張羅。

理應如此，但近幾年愈來愈難辦到。因為在這裡擺攤莫名受歡迎，門庭若市。常客當中，有人每到這個時期，都會專程事先詢問三島屋出外賞花的日期，也跑來賞花，順便在攤位上採買。於是，伊兵衛燃起商人魂，準備一年一度只在攤位販售的商品，人氣居高不下。

「生意好固然十分感激，不過……」

上從掌櫃八十助，下至負責做生意的夥計，都忙得人仰馬翻。

成爲三島屋的一分子，至今邁入第三年的阿近，從沒參加過賞花活動。因爲促使她前來投靠叔叔嬸嬸的那場痛苦經歷，至今影響仍在，她尚未從打擊中重新站起。儘管心情變得比較正向，也會採取積極的態度面對，但像這種遊山玩水的享樂，只會令她心生歉疚，難以接受。在賞花的場合中，見周遭人個個歡天喜地，心裡更是煎熬。

因此，她以爲今年一樣會留下看家，不料在大家聊到「明天就是賞花日，眞期待」時，阿民竟將她喚去，對她說：

「我想讓八十助他們好好賞花，妳也來幫忙擺攤做生意吧。」

一向大門不出、二門不邁，博得「神祕的三島屋西施」稱號的阿近，之前叔叔嬸嬸爲了拉她走入人群，一再改變策略，用盡各種方法。這次又是新招。如果他們說「我們一起去玩吧」，倒是容易婉拒，但要是前去工作，以阿近的個性，絕不會推辭。阿民很清楚這一點，吩咐時臉上還掛著淺笑，教阿近看了就有氣。

「是，我明白了。」

「因爲要接待客人，得好好打扮。」

阿民開心地將振袖和服掛上衣架。

「我是去工作的，穿窄袖和服比較妥當。」

阿近頂多以此反擊，最後還是穿上好看的外出服，梳銀杏返的髮型，插上阿民中意的玉簪，踏出家門。

註：出租包廂的生意。

不過……

這次的賞花感覺不錯，出乎意料之外。

一來是擺攤眞的忙碌。吊上提袋和小飾品的竹子共有五根，立著一字排開，客人大排長龍。掌櫃八十助和夥計除了回鄉探親的時節外，終年工作繁忙，爲了讓他們能好好賞花，阿近勢必得忙進忙出，幫叔叔嬸嬸的忙。

阿島和阿勝互相說著「我是小姐的夥伴」、「我是她手下」、「我是她頭號跟班」、「那我就是她的二號跟班」，主動前來幫忙，將一直找機會要來幫忙的八十助趕回去，甚至替他倒酒，頻頻勸酒。

二來是趁著忙碌的空檔，和平時少有機會見面的工匠和裁縫女工親暱聊天，看大家開心賞花，品嘗美食，流露放鬆的神情，她心裡也無限歡喜。

三來是櫻花不管開得再多，再怎麼盛放，都不會是熱鬧歡騰的花朵，總帶有一種無常、落寞、寂寥的風情。

這似乎不是阿近想多了，趁休息時間吃賞花便當時，阿勝拈起飄進貸席包廂裡的花瓣說：

「在北國的某個地方，一年中舉辦的喪禮，都選在櫻花盛開時節。」

當然，人死後會立即下葬，但喪禮都集中在櫻花盛開的時節舉行。

「櫻花是在極樂淨土才會盛開的花朵。盛開的整排櫻樹會一路通往淨土，避免讓人迷路。」

和陰間有關的這句話，令阿近驀然想起來自小森村的阿月。那孩子不知現在過得可好？不知小森村的村民是否重拾往日的平靜，得以一起悠哉賞花？

這時，阿民突然瞪大眼詢問：「這話說得眞好，不過阿勝，妳怎會知道這件事？」

「我是從行然坊口中聽到這個旅途趣聞。」

行然坊曾來「黑白之間」說故事，而且算是三島屋的恩人。雖然不是眞正的僧人，但說他是假和尚有點失禮，說他是「扮和尚」又反倒奇怪。不過，他絕不是壞人。

這和尚是頂天立地的大漢，嗓門也大。只要他出現，馬上便知。這一年來都不見他人影，連阿近也應一聲「哦」，阿民更是驚訝。

「妳什麼時候和那位和尚見面的？」

「半個月前吧。他恰巧從店門前走過，我還爲他奉茶。」

阿勝落落大方答道，不過阿近覺得，從她細長的雙眼中可看出，她正暗叫「不小心說溜嘴」。噢，當眞怪異。這裡所說的「怪異」，和那些奇聞怪談中的怪異不同，透著可疑。阿勝什麼時候和行然坊走得這麼近？

基於一份情誼，眼下暫時不細問。爲了轉移阿民的注意，防止她進一步追問，阿近刻意露出陶醉的神情。

「哇，好好吃的便當。」她朗聲道。

「『達磨屋』的菜向來不會讓人失望，今天的賞花便當尤其特別。嬸嬸，當初訂購時，妳是怎麼吩咐的？」

這番話並非全然是打馬虎眼用的煙霧彈。便當確實香色味俱全，吃了很有飽足感，堪稱面面俱到，是阿近由衷的感想。

阿勝附和：「這麼一提，剛才來買櫻花圖案懷紙袋的客人詢問：你們三島屋可以順便在攤位上賣賞花便當嗎？看起來似乎很美味，教人垂涎三尺。」

「說到達磨屋，一開始是貸席的老闆娘介紹的。」

「貸席」如同字面的意思，是出借場地的一種生意，不論是慶祝、法會、學習才藝、成果發表會，酒和菜肴都由客人自行張羅。不過，爲了替客人省去張羅的時間，向客人介紹店家，聰明的貸席商都會與信用佳的外燴店家或酒家保持緊密關係。

「當時老闆娘向達磨屋吩咐，說是三島屋的賞花便當，要用三色條紋的包巾包好送去。達磨屋的老闆相當機靈，提議包巾就請三島屋來製作，所以這是我們特別製作的。」

「啊，眞的耶。包巾的內側角落，淡淡印著我們的屋號。」

我眞是太粗心了。阿近的注意力只放在一人一份的三層豪華便當菜色，完全沒注意到包巾。

「米飯呈三色條紋，我也發現了。」

便當盒裡的米飯，爲白飯、櫻飯、菜飯三色。白飯附上醬菜、蜂斗菜、炒吻仔魚。

「記得去年的便當是黑豆飯、竹筍飯、茶飯三色吧。」

「每年會換不同的搭配。」

一年一次的樂趣，變得益發有趣。

「今年我們店裡的人反映，難得有如此美味的菜肴，想配飯吃，希望當中有一色是白飯。如果不是白飯，就用雞肉飯。」

講到這裡，不知爲何，阿民嘆一口氣。

「說來也眞是的，達磨屋老闆有這等好手藝，應當將生意做大，但不管別人怎麼勸說，他就是不同意。」

他們只有一家位於元濱町，寬十二尺，外型像座燈的店面。既沒增建，也沒開設分店。有夥計獨立開業，但沒允許打出「達磨屋」的屋號。所以，達磨屋僅此一家，別無分號。

「那老闆完全沒有商人的野心，當眞古怪。」

「可能只想由親人一同經營，和樂做生意。」

阿近說出自身的推測，但阿民並不認同，一本正經地應道：

「不是的。每年一過賞花季節，直到秋天賞楓的期間，他們都關門不做生意。」

阿近和阿勝大感詫異。

「整個夏天都歇業？」

「會不會是到其他地方做生意？品川一帶的濱海包廂，有許多外燴店和便當店設攤。」

阿民篤定地搖頭。「不，完全沒有。達磨屋夏天一律休息，不對外營業。」

「川開祭（註）當天也一樣？」

「沒錯。」

阿近與阿勝面面相覷，此事確實奇怪。

雖然只有一晚，不像賞花季的時間這麼長，但大川的川開祭同樣是外燴店和便當店做生意的好時機。

望著匯聚夏日的華美和精彩，升上夜空的無數煙火，大啖美味的酒菜，跳脫身分高低和富貴貧賤，是江戶人的一大樂事。大川沿岸的貸席和餐館都座無虛席。在可看清煙火的場所開店的商家，都會宴請老客戶。另外，由於能從河面仰望打上高空的煙火，大受歡迎的煙火船幾乎擠滿河面。

註：夏天在水邊舉行，慶祝河川納涼開始的儀式。

這些宴席都少不了美酒佳肴。平時不做外燴的高級料理店，唯獨在這時候會特別推出煙火便當，大獲好評。

這種賺錢的絕佳機會，達磨屋每年竟都眼睜睜放著不要？

「那麼，山王祭和明神祭之類的慶典也不例外？」

「達磨屋一直關門歇業，任憑顧客怎麼央求，也不提供外燴或便當。連老闆娘住深川的親戚開口請託，他們也以一句『很不湊巧』回絕。」

阿民嘟著嘴，道出以下這件事。

大川對面的深川，有一座歷史悠久的八幡神社，名為富岡八幡宮。這裡舉行的例大祭（註）三年一次，於桂月（八月）舉辦，上百座的大小神轎排成一排，在街上遊行，參觀群眾會朝神轎和轎夫潑水，別名「潑水祭」。神社的大神轎在出巡前，附近市街的深川藝伎會排成一列表演「手古舞」，由一群頭戴花笠的孩童拖曳華麗的山車。那慶典的畫面勇壯、美麗、婀娜，堪稱是江戶精華中的精華。參觀的人潮當然也是滿坑滿谷。

「之前舉辦大祭的那年，適逢老闆娘表舅的六十大壽。」

對方是深川一家建材商，家境優渥。由於機會難得，他們想邀請多年的老顧客和親人齊聚一堂，在大祭的神轎遊行之日，擺設慶祝六十大壽的酒席，所以才拜託達磨屋負責準備酒菜。

「抱歉，我們夏天不做生意。」

「達磨屋的老闆娘同意這項決定嗎？」

夫妻倆沒吵架嗎？

「這就不得而知了。換成是我，絕不會默不作聲。」

叔叔和嬸嬸幾乎沒吵過架，並不表示他們夫妻感情有多好，而是這對夫妻的「吵架」，都是阿民單方面訓斥伊兵衛。在此特別再強調一次，這可沒說反。不過大部分情況，是訓斥的阿民有理。

「夏天容易食物中毒……」

阿勝微微側頭低語。

阿民頷首。「嗯，不無可能，我也這麼認爲。這家貸席的老闆娘說，或許是達磨屋以前遇過食物中毒的事，吃足苦頭，之後就不在夏天做生意。」

這裡的老闆娘也不清楚箇中原因嗎？還是，知道卻不便明講？

「阿近，別擺出那種臉。」

「什麼？」阿近直眨眼，「我擺出什麼臉？」

「就是覺得裡頭暗藏玄機，一副感興趣的臉啊。」

「嬸嬸眞是的，我才不是那種愛探隱私的人。」

阿近咯咯嬌笑，雙手合十說一句「謝謝款待」，重回攤位做生意。其實，她心裡另有盤算。

三島屋熟識的這家貸席的老闆娘，是一位梳著「島田崩」髮型，銀髮亮麗的老婦人。不光臉蛋，連喉嚨和脖子都覆滿皺綢般的皺紋，卻有一副天鵝絨般的好嗓音。

結束賞花，即將離開前，阿近謝謝老闆娘一整天的照顧，佯裝成是順便私下請她幫忙。老闆娘以她天鵝絨般的嗓音應一聲「沒問題」，答應阿近的請託。

註：由神社在自己制定的日子，舉行最重要的祭祀。

櫻花之所以讓人感傷，或許是一旦盛開，便馬上飄散零落。正因如此，才博得「聖潔」的美譽。光是賞花這件事，每個人內心的感受也各有不同。

當隅田堤的櫻花完全轉爲綠葉，貸席的老闆娘派人前來傳達阿近引領期盼的消息。

從事外燴生意的達磨屋老闆房五郎，將成爲「黑白之間」的座上賓。日期也已敲定。

當天一早，阿近請熟識的花店送來滿是新葉的櫻枝，插在「黑白之間」的壁龕處。

三島屋目前唯一的童工新太，湊巧在庭院打掃，看見阿近面對塗黑漆的花瓶修剪櫻枝，急忙大叫一聲。

「小姐，上面沒毛毛蟲嗎？」

櫻樹一冒出嫩葉，就會馬上長蟲。更嚴重一點，在花瓣紛飛後，便是蟲如雨下。

阿近微笑，「這是花店給的櫻枝，沒問題的。小新，你討厭毛毛蟲嗎？」

「是的……有一次我在外頭打掃，當我發現時，毛毛蟲已從後頸爬進我背上。」

每年……不，應該更快，新太每半年都會長高不少，愈來愈能幹可靠，不過，在這方面還是個小孩子。

「櫻花都開完了，您還要用只剩綠葉的櫻枝裝飾嗎？」

「只有綠葉的櫻枝也很美啊。」

接著，阿近拿起擺在膝邊的一個小紙包給新太看。

「用這個來裝飾，不是很剛好嗎？」

紙包中裝了幾個用紅色的絹質碎布製成的小球。比蠶繭大上一圈，裡頭是棉花。由於只塞少許棉花塑形，入手輕盈。一端連著線。

新太已猜出用途。

「是要掛在櫻枝上嗎？」

「沒錯。這和今天前來的客人有點關聯，我想用來裝飾，還特地請工房那邊幫我趕工。」

每一顆小球上都有黑線繡出的達磨。

「今年開工時，不是發送給客人吉祥沙包嗎？」

將繡有鶴龜、扇子、竹耙、貓頭鷹、招財貓等吉祥物的沙包，每三個裝成一袋，當福袋贈送。

「當時我就想到，如果更小一些，綁上繩子，做成垂吊的飾品，一定很好看。」

新太從外廊探進屋內。

「嗯，眞的很好看。小姐實在風雅，把這種飾品掛在樹枝上代替鮮花，我怎麼想也想不到。」

新太在客人面前都會規矩地自稱「小的」，但和阿近在一起時仍會以「我」自稱。現在他也學會「風雅」這樣的用語。

「而且，還能做買賣。」

「擺在店裡賣嗎？」

「只要擺在店面當裝飾，一定會有客人想買。這種吉祥物十分討喜，接受客人訂製，繡上客人的家紋或屋號也不賴。」

「哇，小新，你現在是個厲害的商人呢。」

新太一臉難爲情，馬上跑回去打掃。阿近裝飾完達磨掛飾，接著挑選壁龕掛軸。她請伊兵衛提供幾幅和達磨有關的圖畫，叔叔推薦「這幅最有品味」，於是她接受建議。

樹葉的光影映照在白牆上。從形狀來看，應該是櫻樹。除此之外，只有畫面的角落整齊擺著兩個卷軸，沒有人物。乍看之下，會覺得是留白偏多的一幅怪圖。

但這幅畫的落款處，一旁有作者留下的一行小字——大師離去後之落櫻牆。

意思是，畫的是持續九年坐著緊盯少林寺牆壁的達磨大師，開悟離去後的那面牆。

阿近對這幅畫的解釋輕笑幾聲，往下望去，看見從插在花瓶裡的櫻枝中，露出紅色達磨吊飾，這就是今日的巧思意趣。

「達磨屋」的老闆房五郎，在傭人的帶領下走進「黑白之間」後，往膝蓋用力一拍。

「小姐，佩服、佩服，眞是風味獨具。」

不愧是三島屋——房五郎沉吟。

「我們店名叫『達磨屋』，所以我蒐集不少畫作和擺飾，這還是第一次見識，想必出自名師之手。」

阿近笑道：「哪裡的話。聽說是叔叔的一位棋友畫的，他書畫、俳諧、三弦琴、歌謠，全有涉獵，是一家紙店的退休老太爺。」

哦，房五郎聞言更加佩服。他個頭小，臉也小，細長的眼角下垂，看起來像哭又像笑，給人一種說不出的親切感。約莫是四十五歲左右的年紀。

他身上的藏青色條紋服裝是皺縮木棉，似乎是上等質料，想必是銚子縮。雖然是像樣的外出服，但並不是得搭配外褂的正統服裝——就是這身合宜的外出裝扮。

「眞是一位風雅的老太爺，眞想和他一樣。」

房五郎話音微微上揚，語尾不時破音。男人嗓音尖細往往會惹人嫌，但以他的情況來說，卻給人一股親切感，阿近慢慢與他打成一片。

「達磨忌是神無月（十月）五日，由此可知是大師的圓寂之日。不過，大師開悟是在春天吧，也就是春末的這時候。」

房五郎望著掛軸，摩挲著下巴說道。

「還是，綠葉櫻枝不是用來表示季節，而是表示人命的虛幻不定？也就是無常的意思。」

說到這裡，房五郎猛然停止低喃，睜大雙眸。

「哎呀，多麼可愛的達磨。」

達磨屋的老闆非常中意眼前的吊飾。阿近告訴他，這會送他當伴手禮，房五郎聞言大樂。

「這是三島屋新推出的商品嗎？如果是，可以馬上跟你們訂購嗎？」

包便當的包巾打結處，要是能纏上這個吊飾，那就太可愛了——房五郎說。

「我明白了。我會馬上跟叔叔說一聲。這個大小合適嗎？您中意哪個顏色？」

兩人多方討論，當阿島端來茶點時，這筆生意已談妥。

今天的茶點是草餅，芳香宜人。

「噢，位子都還沒坐熱，就大呼小叫的，我眞是聒噪。」

房五郎不住搔頭，重新坐正。

「我才是呢，在百忙之際找您來，請莫見怪。」

房五郎瞇起細眼，望著阿近。

「聽貸席的老闆娘提過，小姐想知道我們夏天歇業的原因。」

「是的，請原諒我的好奇心。不過，我擔任奇異百物語的聆聽者，所以……」

房五郎頻頻點頭。「三島屋不光在生意方面聲名遠播，在百物語方面也頗獲好評。」

「謝謝您的誇獎。」

阿近恭敬行禮。

「達磨屋在夏天歇業的理由令人不解。我從中感覺得出，這可能成爲百物語的題材，才擅自做出這樣的決定，抱著姑且一試的想法提出請託。」

房五郎的一雙細眼幾乎形成一道半圓，應該是在微笑吧。

「是的，如您猜測，當中有些緣由，而且相當不可思議。」

說出來，恐怕您一時會無法相信——房五郎繼續道。

「原本一直是埋藏在我和內人心中的祕密。」

最近他偶爾會和妻子聊到這件事。

「差不多是時候，該將這件事告訴某人了。我腦中想到的，就是三島屋的奇異百物語，這絕不是場面話。」

對阿近而言，這是無上的光榮。

「今日能獲得邀請，並非源於小姐個人的決定，而是我和內人的意念成功傳達的緣故。」

房五郎笑容滿面。

「聽過就忘，說完就忘。」

理應是阿近該說的話，房五郎搶先說出。

「奇異百物語的規矩，我聽人提過。我的故事也能比照辦理嗎？」

阿近重重點頭，「當然。」

房五郎啜飲一口茶，彷彿在慢慢品味，開始話說從頭。

「故事得從我個人講起，也會提到達磨屋開店的經過，或許有些乏味，但仍得追溯此事的源頭。」

房五郎今年四十三歲。這故事的開端，是從他二十歲那年，辭去夥計一職，離開愛宕下的外燴店時說起。

「我不是土生土長的江戶人。我出生於上總國的搗根藩。」

「搗根自古盛產油菜。和稻米不同，油菜只要賣給批發商，馬上能換錢，非常方便。」

點燈用的油菜籽油，原料就來自油菜。上等的油菜能賣得好價錢，而且終年都有需求，一看便知商機無限。

「搗根的主公曾獎勵種植油菜，每當春天來臨，放眼望去，遍地都開滿黃花。」

房五郎的老家，在城下町經營油菜的批發生意。

「那是家父一手建立的店面。他是佃農之子，十二歲便出外當夥計，工作勤奮，後來有幸獲准另開分店。」

這家店就是「達磨屋」。

「我的店是繼承父親的屋號。」

原本的達磨屋當初在命名時，發生一個小插曲。

「父親在別人店裡當夥計時，村裡一座寺院的住持提點他。」

——達磨大師獨自面壁長達九年。即使是凡夫俗子也一樣，「石上三年，功到自成」。要你花九年不太可能，但只需三年，一定能成功。

「於是父親在油菜批發商底下當夥計，一待十八年，足足是九年的兩倍。」

「眞了不起。」

阿近讚嘆，房五郎露出微笑，細長的雙眼瞇成半圓形。

「小姐，這就是夥計的人生。」

唯有眞正的正經人，才能說得如此瀟脫。

「不過，有人會嫌這工作太辛苦、太無趣，十個到店裡當夥計的人，最後總會跑掉六、七個。尤其是前三年最待不住。所以，住持才會這般訓示，父親也一直老實地謹守崗位，確實不簡單。」

房五郎的父親吃苦耐勞，工作十八年，終於獲准另開分店，店主允許他取自己喜歡的屋號。他以住持的話爲訓示，深銘心中，決定打出「達磨屋」的招牌。

「父親當時順便請老闆爲他介紹婚事。對象是同樣在店裡工作的女侍，只小父親三歲，一點都不年輕。但從那之後，每年都產下一子，而且個個生產順利，共四男三女。當中的三男就是我。」

房五郎指著自己的鼻頭。

「我們七個兄弟姊妹，全健康長大，可說是生命力堅韌。」

哎呀，這麼幸福的一家，當眞少見。與先前小森村的故事相比，這故事開朗許多。

「府上眞是福星高照，令人羨慕。」

阿近誇讚，房五郎頷首。

「是的，我也常感嘆這樣的恩澤。我們兄弟姊妹之間，一直沒發生嫌隙爭吵，和睦地長大成人。」

但成年時，出現一些麻煩事。

「就是關於未來的出路。姊姊和妹妹日後嫁人就沒事，但我們有四個兄弟。」

長男將繼承達磨屋。那麼，底下三個弟弟該怎麼辦？阿近疑惑不解。「讓幾個兒子各自開分店不行嗎？」

「不行。」房五郎回答。「在江戶市裡，像札差（註）或藥材批發商之類的生意，設有股東工會，不能隨便自行開店。而在搗根，油菜批發商便算是這種生意。」

如果沒有藩國的「鑑札」，也就是許可證，便不准開店。

「搗根的油菜是城內的重要財源，爲了避免店家過度擴增，分散生意，特別加以限制。甚至設立『油菜關所』這樣的專屬衙門。」

一店傳一代，開設分店只限一次（一人），而且必須有兩家同業的推薦函才行。父親將店面傳給兒子時，只限長子一人，其他孩子不得經營油菜批發商的生意。不論是繼承或開分店，都得逐一向關所提出申請，取得許可證。

「哎呀……」

「由於這個緣故，二哥、我，還有弟弟，根本是家中的累贅。二哥在大哥身邊幫忙，日後要是有什麼萬一，才能一肩挑起達磨屋。他扮演這樣的角色，但其實很沒意思。」

以防萬一的備用角色，如果沒那麼一天，完全沒登場的機會，而且看起來就像是期待眞有那天的到來，格外尷尬。

「大哥看到二哥心裡就不舒服，二哥總對大哥存有一份歉疚。於是，二哥有一陣子縱情酒色，差點被斷絕關係。不過，在搗根這種小地方，再怎麼佯裝是花花公子，很快也變不出把戲。」

註：江戶時代，針對旗本、御家人等武士向幕府領取的俸米，居中進行買賣的人。

不久，二哥便重新振作，對於父親四處奔走替他找尋的婚事，也坦率點頭答應，入贅到城下一家小蔬果店當女婿。

「這樣姑且就能放心，接下來輪到我。」

二哥心中的煩悶，房五郎全瞧在眼裡，他已想好腹案。

「我告訴父親，想到江戶闖蕩，而且已找好門路。一名從江戶前來採買油菜的批發商掌櫃，願意介紹我到其他店當夥計。」

我工作的地方是位於愛宕下的外燴店。光是在內場工作的夥計就多達十幾人，規模不小。

「那家店還在，由於和我有緣，在那裡受他們關照……」

「不用說出屋號，這是我們百物語的規矩。」

是嗎——房五郎似乎鬆一口氣。

「十五年前，我去那家店當夥計。我在二十歲自立門戶，已超過凡夫俗子的石上三年，離大師的九年還差四年。不過，要是捨不得那四年，繼續留在外燴店，我應該會先沒命。」

突然談到有點危險的話題。

房五郎悄聲道：「外燴店這種生意，怎麼做都行。由於我們是賣吃的，換句話說，吃下肚就沒了，可以做得高尚、有格調，但爲了應付大量的客人，迅速上菜，也不是辦不到。」

愛宕下的那家店，屬於後者。

「雖說是外燴，但全是廉價便當。提供團體便當給武家宅邸的家臣、隨從，或在青樓和射箭場工作的女人（註），一次送好幾家的份，一天兩次。人活著就得吃飯，只要掌握這些客源，這門生意就能輕輕鬆鬆、長長久久。」

這種團體便當提供的對象，都是身分低下，不會嫌菜色好壞，或沒資格挑剔的人。一天兩次，整年下來幾乎都是同樣的便當，對方也認爲是理所當然，不會有任何影響。

「這種毫不講究的外燴店，不會太要求店裡的夥計。一次洗三斗的米，用大鍋炊飯，然後一天送兩次。連運送便當，也是一個人扛五十人份，逐一運送，是費力的粗重活，沒得挑剔僱員。」

正因如此，在這種外燴店工作的男丁，全是怎麼看都不像會做便當的火爆浪子，及在其他地方混不下去的窩囊漢。只要會淘米，有力氣送便當，就能捧這個飯碗，而且供應三餐，和一處供眾人打通鋪的場所。

「僱主很清楚這一點，都是每日支付工資。」

昨天一起淘米的同伴，今天突然不見人影，原來是拿著昨天領到的工資泡在賭場裡，也是常有的情況。

「給我帶來不少麻煩的，正是賭博。」

在資深的夥計中，有個人沉迷賭博。或許不是徹頭徹尾的壞蛋，但長得一臉橫肉、眼神凶惡，左頰有一道莫名其妙的明顯傷疤。外表看起來像無賴，他很有自知之明，懂得連哄帶騙，外加威嚇，善用各種手段，邀年輕的夥計去賭博，賺點小錢。

「眞是個不可救藥的無賴漢。」

那傢伙盯上房五郎，不斷邀約去賭博。房五郎拒絕，他就央求借錢。借錢不成，他改用偷的。

註：江户時代在射箭場工作的女人，常會提供性交易。

房五郎驚詫發火，他便動用蠻力，想逼房五郎就範。

所幸當時房五郎懵懂無知，沒造成多大影響。到店內工作兩年後，房五郎已明白外燴店這種生意的經營方式。

「我完全掌握這項生意的祕訣，只要做法正確，像我這樣的人也能自立門戶。」

在無法隨心所欲的立場下，房五郎盡己所能投入，學會作菜的廚藝，學會採購的精打細算，學會在顧客面前的服務態度。

「順便一點一滴儲蓄，沒想到那無賴對我這種……該怎麼說好……」

房五郎一時不知該怎麼說，於是阿近接過話。

「像商人的一面、積極上進的一面、一板一眼的一面。」

房五郎發出「嘿嘿」笑聲。

阿近也笑了，又補上一句。

「不管怎麼邀約，也絕不沾賭，正經八百的一面。」

「小姐，別再吹捧我了。我是開達磨屋，不是天狗屋（註）。」房五郎似乎沒察覺，不過這時候守在隔門對面的小房間裡，擔任奇異百物語守護者的阿勝，正呵呵輕笑，笑聲傳進阿近耳中。

「約莫是我有某方面讓這位大哥看不順眼。」

「房五郎先生，您應該沒把那個人當大哥看吧？」

「沒錯。或許是我真正的想法，不小心顯露在臉上。」

總之，房五郎被整得很慘。

「我被狠狠修理一頓，頓時覺得之前的恐嚇勒索，真的只是在開玩笑。我常被他打得鼻青臉腫，渾身是燙傷和瘀青。」

雖然極力守住積蓄，身體卻受盡折磨。

「愈是那種無賴，愈會動歪腦筋。他把賭友拉進店裡工作，聯手對付我，使我更難以招架。」

房五郎明白，找老闆或掌櫃陳情也沒用，得自行想辦法解決。

「我是在月底領取工資，也就是二十歲那年的三月底，藉著送便當到赤坂，逃離那家店。」

當時房五郎有個可投靠的地方，就是每次到那一帶送便當給顧客，都會和他打招呼，與他有數面之緣的一家蒲燒店。

「雖然完全是我主動投靠，但我瞭解那家蒲燒店老闆夫婦的爲人……」

在前年酷熱的時節，這家蒲燒店的老闆娘將送完便當準備返回店裡的房五郎喚住——小哥等一下，幫我個忙吧。

「我正納悶時，老闆娘對我說：『店裡的年輕夥計把鰻魚烤焦，不好意思端到客人面前，丟掉又可惜，你幫我們吃掉吧。』」

房五郎當然一口答應。他工作的外燴店，三餐的伙食比賣給客人的便當還難以下嚥，分量又少，經常餓肚子。

「蒲燒鰻是我光聽就感到暈眩的高級品，於是我開心收下。」

那是很正式的鰻魚飯，但不知是刻意隱藏烤焦的地方，還是已取下烤焦的外皮，認爲這樣不成

註：天狗有傲慢之意。

體統，上頭蓋滿白飯，完全遮掩蒲燒鰻。

「我嘗一口，覺得眞是人間美味，而且根本沒焦味，上頭還留有烤得恰到好處的外皮。」

換句話說，蒲燒店的老闆夫婦，是爲了請房五郎吃鰻魚飯，說出善意的謊言。

「那一年，後來又發生兩次相同的情形，過完年後也有一次。可能是我看起來一副餓肚子的模樣，他們感到同情吧。對一個陌生的年輕小夥子，展現無比關愛。」

像鰻魚醬汁滲進米飯，蒲燒店老闆夫婦的溫情深深滲進房五郎心中。

「我暗暗想著，應該能求他們幫忙，於是決定前去投靠。」

房五郎果然沒猜錯。蒲燒店老闆夫婦聽完事情的始末後，對他說：

「我們很想讓你躲在店裡，但可能馬上會被察覺。你去我娘和女兒那邊吧。」

——她們在元濱町經營一家滷味店。

「只有她們兩人做生意，我有點擔心，你來得正好。小哥，雖然你個頭小，無法勝任保鑣，至少能顧店吧。」

房五郎自認不僅能顧店，還會淘米、做飯、煮菜，甚至是燉菜，這提議如同一場及時雨。元濱町在神田以東，離愛宕下有一大段路，不會有那家外燴店的顧客。

「我向他們道謝，直說遇到救星。接著，我就穿那身衣服，改投靠那家滷味店。然後……」

說到這裡，房五郎突然一陣難爲情。

「過了約莫半年，我與蒲燒店老闆的女兒結爲夫妻。」

阿近開朗笑出聲，這是她在「黑白之間」少有的舉止。

「達磨屋老闆，不必難爲情。」

害羞的房五郎，表情顯得很快樂。

「哎呀，不好意思。」

蒲燒店老闆的女兒，即房五郎現在的妻子，名叫阿辰。當時她十八歲，正值適婚年齡。

赤坂的蒲燒店老闆夫婦，對於這個常見面的外燴店夥計，也許不僅僅是同情。可能是觀察他的工作態度、向人問候的禮貌、接受鰻魚飯的款待時無限感激的神情，認定他是有爲的青年，一開始就有收他當女婿的打算。恰巧這年輕人前來投靠，便順勢撮合。

「老闆的母親精神矍鑠，身體硬朗，女兒……我這樣說有點奇怪，不過，她煮得一手好滷味，相當能幹。雖然只是巷弄裡的一家小店，光靠一個鍋子營生，但生意興隆。我和她們同住，從頭學起。」

日後達磨屋的廚藝基礎，就是在此奠定。

「元濱町的那家店只賣滷味，不賣蒲燒鰻嗎？」

「是的，說來奇怪。」

不論是淡水鰻或海水鰻，只要是蒲燒鰻，阿辰一概排斥。

「她常抱怨，打小就受這種氣味煙燻，實在受夠了，才會跟著奶奶搬往元濱町。奶奶也和她一鼻孔出氣。」

——我聞一輩子蒲燒鰻的氣味，聞得夠多了。

「奶奶也早聞膩了，這樣正好。她的態度相當瀟脫。」

祖母雖然是女流之輩，卻愛飲酒，之所以有好手藝，也是習慣下廚做想吃的配菜的緣故。

「她是我的良師。」

房五郎的語氣中，流露深深的景仰之情。

「我投靠她們的第五年秋天，奶奶中風過世。她喝著最愛的酒，舒服地在睡夢中離開人世，算是死得安詳，但我還有許多手藝想向她學習。奶奶的燒烤醬汁蛋卷入口即化，鬆軟美味。」

我到現在仍學不來。

來「黑白之間」說故事的人，想起往事沉默不語的情形並不罕見，阿近往往不會催促。她從火盆上方提起鐵壺，重新沏茶。

「由於這樣的緣故……」

熱茶的香味傳來，房五郎猛然回神，接續剛才的話題。

「少了奶奶，只剩我們夫妻，元濱町的家彷彿熄了火。」

房五郎和阿辰無子承歡膝下。

「內人十分沮喪，終日以淚洗面。這時，住在赤坂老家的岳父感染風寒，有一陣子臥病在床，大舅子夫妻很擔心……」

「大舅子？」

「啊，忘了提，抱歉。阿辰有個哥哥，是赤坂蒲燒店的接班人。不光蒲燒，他是在各方面都擁有過人廚藝的厲害廚師。」

以前請房五郎吃的「烤焦」鰻魚，其實是出自大舅子之手。

「大舅子和嫂嫂都建議岳父到箱根去泡湯療養。」

——爹娘都上了年紀，一直在工作，小小享受一下是天經地義的事。

「他們還說，讓年事已高的兩人單獨去箱根，實在令人擔心，阿辰不妨同行，順便祈願求子。」

替父母著想，也替妹妹著想，眞是體貼。

「那段期間，我會到赤坂的店裡學藝。如同前面所說，大舅子手藝高超，我認爲這是好主意。」

箱根的七湯巡遊（註），在江戶算是熱門旅遊行程，有許多溫泉療養講座。當然少不了花錢，但只要跟想參加的講座負責人說一聲，對方就會代爲安排各項事宜。

「我心想，既然要去，最好趁楓紅，便匆匆送走內人。店裡這邊只剩我和奶奶的牌位，正當我打算早點啓程前往赤坂，換我老家寄信來。」

自從來到江戶，房五郎從未回過搗根。當初他和阿辰成婚，生活穩定後，一度捎信回去，之後偶爾也會請信差送信。

「我不太會寫字，一向請代書執筆，大哥倒是寫得一手充滿威儀的好字。」

大哥寫下「母親病重，恐不久人世」的訊息。

「對此，大舅子夫妻比我更緊張，要我趕緊回家一趟。」

於是，房五郎啓程前往搗根藩。

「我十五歲離開故鄉，至今將近十年。不過，其實也才十年的光景，一路上的景致，及城下町的模樣，都沒多大改變。」

唯一改變的是父母。父親年邁許多，母親病容憔悴，蓋在身上的棉被幾乎沒拿開過。

註：箱根七湯是湯本、塔之澤、堂島、宮之下、底倉、木賀、蘆之湯。

「由於夏天感染風寒，惡化成肺病。」

有一段時間咳得凶，吵得家裡人幾乎無法成眠，但現在連咳嗽的力氣都沒有，嘴巴微張，終日昏睡。

「就算沒聽醫生說明診斷結果，我也明白，母親已是藥石罔效。」

像一直在等房五郎回來，他一到家的當天半夜，母親便駕鶴西歸。

「我才剛脫下草鞋，接著便是料理後事。老家在大哥這一代變得更有規模，母親是這種店家的大老闆娘，不能只是找和尚來枕邊誦誦經就算了。所以，我借來一件印有屋號的衣服，替母親抬棺。」

辦完喪事，兄弟姊妹暌違多年，終於再次聚在一起用餐喝酒，共話當年。這頓飯由房五郎和弟弟一同張羅。當初他前往江戶時，仍未決定出路的弟弟，後來請大哥出資幫忙，在城下經營一家小飯館。

不論是燉菜、燒烤、涼拌，還是醋物，弟弟都用搗根當地食材，展現精湛刀工，房五郎大為欽佩。

「我原本有點在意，擔心我逃離那家外燴店的事，會給當初介紹我去工作的油菜批發商掌櫃帶來困擾，於是等幾杯黃湯下肚，話匣子打開後，我語帶顧忌地向大哥詢問，結果引來一陣大笑。」

——那個人說，房五郎居然能在那家外燴店待五年，他非常驚訝。

說著說著，房五郎也笑了。阿近聽得微微皺眉。

「這個人眞過分。」

「小姐，商人之間的『介紹』，往往都是這麼回事。」

房五郎在老家待了五天。見兄弟姊妹都成家立業，過著幸福的日子，他心裡歡喜，原本打算住到頭七辦完法會再走，不過……

「我開始想家。」

他很想返回江戶。

「不光是思念江戶的水。我想早點到赤坂的店家學藝。因爲弟弟以俐落的手法操刀，有能耐獨力撐起一家飯館。」

——我也想。

「只靠一個鍋子賣滷味的生意，我並不覺得有什麼不滿，但也稱不上多吸引人。」

要是天一亮就從搗根的城下町出發，以男人的腳程趕路，不住客棧，直接露宿，甚至不排斥藉著月光走夜路，兩天就能返回江戶市內。不過，這是相當吃力的急行軍路線。

「但我不以爲苦。我想早點回去，心中無比興奮。」

當時房五郎胸口發出輕快的聲響，彷彿在配合著急的心跳。

有三個老舊的沙包。是房五郎年幼時，母親親手替他縫製。

「這三個都是用格子圖案的碎麻布製成，裝著紅豆。妹妹以前常拿來玩，之後是大哥的女兒在玩，最後歸姊姊的孩子所有。」

——舅舅要拿來當奶奶的遺物，妳就給舅舅吧。

「我向外甥女討來。上頭沾滿手垢，幾乎看不出原本的格子圖案。不過母親的縫法眞令人懷念。」

縫得很糟——房五郎說。

「像母親這麼手拙的女人並不多見。這個沙包也是，縫得不夠密，每次拿在手上拋著玩，就會掉出紅豆。當眞是世上絕無僅有的沙包。」

就是這樣才珍貴，令人懷念。房五郎聽著紅豆發出的聲響，不斷邁步前行，第一天傍晚時分，即將來到大道。就在他走進當地人稱爲「七華狹道」的地方——

「我突然雙膝一軟，無法動彈。」

並非膝蓋出了毛病。他全身沒任何一處感到疼痛，但周身虛脫無力，連站立都有困難，冷汗直流。蹲下一樣頭暈目眩，呼吸急促，苦不堪言。他呻吟著躺下，但並未變得輕鬆，眼前逐漸化爲一片漆黑。

「我當自己是中邪了。」

房五郎說道，阿近點頭表示同意。

「應該是被饑神附身。」

「哦，小姐知道？」

「是的。雖然就奇異百物語來說，是第一次聽聞這個故事，不過我老家是川崎驛站的旅館，所以……」

「原來如此。那麼，您是從旅館的客人那裡得知的吧。」

所謂的饑神，又號「餓鬼」。是死於山中或原野道路上的人所化成的幽靈，同時也是妖怪。一旦被附身，會突然感到饑腸轆轆，無法動彈。

「被饑神附身時該如何處理，您知道嗎？」

「聽說吃點東西就行了。」

「對。當身上什麼也沒帶時，就在掌中寫個『米』字，然後舔一下，同樣有效。」

話說，當房五郎在七華狹道無法動彈時，懷裡放著用棕葉包好的飯糰。

「那是我下午在路上的茶屋休息時，順便請店家做的。」

雖然離晚飯時間還早，但也沒別的辦法。他顫抖著打開棕葉，取出飯糰，慢慢吃起來。

「說來神奇，吃完後，頭暈目眩和冒冷汗的狀況全沒了。我心想，這飯糰當眞是幫了大忙，忍不住雙手合十，朝飯糰一拜。」

他順便以竹筒裡的水潤喉，站起身。這條狹道的前後皆不見人影。

「當紅葉開始散落，有人說，秋天太陽下山的速度，會橡吊桶掉進井裡一樣，但眼前的夕陽像手中擲出的沙包，飛快落向山的另一頭。」

無比寂寥的景象。房五郎突然興起一個念頭。

「倒臥在這種地方，變成饑神的，不知都是怎樣的人。」

搗根藩是個質樸的小藩，一年四季的天候都算不上嚴峻。連七華狹道也不算是什麼險峻之地，會倒臥在這裡的，都是運氣不佳的旅人。

「他們從哪裡來，要前往何方？他們的旅行有目的地嗎？是否有病在身？我忍不住想到這些事。」

剛才吃的飯糰，仍微微在房五郎口中留下餘味。

「那不是一般的飯糰。」

由於一早趕著出發，沒帶午飯，所以路上行經茶屋時……

「我吃了那家店引以爲傲的豆皮壽司，非常可口。」

所謂的豆皮壽司，是在煮得味道濃郁的豆皮裡加進醋飯，做成圓筒外形。這家茶屋會在醋飯中加進切細的醃生薑和炒芝麻，呈現香辣兩種風味。

「因爲想多吃一點，請他們替我包好，充當晚餐。但豆皮壽司味道較鹹，吃了會口渴，不適合充當趕路時吃的便當，我這樣跟茶屋的老闆說了之後……」

——我家的醋飯不會散開，也能捏成飯糰。裡頭有一半加的是糯米紅豆飯。

房五郎回想起來，依舊津津樂道，讚不絕口。

「雖然只是路邊的一家小茶屋，但不容小覷，實在很會做生意。糯米紅豆飯吃了不容易餓。」

於是，房五郎請老闆娘準備飯糰，揣進懷裡。

「果然如我所料，儘管沒有豆皮，光吃醋飯一樣可口。生薑讓我活力湧現，夏天吃了還可避免食物中毒。同樣是經營一家小吃攤，加上我下定決心，等返回江戶後，要好好做生意，絕不輸給弟弟，所以有種受到鞭策的感覺。」

房五郎再次邁步前行，自言自語：

「饑神啊，這美味的米飯，我可以和祢分享。我在江戶元濱町這地方，單靠一個鍋子做生意，經營一家微不足道的滷味店。這種餐飲生意很有意思。我現在充滿幹勁，打算今後要將生意做大。」

他來到大道上時已入夜，但天候穩定，而且是陰曆十三號，月明如水。房五郎步履未歇，持續前行。母親留給他的沙包在懷裡發出輕快的聲響，激勵他前進。

「小姐是東海道川崎驛站出生的人，對您說這種話，感覺像在班門弄斧，不過，如果是走在大道上，就算走夜路，我這麼一個大男人也不會有什麼危險。」

「但還是會感到有點不安吧？」
「有時還會與走夜路的人擦身而過。」
「不，與您擦身而過的人，是否眞的是我們尋常人，應該很難說吧。」
房五郎先是瞪大眼，接著莞爾一笑。
「哈哈，您說的是。眞是服了您。」
話雖如此，所幸那天晚上與房五郎擦身而過的，都是「尋常人」。「我打算走到累得不能再走爲止，握著僅剩的兩個飯糰，邊走邊吃，望著逐漸傾沉的明月，快步疾行。」
後來漸感雙腿疲憊，這時在淡淡的月光前方，出現一座小小的地藏堂。
「矗立在大道旁的雜樹林邊。我決定在那裡小憩片刻。」
那是屋頂斜傾的老舊地藏堂，裡頭整理得相當乾淨，四周的地面也很平整。可能是在大道上趕路的旅人，常會像當天晚上的房五郎一樣，在此借住一宿。「附近還聽得到水聲，我深感慶幸。合掌向地藏王膜拜後，我繞往地藏堂後方席地而坐。脫下草鞋不久，我便沉沉睡去。」
聽聞鳥鳴醒來時，天已亮，日上三竿。他以地藏堂旁邊的湧泉洗臉漱口，重新穿上草鞋，精力充沛地朝江戶出發。但過了一會，他發現一件怪事。
「母親留給我的沙包發出的聲響變小。」
大概是自己想多了，他手伸進懷裡取出沙包一看，大吃一驚。
「三個沙包中，有一個竟然空了。」
裡頭的紅豆不見蹤影。
「不知何時，紅豆消失不見。我一個大男人站在大道旁，一臉驚訝莫名，很可笑吧。」

約莫是房五郎母親的裁縫技藝不佳，這些沙包在拋投的過程中，紅豆都從縫線間掉光。

「我心想，應該是在走路時掉落的，於是拍打全身，在衣袖間探尋，但一顆紅豆也沒找著。」

雖然此事透著詭異，但還不至於大驚小怪。

「專偷紅豆的小偷還眞是少見，要不就是名叫『洗豆妖』的妖怪所爲。」

阿近忍不住咯咯輕笑。

「不管是饑神，還是洗豆妖，您對妖怪眞是知之甚詳。」

「我從以前就愛閱讀繪本。在外燴店工作時，那是唯一的閒暇娛樂。尤其是妖怪繪本相當少見，很有意思。」

三島屋的阿島是租書店的常客，不過她只看復仇類故事。

「我心想，洗豆妖這種妖怪不是都出現在水邊嗎？啊，那座地藏堂旁有湧泉吧。不過，妖怪淘洗的應該是自己的紅豆吧？」

雖然沒什麼意義，不過房五郎還是想著這些快樂的事。走著走著，肚子開始咕嚕咕嚕叫。

「再不快點吃早餐，我就會變成饑神了。」

好不容易抵達附近的驛站，找到一家飯館後，他朝外頭的長板凳坐下。這時太陽升至高空，房五郎坐著，腦袋的影子就落在他腳跟旁。

「當飯館的女侍端來雜穀飯和配湯時，我大吃一驚，放聲大叫，女侍差點嚇得鬆手。」

是什麼令房五郎如此吃驚？

「我居然有兩個影子。」

說得更清楚一點，是他竟有兩個頭的影子落向腳邊。而且，兩個頭並排在一起。

「看起來，就像我揹著某人，那個人從我左肩後方探出頭。」

這位客倌，別嚇人好不好。房五郎不斷向氣得滿臉通紅的女侍賠罪，接過她手中的米飯和配湯。

「當時又恢復成一個影子。」

是眼花嗎？還是光線的關係，看起來像有兩個頭？

「雖然覺得有點可怕，但我一個堂堂男子漢，實在不該爲這種事大呼小叫。」

吃完早飯，再次請飯館替他準備午飯要吃的飯糰，從驛站啓程。

雖然這頓早餐吃得相當簡便，只有雜穀飯配醬菜，味噌湯裡的配料僅有地瓜和青菜，但吃了兩碗飯，十分飽足。至少在啓程時，還差點打飽嗝。

然而……

「走不到半個時辰，我又餓得肚子咕嚕咕嚕叫。」

雙膝發軟，冷汗直冒，眼前一片漆黑。

——喂喂喂，又來一個嗎？拜託。

「在將軍整建得如此完善的大道中央，再次被饑神附身，實在太不像話。」

房五郎此時的憤怒更勝於恐懼，他朝肚子怒吼。

「搞清楚場所好不好，要是昏倒在這種地方，未免太不小心。等時間到了，我吃完午飯再說，現在先給我安分一點。」

阿近覺得十分有趣，咯咯嬌笑，這在「黑白之間」是很少見的情形。說故事的房五郎也顯得相當開心。

「看小姐笑得這麼開懷，我也跟著開心起來，感覺年輕不少。」

「抱歉。我要是再笑下去，就當不成聆聽者了。」

隔門後的阿勝似乎還在笑。

「您發了這頓火後，情況變得怎樣呢？」

「肚子就不再叫了。」

儘管對象是妖怪，但該生氣的時候，如果好好發頓脾氣，似乎也能奏效。

「我膝蓋開始有力氣，重振精神，打算一路走下去，直到太陽升至頭頂上方爲止。」

走著走著……

——卡滋卡滋。

傳來奇怪的聲響。

——卡滋卡滋。

當房五郎明白那是什麼聲音、從何處傳來時，他差點跳起來。

「是從我懷裡傳出，也就是母親留給我的沙包。」

他急忙取出查看，發現第二個沙包幾乎淨空。

「裡頭的紅豆被吃光。」

他大感驚詫，同時望向腳下，發現有兩個腦袋的影子落在地上。

「不管我再怎麼眨眼、揉眼，重新細看，一樣是兩個影子。」

像挨了一巴掌，房五郎曉悟。

「我不是又被新的饑神附身，而是一路走來，始終揹著之前在七華狹道遇到的饑神。」

——這可傷腦筋了。

踩在有兩個頭的影子上，房五郎不知所措。

「祢啊……」

他試著對腳下的影子說話。

「爲何一直跟著我來到這裡？之前在七華狹道，我明明讓祢吃過飯糰了啊。」

如果是饑神，不是應該會馬上離開嗎？

另一顆頭的影子一動也不動。接著，房五郎改爲隔著左肩朝背後叫喚。

「光吃那些還不夠，才一直要我揹祢嗎？就算是這樣，把孩童沙包裡的紅豆吃掉，會不會太貪吃？」

這時，附在他背後的饑神，影子似乎抖了一下。

「祢覺得歉疚嗎？」

房五郎嘆一口氣。

「這沙包是娘留給我的遺物。雖然又舊又髒，縫線鬆脫，裡頭的紅豆都快掉出來，卻是我的寶貝，請祢別再吃了。我拿剛才在飯館請老闆準備的飯糰給祢吃。」

房五郎挑路旁一處合適的地方坐下，取出那包飯糰。

「吃完後，就從我背後下來吧。雖然我很同情祢，但饑神如果不遵守饑神應有的道義，我們陽世的人就傷腦筋了。」

房五郎吃起飯糰。他其實還不餓，但飯糰著實可口。那家飯館用的米飯，是顆粒分明的漂亮白米，而且不惜成本，撒了不少鹽。

「白飯爲何這麼好吃？」

房五郎對背後的饑神說道。

「在搗根的老家，一年只有一、兩次機會吃到白飯，所以我剛到江戶時大吃一驚。連那家做生意很馬虎的外燴店，用的都是白米。老家和江戶實在沒得比。」

吃完一個飯糰，房五郎仔細將沾在手指上的飯粒舔乾淨。肚子的咕嚕咕嚕叫聲停止。

當他咬向第二個飯糰時，發現裡頭包了醬燒昆布。

「祢喜歡醬燒嗎？我很喜歡。醬燒小魚最棒了。江戶有海苔醬燒，也很好吃。這昆布挺不錯，不過稍嫌硬了點，切細一點會更好。」

吃完兩個飯糰，房五郎又舔起手指。目光落向腳邊的影子，只剩房五郎的頭。饑神吃完飯，似乎和他合而爲一。雖然覺得有點可怕，但也沒辦法，於是他吃起第三個飯糰。

裡頭沒包餡料，全是白飯。

「剛才吃到有餡料的飯糰，應該是運氣好。」

不過還是一樣好吃。

「在七華狹道上我提過吧？我在江戶經營一家滷味店。」

我店裡的滷味很好吃——房五郎自豪地說。

「今後我打算擴展生意的規模，但我不開飯館。這樣感覺像在學弟弟，心裡頗不是滋味。我想試著推出白飯搭配滷味的便當。」

用單層飯盒就行。如果需要多層飯盒，可以向大舅子的蒲燒店借一些舊的飯盒湊合。

「對了，等我回江戶，會暫時在大舅子底下學藝。他開的是一家蒲燒店，鰻魚便當堪稱一絕，光想就口水直流。啊，眞想吃。」

房五郎說著說著，吃完第三個飯糰，一粒飯粒都不剩。接著，他將包巾折好塞進懷裡，站起身。

「好了，祢應該吃飽了吧。饑神，在此道別吧。」

保重——說到一半，房五郎覺得這麼說實在古怪，於是改成「再見」，朝肩膀輕拍一下，揮著手邁步離去，然而……

走不到五十公尺，饑神的頭又從他腳下影子的左肩處冒出。

「祢居然還跟著我！」

他大叫的同時，肚子發出響亮的咕嚕聲。

「饒了我吧。」

這個饑神怎會如此執著？房五郎捧著咕嚕作響的肚子蹲下身，才猛然察覺。

「祢是因爲我做吃的生意，才緊跟著我不放嗎？」

眞令人難以置信，饑神竟點了點頭。

「好痛。」

此時他不光捧著肚子，甚至想抱頭。我怎會那麼多嘴，把那種事都說出來？「祢該不會是想到江戶吃鰻魚飯吧？」

饑神再度點頭。開什麼玩笑！

「照祢這樣子來，生前一定很貪吃，才會遭到報應，死後變成饑神。」

饑神不予置評。

「祢是男是女？是老爺爺、老婆婆，還是小孩？該不會生前曾在大胃王比賽中拿過冠軍吧？」

饑神一樣不予置評，但房五郎的肚子不停咕嚕作響。

「我知道啦，拿祢沒辦法。我會帶祢去江戶，讓祢大啖美食。因爲我做吃的生意，也有我的骨氣。」

但有一個條件。

「既然要一直跟著我，那麼，在我吃飯前，祢也要餓著肚子忍耐，不要隨便咕嚕咕嚕叫。才剛吃完，不能馬上就肚子餓。換句話說，別那麼貪吃。知道了嗎？可以答應我嗎？」

饑神先是展現狂妄的態度，不予理會，半晌後才百般不願地點頭。

「好，我還要和祢約定一件事。要是讓人看見，會引起懷疑，今後祢不能隨便現身。」

饑神信守承諾。在接下來的路上，房五郎不再動不動就肚子餓，也沒再看到另一顆腦袋的影子。不過，每到吃飯時間，他吃的飯菜量就得比平常多一倍。

還需要吃點心。只要路過的茶屋立起丸子或草餅的廣告旗幟……

「喂喂喂，等一下。」

房五郎的雙腳就會踉踉蹌蹌，拖著他往那邊走。

「我知道、我知道。喂，夥計，請給我一盤丸子。」

離開老家時，大哥給了些盤纏當成補貼旅費，最後大半都花在吃上頭。

「祢眞能吃。」

吃的是房五郎的嘴，裝滿食物的是房五郎的胃，卻不會吃撐，眞不可思議。應該是全被饑神吸走了吧。

——我眞的被附身了。

想到這裡，房五郎不禁背脊發涼。但除了變得「很能吃」之外，並沒其他不便之處，倒也很難打心底害怕。很快就肚子餓，吵著要吃這個吃那個，又愛吃甜食，非得吃到肚子發脹才甘心，跟孩童沒兩樣。

話雖如此，揹著這樣一個包袱，絕不能繼續拖拖拉拉下去。房五郎加快腳步，迅速走完剩下的行程，當天半夜便返抵江戶境內。

走進江戶市區，行經位於赤坂的木戶番（註）時，一看到紙包的烤地瓜擺在層架上……

「咕嚕咕嚕咕嚕……」

房五郎的肚子發出咕嚕巨響，連木戶番旁的老闆娘聽了都不禁傻眼。

「不好意思，老闆娘，我忙著趕路，沒吃晩餐。」

房五郎難爲情地笑著解釋。

「眞是辛苦了，會肚子餓也是理所當然。這是今天賣剩的烤地瓜，若不嫌棄請拿去吃吧。」

房五郎收下一大個烤地瓜。由於涼了，表皮變硬，但裡頭烤成金黃色，入口甘甜，令人食指大動。

註：江户的市街多處設有木門，一旁設有小屋，入夜後會把門關上，有防止盜賊和監視人員進出等功用。

「饑神，祢賺到了。」

房五郎隔著左肩向背後說道。那天江戶的夜空多雲，地上只有淺淺的影子，但饑神還是冒出頭，頷首回應。

「江戶的市街有許多木戶番，都會賣這些簡單的食物。現在這個季節是烤地瓜和烤栗子，等天氣變冷，則改賣飴湯（註二）或關東煮。水飴全年供應。春天賣丸子、紅豆餅，夏天當然就非甜酒和心太（註三）莫屬。

說了一大串後，房五郎伸手往額頭用力一拍。

「我真笨。跟你炫耀這些，祢一定又會想吃啊。」

房五郎自己都覺得好笑，笑彎了腰。當他邁步前進時，在夜路前方徘徊的野狗突然停下腳步，瞪著房五郎發出低吼。

房五郎小時候在野外玩時，曾被野狗追逐，留下恐怖的回憶，長大成人一樣怕狗。江戶市區內的野狗不像鄉下的野狗那般凶猛，但在這種地方不期而遇，對他發出低吼，還是令他不寒而慄。

房五郎緊盯著那隻野狗，慢慢後退。

這時，那隻狗突然發出「嗚嗚」哭啼，夾著尾巴逃走。

呼，得救了。他吁一口氣，望向腳下，發現左肩上清楚冒出饑神頭部的影子。

「原來如此，祢好歹算是妖怪，趕跑野獸這種小事難不倒祢。」

或許應該說野獸討厭饑神。

「江戶的市街有很多野狗，向來令我很頭疼，不過今後就可以稍微安心了。」

又隨口說出這種話，這嘴真不牢靠。不過，房五郎就是這種個性，凡事不會往壞處想。

平安抵達大舅子的店，隔天他馬上拿起菜刀修習技藝。大舅子夫婦勸他，剛旅行回來，不妨先休息一下吧。房五郎很感激他們的體貼，但他有許多想學的技藝，而且回搗根老家時，妻子來信提到，再過五、六天就會和爹娘一起從箱根返回，沒時間磨蹭。

和大舅子談到便當的生意，他十分贊成。不論是平日的家常菜，或講究的「精緻料理」，做菜技巧可說是無邊無際。如今他著眼在擴展滷味店，推出便當，如此一來，教導的一方和學習的一方都效率十足。

便當裡的配菜，除了醬菜外，都是熟食。要避免夏天食物中毒，會用涼拌和醋物，但這些菜滲進米飯內，風味會大打折扣，適合兩層、三層的豪華便當。照這樣看來，滷味店的房五郎要推出單層飯盒的便當，首先該學會的菜色就是烤魚和烤蔬菜，然後是蒸煮、炸物。大舅子告訴他，便當有所謂的「名飯」，亦即各種什錦炊飯和拌飯，都會是不錯的生意，這方面也要學。

「其實，最近我的店裡新推出一項菜色。」

就是加上蒲燒鰻的「櫃蓋飯」。

「是一位從尾張輪調來江戶當差的武士教我的。聽說在尾張，鰻魚都是這種吃法。」

將蒲燒鰻切段，和醬汁一同拌進熱飯中，再撒上切碎的海苔。可製成多層便當，也能當丼飯。既然這樣，應該也能用在便當中。

「阿辰討厭這味道，你那邊應該沒辦法準備蒲燒鰻，不過我們這邊可以烤好，送去給你。元

註一：以麥芽糖液或水飴溶入熱水中，有的還會加入生薑的一道甜點。
註二：以石菜花之類的膠狀物作成麵條狀的甜點。

濱町一帶，應該有不少從京都來到江戶，懷念那邊口味的客人。這會帶來一些生意，最好牢記在心。」

由於這個緣故，房五郎一次學會許多技藝，每天忙得不可開交。他取下秋刀魚肉，做成鹽燒味噌口味，及炸過後做成南蠻漬。另一方面，他將洗好的米用醬汁炊煮，做成茶飯，再因應季節，做成栗子飯和香菇飯。

「我在路上的茶屋嘗過好吃的豆皮壽司。」

房五郎試著重現加進生薑絲和炒芝麻的豆皮壽司，大舅子看了讚賞不已。

「這能當你們店裡的一道招牌菜。不過豆皮壽司壞得快，做成便當要格外小心。」

油炸物壞得快，千萬不能大意。這是便當店注重的要項。

「除了醬菜外，加點甜食，客人一定會很高興。不必多奢華的食材，像糖煮多福豆就行。」

大舅子一面忙著開店，一面教導房五郎。房五郎學習各種手藝，有能幫得上忙的地方，他也會幫忙店裡的生意。一整天都在試做試吃，再試做嘗味道，店裡又端出不少菜肴招待，他吃得比平常多，肚子一直沒發出難堪的咕嚕聲。

饑神該不會是心滿意足，離開了吧？但房五郎獨自上茅廁時，腳下再度出現另一顆頭的影子。

——我在這裡。

好好好，我知道。

第三天午飯吃的是大舅子烤的蒲燒鰻魚飯。大舅子提醒，不是光奢華就行，如果要製成櫃蓋飯，這種烤法略嫌軟了點，並不適合，得烤到硬脆才行。房五郎聽他如此講解，還是覺得很美味。

當晚，房五郎回到起居的四張半榻榻米大的房間，發現大嫂借他放生活用品的箱籠上方，擺著母親的沙包。

其中一個，裡頭的紅豆全沒了，只剩空袋。一個少掉一半的紅豆，另一個完好如初。

房五郎感到納悶。當初從搗根返回時，他應該已從懷裡取出沙包，放進箱籠。

——為什麼會在這裡？

更奇怪的是，三顆紅豆整齊地擺在沙包前。

如果是從縫線中掉出，應該會掉落在附近，但這就像有人五子棋玩到一半，三顆紅豆擺成一列。

——最近吃得很飽，沙包裡的紅豆我一概沒碰。

饑神是想告訴我這件事嗎？

在照亮房間的瓦燈亮光下，留下淡淡人影。只看得到房五郎自己腦袋的影子。

「祢閒得發慌，拿紅豆來玩嗎？」

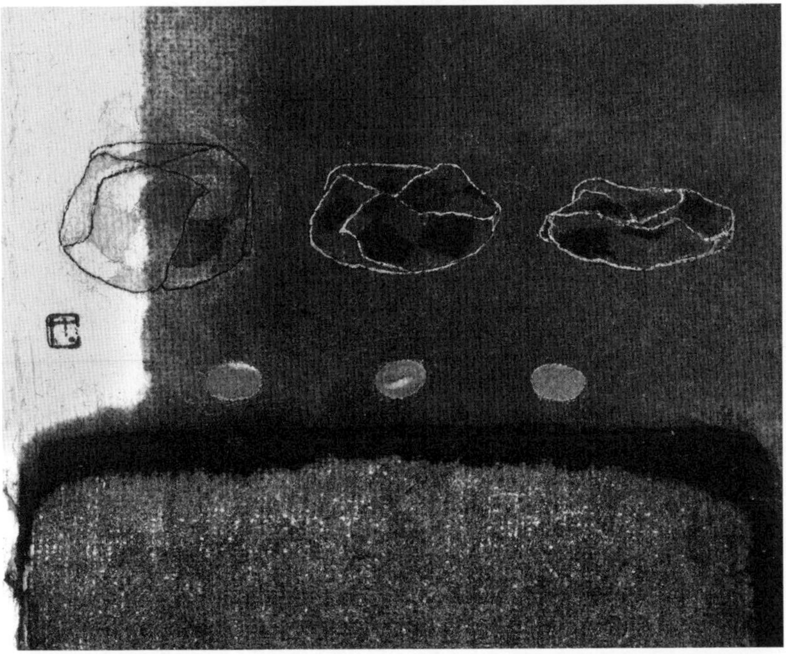

房五郎莞爾一笑，伸指拈起紅豆，塞進沙包裡，上床入睡。

兩天後，房五郎在煮菜飯，大舅子告訴他「這種飯幾乎全年都能做，哪家便當店能做好這種飯，就能勝出」。這時，阿辰帶著雙親回到家中。

「噢，氣色變好了，眞是可喜可賀。不過待會再好好聊吧，我正在忙。」

大舅子和大嫂代替在爐灶前忙碌的房五郎，聽阿辰他們談旅遊趣聞，聊著聊著，菜飯已炊好。飯裡摻著蕪菁的葉子。

菜飯能用當令蔬菜炊煮，十分簡樸。不過作法有兩種。一是在加鹽炊煮好的米飯中，拌入水煮後切細的蔬菜。另一種，是將切好的蔬菜放在即將煮好的米飯上，蓋上蓋子，蒸熟後再一起拌入飯中。後者會瀰漫出一股菜香，房五郎尤爲喜歡，但過一段時間後，蔬菜會褪色，看起來不是那麼可口，這是難處。

便當的飯菜，冷了一樣好吃，依舊無損賣相，這是非達到不可的水準。如果蔬菜要先用水燙過，可在熱水中加入鹽巴，鎖住菜的顏色。如此一來，拌進米飯中依舊保有色澤，看起來賣相佳，卻留不住香氣。

房五郎百般苦思。同樣是菜飯，坐在飯館或料理店裡，裝進飯碗享用，和裝在便當裡吃，兩者截然不同。便當該優先考量的不是氣味，而是賣相。蔬菜得先以鹽水煮過，鎖住色澤。這應該在配菜上下工夫，好讓打開便當時香味四溢。

於是，他想到山椒味噌烤豆腐。先充分瀝乾豆腐，切成方便食用的大小，刺成一串，抹上田樂味噌燒烤，烤好再撒上山椒粉。加上燉菜、醬菜、一片當令的烤魚，房五郎的菜飯便當就完成了。

他借來大舅子店裡的多層飯盒，按人數準備幾份菜飯便當，端上桌招待。赤坂的岳父岳母和阿辰嘗過都大爲驚訝，讚不絕口。箱根的溫泉雖好，但旅館的飯菜千篇一律，早吃膩了。此時美食入口，更加歡喜。

房五郎聽著妻子談旅途的趣聞，說出想在元濱町賣便當的打算，阿辰回答：

「很好啊，我們就來試試看。我得向大嫂請教如何採買，順便發傳單招攬顧客。」

阿辰幹勁十足。正當他們聊得起勁，原本在店裡做生意的大舅子也加入談話。

「那個便當冷了之後，我試吃幾口。嗯，做得很用心。」

於是，房五郎和阿辰繼續在赤坂待上幾天。爲了賣便當，夫妻倆認眞學習如何做生意。

到了當天晚上。

沙包又跑到房間的箱籠上，這次擺了兩顆紅豆。

由於旅途歸來，一身疲憊，阿辰睡得很沉。房五郎望著那兩顆紅豆，側頭沉思良久，還是不解其意。於是，他將紅豆放進沙包，悄聲對左肩後方說：

「喂，饑神，我妻子回來了。」

今後我還是會好好餵飽祢，要安分一點，千萬別嚇著阿辰。

夫婦同心學習的這場便當修行，進展順利。與其四處發傳單，不如請滷味店的客人買便當，做出口碑，反而比較有效。於是，房五郎請赤坂這家店熟識的代書寫下新菜單。「菜飯便當」、「烤魚便當」、「什錦便當」，一開始先推出這三道。菜單上的字感受得到筆力剛勁，看起來像決鬥書，代書說這樣才顯眼。

房五郎學會各種菜色。在大舅子居中牽線下，與採買食材的對象談妥。阿辰思考便當的配菜，多方嘗試。如果夾上竹葉，顏色會變得鮮豔許多。燉菜直接放在米飯上，不影響口味，但炸物不能這麼做。

況且，房五郎對炸物很不拿手，本事不像大舅子那麼巧妙。天婦羅的麵衣炸得黏答答，吃進肚裡不容易消化，著實糟糕。

「乾脆不裹麵衣直接炸，妳看如何？」

「與其這樣，不如我們的便當一概不加炸物，不就行了嗎？想要豐盛一點，再增添雞肉或雞蛋。」

赤坂這家蒲燒店供客人外帶用的飯盒，工匠在製作時，會特別將底部加深、長度縮短，房五郎決定訂購這種飯盒。

在忙碌又雀躍的生活中，仍不時會發生像之前的「排紅豆」事件。向來都是一顆或兩顆，不會一次三顆。

——這是在猜謎嗎？

房五郎隱隱這麼想過，但線索未免太少。饑神出謎語，連在妖怪繪本中也沒見過。

這天，房五郎自認赤坂的修習生活該告一段落，準備明天啓程返回元濱町，於是決定獨自試做一份櫃蓋飯。

「蒲燒鰻我會烤給你。在你能自行炊飯做成便當前，多多嘗試吧。」

要是能做好這份櫃蓋飯，就能成爲店內的招牌便當。

「決定好日子，像是巳日或辰日，一次限量二十份，用這種方式來賣就行。客人一定會大排長龍。」

如同大舅子所言，對房五郎和阿辰的生意來說，便當是他們的一大命脈。想到這裡，房五郎不禁雙手發顫。

結果相當成功。櫃蓋飯做成便當，就算放冷了，鰻魚和醬汁的味道已滲進米飯，一樣美味。

當天晚上，箱籠上擺了三顆紅豆。

如今回想，一開始擺出三顆紅豆，是吃到大舅子的鰻魚飯那天晚上。從那之後，這是第一次出現三顆紅豆。

日文的「三」和「味」同音。難道這謎語的意思是「味道好」嗎？唔，有點牽強。

「總之，今後也要安分一點，拜託祢了。」

一夜過去，正當他打包行李，準備返回位於元濱町的店面時，替他寫菜單的代書前來。

「你應該需要這個吧？就當是送你的餞別禮。」

那是看起來像決鬥書的菜單，寫著「名菜　櫃蓋飯便當」，房五郎感激地收下。等便當生意上軌道後，一定會派上用場。

他趁這機會向代書詢問。

「代書先生，一二三的三（み，MI）字，有沒有什麼其他可充當謎語的含意？我只看得懂平假名，希望您能教教我。」

「這什麼啊？數數用的三，只有三這個意思……啊，對了。若是套用其他漢字，比方，宮先生的宮（みや，MIYA），又是不同的意思。」

「對對對，請盡可能幫我想個吉利一點的含意。」

愛喝酒、滿面紅光的代書，側著頭尋思。

「說到み，首先會想到『味』。這對做餐飲的店家來說，是很重要的漢字。如果寫成『實』，就有結實纍纍的意思，這也是個不錯的漢字。『見』是看的意思，不過單寫一個漢字，一般都念成けん（KEN）。」

代書取出插在衣帶裡的扇子，在掌中寫下漢字教導房五郎。

「干支中的『巳』，你應該知道吧？如果寫成『身』，就是身體的意思。雨天穿在身上的蓑衣，單寫一個『蓑』字，一樣念成み。含有尊稱含意的『御』字，也念成み。」

房五郎想不出個頭緒。「如果是さん（SAN）這個音呢？」

「同音字有山、棧、算。」

代書在掌中流暢寫下漢字。

「『產』是生產的意思。還有，如果要吉利，就是『贊』。」

形狀很奇怪的漢字。

「書畫中不是常會附上短短一行字嗎？那就是『贊』。」

「所以，這到底是什麼意思？」

「就是送人贊詞，表示這幅書畫很棒，我很喜歡。」

「贊詞？」

「誇獎的意思。」

房五郎心中暗暗驚奇，原來三顆紅豆是「贊」啊。

給大舅子的鰻魚飯三顆紅豆。

房五郎第一次獨力做成的櫃蓋飯也得到三顆紅豆。

——好吃，我喜歡。送你贊詞。

原來是這個意思。好個饑神，挺行的嘛。

等等，那麼，祂給我的菜飯便當兩顆紅豆又是什麼意思？難道是說，要得到祂的贊詞還差一點？好狂妄啊。

「祢該不會只是因爲喜歡吃鰻魚吧？」

房五郎悄悄對左肩後方說道。

「話說回來，祢挺有學問的嘛。」

「你在自言自語些什麼啊？」

「沒事、沒事，我們回去吧。」

回到位於元濱町巷弄的小店，房五郎和阿辰歇業多時的滷味店重新開張後，他們告訴客人「我們開始賣便當嘍」，客人大爲驚奇，起初覺得新鮮，三種口味的便當銷路還不錯。

但好景不常。仔細想想，這也是理所當然。之前的滷味生意，面對的是自行帶小鍋子、大碗、小碗來裝菜的客人，賣的都是像「蘿蔔和油豆腐各兩塊」之類，要不就是一盤小芋頭。由於大多是常客，還是有些賺頭，但辛苦攢來的錢並不多，輕輕一吹就沒了。

在這些客人眼中，便當是奢侈品。常客之會來買便當，或許是給去世的岳母的奠儀，或許是給滷味店重新開張的賀禮。這不是做生意，只能算是禮尚往來。而靠「禮尚往來」謀生的商人，只能稱得上是三流。

打算在巷弄裡的小店賣這種講究的便當，就像是賣髮簪或髮笄一樣，根本搞錯方向。房五郎曉悟這點，決定將滷味店交由阿辰負責，出外叫賣便當。扛著許多便當在街上走，他以前在愛宕下外燴店工作時便常這麼做，並不引以爲苦。他挑選有許多木賃宿（註一）和商人宿（註二）的市街，沿街叫賣，招攬不少客人。但這無疑是外地人跑到這個街上，搶當地飯館和便當店的生意，形同登門挑釁，所以房五郎的生意並不順利。

他個頭矮，長相溫馴，力氣也沒人大，打架更是不拿手。只要有長相凶惡的大漢出言威嚇，他只能捧著便當開溜。話雖如此，向地痞流氓付保護費，卑躬屈膝做生意，他完全無法認同，就是這方面的志氣比人高，才險阻重重。

眼看秋去冬來，邁入臘月，這些時日的努力都不見成效，房五郎不免對便當生意死心。打算新的一年從開工日起，要重新專注在滷味店的生意上頭。

「沒關係。只靠一個鍋子營生的滷味店，我一個人就忙得過來。」

阿辰開朗笑道。

「附近的人都很捧場。」

沒錯。客人都是附近的住戶，所以這家滷味店連屋號都沒有。只要用「那家滷味店」來稱呼就行。

如果想拓展生意，得前往有新客群的地方。只會做要販售的商品，卻沒想過販賣的地點，房五郎實在太輕率大意。

如果能將店面移往大路旁，應該會大大不同。但向房屋管理人詢問後得知，屋子空間變大，房租會增加三倍。先前爲了做便當，花掉不少積蓄，眼下得向人借錢才能支付這筆費用。赤坂的大舅子應該會出資幫忙，但還是行不通呢？若生意做不起來，積欠店租，最後被掃地出門，該如何是好？

「我再想想辦法。」

「也是。話說回來，你是不是想成為像我哥那樣的廚師？如果是，滷味店就交給我負責，你可以去赤坂娘家的店工作。」

在蒲燒店工作領薪水，等存夠積蓄再搬往大路旁的店家，重新展開便當店的生意。嗯，確實是比較牢靠的方法，但不知得花上幾年的光陰。

房五郎心情沉重地思索，肚子卻依舊食欲旺盛。

「祢從以前就這麼能吃嗎？不，我是無所謂，不過，偶爾吃八分飽就好，不然對身體有害……好像也不會呢。」

儘管房五郎一直大吃大喝，但既沒變胖，也沒浮腫，還是老樣子沒變。當然，這是他吃下肚的東西，全用來供養饑神的緣故。

——祢這是在白費力氣。

饑神一直信守承諾，沒驚嚇阿辰，也沒現身，完全神隱。所以，祂還坐鎮此地的唯一證明，就是房五郎的驚人食量。母親留給房五郎的沙包，自從回到元濱町後，都隨手放在房間的層架上，但擺出紅豆的情形始終沒再出現。可能是便當的生意進展不順，房五郎不斷在構思新的菜色。

——就算祢一直跟著我，也沒辦法吃香喝辣，明白嗎？我自暴自棄，決定斷食。話說回來，我根本沒義務供養祢。因為我只有這麼點能耐。

註一：廉價旅館，不提供食物，房客必須自炊，甚至自帶被褥。

註二：可供商人留宿，並擺攤做生意的旅館。

儘管說這種話威嚇對方，但看不到對方的模樣，也摸不著實體，感覺像一拳打在棉花上。

就這樣迎接初春的到來，接著在七草（註一）隔天一早，發生一件事。

正當房五郎蹲在店門前，邊剝芋皮邊發呆時，一名身穿十德（註二）的老翁，從這家店所在的巷弄走來。房五郎認得此人，於是點頭致意。

——師傅腹痛的毛病又犯啦。

這名身穿十德的老翁，是家住附近岩代町的一名街醫。雖然不是帶著隨從，搭轎前往看診的氣派名醫，但聽說醫術頗高，病患眾多。住在這棟長屋裡的常磐津（註三）師傅也是他的病患，每次腹痛的老毛病犯了，就會派侍來請醫生。

這常磐津師傅是捧場房五郎便當的少數幾名客人之一。每次像是師傅情夫的美男子前來找她，師傅總會備齊酒菜小酌一番，再跟房五郎點便當，通常會一次買兩份。這樣固然不錯，但哪天情夫不理師傅，師傅自然就不會理房五郎的便當了。不能太過指望，這也是問題所在。

話雖如此，房五郎的三種便當，她全會買，算是難得的客人。

——師傅不知會不會惋惜。

要是房五郎告訴她今後不再做便當生意，她是否會貼心安慰一句「真教人難過，太遺憾了」？或是，以衣袖拍打房五郎一下，說「小房眞是的，別讓我失望嘛」——

「老爺。」

響起一聲震耳欲聾的叫喊，房五郎回過神。叫喊的是在鍋子前的阿辰。

「不好了，醫生……」

轉頭一看，街醫癱倒在地。雖然睜著眼，但雙腳虛弱無力地擺動，不住掙扎，始終站不起身。

「真糟糕，醫生，您怎麼了？」

房五郎拋下手中的芋頭，扶起醫生。長屋的住戶紛紛往外探頭，看到底發生何事。

「哎呀……我這是怎麼了，雙腳突然無法站立。」

醫生那富態、白淨的臉，突然血色抽離，額頭冷汗直冒。他緊抓著房五郎的手，想坐起身，卻無法如願。

「我……頭昏眼花。」

會是中風嗎？房五郎跟著冒冷汗，就在這時——

「咕嚕咕嚕……」

醫生的肚子咕嚕作響。

——哎呀，這是……

跟之前他被饑神附身時的情況一樣。

「醫、醫生，讓我揹您。到我店裡去吧。」

「唔……嗯。」

房五郎朝靠過來看熱鬧的群眾大聲喚道：

「別擔心。這不是病，只是站久有點暈眩。可能是忙著替病人看診，忘記吃飯吧。這時候吃點

註一：農曆一月七日，人們會在這天早上吃加入七種野草或蔬菜的粥。

註二：江戶時代，大夫、儒士、畫師等人常穿的禮服。

註三：淨瑠璃的流派之一，是一種說唱敘事表演，通常以三味線伴奏。

東西是最好的方法。來，請到店裡。」

「嗯……嗯……」

「喂，阿辰！快來幫忙，弄飯給醫生吃。」

房五郎讓醫生躺在入門臺階上，將一團白飯送到他嘴邊，讓他吃下後，馬上神奇地恢復活力。

——果然是饑神那傢伙幹的好事。

「噢，這到底是怎麼回事？」

「醫生，先別管這個，再吃一口吧。」

醫生臉色逐漸恢復紅潤。饑神造成的影響，吃點東西就能消除。

「能夠坐了嗎？噢，這樣就可以放心。醫生，您是餓過頭，才會頭昏眼花。阿辰，拿白開水來。另外，再多給一些白飯，還有我們店裡的燉菜及味噌烤豆腐。」

昨天適逢七草，房五郎和阿辰都吃過七草粥。吃七草粥的慣習，是爲了讓過年期間老是吃大餐而疲憊的腸胃得以休息，但房五郎心情鬱悶，阿辰過年期間完全沒好好吃頓像樣的，腸胃一點都沒感到疲憊。她向房五郎發牢騷：

「光吃粥實在沒意思。」

於是，房五郎才動手準備許久沒做的山椒味噌烤豆腐。

還剩下一些沒吃完。原本是做爲便當的配菜，冷了一樣好吃。只要裝在小碟子裡，便會散發山椒的香氣。

「醫生，這是豆腐。味道濃郁，很下飯，您搭著一起吃吧。」

在房五郎的推薦下，老醫生以豆腐配白飯。

「噢，眞好吃！」

他又吃飯，又吃燉菜，讚不絕口，馬上恢復朝氣。

「哎呀，眞是美味。老闆，你是我的救命恩人。謝謝，謝謝你。」

醫生細細品味阿辰沏的粗茶，童山濯濯的額頭微微泛紅。

「肚子餓到昏倒，比當醫生卻不重養生還丟人。可是，我明明吃過午飯啊。」

「您午餐吃什麼？」

「一碗湯泡飯。」

「光這樣是吃不飽的。」

「可能只有八分飽吧。」

三人相視而笑，接著醫生突然轉爲正經的神情，環視狹小的店內。

「我一直以爲這裡只是一家滷味店，沒想到也有如此精緻的配菜。」

「是，我們是有幾道小菜。」

「那麼，可以請你們做外燴嗎？便當也行。」

由於太過驚訝，房五郎一時答不出話。這時，一旁的阿辰移膝向前，應道：

「小的明白了。日期決定了嗎？份數是多少？」

「本月十五日有一場俳諧會，是新年的初次聚會。一向都是輪流負責舉辦，這次輪到我。」

地點決定在池之端的貸席，人數十人。聚會結束會一起享用午餐，與會者皆不喜歡喝酒嬉鬧。

「對俳人來說，太過奢華反倒破壞情趣，料理也不是愈豪華愈好。每次都考驗著主辦人的品味，箇中拿捏很不容易，實在令人頭疼。」

這味噌烤豆腐既可口又少見。

「如何，你願意接下這項委託嗎？」

見房五郎仍無法答話，阿辰以手肘輕戳他胸膛。

「咦？啊，好，我很樂意承接。」

房五郎舌頭打結，話都說不順。原本他心灰意冷，正準備放棄便當的生意，卻遇上大好機會。

「那就太感激了。」

雙方決定一些細節，夫妻倆在店門前低頭鞠躬，送春風滿面的醫生出門。

「對了，我原本正要去常磐津師傅的住處。」

眞糟糕，不過腹痛死不了人——他低喃著幾句不適合醫生說的話，邁步離開。

「新春就遇上這麼吉利的事。」

房五郎站在開心不已的阿辰身旁，發現腳下出現的人影有兩個頭。

一道冷汗自房五郎脖子滑落。

「沒錯，不過這背後另有原因。」

「咦？」

「妳看我腳下。」

這次換阿辰大叫一聲，當場腿軟。

房五郎尷尬地搔著頭，往下說：

「事情演變至此，我只好一五一十向內人供出饑神的事。」

阿辰一開始嚇得腿軟，沒想到很快便重新振作，理由相當有趣。

——就算是妖怪，饑神也一定不是壞蛋。名字裡有個「神」字，應該不是叫好玩的吧？

事實上，雖然方法有點野蠻，祂確實替我引來客人。

「話雖如此，不曉得有多可靠，畢竟神明裡也有窮神啊——當時我回她這麼一句。」

見房五郎苦笑，阿近也報以一笑。

「那麼，俳諧會中您做出怎樣的便當？」

「我以菜飯搭山椒味噌烤豆腐。蔬菜用的是蘿蔔葉，魚肉用的是味噌醃土魠魚。清爽的白味噌可減少甜味。」

醬菜用的是醃漬過的清脆紅色小梅和白色小梅，以紅白兩色增添喜氣，松葉加上黑豆點綴裝飾。燉菜用的是芋頭、蓮藕、蘿蔔。蘿蔔徹底燉透，到快焦了的地步，不再是水分飽滿的狀態，這是房五郎的私房菜。

「光聽描述便垂涎三尺，後來大家評語如何？」

「託您的福，他們都很滿意。」

這也成爲開啓房五郎便當生意之路的契機。

「那位醫生有不錯的患者——這樣講有點奇怪，不過，醫生在一些不錯的管道上有人脈。那場俳諧會就不簡單，成員包括知名的畫師、學者，甚至是銀座的官差。」

這麼一提，銀座離岩代町頗近。

「他們全是慣吃美食、用奢侈品的風雅人士。所以，我準備的精緻小便當，反倒引來他們的興趣。」

「這就是所謂的侘與寂（註）。」阿近說。
「當時我根本不曉得這些詞彙。」
人心著實有趣。有時簡樸的溫情，比任何奢華之物更能滲入心底。
總之，這些風雅人士陸續成為房五郎的常客，不時會訂購便當。
「於是逐漸打響名號，對吧？」
「是的，真的非常感激。」
來到春江水暖的時節，出外遊山玩水、尋幽踏青的人愈來愈多，就是便當登場的時刻。而在設宴賞花的旺季——
「光靠我和阿辰，人手不足，得請赤坂的大舅子派年輕的夥計前來幫忙。」
雖然生意日漸興隆，房五郎卻不急著擴大規模。
「偶爾會有人前來委託我們做外燴，但我會客氣婉拒。備齊各種上等碗盤，盛裝菜肴，也是外燴勝出的關鍵，但對我是沉重的負荷。我拿定主意，要全力投入單層便當，最多到雙層便當，要在這領域自我精進。」
不久，房五郎的便當成為客人買來送禮的贈品。
「某天，一家大商號的老闆娘，為了替她捧場的演員公演祝賀，前來委託我準備便當。」
聽到演員的大名後，才知道對方是當紅的明星。連平常忙著做生意，偶爾聽人提及戲碼與風評的房五郎都曾耳聞，他忍不住打了個哆嗦。
「而且，老闆娘是美食家，平時應該會帶演員上八百善或平清打牙祭，不然就是向他們訂購便當送去慰勞。」

八百善和平清是料理界的名店，與這家位於巷弄裡的便當店可說是天差地遠。

「如果像先前俳諧會那樣，端出精緻小巧的菜肴，讓人感受『侘寂』，這次有點危險。不能用同一招，否則可能會讓老闆娘的熱情顯得冷淡。」

話雖如此，房五郎很清楚，難以眞的和名店一較高下。

「沒辦法，只能朝創新的方向賭一把。」

阿近靈光一閃。

「那麼，就是推出櫃蓋飯吧？」

「是的，當時天氣愈來愈熱，鰻魚正肥美。」

最後押對寶，房五郎聲名大噪。

「內人十分開心，這等於順便替大舅子的蒲燒店推銷。」

不妨趁最近名氣響亮的這股氣勢，掛起便當店的招牌吧。最先如此提議的也是阿辰。

「她說，就搬到大路旁的店面吧。現在應該做得起這項生意。」

很幸運，附近恰巧空出合適的店面。房屋管理人也建議他這麼做。

然而，房五郎遲遲下不了決定。

「現在賣得這麼好，純粹是一時流行。總會有流行退燒的時候。愈是覺得不會退燒，還能再流行下去，愈會遇上。」

註：日本獨特的美學意識，不刻意凸出裝飾和外表，強調事物質樸的內在，並且能夠經歷時間考驗的一種本質之美。

不管東西再好，客人終究會膩。「膩」不需要理由。明明沒做錯什麼，也不是任何人的錯，但該厭膩時就會厭膩。阿近的叔叔伊兵衛常這麼說，但往往會補上一句：儘管如此，該下手卻老是錯失機會，謹慎過頭的人一樣做不了大生意。

正當房五郎暗自猶豫，需要做出決定時，在背後推他一把的，又是饑神。

「我永遠記得。那年夏天的土用（註二）丑日，是一年中蒲燒鰻最暢銷的日子。在我店裡，很多人訂購櫃蓋飯便當，一早便忙得不可開交。」

當準備好的便當剩最後三個時，又有一名穿著不俗的女侍在房五郎面前癱倒。

——饑神這傢伙又在亂搞。

有著明顯雙下巴，儘管是女流之輩，卻給人「威儀十足」印象的女侍，在房五郎和阿辰的照料下清醒。

「對方詢問，這是賣鰻魚飯的店家嗎？我回答：不，這是便當店，有鰻魚便當。」

呈上櫃蓋飯後，女子食欲大開，直呼好吃，接著說道：

「這一定合少主的胃口！」

雙下巴的女侍在陸奧某藩的江戶宅邸，服侍將滿十二歲的少主，擔任守護者。

「少主體弱多病，尤其是夏季天熱，更是食欲不振。最滋養的土用丑日鰻魚，偏偏又不愛吃。少主說，蒲燒的鰻魚皮很噁心，看了就倒胃口。」

不過，櫃蓋飯是將蒲燒鰻切細後拌入飯中，外表不顯眼，口味更是保證絕佳。

「對方問『這種便當還剩幾個？兩個是吧，請全賣給我』，匆匆捧著包好的便當回去。」

隔天，她帶來一封漂亮的書信。

「不光是少主，當時恰巧在江戶的主公也很喜歡，並吩咐『日後就請那家店送便當到宅邸來，辛苦了』。」

房五郎昂首挺胸，下巴往外挺，模仿對方的語調，十分滑稽。

「在我們的奇異百物語中，如果不方便道出眞名，可以不用說，或是改個化名。我也不會刻意詢問……」

「好，我不會說。如果說了，可稱不上男伊達（註二）。」

提到伊達，便想到仙台藩（註三）。阿近不禁在胸前雙手一拍，發出「哇」一聲讚嘆。

「眞不簡單。」

「像這種大藩少主的守護者，究竟到元濱町這一帶的小巷弄裡做什麼？我實在想不出來。詢問原因後……」

——我也不曉得，不知不覺間就闖進這裡。

對方說，她派女侍出外替少主找尋滋補的菜肴，始終一無所獲，於是鎖定幾家名店，決定親自前往。來到市街上，不知不覺與隨行者走散，獨自來到元濱町的這處巷弄裡。

「是饑神引來的吧！」

註一：一年四次，分別是立春、立夏、立秋、立冬的前十八天這段期間。日本有個風俗，會在立秋前的夏天土用丑日吃鰻魚。

註二：指帶有俠氣、重義氣的意思。

註三：戰國武將伊達正宗，爲仙台藩的第一任藩主。

「嗯，可以這麼說。」

將穿著不凡的人找來當客人，饑神的「神」字果然不是浪得虛名。

因著這個機緣，吹走房五郎心中的迷惘。

「秋末，恰恰是鰻魚產季剛過的時節，我決定遷往大路旁的店面。屋號則是繼承家父的『達磨屋』，這塊招牌是當初大舅子送的賀禮。」

「這麼好的大舅子眞是打著燈籠都找不到。」

「一點也沒錯。對於赤坂老店的諸位親友，我不敢有半分不敬。」

阿近心想，房五郎一開始在愛宕下的外燴店吃足苦頭，之後一直都有不錯的運勢。連不是「人」的鬼怪，也助他一臂之力。

「仰頭看著招牌掛到新店面的屋簷下時，我心中滿是期待，不禁熱淚盈眶……唉呀呀。」

他難爲情地搔著頭。

「內人當然開心，卻神色自若，還對我說：老爺，這都是拜饑先生之賜，今後對可不能怠慢。」

「饑先生？」

「當時改為這樣稱呼，更好笑的還在後頭。」

——我們或許應該稱呼「老師」。

「她聽說書人提過，像饑先生這樣的人，都會被尊稱為『老師』。」

阿近微感納悶，旋即恍然大悟。

「哦，原來如此！是指食客吧。」

《三國志》或《水滸傳》之類來自中國的戰記故事常會提到，收留來路不明的流浪漢，讓對方在底下當食客，日後開戰時，可能會發揮以一敵百的戰力、成為用兵如神的軍師，或構思全新武器的發明家。這種寄食的角色，統稱為「食客」。

「食客饑神。」

「不過，祂能做的事很明確。」

就是讓人肚子餓，引往有食物的地方。百發百中，絕不失手。而且，還能看出誰會是大客戶，絕不會看走眼。

「這是貪吃的神通力。」

「祂還能讀能寫，當初倒地成為饑神前，搞不好是個大人物。」

「小姐，您太抬舉祂了。戰國時代倒難說，但現今的太平盛世，眞是什麼大人物，不可能無故倒臥在山路上，終至喪命。」

兩人再度開心地相視而笑。

「值得慶幸的是，自開張後，達磨屋一帆風順。客人愈來愈多，很快便得僱用學徒和女侍幫忙。我和阿辰也認眞工作，一點都不以為苦。」

煮美味的菜肴，見客人展露歡顏，是我打心底喜歡的事。

「如果從此幸福圓滿，今天我就不會來到小姐面前，心情愉悅地喝著芳香的好茶，吃可口的草餅。」

房五郎的笑容倏然消失，轉為嚴肅的表情。

「其實，早有徵兆。」

就從他們以櫃蓋飯祝賀戲劇公演的時候起。

「內人不時會感到頭暈目眩。」

——有時突然站起或坐下，便會一陣暈眩。

「除此之外，沒有什麼不適之處，她和我都不以為意。」

過沒多久，連房五郎有時也會感到暈眩。

「我是早上剛起床，或晚上躺下時會感到暈眩。」

突然有種不舒服的感覺，然後頭冒金星。

「哎呀呀，小姐，請別露出緊張的表情。其實不是什麼大事……不，這也算是件大事。不過，並不是我或內人的身體出狀況。」

出狀況的，是位於巷弄裡的老店。

「當初搬家時，房屋管理人在搬光行李的家中巡視後，頻頻側著頭，面露納悶之色，問我是不是發生過什麼不好的事。」

——你會不會覺得這房子有點傾斜？

其實，他說得一點都沒錯。

「屋子嚴重受損。」

掀開薄薄的榻榻米，拆下木板地檢查後，一看便知。

「橫架的托梁，西側的角落彎折，像是裂開。由於這個緣故，地板整個下沉。」

「原來如此……」阿近領會箇中原因。「您和夫人會覺得頭暈目眩，是生活的地方傾斜吧。」

「對，如同您說的。」

房五郎苦笑著搔抓鬢角。

「托梁彎折的模樣也很古怪，並不是人爲敲打或壓擠變形。同樣在巷弄裡租屋的鄰居中有個木匠，我急忙請他來檢查。」

——房五郎先生，上頭應該是放了很重的物品。

「對方還笑說，應該是我生意太好，疊太多寶箱。」

由於某個重物，托梁逐漸受到重壓，彎折破裂，連帶地板跟著下沉。不過，地板下沉的情況，沒有明顯的感覺，肉眼也看不出，是平日細微的變化累積而成，所以，房五郎和阿辰渾然未覺。儘管如此，隨著傾斜的情況益發嚴重，身體開始出狀況，而且外頭來的房屋管理人馬上察覺這一點。

「不過，小姐，家裡怎會有這麼重的物品，我和內人毫無頭緒。」

家中的米和味噌都擺在土間，也不曾在房裡亂蹦亂跳，或堆放重物。

「我們又沒有孩子。」

當然也不曾在上頭疊放寶箱。

「此事說來詭異，但我大可不必想太多。那是發生在巷弄長屋裡的事，就算當初興建時出過狀況，也不足爲奇。」

江戶市町多火災。一旦發生火災，不光是起火的屋子會燒毀，還可能會往外延燒。爲了加以防範，會將周邊的屋子搗毀。

因爲這樣的地方特性，屋子可說是一種無常之物。除非是有萬貫家財的大財主，不然花再多人力和金錢蓋房子，只是白忙一場。更別提巷弄長屋，只要有屋柱、屋頂、木地板，就算不錯了。還有托梁？那很高級了。

「我們將善後工作交給房屋管理人，改遷往大路旁的店面，我和內人的暈眩症狀便不藥而癒。」

「因爲在沒傾斜的地方生活吧。」

「是的，每天都過著忙碌又有趣的生活。」

全心投入便當店的生意，壓根忘記這件事。

「一掛上『達磨屋』的招牌，我馬上推出白身魚碎肉搭配碎蛋的雙色便當，同樣大受好評，眞的十分感激。」

不單店內賣得好，也接獲不少外燴便當的訂單，很快人手就不足，開始僱用住宿店內的女侍和學徒，前面已提過。

然而……

「就在達磨屋度過第一年冬天，大家一起慶祝過年，約一月中旬起，情況變得有點古怪。」

首先，店裡的學徒動不動就感冒，常掛著鼻涕，猛打噴嚏，甚至是發燒，起不了身。

「我們是賣吃的，不能發生這種情況。所以，我叮囑學徒，睡覺得好好包上肚圍。」

在夥計眼中，老闆和老闆娘就像代理父母。

「沒多久，連阿辰和女侍的身體也出狀況。」

手腳極度冰冷，一整天下來，身上總有些部位感到疼痛。

「我以爲是婦科的毛病，到藥鋪替她們帶了煎藥回來，讓她們服用，但絲毫沒改善。外頭的天氣慢慢回暖，但店裡的妻子、女侍、學徒三人卻直喊冷。」

「那您呢？」

面對阿近的詢問，房五郎猛然想起般，聳起肩膀。

「我唯一的優點就是身體強健，不覺得哪裡不舒服。不過詢問阿辰後，她說我也面有菜色。」

不管怎樣，實在令人擔心。當時達磨屋有個常客，是專精內科的街醫，房五郎替他送便當時，順便向他請教。

——日後我出門看診時，再順道去替你們瞧瞧。

「幾天後，醫生與扛著藥箱的隨從來到店裡。」

街醫一來到達磨屋內，便神情凝重地環視四周。

——這屋子是怎麼回事？滲風的情況很嚴重啊。

「醫生說，光是站著，脖子就感到陣陣寒意，容易感冒，手腳冰冷也是理所當然。」

——你這裡店租多少？我看是貪婪的房東，拿這種廉價建造的房子開高價誆你吧？

街醫板起臉孔，喚來房屋管理人。不知發生何事，旋即趕到的房屋管理人，在看過情況後，一臉詫異。

「他也感覺屋內滲風嚴重。」

——上個月來收店租時，滲風沒這麼嚴重啊。

於是，眾人聚在一起討論。

「去年秋末剛搬來時，沒注意到有滲風的情況。這不是屋子沒蓋好的問題。」

阿辰說——有時一到冬天，就會覺得屋裡冷得受不了，但冬天寒冷是理所當然。

女侍說——可是老闆娘，冬天覺得冷，和滲風覺得冷，是兩碼子事。

鼻涕流不停的學徒也說——從過年起，睡覺時滲風會吹過我的鼻頭。最近連白天也感覺有冷風吹過，忍不住直打哆嗦。

這家店是賣吃的，白天都會升火。照理，應該不容易感到寒冷。但要是照學徒的說法，從過年起就有滲風的情形，讓人覺得冷，而且情況愈來愈嚴重。

「還有一件事。」

說著說著，可能是想起當時的心情，房五郎表情沉重。

「仔細想想，這是最不能漏聽的解謎關鍵，學徒如此描述……」

——老爺，這屋子會嘎吱作響。

「屋子的某處不時會發出嘎吱嘎吱的聲響。從過年後，聲響愈來愈大，頗令人在意。」

——我覺得很可怕，常睡不著覺。

「他年紀還小，」阿近應道：「覺得住處會發出聲響挺嚇人吧。」

「是的。學徒似乎擔心會跑出妖怪，嚇得要命。」

照這種情況來看，或許是建築又出毛病，於是請木匠檢查。果不其然，只見木匠皺著眉，說房子是歪的。

——歪成這副德行，不滲風才奇怪。

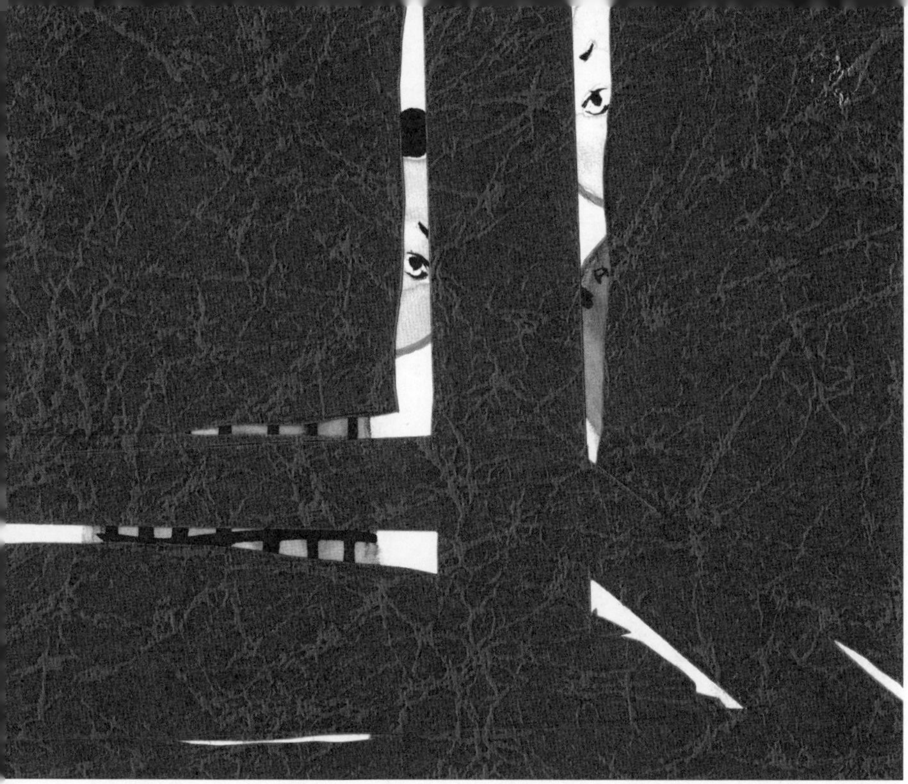

屋子會作響，是滲風的關係，也是屋子歪斜的關係。

「哎呀，當時傷透腦筋。木匠逐一指出每個地方，告訴我『看這裡變成這樣』、『那裡變成那樣』，眞的到處都歪斜，合板滿是縫隙，木板地嘎吱作響。」

房五郎大爲驚慌，請木匠盡可能修繕，滲風的問題暫時解決，然而……

「房子作響的問題依舊沒解決。一旦發現這個問題，我也變得非常在意。」

嘎吱嘎吱，嘎嘰嘎嘰，卡啦卡啦。

「有人踩著沉重的步伐，在屋裡走動。」

有時聽起來像沿著梯子上上下下。有時感覺像有個身體沉重、行動吃力的人，在睡夢中翻身。

「這時候屋子不光會嘎吱作響，還會搖晃。」

像地震般陡然一晃，廚房裡的餐具甚至卡啦作響。

「哎呀，現在談起這件事就覺得好笑，但當下我心裡直發毛，老做噩夢，苦不堪言。」

房屋作響，證明屋子歪斜的問題持續惡化。果不其然，當梅花盛開、桃花吐蕊、櫻花綻放時，滲風的問題再度變得嚴重。女人們手腳冰冷，學徒臉上掛著鼻涕，房五郎也常因滲風吹向脖子，冷得直打哆嗦。

「到了卯月（四月）中旬，賞花便當的生意告一段落，我們終於鬆一口氣，可能也是這個緣故，內人臥病不起。」

學徒流鼻涕的情況始終不見好轉，女侍都面有菜色。忙得沒空換睡衣好好睡上一覺的房五郎，同樣累得筋疲力竭。

「我先去找木匠商量修繕事宜，接著繞去找街醫，想請他開些有效的藥。」

店面暫停營業一天，讓學徒和女侍休息。房五郎煮好熱呼呼的雜炊粥給三人吃後，換衣服外出。

「自達磨屋開店至今，我還是第一次走出店外。」

賣賞花便當賺不少錢，也打響名號，重要的櫻花卻連一瓣都沒見著，春天就這麼過去。

「我那家店前方不遠的防火空地，有一株枝葉繁茂的老櫻樹。」

由於是防火空地，理應砍除這株櫻樹。

「長得這麼茂密，砍了實在可惜，才決定留下來。」

眞想看看盛開的景象——房五郎心裡這麼想，一邊細聽櫻樹葉子的沙沙細語，從旁走過。這時，他發現一件怪事。

「當時日升中天，地上有老櫻樹留下的樹影，我腳下應該也會有自己的影子。」

然而，看不到。我腳下一片漆黑。

「我大吃一驚，不明白是怎麼回事，試著在原地扭動身軀、蹲下、揮動手腳。」

房五郎的四周仍一片漆黑。雖然外緣有點凹凸不平，但外形是個漆黑大圓，直徑約有二尋（三公尺）。

「我看了冷汗直冒，雙膝發顫，暗暗想著，這到底是什麼鬼？」

接著，他靈光一閃。

「原來是饑先生。」

饑神就附在房五郎身上。

「自從爲我創造開設達磨屋的契機後，饑先生一直相當安分。我每天都吃得很飽，並做出可口的菜肴營生，饑先生應該心滿意足，覺得幸福，才會安分守己。我心裡這麼想，完全沒注意到異狀，加上生意愈來愈忙，我幾乎把祂給忘了。」

饑先生——房五郎悄聲喚道。

「才一叫喚，我腳下的暗影馬上動起來。」

祢在這裡吧？房五郎問道。

「那漆黑的外緣一陣起伏，接著一個像西瓜般大的影子緩緩冒出。」

是饑神的頭。

「我恍然大悟。」

房五郎在阿近面前使勁往膝蓋用力一拍。

「我腳下的這一團漆黑，簡單來說就是影子。饑先生的影子。」

由於他的影子變大，看起來一團漆黑。
「到底是怎麼回事？難道是饑神的影子變得又大又圓，直徑足足有九尺嗎？」
原來如此，阿近已明白箇中原委。
「那是饑先生……」
「沒錯，小姐。」
兩人眼神交會，對視良久，不約而同笑出聲。
「哎呀，這樣確實是件大事。」阿近說。
饑神變胖了。
「吃太多好吃的東西。」
每天大啖美食，會變胖也是理所當然。起初，阿辰不相信房五郎的話，但帶她到向陽處，讓她看腳下巨大的黑影後……
「饑先生，請露個臉讓內人瞧瞧吧。」
饑神緩緩冒出像西瓜一樣大的腦袋後，阿辰驚詫不已。
如今回想，饑神是從房五郎和阿辰還在巷弄裡的小店做生意時開始變胖。屋子的托梁會彎折，便是承受饑神重量的緣故。那不知名的沉重之物，就是饑神。
房五郎沉聲低吟。
「如今饑先生不是附身在我身上，而是我的生意上。」
夫妻倆自從搬遷到大路旁的店面，經營起達磨屋後，饑神變胖的「因素」又增加。承受不住重量，屋子從過完年開始歪斜，不時發出嘎吱聲，滲風的情況日漸嚴重。儘管修繕過一次，但由於饑神持續變胖的重量，屋子很快又歪斜。待在屋內的饑神仍繼續增胖。
生意愈是興隆，愈是肥胖。
饑神對房五郎有恩。房五郎心存感謝，從沒想過要趕跑祂。只是肉眼看不見祂，將祂的存在視為理所當然，一時忘了祂。
不過，走到這一步，不能再放任不管。繼續住在歪斜的屋子裡，無論是生病或梁柱倒塌毀壞，都是性命攸關的大問題。
這下傷腦筋。
「要是變得太胖，或許對饑先生也不好。一旦變胖，饑先生就不再是饑先生了，不是嗎？」
這麼一來，祂會變成什麼？妻子往完全不相關的方向聯想，並為此發愁，既不生氣也不感到害怕。她不覺得是壞事，才更教房五郎頭疼。
饑神啊，我該怎麼做？
「如果變胖成為問題，只有一個方法。」
就是讓祂減肥。
「我要減少祂吃的東西。」
房五郎下定決心，瞪大眼向妻子宣告。
「我們暫時歇業吧。」
聽起來像童話故事，就算成年人正經八百道出原委，也很難取信於人。不得已，房五郎只好對女侍和學徒說：
「最近狀況連連，我請祈禱師占卜後得知，似乎是我們的生意擴張太快，惹來其他商家的怨恨。我決定暫時韜光養晦，等候這股恨意消退。」

經過一番好言相勸，房五郎辭退女侍和學徒，替他們另謀出路。不過，兩人在宅心仁厚的房五郎和阿辰底下工作，吃慣可口的飯菜，突然要離去，百般不捨，眼淚直流。他們拜託房五郎日後若要重新開張，務必要再次僱用他們，房五郎雖然配合應一聲「好」，卻在心裡想，大概不會有那麼一天。

「總之，目前要先讓饑先生瘦下來，盡可能恢復成原本的模樣。到時再一面做生意，一面想辦法別讓他變得太胖。」

看來，像以前一樣，只有夫妻兩人就能完全勝任的生意，應該最合適。

房五郎以阿辰養病當藉口，四處向顧客致歉，而屋子歪斜的問題，則是再度請人盡量修繕，達磨屋關上大門，暫時歇業。正值初夏捕獲鰹魚的時節。

這是適合遊山玩水的好時節。錯過這樣的生意機會，就算是常客，恐怕也保不住。

原以爲會無比懊惱，卻大出意料。由於一直過著忙碌的生活，加上疲勞及手腳冰冷的毛病，房五郎和阿辰得以好好休息，倒也覺得鬆一口氣。拜之前生意興隆之賜，兩人存有一筆積蓄，過得節儉一些，足以供他們生活一年無虞。

不過在「節儉」這一點上，夫妻意見分歧。房五郎見妻子面容憔悴，心中百般不捨，想讓她回赤坂的娘家，多吃一些大舅子煮的營養菜肴補補身子，然而……

「這種事總不能跟娘家說吧。」

說了他們也不會信。

「最重要的是，讓饑先生餓肚子，我卻享受美食，這樣會遭到報應。」

我們三人一起吃菜葉清粥過日子吧。

「這樣的話，妳沒辦法補身子啊。」

「死不了人的。」

於是，夫妻倆過著禪寺和尚般的生活，然而……

情況比想像中難捱。

饑神哭了。

從早到晚哭哭啼啼。雖然不是清楚用「我好餓」、「我想吃美味的食物」之類的言語哭訴，但祂會邊哭邊喃喃自語，反倒更讓人鬱悶。

當房五郎以梅子乾當配菜，吃著清粥時——

「嘰哩咕嚕，嗚嗚嗚嗚……」

阿辰以冷飯泡熱水，配醬菜吃時——

「嘰哩咕嚕，嗚嗚嗚嗚……」

努力半個月、一個月後，饑神可能是耐性耗盡，情緒完全失控。祂將疊放在層架上的餐具全部掃落，將空鍋子倒翻過來，搖撼整幢屋子。但房五郎夫婦並未認輸。滿屋作響的情況持續一段日子後，也就習慣。即使很勉強，一樣會習慣。

接著，饑神使出拿手絕活——讓行經達磨屋門口的人癱軟無力。

「哼，使出看家本領是吧。」

小事一樁。夫妻倆每次看有人癱倒在門口，就讓對方喝米湯，小心照料。不管情況再怎麼重複上演，夫妻倆仍是那句「來，請喝米湯」，不爲所動。

阿辰常會插著腰環視屋內，向饑神曉以大義。

「饑先生，請諒解。我們希望今後能一直和祢和睦相處，所以祢得暫時忍耐。」

饑神不肯聽勸，每次說教，祂就會哭得更陰沉。

眼看大川的川開祭到來，達磨屋還是不開店，一直大門緊閉，於是「達磨屋的老闆似乎病得不輕」的傳聞也傳到赤坂的阿辰娘家耳中。大舅子十分擔心，特地來探訪。

「到底是怎麼回事？你們看起來都面有菜色。」

他話才剛說完，饑神便惡作劇，將空箱籠滾下樓梯，又在二樓的房間裡跳躍，搖晃著整幢屋子。

房五郎和阿辰都不是能言善道的人，面對這種怪異的現象，一時都不知該如何解釋。

於是，他們只好一五一十將饑神的事告訴驚訝莫名的大舅子。起初大舅子聽得瞠目結舌，直問「你們沒瘋吧」。這時，饑神將廚房的水甕敲得噹噹作響。

「再不住手，就不讓祢吃晚飯！」

房五郎厲聲喝斥後，聲響戛然而止。

大舅子的臉色一陣青、一陣紅，但畢竟是見過世面的商人，依舊不顯一絲慌亂。

「讓我試試。」

他雙手靠向嘴邊，朝廚房喚道。

「饑先生，我在赤坂經營一家蒲燒店。祢乖乖瘦回原本的重量，我就做一份塞滿櫃蓋飯、燉菜、燒烤的雙層便當，送祢當獎勵。」

對了——他雙手插在衣袖裡，擺出若有所思的模樣。

「就利用接下來的二個月……在神無月的朔日（十月一日）前，試著恢復原狀吧。那天中午，如果房五郎的影子變得和以前一樣，有兩顆一樣大的腦袋，我就特別爲祢製作雙層便當。如何？要是同意，敲一下水甕。」

饑神哭哭啼啼好一陣子，不久後水甕傳來「噹」一聲。

「祂同意了。」大舅子笑道。

「啊，大哥，謝謝你。」

「你們眞是撿回一個燙手山芋。」

「對不起。」

「與其這麼辛苦的讓祂變瘦，不如帶回當初撿到祂的地方丟棄吧？」

「又不是小貓。」

房五郎和阿辰無意強制讓饑神離開。

「大哥，饑先生是我們的福神，不能怠慢。」

你人眞好——大舅子苦笑著，返回赤坂。

當天晚上，房五郎站在沒升火的冷清廚房裡，面對眼前的黑暗低語：

「祢要好好遵守約定。我比任何人都痛苦，因爲我是最想讓祢享受美食的人啊。」

可能是這句話語中注入的情感發揮功效，饑神變得十分安分。不過，也可能是祂一心想吃到特製的雙層便當。

葉月（八月）底，房五郎再度請木匠到家裡檢查，針對歪斜的地方進行修繕。從那之後，便不再有滲風的情形，幾乎聽不到家裡的嘎吱聲。

於是，來到約定的神無月朔日上午。

房五郎仰望太陽，站在達磨屋前。阿辰嚥一口唾沫，屏息等待。

只見饑神和以前一樣，從腳下影子的左肩處探出頭，得意地頻頻點頭。

夫妻倆撫掌大樂。前往赤坂的蒲燒店大啖美食，並依照約定，拎著大舅子特製的雙層便當返回，擱在廚房角落。

隔天一早打開一看，便當一掃而空。

房五郎前往市場採買。阿辰清洗廚房道具，淘米燒水。

達磨屋重新開張。

之後的幾年間，他們一直在摸索。爲了不讓饑神變得太胖，該在一年當中的哪個時期歇業，又該歇業多久。

「爲了讓客人容易理解，乾脆採隔月開店的方式如何？這樣也不用讓饑先生連續餓上好幾個月。」

「妳太小看世人了，這種店誰會光顧啊。」

「那麼，就選過年到如月（二月）歇業？」

「二月姑且不談，初春那段期間訂單特別多。」

夫妻倆攤開記載達磨屋營收狀況的帳本，投入討論。

費了好大一番工夫，才像現在這樣，決定忙完製作賞花便當的生意就先歇業，等夏天結束、秋風吹起時，再重新開張。夏天這個時節，正好可用「擔心食物中毒，不敢接生意」的藉口。儘管如此，還是有不少客人覺得奇怪，堅持要下訂單，而且是大筆生意。有一年房五郎覺得放棄可惜，只休盛夏的半個月，又讓饑神變胖，全亂了套。

在江戶市內的外燴店和便當店同業之間，達磨屋的風評不佳。傳出空穴來風的謠言，也不是一次、兩次，諸如「達磨屋太高傲」、「瞧不起做生意的」、「該不會是店主有案在身，怕世人知道吧」等等。房五郎畢竟是凡人，會感到擔憂和忿忿不平。

原本理應會來光顧的客人，也因歇業流失不少。曾有客人聽聞風評遠道而來，偏偏來得不是時候。夫妻倆對客人說「很不巧，我們從明天開始歇業」，不僅引來客人的咆哮，甚至爲此挨揍，簡直是災難。

雖然嘗盡世罕見的艱辛，但房五郎和阿辰一直堅守祕密，除了大舅子外，一概沒和任何人提過，小心不讓人察覺，一路走到現在。

「要是讓世人知道，饑先生應該會感到難爲情吧。」阿辰說。「不管別人是覺得稀奇，還是害怕，祂都一樣可憐。」

房五郎也這麼認爲。

饑神不是供人參觀用的。在夫妻倆眼中，饑神是生死與共的夥伴。是那三顆紅豆和點頭的鼓勵，爲他們開創今日的人生。

就算祂骨瘦如柴……不，就算變胖，一樣是神明。

說完故事的房五郎，臉上滿溢溫情的笑容。在「黑白之間」能見到這樣的笑臉，實屬罕見。阿近覺得內心彷彿逐漸被洗淨。

話雖如此，故事來到最後，仍留下一個重大的未解之謎。

「今日請達磨屋店主蒞臨，還詢問這個問題，實在不識趣……」

話沒說完，想必房五郎已猜出幾分。只見他戲謔地挑動眉毛。

「嗯，您很納悶吧。」

為什麼現在能如此灑脫地說出饑神的祕密？

「並非三島屋是我們的顧客，我有所顧忌，覺得必須告訴您這個祕密。也並非在下是愛看熱鬧的色老頭，想趁這個機會，一睹深居閨中的小姐廬山眞面目……不，這倒是有一點。」

「謝謝，您過獎了。」

「千萬別向我道謝。對了，我店裡的學徒……現在是能獨當一面的大男人了，他直嚷著，三島屋的千金是大美人，報紙上都登出她的人像畫。」

的確，曾經為了店內的宣傳，成為報紙的題材。

「由於先前的輕率之舉，遺禍至今，實在不勝困擾。」

「是嗎？想必是出色的一幅人像畫吧，不過，既然小姐覺得排斥，那我至今還沒看，算是做對了。」

房五郎再次莞爾一笑，重新端正坐好。

「那是去年長月（九月）初的事，所以是夏天歇業結束，重新開張後不久的事。我老家捎來一封信。」

上頭寫著，不久前昏倒而臥病不起的父親，已駕鶴西歸。

「他足足活了八十歲，」房五郎瞪大眼，「眞是長壽。母親之前過世時，父親意志消沉，原以為他很快會跟著一同歸西。」

房五郎急忙趕回故鄉。

「如果只是離家兩、三天，店裡的事我會交給學徒處理。這次我本想和內人一同返鄉，但由於老家捎來的信件內容令人不安，我決定獨自回去。」

「不安？」

「是的。好像是父親在外頭有女人，甚至有個私生子。」

好驚人的消息，不過，房五郎的老家在搗根藩是大有來頭的油菜批發商。老太爺在外頭有一、兩個小妾也不足爲奇。

「自從母親過世後，父親遇上第二春。就是這樣，男人才教人傷腦筋。即使是親人也大意不得啊。」

由於這個緣故，房五郎一路上走得急，內心更急。

「回到家中一看，簡直亂成一團。畢竟也喝慣了江戶的水，對於江戶的精華——吵架，我早已看慣，但眼前的景象還是第一次見識。親人全圍著棺木又哭又叫，彼此扭打成一團，場面之誇張，教人擔心死者會被驚醒。」

房五郎笑咪咪地描述，阿近也跟著笑了。

「儘管如此，還是辦了一場隆重的喪禮。至於父親包養的女子……」

這時，他壓低音量。

「是個婀娜多姿的寡婦。看她哭得一把鼻涕一把眼淚，就不覺得她是什麼壞人。跟她坐在一起，聽和尚誦經，我還安慰她幾句。所以，事後大嫂狠狠數落我一頓。」

早成爲江戶人的房五郎，對於老家的紛爭完全插不上手。之後，他只留下一句「一切有勞你們」，匆匆踏上歸途。

「我獨自信步而行，暗暗想著，父親這一生真是幸福。」

就這樣，來到七華狹道。

「同樣是秋天的向晚時分。」

四周空無一人。在秋風的吹拂下，落葉沙沙作響。殷紅的夕陽，悠然浮蕩在西邊天際。

「當然，這次返家時也路過此地。不過，我走得很急，根本沒注意到這件事。」

回程終於能停下腳步，於是房五郎對饑神說道：

「從那之後已過二十二年。饑先生，祢也挺懷念這裡吧。」

多虧有祢，我過得很幸福。雖然不是像我爹那種帶有情色意味的幸福，不過，我牢牢抓住難得的幸福，不想拱手讓人。

「不過，小姐……」

房五郎腳下影子的左肩處，並未出現饑神的身影。

「儘管我一再呼叫『喂，怎麼了』，祂始終沒出現。」

是黃昏時分，陽光微弱的關係嗎？還是站的位置不好，不容易看到影子？

「可是，就算我換位置，左蹦右跳，依舊只看到我一個人的影子。」

唯有秋風吹過佇立原地的房五郎身邊。

「我遲遲無法離開。」

房五郎一直待在原地，直到夕陽完全下山。

「興起回家的念頭後，我歸心似箭。儘管無法像年輕時那樣，但我沒住客棧，直接露宿野外。

總之，我只想早點回到達磨屋。」

風塵僕僕地返抵家門，一身旅裝沒換下，房五郎便站在店門口朗聲喚道：

「我回來了。我和饑先生回來了！」

待在店門前的阿辰大吃一驚。不論是對獨當一面的學徒，還是對更換過幾任的女侍，他們都不曾透露過饑神的事。

「當時有客人在場，內人的驚訝非同小可。她急忙將我拉往後門。」

此時，房五郎腦中滿是饑神的事。

「阿辰，妳看我，看我的影子。饑先生在吧？是不是？祂從我左肩冒出頭，對吧？」

祂和我一起回來了，對吧？

但饑神並未現身。不管怎麼叫喚，怎麼蹬地，再怎麼枯等，始終不見祂現身。

「內人握著我的手說……」

——老爺，饑先生也回去了。

回到祂的故鄉。

「別說傻話，祂回那種地方做什麼？話說回來，祂是死在路旁的孤魂，只能仰賴我們。像我們這種能供應美食的地方，要去哪裡找啊。」

房五郎的音量愈來愈大，喊得聲嘶力竭，突然全身虛脫。

「說來真教人難爲情，我當時雙手掩面，號啕大哭。」

饑神！祢這個不懂恩情、無情無義的傢伙，快給我回來！快回來啊。

「最後，祂還是沒回來。」

饑神離房五郎而去。

「後來，我冷靜下來，仔細想想，理出一點頭緒。八成是在家父的喪禮中，讓祂聽太多誦經害的。」

饑先生也升天成佛。嗯，一定沒錯，所以沒有害不害的問題。他們夫妻展開這樣的交談。

「不過，小姐，達磨屋並未因饑先生不在了，生意就走下坡。」

房五郎急忙補上一句，突然又把話嚥了回去。

「不曉得有沒有走下坡呢。今年的賞花便當，您還喜歡嗎？」

阿近重重點頭。

「喜歡。跟以前一樣，既美味又豪華，大家都高興地誇讚，不愧是達磨屋。」

「那就好，看來我的廚藝沒退步……嗯。」

房五郎用全身展現出安心之色，彷彿所有力氣洩去。託他的福，阿近聽到一個精采的故事。她心想，這是饑先生留下的禮物。

「那麼，達磨屋今年夏天打算怎麼做？」

不必再擔心饑神會變胖，大可不用歇業。

然而，面對阿近的詢問，房五郎並未回答「沒錯，如您所說」。

「是這樣沒錯，不過，畢竟是持續二十二年的慣習……」

房五郎聲音愈來愈小，頹然垂首。阿近默默注視著他。

不久，房五郎低語：

「連我自己也覺得奇怪。」

他抬起頭，露出困惑又微帶陰鬱的神情。

「從那之後，胸口彷彿開了個大洞。不光是我，內人也這麼說。」

——老爺，我總提不起幹勁。

「倒也難怪，畢竟少一名同甘共苦長達二十二年的夥伴。」

「是這樣嗎？」

「是的。」

「這就是所謂的寂寞嗎？」

「我認爲是。」

「小姐，說出來不知您會不會見笑？我在想，如果我回故鄉……在那裡開一家便當店……」

「哪裡的話，我怎麼會笑您呢。不過，您在江戶的店要是結束營業，我會捨不得。」

「我不會這麼做的。達磨屋的招牌，我會交給學徒負責。」

房五郎的目光又恢復澄澈。

「小姐，我想站在七華狹道上，揚聲大喊。」

喂，饑神，我也回來了。

「很懷念我的煎蛋、肉鬆飯和烤味噌豆腐的味道吧？」

阿近暗忖，看來是我想錯，這故事不是饑神留下的禮物。

——是達磨屋老闆臨別的贈禮。

數天後，達磨屋老闆娘阿辰造訪三島屋，訂購許多小達磨吊飾。看來，得花上二十天左右才能完工交貨。

「拜奇異百物語之賜，與達磨屋的緣份又加深一層。」

百物語剛開始時，對於客人所說的故事內容，阿近都會重新講給叔叔和嬸嬸聽，但最近往往是她一個人聽完，便沒再轉述。對此，伊兵衛和阿民並未過問。

不過，在皐月（五月）底，參加聚會後返家的伊兵衛喚來阿近。

「聚會結束，送上的是達磨屋的雙色便當，感覺口味有點不一樣。倒不是變難吃，只不過和之前有些不同。不是我個人的味覺問題，因爲有幾個人也這麼認爲。」

伊兵衛問阿近是否知道些什麼，於是她說出房五郎的故事。

「口味變了，會不會是達磨屋老闆想讓學徒來掌店？」

主要的掌廚者不是房五郎，口味也起了微妙的變化。

伊兵衛聞言，臉色大變。

「這麼重要的事，妳怎麼沒早點告訴我？我非得阻止房五郎不可，他回故鄉太可惜。」

阿近恭敬道歉「都怪我處事不周，請叔叔見諒」，但只要與房五郎面對面，聽他說饑神的故事，並見過他當時的神情……

——這就是所謂的寂寞嗎？

就會明白阻止不了他。

「因爲有阿勝陪同，這陣子都讓阿近放手去做，我徹底疏忽了。下次我也在一旁擔任聆聽者的角色吧。」

哎呀，這下麻煩了，怎麼辦？不過，好像會變得很有趣。阿近暗自在心中盤算，靜候下一位說故事者到來之際，轉眼江戶町已進入梅雨時節。

第二話

三鬼

溫熱的小雨綿綿不絕，這是青蛙最開心的日子，蛤蟆仙人應該也一樣開心吧。擔任人力仲介的燈庵老人，顯得比平時更油光滿面。

阿近隔著長火盆，與他的蛤蟆臉相對。

「眞會吊我胃口。」伊兵衛板著臉，「下一位說故事者，看來挺難伺候。」

燈庵老人前來通報「『黑白之間』下一位客人已決定」，之後一直到今日，足足等了十二天，兩度臨時延期，難怪伊兵衛會如此焦急。

「我以爲對方這一、兩天就會到來，一直引頸期盼，但只說一句『不想去』，便一再延期，實在教人難以接受。」

蛤蟆仙人不悅地回嘴：

「三島屋老闆，您眞不通人情。爲了個人嗜好這般催促他人，實在不應該。」

「我沒那麼多閒工夫等。」

「這位小姐總有空閒吧。」

火花波及到阿近身上。

「是的，我有空閒，但這次叔叔會一起擔任聆聽者。」

燈庵老人的額頭上，三道深邃的皺紋陡然上挑，形成一個ㄟ字形。

「什麼？您跳過仲介人擅自做決定，會造成我的困擾。三島屋的奇異百物語，是因有個正値花樣年華，而且長得閉月羞花的姑娘擔任聆聽者，才會大獲好評。」

平日，蛤蟆仙人動不動就挑剔阿近，一會說「青春年華短暫」，一會說「小心一眨眼，變成嫁不出去的老姑婆」，偏偏此時又這麼吹捧。

「我躲在隔門後面總行吧？」

「這樣倒是不會影響風評。」

雙方達成共識，但燈庵老人離去前流露的神情，宛如身上某個柔軟部位遭人硬生生捏碎。

阿近微感不安，這次的說故事者似乎不好伺候。燈庵先生居然會露出那樣的神情，到底是多難伺候？

所幸，後來沒第三度延期，謎團終於解開。

這次的說故事者，是年約五十五歲的武士，氣質和樣貌皆不俗。

阿近擔任百物語的聆聽者，曾聽兩名武士說出自己的故事。跟他們交談時，並不會感到拘束。其中一名是浪人，擔任習字所的師傅，雖然是武士出身，但同屬市井小民，而且阿近以聆聽者的身分與他會面前，便對他的為人有所瞭解。至於另一名，則是初次輪調到江戶當差，對自身的鄉音感到羞慚的年輕武士。

當然，不管對方個性再怎麼溫柔，再怎麼年輕，只要說故事者是武士，就得明白彼此的身分差距。之前接待兩人時也一樣，這是理所當然的正確心態。

不過，這次的說故事者走進「黑白之間」，阿近馬上明白，他與之前的兩名武士截然不同。不光是年齡的差距，從那威風凜凜的姿態來看，便猜得出他的家世不凡。

此人身穿帶有三枚家紋的黑絽外褂，下半身的裙褲為帶有細紋的千歲茶色（註）。他將長短配

註：暗褐色。

刀交給帶路的阿島時，動作流暢自然，完全感覺不出破綻。

三島屋有不少武家的客人，不過，往往是由夥計揹著商品，前往武家宅邸供對方選購。路過店門時，會毫無顧忌地觀看店面商品的，都是下級武士，通常身穿非正式的輕裝。

雖然經驗老道，但阿島常在店內後臺工作，肯定很少接待如此嚴肅的客人。她似乎極力在忍耐，神情緊繃。

——我一定也一樣。

之前接待操著濃濃鄉音的年輕武士時，燈庵老人再三囑咐，要她千萬不能有失禮之舉，這次卻沒給任何忠告。難道是他心想，見過這名武士便會明白，不管阿近再淘氣，也會畢恭畢敬。不過，身爲好心的人力仲介，應該會事先給一句提醒吧。

「歡迎參與三島屋奇異百物語。」

待阿島端來茶點，現場氣氛平靜後，阿近雙手各以三指點地，深深行一禮。

「小女子名喚阿近，是店主伊兵衛的姪女。在此代替叔叔擔任故事的聆聽者。」

伊兵衛遵守與燈庵老人的約定，和擔任百物語守護者的阿勝一起躲在隔門後方。

端坐在「黑白之間」上座的客人，同樣恭敬回一禮。

「先前與貴寶號約好日期，但礙於個人因素，兩度延期，心中萬分歉疚。容我在此致歉。」

儘管威儀十足，卻不擺架子。他的嗓音帶有豐沛的磁性，會自然而然吸引人聆聽。

「這我們怎麼擔待得起？小店的奇異百物語，不同於一般文人雅士聚在一起舉辦的百物語會，只會請客人講述故事，由我仔細聆聽，是簡樸的對談。請放鬆身心，隨您的意思說出故事。」

「感激不盡。」

客人直視著阿近。阿近不知他會說些什麼，內心又緊張幾分。

「這是您插的花嗎？」

客人微微轉動上半身，望向壁龕問道。

今日的壁龕插的是苦楝的樹枝，上頭開出的淡紫色小花形成圓錐狀。苦楝是庭園常種植的樹木，正值開花時節，將樹枝投入素燒的花瓶內，顯得別有風味，伊兵衛對此情有獨鍾。

「是的，讓您見笑了。」

「那掛軸呢？」

「是叔叔選的。」

那不是畫，而是書法，寫著《般若心經》的四十七個字。伊兵衛也忘了是哪時，只記得是在神田明神下的古玩店發現，便以幾文錢買下，並不是出自名家之手，上頭的落款沒人識得。應該說，這落款擠滿漢字，不易辨識，但伊兵衛似乎相當中意。

阿近道出由來，客人頷首說「原來如此，這字寫得好」。

「是嗎？」

阿近雙手併攏置於膝前，恭敬地點著頭。接著，客人似乎再也按捺不住，笑出聲。

「其實，這是習字用的字帖。」

「啊？」

阿近一時忘了用敬語回話，客人微微移膝靠向壁龕的字畫，指向落款處。

「這落款的漢字糊了，不易辨識，原本寫的是『漢子道塾師筆』。以您的年紀，會不清楚也是理所當然。不過，早在二十年前的江戶市，高掛『漢子道塾』招牌的書法私塾可是相當流行。」

不同於習字所，此私塾的門生全是成人。

「就算是不熟悉漢籍的町人，只要略懂風雅，還是會想親自揮毫，寫下別具風格的書法。私塾就是收這樣的人當門生，教導書法。」

一度頗獲好評，還登上報紙，門生眾多。

「當時，在下剛好第一次輪調到江戶當差，記得很清楚。從租書店借來的書籍中，夾著這家私塾的傳單，我驚訝地想，町人之間流行學這樣的技藝，足見江戶是個多霸氣的地方啊。因爲私塾收取相當高額的束脩（學費）。」

照這樣看來，學書法的不是一般町人，而是富裕的商家、地主、房東這種有錢有閒的人。

「他們招收這些門生，大約有三年之久。後來遭逢嚴重的寒害和乾旱，連江戶市米價也高漲，私塾生意走下坡，最後關門大吉。」

阿近對此一無所悉。近來都看不到這類私塾，至少在神田這一帶沒見過。

「這本字帖形同『漢子道塾』的遺物。約莫是門生珍惜師傅的筆墨，或捨不得丟棄帶有功德的四十七字，裱成掛軸。後來輾轉流落至古道具店，被賢叔選中。」

此時，隔門後方的伊兵衛應該冷汗直冒吧，阿近眼前浮現那幕景象。

「武士大人。」阿近悄聲道：「小店的店主實在有愧配上『賢』字。」

客人莞爾一笑。眼角浮現笑紋後，益發顯現出不凡的威儀。

「是嗎？如在下剛才所言，一心教導門生俊秀漢字的寫法，而寫下的這張字帖，沒有一絲無謂的炫耀，以書法來說，堪稱佳作。令叔能看出價值，想必不是個簡單的人物。」

原本擔心伊兵衛會從門後走出，連聲說「過獎、過獎」，但隔門沒半點動靜。或許是阿勝攔住他。

說故事者嘴角泛著笑意，重新轉向阿近。

「雖然至今腰間仍插著佩刀，頭上頂著月代（註），但在下……不，我已不受奉祿，現在是靠市內一名知己的援助生活。換句話說，我現在是寄人籬下。」

原來如此。難怪如此威儀不凡的武士，會在燈庵老人的仲介下前來。

「原本打算乾脆剃光頭髮，拋下佩刀，穿上十德，完全以退隱的姿態示人，不過，等說完這個故事也不遲，才能有個明確的區隔。我擅自決定，於是前來拜訪。」

謝謝您——阿近再次伏身行禮。

「先前兩次延期，一次是突然有急事，另一次……坦白講，是我心生猶豫。」

埋藏心底的故事，眞的能說出口嗎？

「我們的奇異百物語，聽過就忘，說完就忘。」

「噢，聽燈庵先生說過，我知道此事。」

「您的大名，及故事中登場的地點，也可隱匿不說。」

「不，這方面倒是毋須顧忌。」

他柔和的話聲中，頓時夾雜著一股嚴肅之氣。

「事發至今將近十個月，不曉得當時您在市內可曾聽聞。」

「您是指……？」

註：中世末期以後，成年男子將前額到頭頂一帶的頭髮剃除的一種髮型。

「栗山藩因主家森氏沒有嗣子，遭改易（註一）處分，兩萬石領地全數充公，成為幕府領地。」

咦？

——這麼一提……

進行大名的世代交接，或改易、轉封（註二）時，都會對外公告，公文也會傳向商家的股東會或工會。由於各藩皆是一藩一城，經濟獨立，一旦有異動，生意往來也會產生各種變化。像紀伊國屋這樣的富商自不待言，而像市內一些有規模的商家，向來都會提供熟識的藩國「大名借貸」，也就是提供融資，所以一旦藩主換人，便得催繳欠款、結算帳目、辦理新的融資，該辦不可的手續多得令人眼花繚亂。

不知是幸還是不幸，雖然是人氣商店，但三島屋只做提袋的生意，沒有足以提供貸款的財力，和大名借貸一概無關。因此，只要不是常光顧生意的武家，他們向來都不會在意這些事。不過，身為山陰外樣大名（註三）的栗山藩遭改易一事喧騰一時，阿近確實也曾聽聞。

據聞治理栗山藩的森氏，原本有繼承家業的少主，但由於在提出嗣子繼承申請時處理不當，藩主病死後被當作無嗣子繼承。不過，這是對外的藉口。其實，早在多年前，藩內便內鬨不斷，領民要求減貢及農民造反的情況頻傳，幕府對栗山藩頗為不滿，刻意拿嗣子繼承申請的小紕漏大作文章，逼他們走進改易的下場。

這項傳聞是從栗山藩的御用（提供大筆融資金額的）商家傳出。提供金援的一方氣焰較高，說起話毫無顧忌。栗山藩財務吃緊，債臺高築，卻一再要求調降利息、延長還款期限，令債主傷透腦筋，甚至有些商家還不客氣地說，這次改易的處分「正好幫忙處理掉燙手山芋」。阿民聽聞後，面露不悅之色，認爲不管怎樣，說這種話都太不厚道。

「看來您似乎也知道。」

客人從阿近的神情做出準確的解讀。

「我曉得江戶市內流傳著各種謠言。不過我要說的是，幕府若要怪罪栗山藩施政不力，實施改易處分，是輕而易舉之事，最後卻以無嗣子的名義處分，我們藩內人士反倒應該當是大發慈悲。」

對方吐出駭人聽聞的言論。不，應該說是嚴厲。阿近全身戰慄，這名客人卻說得泰然自若。

「這兩萬石奉祿的土地，既非擁有金山銀山，也不是位處地理要衝，之所以會被收回充公，可能也是因爲找不到新的藩主願意治理吧。我的故鄉人心渙散的程度就是這般嚴重。我們得爲一切負起全責。」

阿近也是因爲自己的輕率之舉，而失去身邊與自己親近的人。她承受不了自責的念頭，才離開老家來到江戶。在三島屋落腳後，透過百物語接觸人生百態，她慢慢重新振作，但有時心中仍不免感到抑鬱。

然而，此刻端坐她面前的男子口中吐出的話語，遠比她的遭遇來得沉重。那不光是一個人的煩憂，而是曾經從政的人才會背負的沉重心情。

「我名叫村井清左衛門。這十年來，一直都擔任栗山藩的江戶家老。」

註一：江戶時代對武士的一種處分。剝奪其武士身分，並沒收領地及宅邸。

註二：江戶時代，大名奉幕府之命，轉移至其他領地。

註三：只能管理自身領地的諸侯，無參與幕府政治的權力，且受幕府嚴密監控。

所謂的江戶家老，是負責大名在江戶宅邸的一切指揮調度，當藩主人在藩國，不在江戶城內時，擁有代替大名的權限，是很重要的職務。雖說是只有兩萬石的外樣小藩，但既然他身居要職，會擁有此等威儀，也就不難理解。

「不過，我現在只是個寄人籬下的食客。」

語畢，他莞爾一笑。

「我想將鬱積胸中的陳年舊事一吐為快，打算借奇異百物語的力量，又猶豫不決，眞是個意志不堅的老頭啊。請您這樣看待我，暫時委屈您聽我話說從頭。」

阿近毫不遲疑地應道：

「是，我洗耳恭聽。」

該從何說起——思考片刻，村井清左衛門娓娓道來。

「我們的主君森氏出身筑紫，是在三十二年前移封至栗山藩。雖說長達三十二年，但也只有父子兩代，領民還是會覺得森氏帶有濃濃的外人氣味。由於前藩主是從德川將軍在江戶建立幕府之前，便一直深耕當地的名門世家，所以情況更是嚴重。」

這是第一個困難。

「第二個困難，就是栗山藩的貧困。」

當地多山，適合水田耕作的土地稀少，河川既短且急，時常氾濫。既沒特殊的名產，也沒礦山，更無良港。

「儘管如此，前藩主和領民從遙遠的戰國時代便一直守護此地，忍受貧困，並肩生存下來，建立密不可分的關係。」

所以栗山藩才得以存續至今，而這樣的關係也成為互相依存的原因。

「他們欠缺想跳脫貧困的鬥爭心。」

看在來自筑紫的「外地主公」眼中，著實感到焦急。

「如果水田不夠，就另行開闢。如果河川暴漲，就修正河川的流向。如果沒良港，就加以闢建。我們陸續想出許多政策，然而……」

要付諸執行，需要人力和金錢。

「人力就向領民徵調，對男女老幼課予各種勞務。若有誰敢不從，或是沒完成工作，就加以嚴懲，成了以搾取勞力來代替年貢或稅金的一種形式。」

另一方面，資金只能向外舉債。這時栗山藩仰賴的，是大坂的商家。

「很不好對付的大坂商人，以驚人的強力推銷手法，不斷累積財富。我們不是浪費，是為了藩國，為了領民，為了那些貪婪的商人不會懂的政務著想，所以不必顧忌。這是主公的想法。」

但這成了第三個困難。

「不管有再高的志向，目的再怎麼遠大，借錢總會附帶利息，而且有還款期限。」

如果欠錢不還，便會與債主產生糾紛。

「當時的藩主，是這次不被認同嗣子身分的少主其祖父，亦即老主公。當時他已值壯年，卻是位血氣方剛的主君。」

訴說此事的清左衛門，眼神中完全不帶緬懷過往之色。阿近屏息聆聽。

「老主公雖然英明，但凡事重理而不重情，個性方面亦有這種傾向，有時也思慮欠周。」

對於各種帳目、實行節約，他向來都不看重。明明借了一大筆錢，卻又瞧不起那些商人債主。

「用來讓栗山藩脫離貧困的這些政策，方向都正確，但得耗費很長的時間才看得到成效，需要漫長的忍耐。老主公等不及那一刻到來，一旦不見成果，馬上改變政策，加以修正，反倒花費更多不必要的時間和金錢。」

債臺逐漸高築，家臣不知如何是好，被徵調的領民心中的不滿和不安更是日益高漲。

「儘管如此，老主公還是持續主掌藩政，一些工程也斷斷續續推動。但在老主公擔任栗山藩主的第七年，終於出了紕漏。」

持續借款卻遲遲不還，總是一再找藉口搪塞，一旦債主前來抗議，便拿出大名的威信屏退。幾名債主再也無法忍受栗山藩的做法，一同向當時的老中（註）陳情。

「由於債主的說詞合情合理，老中接受陳情。所幸，最後是在不對外公開的狀況下解決。」

栗山藩將累積的債務償還一半，同時藩主退位，由嫡子出任新藩主。

「這位主公就是少主的父親。」

老主公有三個兒子，長男和次男皆夭折，新藩主是三男。

「當時他年紀尚輕，只有十七歲……」

與其說是稚嫩，不如說令人看了不忍。

「主公自幼身體孱弱，一繼任藩主，便常因胸悶的毛病發作受苦。」

所謂胸悶的毛病，是突然胸口疼痛、呼吸困難，但沒有特別的治療方法。話說回來，是否可明確稱爲疾病，目前仍存疑，算是一種「精神疾病」。

有個性格急躁、凡事重理不重情的父親，哥哥們相繼早夭，加上接連施政不力，領民皆被貧困壓得喘不過氣，再強悍的人，面對這樣的情況也會垂頭喪氣。偏偏又是身體孱弱的十七歲青年，歷經債務風波後，被老中拱上藩主之位。就算他爲此胸悶發作，也不足爲奇。

談到大名之主，不管藩國再小，在阿近這樣的市井女人眼中，一樣都是雲端上的人。但現在她感受到的，不是抬頭仰望的憧憬，而是同情。

「自幼目睹老主公的施政不力，在他擁有振衰起弊的念頭前，一直委靡不振。」

清左衛門的口吻略顯沉重。

「儘管如此，老主公健在時，倒也平安無事，但老主公退位不到一年便中風，之後情況愈來愈糟。」

主公什麼也不做。

「他總對下屬說，凡事照父君以前的做法即可，一切仿照前例。」

不管家臣稟報什麼，主公都心不在焉，右耳進左耳出。不論是工程、開墾新田、徵調領民，還是借款，他什麼都不去想，對肩負的責任視而不見。

「老主公已不在人世。這麼一來，眾家老和各奉行便根據往昔施行的政策，各自爲政。」

藩內固然有人材，但也有庸材。有人立志爲栗山藩效忠，勤奮工作；有人空有志向，光說不練。一旦有人因一些小事意見相左而營黨結派，便有人會刻意操弄權勢鬥爭。

最後，栗山藩內只剩衝突與紛爭，什麼也沒變，跳脫不出貧困的泥淖。

「只是白白浪費光陰。」

註：江户幕府的最高職務。直屬於將軍，總管一切政務。

清左衛門微微嘆氣，手伸向變冷的茶杯，於是阿近以眼神示意，重新爲他沏一壺茶。瀰漫溼氣的空氣中，升起一股新葉的芳香。

「謝謝您。」

「只是粗茶，不成敬意。」

「不不不，在藩邸裡我們都喝白開水。」

阿近過於驚詫，脫口而出。「家老大人，您不是說眞的吧？」

「我們是被貧窮壓得無法喘息的小藩。除了主君和正室夫人想喝茶，及迎接賓客之外，茶算是奢侈品。」

阿近臉頰發燙，「請原諒我的無禮。」

清左衛門淺淺一笑，恭敬端起剛沏好的熱茶飲用。

「這就是栗山藩大致的歷史。」

「是。」

「這不過是開場白。我們藩國很貧困，家臣和領民皆受困於一個『窮』字。希望您明白這一點。」

「瞭解。」

清左衛門擱下茶杯，微微挺直腰桿。

「我出生於村井家，從筑紫時代便侍奉森氏。代代官拜小納戶一職，算是上級武士，不是一路從一般職位升遷，奉祿爲六十石。」

小納戶的職務，主要負責張羅主君的服裝、生活用品，及在城內使用的物品。

「那麼，在您這一代擔任江戶家老的職務，算是高升。」

聽聞阿近的話，清左衛門苦笑：

「這算是怎樣的高升，我會一一解釋。不過，我想先聲明一點。」

栗山藩江戶藩邸——不論是在上屋敷或下屋敷（註），只要村井清左衛門不在場，沒人會以本名稱呼他。

「我有個綽號。」

叫節儉清左衛門。

「我動不動就會訓斥大家『要節儉、要節儉』。」

這是直接冠在清左衛門名字上的綽號。

「絕不是成功高升的豪傑該有的綽號。」

的確，這項軼聞再度道出栗山藩的經濟窘境，同時表現出主動告知此事的村井清左衛門的為人。

「『三島屋』雖然在商品製作上講究奢華，但我們在背後也都節儉持家。」

「如此甚好。」

贏得了他的誇讚，不知躲在隔門後的伊兵衛是什麼表情？

「我早年喪父，十八歲繼承家業。一開始是從小納戶見習做起，但也還是被人煞有其事地稱為

註：江戶時代，諸藩大名設置在江戶市市內的平時居住宅邸，稱爲上屋敷；另外設在江戶近郊處的宅邸，則稱爲下屋敷。

『小納戶末席』。」

後來去掉「末席」的稱呼，正式就任小納戶，娶妻成家，是在他二十九歲那年，距今二十二年前。

以此估算，清左衛門今年應該是五十一歲。他的表情和聲音比實際歲數年輕，坐姿倒是有幾分老氣。

阿近試著在腦中計算。三十二年前，森氏從筑紫移封至栗山藩。七年後，也就是距今二十五年前，因老主公舉債和施政失利，老中介入，改由三男繼任藩主。新藩主即位後的第三年，村井清左衛門正式去掉「末席」的稱呼，榮升小納戶一職。

不過……

「恕我冒昧問一句，武士就職後，歷經十一年的見習生活，這是常有的事嗎？」

「算是很罕見的情況吧。」

清左衛門答得灑脫。

「這也是栗山藩經濟拮据的緣故。如果身分是末席，奉祿只有正式官員的一半，僅三十石。」

原來是這麼回事。某位上級捨不得三十石的支出，長期讓清左衛門屈居末席之位。這不是節省，也不是節儉，根本是小氣。不過，由此可見，栗山藩就是這般窮困，不得不搞這種小手段。

「當末席的這十一年間，母親和妹妹跟著我吃苦。」

清左衛門有個小三歲的妹妹，名叫志津。

「母親和妹妹都很節儉，茹苦含辛，還做副業貼補家用。」

儘管只有正式官員的一半奉祿，身分仍是上級武士，不能公然做副業。她們都是暗中承接裁縫、縫補、製作童玩等手工藝，賺取工資。基於體面，清左衛門得在村井家安排一名侍從，沒餘力僱用婢女或男僕，所以家務都是由母親和妹妹包辦。

「我一直期盼哪天能讓母親輕鬆一些，母親卻在我二十二歲那年逝世。」

村井家只剩兄妹倆相依爲命。

「志津當時十九歲，已到嫁爲人婦，或與人訂婚的年紀。」

但志津本人沒意願，清左衛門也以爲妹妹會終生留在家中。

「這是因爲……」

清左衛門流露略帶悲傷的眼神。

「妹妹在七歲那年初春，染上嚴重的熱病。」

最後撿回一命，但可能是連日高燒，志津變成重聽。由於聽力不佳，說話諸多不便，她少言寡語。

「母親、我，還有妹妹之間，都是大聲說話，一邊比手畫腳，才得以溝通，但在外面不能這麼做。」

世間並非全是親切和善的人。清左衛門不忍心見妹妹嫁到別人家受苦。

「而且，她工作勤奮，不懂偷懶，加上個性開朗，爲人聰慧，在我眼中是可靠的好妹妹。」

光聽這番話會覺得像在炫耀，但說著說著，清左衛門逐漸露出悲戚之色。

「只不過……這是多麼諷刺的事啊。」

她的身體十分健康。

「身體健康爲什麼是諷刺的事？」阿近問。

「不，健康很好。但健康過頭……」

清左衛門眉尾下垂，一副難以啓齒的模樣。

「她健康的程度，甚至可用強壯來形容。不，或許該說是強健吧。」

清左衛門的妹妹，身高直逼他耳際，肩寬與他相當，骨架粗大。儘管過著儉僕的生活，依舊體態豐腴。

「哦……」阿近頷首。

「換句話說，她長得高頭大馬。」

兄妹倆的父親個頭高大，應該是繼承父親的特性吧。

「縱使她再聰明，與人溝通仍會有些障礙，身材又高大。光是這樣，便受盡嘲諷，惹來白眼，成爲人們私下嘲笑的對象。」

她忍下一切，不把冷言冷語往心裡放，佯裝不在乎，過自己的日子。

「雖然是妹妹，但我實在佩服她，自嘆弗如。」

清左衛門的同輩中，有人爲他著想，向他提出忠告，建議讓志津出家。

——你最好讓志津小姐出家爲尼。

「他們說，只要妹妹在，我就討不到老婆。」

——有這麼占空間的小姑，村井家根本沒你妻子的容身之處。

「眞是好事，」阿近毫不客氣，「未免管太多了吧。」

村井清左衛門眨眨眼，重新端詳阿近，單邊嘴角輕揚。

「看來，您的個性也很剛強。」

「眞是失禮了……」

「不不不，您方才的眼神讓我想起志津。」

他原本悲戚的目光，變得柔和些許。

「不管怎樣，別人的多管閒事，我們一概擋於門外。我和妹妹過著平靜的生活。」

就在清左衛門二十四歲，志津二十一歲那年寒冬，發生一起禍事。

「栗山領地的冬季天寒地凍，山地會降大雪，但在城下並不常看到雪。然而，那年以不尋常的頻率下起大雪。」

住在城下的人不太習慣剷雪，當時卻全部忙著鏟雪。

「我們住的武士長屋，一遇上積雪，每戶人家的隨從或男僕會趕緊用耙子除雪。」

村井家也不例外，但他們只有一名從父親那一代便服侍至今的老隨從，實在忙不過來。剷雪的工作並非一次就能解決，持續降雪期間，只要積雪就得鏟除，如此一再反覆。倘若放任不管，道路會遭大雪掩埋，導致屋子受損。

「我在家時，會主動用耙子除雪。進城辦公時，則由志津代替我。」

有人四處造謠，說她的模樣滑稽。

「妹妹不單體格魁梧，還強健有力，做事俐落。即使是平時不熟悉的工作，她也會主動處理。理應受人誇獎，而不是受人嘲笑。」

然而，志津是武家之女。如果是練習長刀倒另當別論，偏偏是揮動耙子剷雪，不合體面。以村井家的地位，連副業都不能公開，得維護體面。

「要是有人能在一旁給予忠告，對她說一聲『這樣實在難看，別再繼續』，就太感謝了。但很不巧，志津沒遇上這樣的好心人。」

——瞧，村井家的志津小姐又在剷雪。

——快看啊。哇，力氣眞大。

左鄰右舍都睜大眼看熱鬧，竊竊私語，互相嬉鬧。志津不光替自家宅邸四周剷雪，還好意替眾人進出的道路及武士長屋的大門口剷雪，但眾人沒向她道謝，甚至拿她當笑話。

「接著某天……」

清左衛門結束公務，離城返家後，不見志津人影。只有老邁的隨從，惴惴不安地倚門等候他歸來。

「一問之下得知，約莫兩刻鐘（半小時）前，在宅邸後方剷雪的志津，被不知名人士帶走。」

老隨從並非親眼目睹，僅僅聽到聲音，不清楚詳情。只曉得有不知名人士——而且不只一人，是數名男子在路過時叫喚志津，似乎喝醉酒，相當吵鬧。當老隨從注意到時，已起了衝突。傳來男人的笑聲，志津發出尖叫。

「哥！」

老隨從眼中噙著淚水，說清楚聽到志津大聲求救。

「我到現場查看，雪道上有多人凌亂的足跡，顯然發生不小的紛爭，順著腳印追下去，在前方不遠處發現遺落志津的一隻鞋。」

——這是綁架。

清左衛門火速趕往門番。在此當差的守衛，任務是對包圍栗山城外部城郭的屋敷町及武士長屋進行戒備，居民的長相大都認得，也知道清左衛門一家。不論是誰帶走志津，只要守衛看見，應該馬上能認出對方的身分。

然而，門番卻說從今天早上便沒見過志津。志津尚未走出這扇門，還在門內某處。

——居然有這種事。

清左衛門臉色大變。擄走志津的人，不是市町的無賴或混混，而是居住此地的藩士。

清左衛門閉口不語，隔一會才抬頭望向阿近。

「如同剛剛提的，志津在藩內是人們私下嘲笑的對象。不難想像，應該是有人要欺負劃雪的志津，但沒能得逞，才做出這樣的行爲。」

志津放聲求救，對方卻哈哈大笑，也令人覺得陰森可怕。

「志津是小納戶末席的妹妹，又是嫁不出去，一直待在家中的老處女。」

在武家社會中，是身分最低的女人。

「不論對方是何來歷，至少是身分比志津高的人，我不敢隨便將事情鬧大。」

根據常理判斷，這是件麻煩事。阿近逐漸感到胸悶。

「不過，這是綁架，得趕緊找到她，救她脫困。這種時候，門衛不是該肩負起職責嗎？」

清左衛門緩緩搖頭。

「到底是不是綁架還不清楚，只有我家隨從的片面說詞。不過，志津確實失蹤了。服侍主君的武士及其家人，擅自離開規定的住所便構成叛逃。」

所謂叛逃，是捨棄藩國和身分逃亡。在武家社會幾乎等同死亡。家中有人叛逃，表示這個家不檢點，極不名譽。

「按照規矩向上級申報村井家的志津失蹤，等於是稟報她有叛逃的嫌疑，勢必得接受主家的審問。」
大聲說出妹妹遭到綁架，並提出派人分頭搜尋的要求。如此理所當然的舉措，卻很難公開這麼做。
「不過，像這種情況，有個權宜的方法。」
當成一件離奇的怪事，廣爲宣傳。
「我逢人便說，志津遭到神隱，有沒有看到什麼異狀？不知是被天狗擄走，還是被妖狐、狸貓欺騙，志津失去蹤影，誰能提供線索嗎？」
「啊，如果是這樣，就能大聲四處打聽。」
阿近不自主地抬手抵向胸前。
「結果呢？」
清左衛門沉默片刻。
「三天後的一早，妹妹被放回來。」
重提痛苦的往事，他緊握放在膝上的拳頭。
「就在她失蹤的那天，遺落鞋子的地方。」
志津被脫去外衣，打著赤腳，內衣外披著骯髒的半纏，丟在地上。手腳以腰帶捆綁。
「不知是一再重新捆綁，還是志津極力反抗的緣故……」
捆綁處摩擦破皮，微微滲血。
「她髮髻凌亂，遭到毆打的臉龐紅腫。」
說到這裡，清左衛門一臉痛苦，停頓片刻。

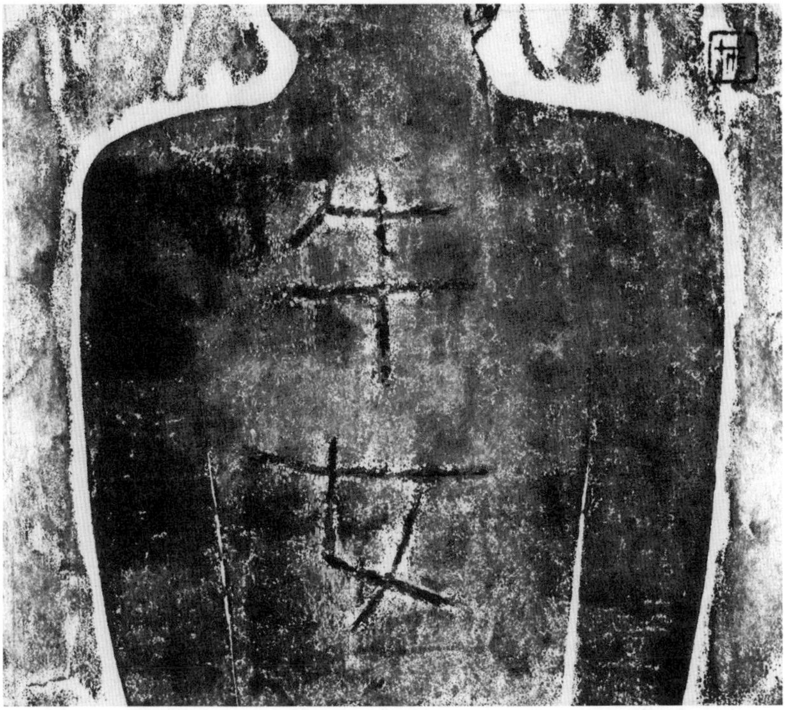

「嘴裡緊緊塞著布條。」

一早的寒氣，加上清左衛門情緒激動，手指顫抖，遲遲解不開繩結。在他努力解繩結的期間，志津一直緊咬著布條哭泣。

「志津不僅被狠狠打一頓，還遭到羞辱。」

阿近不敢直視清左衛門，低頭望向雙手。

「不必等醫生診斷，我也隱約猜得出來，但她守口如瓶，對三天裡的遭遇，誰對她做過什麼，一概不提。」

儘管如此，清左衛門仍試著以懇求的方式，想問出眞相。沒想到，志津回答：

——我遭遇神隱。

「她說那段時間的事全忘了。」

清左衛門彷彿聽到她無聲的吶喊，叫他別再問。

「就算想起來，也無濟於事，反倒會造成我的困擾。妹妹的想法清楚傳進我心中。」

清左衛門的話聲微微顫抖。

「此外，志津會毫不遲疑地使用『神隱』一詞，是發現我以此為由四處找尋她。」

清左衛門找尋妹妹的消息，也傳到志津遭囚禁的地方。擄走志津的那幫人明知此事，卻仍繼續監禁她。

可能是囚禁三天也膩了，才放志津回家。顯然對方胸有成竹，而且瞧不起志津，認為就算放她回去，她也絕不會說出眞相，更不會透露犯人的名字。

「妹妹背後留下刀傷。」

寫了兩個字。鮮血凝固結痂後，清楚浮現。

「寫著『牛女』（註一）。」

清左衛門頓時血液沸騰，直衝腦門。

「我馬上按著刀柄，準備起身。那些人幹出這等不人道的行徑，豈能不把他們揪出來？我要將他們一一斬殺。」

這時，志津搭著他的手。跟她的體格一樣碩大的手掌、長長的手指，及因經常刷洗而粗糙的皮膚，皆無比冰冷。

——哥，你是一家之主。

「意思是，為了守護村井家，我要忍耐，不能動怒。」

一旦向這些不人道的傢伙問罪，村井家將面臨存亡的問題。

爛透了。清左衛門頓時曉悟，凌虐志津的人，身分比村井家高，是藩內的名門。

「但我實在嚥不下這口氣。」

管他什麼名門、什麼身分！小小一個二萬石的外樣大名，領民泰半都被貧窮壓得喘不過氣，城裡的金庫和米倉都空空蕩蕩，角落結著厚厚的蜘蛛網。在這種可悲的小藩內，哪有什麼了不起的人物？何足畏懼！

「妹妹原本就少言寡語，發生這起事件後，在家中更是幾乎都不說話。儘管傷勢恢復，背後的文字不再顯眼，志津還是難以恢復往昔的生活。」

清左衛門也無法和以前一樣過日子。擔任小納戶末席，個性爽朗、溫柔的青年，化身爲滿腔怒火的復仇者。

「妹妹將自己封閉在悲傷中，對一切心灰意冷。待在她身旁的我，根本壓抑不住沸騰的怒氣。」

我要找出那群玩弄志津的傢伙。一定要找出他們，和他們一決生死。就算村井家斷絕，爹娘應該也會原諒我。即使不原諒我，背負不忠不孝的污名墜入地獄，我也不在乎。

認眞展開調查後，沒想到輕易就有了結果。志津被送回村井家半個月後，之前一直在觀察村井家動向（應該說，是在觀察藩內目付（註二）動向）的那群犯人，也開始鬆懈。他們似乎以此爲傲，拿志津那件事向人吹噓。

栗山城下不大，仍有煙花巷。當初，風聲就是從這裡走漏。不久，從尋歡的人口中傳入市町，藩內的人很快知曉。

——那個牛女果然乏味。

註一：一種妖怪，擁有女人的頭和牛的身軀。

註二：官名，相當於監察官。

——她有一半是女人，沒辦法當牛用。如果不是我們加以調教，她會一輩子孤獨怨嘆啊。

——我們可是功德無量。

「居然說這麼沒人性的話。」

阿近在「黑白之間」聽過不少恐怖的故事，也聽過殘忍的故事。這是第一次聽聞如此低俗又沒人性的行徑。

「這三人是常結伴遊蕩的年輕武士。」

當中兩人是藩內高層的役方（註一）統領之子，一人是先手組（註二）內的與力（註三）之子，三人常同進同出。

「他們都不是家族的長男，全窩在家中尚未成親。儘管出身名門，但想必是滿腔鬱悶無處宣洩。」

發生志津那件事的半年前，他們才酒醉引發鬥毆，各自遭父親狠狠訓一頓。但他們沒學乖，甚至變本加厲，做出更大的壞事，根本不必手下留情。

阿近想起，一開始清左衛門說過——栗山藩人心渙散的程度相當嚴重。

雖然這些青年前途未定，畢竟也是出身名門，卻總是做一些超出惡作劇範圍的壞事。還得意洋洋地向人吹噓。他們認爲就算說出口，也不會產生任何影響。打從清左衛門年輕時，栗山藩便瀰漫著這種氣氛。

不知是主君沒有作爲，還是主君底下的重臣擅自操弄朝政，陷在無法跳脫的貧窮泥淖中，憤怒緩緩堆積在藩內每個人心中。無處宣洩的怒火，最後便燒向容易發洩的對象，是嗎？

欺凌弱者，乃人世之常。上級武士欺凌一般武士。有錢人欺凌窮人。男人欺凌女人。大人欺凌孩子。
爲了暫時忘卻沸騰無處化解的怒火，及導致肉體靡爛的倦怠，人們對弱者動粗、凌虐、嘲笑。
那一刻，人將會自我沉淪，不配爲人。
「村井大人，您如何處置那三人？」
面對那三個不是人的東西，您做了什麼？
「我殺了其中一人。」
對方是先手組的與力之子。他是首謀，常侵犯婦女，前科累累，素行不良。有一段時間被拒於藩校和道場門外，是空有武士之名的無賴漢。
其餘兩人是首謀的道場同門，於是清左衛門看準他們上道場的時機，正大光明地提出決鬥的要求。
「以一敵三嗎？」
「是的。」
清左衛門清晰應道。
「我斬殺首謀，兩名同夥棄刀逃跑。道場的師傅出面勸阻，我才收刀。」
——到此爲止，夠了。

註一：對行政、家政組織的一般稱呼。
註二：負責維護治安的單位。
註三：輔佐性質的官職，類似現代的警察署長。

剩下的兩人撿回小命，但在正大光明提出的決鬥中，竟以背示人，還棄刀逃逸，身爲武士，可說與死無異。不，比互砍致死還不名譽。」

「道場是藩士秉持武士的本分，修習劍術或槍術，磨練精神的地方。道場的庭院，遭私鬥的血玷污。我打算切腹謝罪，師傅攔下我。」

——村井清左衛門交給我看管。

「村井大人，該怎麼說……」

阿近不想表現得太輕率，一時不知該如何接話。

「您對劍術很有自信吧。」

清左衛門豪邁地笑：

「有多少自信，我也說不準。只不過，我曾是那道場的代理師傅。」

哦，原來如此。阿近暗鬆一口氣。

「家臣私鬥，不論理由爲何，輕則切腹，重則斬首。對於村井家斷絕香火一事，我早做好心理準備，只希望志津能活下去。所以，我懇請師傅轉達一句話。」

——不能死。

「之後，我成爲待審之身，在衙門的監獄裡待約四十天。」

遲遲無法決定清左衛門的懲處。

「重臣意見分歧，一再引發紛爭，連凡事僅會吩咐一句『要妥善處理』的主公，似乎也舉棋不定。」

延宕許久，得到意想不到的判決。

「我的身分降為下士，擔任山奉行麾下的山番士，派往北部領地的洞森村。」

執勤三年，若能平安下山，便可重振村井家，清左衛門也能再次被拔擢為小納戶末席。

「山奉行是管轄領內山林的衙門。山番士是底下的下級官員，負責山村的警衛工作。雖然名義上是保護村民不受強盜和野獸的侵害……」

其實監視村民平時有無怠惰，防止村民逃離，也是很重要的一環。貧窮的栗山藩，山村更是一貧如洗，常有村民會逃離。

「這算是大家避之唯恐不及的職務之一。話雖如此，畢竟是私鬥斬殺對手的家臣，這麼輕的處分已是特例。」

——會不會背後有什麼算計？

「我也想過，該不會是將我遣送到山裡，讓那三人的親屬，或逃走的另外兩人來取我性命，挽回名譽吧……」

不，背後有更為怪異的緣由。

被帶離監獄的村井清左衛門，在擔任山奉行與力的元木源治郎宅邸裡，住了幾天後，啓程前往洞森村。

這時，清左衛門多出一個同僚。是半個月前在城下與人鬥毆爭執，想逃出領地時，遭逮捕帶回，負面經歷豐富的二十歲年輕武士，名喚須加利三郎。

利三郎是番方徒組的砲術隊一員，也就是所謂的槍砲手。須加家在他祖父於江戶擔任砲術指導時，便被前任藩主納為藩士，一家都專精砲術。

那起鬥毆爭執的始末，是利三郎未經許可，便在城下與同僚比賽遠距離射擊，爲了輸贏起口角，演變成雙方互毆，就很多層面來看，可說是素行不端。的確，利三郎是好強的年輕人，從面相也看得出，此人個性急躁易怒。但他的槍砲本領，確實有過人之處。

換句話說，這次判處前往洞森村的兩人，分別是劍術和槍砲的高手。洞森村需要武藝過人的山番士嗎？

與力元木源治郎算是退休的老翁。他讓清左衛門和利三郎並肩坐在房內，娓娓道出村裡的情況。不過，他有不少缺牙，說話不時漏風，不太容易聽懂。

「洞森村位於領地北邊的生吹山中，又分爲上村和下村。上村有十二戶，下村有十戶。」

當初是爲了種植檜木，才開闢出這座村莊。村民種植旱稻和燒製木炭營生，並認眞投入植林工作。這項事業早在三十年前展開，但往往進一步退兩步，或是進兩步退一步，遲遲不見進展。

「生吹山地形險惡，氣候嚴峻。一旦下雨，馬上造成土石流。只要風一吹，森林便整個吹倒。夏天頻頻鬧旱災，而寒冬的嚴寒期，又降下驚人的大雪，不只村民住的破屋，連山奉行的駐屯地也幾乎遭大雪掩埋。雪崩時常發生，勉強可從山麓通行的唯一道路也被大雪封斷。」

老與力口齒含糊地道出驚人的事實。

「我從城裡帶來的酒，才一晚就完全結凍。」

當然，村民的生活一點都不輕鬆。有人活活餓死。而且，不是一、兩次，也不只是死一、兩人。

「爲什麼一直要在這種地方設置植林村？」

利三郎展現出急躁的個性，插嘴問道。老邁的與力晃動鬆弛的臉頰回答：

「主公沒下令停止，重臣也沒建議放棄植林。」
因爲檜木可賣出好價錢。
「那也要種得起來啊。」
利三郎帶著怒意尖聲反駁，清左衛門警告：「你先別說話。」
「有意見嗎？你這個切腹不成、不知羞恥的傢伙。」
利三郎突然針鋒相對。好一個愛逞凶鬥狠的傢伙。
「說到尋死不成、不知羞恥，你也不遑多讓啊。」
利三郎的臉頓時紅得像煮熟的章魚，元木源治郎張開缺牙的嘴，哈哈大笑。
「兩位要爭吵，只能趁現在。去了洞森村，再怎麼不情願，還是得互相幫助。」
這番話透著不吉利，清左衛門與利三郎面面相覷。
「洞森村的人不好惹嗎？」
「上村和下村常有紛爭嗎？」
面對連番問話，老與力也不知有沒有聽見。
「有人逃走，也有人喪命。」
他語氣平淡，口齒不清地說道。
「不過，兩個村的人數都不會減少。只要勞動人口一減少，就會從其他地方調來新的領民。」
來到洞森村的人——被送來的領民，除了從其他村莊召集的農民外，還有逃亡者、盜賊、殉情沒死的一方等等，都算是罪犯。
「原來如此，果然是危險的村莊。」

利三郎突然露出開心的神情，如此低語。那模樣彷彿在說，正好讓我大顯身手。

「這樣就需要強悍的山番士。」

正是如此——元木源治郎口齒不清地應道。「這四、五年來，檢見役都只在秋收時來到洞森村，巡視和護衛的工作全仰賴山番士。」

洞森村原本設置兩名山番士，如今這兩個位子皆空缺，才派清左衛門和利三郎過來。

檢見役是檢視作物的生長情形，以決定年貢收取多寡的職務。既是藩內的要職之一，對農村和山村而言，更是冷漠、可怕的監察官員。

可是，他卻只在秋天上洞森村，也就是在收取年貢時造訪。

「這裡交通不便，年貢又少。來再多次，都是白費力氣。」

根本是官員怠惰吧？

「先前的山番士職位為何會空缺？」

「其中一名叫戶邊五郎兵衛，像輕煙一樣消失無蹤。另一人……」

名叫田川久助。去年初秋，他連滾帶爬地逃下生吹山。

「一人下落不明，一人擅自下山嗎？」

「是的，這也是沒辦法。」

因為他發瘋了。

「他才二十三歲，與兩位年紀相近，但聽說頭髮全白了。」

清左衛門和利三郎不再面面相覷，而是像約好般，緊盯著老與力。

「根據田川的說法……」

——有妖怪。

「洞森村有妖怪。」

室內頓時籠罩在沉默中。

須加利三郎笑出聲。他誇張大笑，甚至取出懷紙擤鼻涕。

「失禮了，這根本是騙三歲小孩的怪談嘛。」

「真是這樣就好了。」

老與力眼神迷濛，彷彿刻意佯裝平靜。清左衛門覺得有隻冰冷的手從背後摸了他一把。

「元木大人，您住過洞森村嗎？」

「住了兩年左右。」

當時村莊剛開闢不久。

「我沒遇見妖怪。雖然深切覺得洞森村是貧困之地，生活大不易，但除此之外，並無問題。不過，隨著歲月的流逝，村子產生巨大的轉變。」

變成一個讓年輕的山番士發狂、逃離的地方。

「你們也可以逃走。只要逃走，便無法擔任藩士。但要是發生不得不逃的事，你們大可下山離去。」

不知何時，須加利三郎收起笑容。

「究竟發生什麼事？」

「我說過了，有妖怪。至於詳情，我也不清楚。」

這個話題暫時打住。

「你們入山的一切準備，就在我的住處張羅吧。不准與家人見面道別，不過，我可代爲傳話或書信。」

之前身陷牢獄時，上級不允許清左衛門與妹妹會面或書信往來。但他透過別人得知，志津還活著，投靠母親的親戚，勉強度日。

清左衛門託人送信後，隔天志津馬上回覆。打開用紙緊緊包裹的東西一看，是布製的護身符，裡頭放著一縷黑髮。是志津的頭髮。

有人說，女人的頭髮連岩石都綁得住。今後哥哥將以山番士的身分，進入險峻的山中執勤，志津剪下頭髮，祈求他能平安完成三年的任期，重回城下。

——這頭髮是我的性命所繫。

捱過三年，就能重振村井家。兄妹倆又能重拾清苦卻安穩的生活。這份願望成爲內心的支柱，他暗自發誓，絕不逃走，不畏艱難。

接著，村井清左衛門登上洞森村。正值天寒地凍的漫長嚴冬接近尾聲，生吹山頂附近可能發生雪崩，微微飄起一陣雪煙。

洞森村當眞是一貧如洗。

清左衛門已做好心理準備，但村裡比他想像中貧困。一天兩餐只吃雜穀或地瓜菜粥，很少看到白米。種植旱稻收成的少許稻米，全充當年貢上繳。

檜木林旁，男人燒製木炭，女人種麻紡紗。產出的木炭和麻線也一度充當年貢上繳，再以整體銷售金額的四成左右賜予農民，但這筆收入每年都用在購買檜樹苗及維護所需的肥料和道具上，洞森村的人很長一段時間忘記如何用錢交易買賣。

要闢田種植旱稻、地瓜、豆子、蔬菜，會先在初春放火燒山。燒除灌木和雜草，將火灰鋤進土中充當肥料。這種耕作方法破壞山林樣貌，並不可取，但若不這麼做，明年育種用的稻子、地瓜、豆子會長得非常瘦弱，導致收穫量下滑。

上村和下村幾乎是同樣的標高，位於廣闊的洞森內。上村即是原本的洞森村，下村則是在植林五年後獨立出的村莊。正確來說，應該是「先」村和「後」村。兩個村莊相距約三里，上村位於生吹山七合目（註）的東南邊斜坡處，下村則位於西南邊斜坡。

山番士的駐屯地——話雖如此，其實和村民住的房子一樣是木板屋頂，疊上石頭的小屋，四周架起木板圍牆作作樣子，並立起栗山藩的旗幟，僅僅如此。地點位於上村，要巡視下村時，得穿越森林，來往於四里長的山路上。視天候和季節而定，有時一天無法來回，便會在下村住一宿。下村也有爲此設置的小屋，以前會豎立旗幟，後來遺失了。檢見役並未怪罪他們對主家大不敬。因爲檢見役只會到上村，下村別說是去，根本不曾進森林檢視植林狀況。所以，大家都不懂檢見役的功用，也不懂植林的目的。

果眞如同元木源治郎所言，沒人裁示「停止植林」或「思考新方法」，僅是心不在焉地做著同樣的事。

如果實際檢視就會發現，檜木林並非完全沒生長。固然有些地方因土石崩塌或雪崩而泡湯，但也有些地方平安無事，只是森林培育耗時費日。洞森村的人們要是能耐心等候那天的到來，這項事

註：將山分成十等分，由下往上數約第七等分的位置即爲七合目。

業應該會有不錯的發展。

清左衛門和須加利三郎從小住在城下，第一次經歷山村生活，起初驚訝連連，當中幾件事令他們覺得——這村子有點古怪。

首先，村內沒有老人和幼童。或許是生活環境太嚴苛，嬰兒和幼童無法長大，一般人也無法長命，活到堪稱老人的歲數。年紀最小的是十一歲和十三歲的一對兄弟，年紀最大的是四十多歲的男子，此外看不到年紀更小或更大的人。他們全爲了生存而工作。

這裡也沒病人，從未看過誰身體不適。

駐屯地有先前兩名山番士留下的人口調查簿。沒分上村和下村，依序記載來到洞森村的日期、人名、姓名、出身地，至於村裡的亡故者、逃亡者，則是在名字旁畫條線，內容相當簡單。不過，新到任的清左衛門和利三郎細看調查簿，逐一確認村民身分後，又是一驚。

元木源治郎提過「上村十二戶，下村十戶」，但與其說是住戶，不如說是能住人的小屋數目。實際上，上村有二十四人，下村有二十一人。這四十五人當中，三組人之前就是夫妻，兩組是姊妹，另外三組分別是父子和母子。其餘皆是單身分發至此，與在這裡失去丈夫、妻子、孩子的人一起共組家庭。

元木源治郎說，被送來洞森村的領民中，有逃亡者、盜賊、殉情沒死的一方之類的犯罪者。經過詢問，確實不少有前科，或遭連坐處分的倒楣親屬。

不過，大部分的村民都是在領地內的其他農村或山村，參與一揆的活動、繳不出年貢，或逃亡時被捕，也就是反抗藩政，擁有前科的農民。單身人士尤其顯眼，或者缺了一部分家族成員，也是理所當然。

「這村子幾乎等同牢獄。」

利三郎驚訝地說道。清左衛門則為元木源治郎那番話，背後隱藏的黑暗面感到沮喪。

四十多歲，最為年長的男子，名叫欣吉，是洞森村的村長。欣吉是從藩國領地內的農村來開墾的一般領民之子。三十年前，他、父母和弟弟登上生吹山。換句話說，最早的墾荒者，如今只剩他一人。

「大家都死在這裡。」

最早的墾荒者成效不彰，接著改由「有前科」的人入住。儘管如此，如果全是農民倒也還好，偏偏混雜完全不習慣耕田的市井罪犯，一併送來此地。

對欣吉他們這種純正的農夫造成困擾。

「連鋤頭的用法都得從頭教起。」

一旦有人吃不了苦逃亡，追捕就是山番士的職責。不過，生吹山內有熊和山犬出沒，有時為了植林或農耕而進入山中，還會遭遇野獸攻擊，所以絕不能深入山中追捕。

「反正不管是誰，在山裡都會迷路，無法活命。」

不是被野獸吃掉，就是餓死山中。

人口普查也是在檢見役前來時進行。逃亡或死亡減少的人數，會趁此時進行確認，接著會送來新的墾荒者，但不見得馬上會到。

「因為人手不足，有時還會請山番士大人幫忙田裡的工作。」

植林姑且不談，種植自用的地瓜和豆子的農務，山番士必須幫忙。先前的兩名山番士也常下田工作。

「好一個滿是土味的職務。」

利三郎表情歪曲，十分不滿。清左衛門並不特別排斥農務，他感到怪異、在意的，另有其事。

據欣吉所言，前任山番士戶邊五郎兵衛和田川久助，似乎也在駐屯地待了三年。至少欣吉是這麼說的。這兩人似乎都不像清左衛門和利三郎，有「切腹不成」的原因，只是以山奉行麾下山番士的身分，理所當然地接任職務。

他們究竟發生什麼事？

由於太過可怕、不祥，繼任的山番士才會挑選清左衛門和利三郎，像這種原本死罪難逃的對象。

——有妖怪。

就算問欣吉，他也是一問三不知。不過，聽說是在一個一如平時的秋日，兩人突然從駐屯地消失。

「我以爲他們出外巡視。」

欣吉一直等他們回來，數天後，一隊全副武裝的山番士從城下上山。

「他們告訴我，田川大人發瘋下山，戶邊大人下落不明。我們完全不清楚發生何事。」

事情的前後經過，清左衛門和利三郎是初次聽聞。令人驚訝的是，那隊前來駐屯地的山番士，在上村四周花費半天的時間搜索，始終不見戶邊五郎兵衛的蹤影，便離開村莊。

「從那之後，到我們上山期間，村裡都沒有山番士嗎？」

「是的。」

「既沒山番士，又沒人負責監督，不管發生什麼事，都沒辦法保護你們。如此一來，你們也能下山，爲何不這麼做？」

面對清左衛門的詢問，欣吉露出不像四十多歲男人的清澈眼神，天眞無邪地應道：

「我們沒辦法在其他地方生存。」

只能生活在這個村莊，死在這個村莊。

「我們是山裡的一分子。」

「所謂的妖怪，簡單來說，會不會是對生吹山的一種比喻？」利三郎問。

那是開始融雪，微風送暖的春日。清左衛門和利三郎一同穿越洞森，從上村前往下村。

兩人皆戴著斗笠，身披簑衣。雖然是晴朗的好天氣，仍不時有浮雲從枝葉繁茂的洞森上方縫隙掠過。生吹山的氣候多變，而且這個時節寒氣仍重，出外需格外小心。除了佩刀，清左衛門還帶上斧頭，利三郎則揹著火槍，拎著裝有火盤（註）和彈藥的皮袋。

到下村巡視，理應是一人前往，一人留守駐屯地。但尚未習慣這座山林的清左衛門和利三郎都沒把握單獨行動。既然村長欣吉那麼說，就算駐屯地空著沒人，也沒人會想逃走吧。

——只要兩人同行，遇上妖怪也能壯膽。兩人心照不宣。

「我眼力比較好。」

利三郎總是走在前頭。此刻在泥濘的道路上，他小心翼翼踩穩每一步，目視前方說著。

「爲什麼這座山會是妖怪？」

註：舊式火槍裝塡火藥的部位。

「不論是險峻、深邃，還是凍人的寒氣，都宛如地獄。不像人間應有之物。」

所以才會是妖怪之山。

「沒想到你竟會吐出懦弱的話。」

利三郎聞言，板起臉。

「我哪裡懦弱！與其像你這樣什麼都往壞處想，編出一套複雜的緣由，我這樣乾脆多了。」

我只是說出大自然很難對付的事實罷了——利三郎慷慨激昂地反駁。

生吹山這一帶，遼闊的森林鬱鬱蒼蒼，白天同樣光線昏暗，一旦踏入其中，宛如置身洞窟，才會博得「洞森」的稱號。裡頭雖然有不少鳥類棲息，但鳥鳴聲聽起來又高又遠，還會伴隨獨特的回音。第一次聽聞，清左衛門心中浮現一個念頭：

——那不是鳥叫聲，是鳥的靈魂在鳴叫。

各色樹種交錯，幾乎完全遮蔽陽光的濃密森林。確實既神祕，又不好對付。

這是他們第四次到下村巡視。之前剛到駐屯地時，積雪仍深，無法走進森林。多年來踩踏形成的道路掩埋在冰雪底下，為了當路標保持一定間距砍伐的樹枝，也被冰雪包覆，不易辨識。嚴寒時期，除非有特殊的急事，村民不會走這條路上。

「那麼，危難發生要如何通知？」

「升起狼煙。」

他們是太悠哉嗎？未免太不方便了吧。這是洞森村另一個怪異的地方。為什麼要分成上村和下村？住在深山中，愈是生存不易，眾人愈該聚在一起生活，會比較安心吧。他們卻刻意分為兩處，實在令人費解。

他們住在上村，前往下村查看後，有此深切的感受。兩地並沒有哪一方特別便利，或水利特別好，土質鬆軟的程度也沒多大差別。不論植林或種田的勞力都充足的情況下，才需要兩處據點，以洞森村的現狀來看，分成兩邊沒半點好處。

「大概是雙方鬧翻吧。」

性格急躁的利三郎如此認定。清左衛門一度認爲確實有這種可能，但造訪下村後，感覺完全不是這麼回事。帶領下村二十一名居民的，是年紀約三十出頭的男子，名叫悟作。他似乎一切事務都很倚賴最早來開墾的欣吉。

悟作十五歲時，和弟弟一同被送來此地。不出所料，兩兄弟是父母遭斬首遺留的孩子。那年鬧荒災，繳交的年貢不足，還私藏稻米，村裡有一半的成人不是遭處刑，就是被關進水牢，死在獄中，當眞慘絕人寰。

清左衛門百思不解，於是詢問欣吉和悟作，分成上村和下村有什麼好處？悟作回答「這個嘛……請去問村長吧」，完全搞不清楚狀況，欣吉則又露出孩童般的眼神表示，分兩邊是比較謹愼的做法。

「居民全聚在同一個地方，要是遇上雪崩，將會全滅。」

或許眞是如此，但那麼可怕的雪崩應該不會輕易引發。爲了因應鮮少發生的情況，強忍不便和不安，硬將村子一分爲二並非上策。

村民對山番士順從又恭敬，與不習慣山林生活的清左衛門和利三郎相處，也未顯露鄙視的目光，甚至主動教導和協助。談及前任的戶邊五郎兵衛和田川久助充滿懷念，同情他們的遭遇。由於在植林村一起過著嚴苛的生活，存有一份超越身分階級的親近感。

不過，一問到兩人逃亡或失蹤的事，村民的說詞和欣吉完全一樣。戶邊和田川只要撐過那年冬天，就任期屆滿，換句話說，他們在上村的駐屯地已度過兩個冬天，而在第三個冬天即將到來時，突然心生畏怯，感到排斥，展開逃亡，實在不合理。清左衛門問他們有何看法，他們不是側著頭回答「嗯，您說的是」，就是語帶含糊的應一句「眞教人同情，南無阿彌陀佛」。

「這村裡的人，沒有深入思考的智慧。」

利三郎馬上做出這樣的結論，清左衛門瞄他一眼，獨自沉思。

還有一件事屬於不同的「怪異」，但在清左衛門眼中，一樣透著危險。

上村的駐屯地理應會有戶邊五郎兵衛和田川久助撰寫的日誌，卻都沒留下。

不限於山番士，在地方任職的官差都會寫日誌，當成紀錄存檔。如果不小心遺失，甚至會遭到問罪，可見多麼重要。然而，在洞森村的駐屯地遍尋不著。不光前任兩人的日誌，連之前的日誌也不見蹤影。

可能是田川發瘋下山後，那群全副武裝前來的山番士所爲。爲了不讓戶邊和田川的日誌中的內容外洩。

——換句話說，要隱瞞眞相。

看過前任兩人的日誌，便能明白他們遭遇。就算沒能查明細部，好歹能看出大致的梗概。山奉行（或是藩內的更高層）不希望這種事發生。之前的日誌被帶走，可能是爲了不凸顯出兩人的日誌遺失一事，也可能是以前的日誌中的記述隱含線索。

只能說「可能」，無法肯定，令人很不甘心，但清左衛門心想，這樣的推測應該沒錯。不過，這麼一來，又衍生出許多匪夷所思的問題。

官差寫的日誌是公開的紀錄。如果是山番士，每天的天候都是重要的記錄事項，還有工作的進展狀況、有人生病或受傷時的詳細經過、遭遇野獸攻擊的始末等等。簡而言之，上頭記載全村的相關事宜。

所以，日誌不能瞞隱真相。萬一發生「什麼」，卻僅有兩名山番士知曉，這是不可能的情況，村民應該都清楚。

那麼，難道村民也被下了封口令，要他們守口如瓶？即使清左衛門這種愛打破砂鍋問到底的人窮追不捨，都不能吐實。

——話說回來，村裡的人並未顯露怯色。

原本就關在宛如監獄的村裡，封口令根本一點都不可怕，是嗎？

「我們已無法在其他地方生存。」不管發生什麼事，村民只能緊攀著洞森村不放。

既是這樣也莫可奈何。清左衛門是意外撿回一命，被送來這裡的人。捱過三年就能復職，再度和志津一同生活，緊緊抱持這份希望就行了。

然而，不安與疑惑卻在他的胸口揮之不去。

在找到清左衛門和利三郎這種可當棋子、用過就丟的人選前，山奉行一直沒送山番士上洞森村，擱置不理。

他就是這般畏懼村裡的「某物」。元木源治郎對此應當有所瞭解，才會說「你們也可逃走」。

——有妖怪。

倘若妖怪是在村外，倒還無妨。清左衛門最擔心的，是妖怪在村內，不，可能村子本身就是妖怪。村民不是被下令封口，而是祕密就在他們身上。

「我們已無法在其他地方生存。」

欣吉流露孩童般清澄的眼神說出這句話，因爲他們自己就是祕密，就是禁忌。戶邊和田川逃離駐屯地，該不會是意外碰觸禁忌吧？

前往下村進行第三次巡視後，他覺得一直藏著這個想法很難受，於是小心翼翼地愼選用詞，向利三郎說出自己的想法，對方卻回一句「你想多了」。

「這裡的人光是要謀生已竭盡全力，不會做壞事。」

利三郎還說，戶邊和田川應該是去年秋天出外巡視時，在山上迷路。

「然後遇到在冬眠前四處找食物的熊，或是因獵物減少備感飢餓的山犬，遭受襲擊。」

他們死裡逃生，戶邊死在某處，田川勉強逃下山，在恐懼和衰弱之餘，變成一頭白髮，並且發瘋。

「山奉行害怕，是知道洞森村開墾至今將近三十年，一旦在生吹山上迷路，連山番士也會遭遇慘事。」

「那麼，日誌的消失怎麼解釋？」

「好不容易找到像我們這樣，很適合在山中監獄般的嚴峻村裡生活的山番士，乾脆重新來過，舊的紀錄就算銷毀也無所謂。況且，對於我們這種暫時派任的山番士，前任山番士的日誌根本沒有參考的意義。」

雖然是性格急躁的人常有的想法，不過利三郎腦筋動得很快。他不斷搬出道理，愈說愈激動。

「說到底，你根本就是害怕。」

他嗤笑起清左衛門。

「藉由胡思亂想來掩飾自身的怯懦，我不欣賞這種人，不值得信賴。」

於是，兩人之間形成一條鴻溝，儘管寬幅狹窄，沒必要刻意跨越，但仔細窺望會發現深不見底。

——原來如此，只要把這座山當成妖怪，就不會感到不安。

利三郎想順利捱過三年，回到城下復職，好好發揮砲術方面的本領。爲此，他要盡快讓自己平靜下來，耐住性子。所以，不斷提出質疑的清左衛門，想必讓他看了就心煩。

實際上，兩人來到上村的駐屯地已過六十天，除了日誌不翼而飛，倒沒發生任何怪事。他們完成人口普查，記住村民的長相和名字。至於下村還沒什麼把握，不過平日一起生活的上村民眾，他們不會認錯人，也逐漸明瞭每個人的性情及在村裡負責的工作。

雖說已是末期，但突然在嚴冬登上生吹山，率先體驗利三郎口中的「地獄般的寒氣」，或許反倒好。由春轉夏，山村裡的生活應該會愈來愈輕鬆。而村民順從的情形，在農村動亂遠較他藩頻繁的栗山藩內，不是很值得一提的優點嗎？

儘管有些不是滋味，但清左衛門打算今後要仿效利三郎的作法。心境上會如此轉變，也全拜春天的氣候之賜。人的心情會受太陽左右，影響程度遠遠超出想像。

第四次巡視抵達下村時，引發一場小騷動。聽說昨天一早，村莊附近有熊出沒。

幸好無人受害，只是隔著草叢隱約可見黑色獸毛。悟作率領男丁前往調查，發現地上殘留許多腳印，尺寸與男人的手掌相當，研判是成年的高大野獸。

「從冬眠中醒來的熊饑腸轆轆，有時會靠近村莊。」

謹慎起見，昨晚在重要的據點升起篝火，女人全聚在同一幢小屋。

「下村有槍手嗎？」

村裡有一把老舊的火槍，但沒人會用。以前有個槍手，但已亡故。

「那麼，等熊再次出現，只好由我開槍射殺。」

大致檢視完畢，須加利三郎表示會在下村停留一陣子。

「順便仔細重新找尋日誌。」

在上村，想得到的地方都找遍了。而在下村，山番士住的小屋也檢查過，但其他地方尚未進一步查看。

「要是有人代為保管，或許會因此發現。」

清左衛門認為不太可能，不過……

——不，就算找不到日誌，搞不好能從中知道些什麼。

在順從的村民眼中，利三郎的急躁不算是缺點，倒顯得做事俐落可靠。比起總是思慮周詳，神情陰沉的清左衛門，利三郎個性開朗，容易親近。要是利三郎單獨留下，或許會冒出一些口風不緊的人。

「那就交給你吧。」

來到村莊後，兩人第一次分開行動，但利三郎神色自若，甚至很開心。

——哦……

清左衛門頓時明白。

下村的二十一名住戶裡，有九個女人。當中一對姊妹花，分別是二十歲和十八歲。姊姊來到村莊後已成婚，妹妹至今仍單身，與姊姊夫婦同住，名叫阿峰。

進行戶口普查時，經詢問後得知，三年前姊妹倆的老家失火，一家人被活活燒死，倖存的兩姊妹被趕出村外，成為洞森村的墾荒者。

從一開始，利三郎就十分同情兩人，對待阿峰尤其溫柔，每次見面都會主動打招呼。每次他來巡視，阿峰也會馬上停下手邊的工作，上前問候。看著利三郎的舉止，清左衛門不是感到「怪異」，而是可疑，顯然並非不當的揣測。

阿峰穿著好幾件領口和袖口都磨破的衣服，髮絲僅僅攏成一個大包頭。儘管臉和手腳略帶髒汙，十八歲的阿峰仍散發著青春少女的迷人光輝。此刻，她凝望著說要收拾熊的山番士，雙眼散發熱切的光芒。利三郎心知肚明，臉上喜不自勝。

獨自返回上村的清左衛門，取來避熊的響器，配戴在腰際，趁天還沒黑趕緊穿越洞森。所謂的響器，是取下一截短竹子，剖成細絲，綁成一束，村民稱為「沙沙」。的確，走起路會不斷發出沙沙聲。

一路上只有這聲響伴隨，他邊走邊沉思。

——須加並非好色之徒。

長達兩、三年的時間困在窮鄉僻壤，山番士和村裡的女人走得近，是很有可能的事。以人性來說，完全不發生這種事才不自然，只要不是女方極度排斥，村民應該會默許。

待在洞森村的期間，山番士擁有暫時的妻子，日後對方懷孕也是理所當然。

——孩子出生後會怎樣？

之前，像這樣出生的孩子，也和村民的孩子一樣，無法在嚴苛的生活中長大，早早夭折嗎？

——沒人活下來嗎？

漫長的三十年裡，一個都沒有。

這些孩子不是形同罪犯的村民所生，他們的父親是山番士，是藩內的家臣。雖非正室所生，孩子身上畢竟流著武士的血脈。

——沒有哪位山番士珍惜流有自身血脈的孩子，想帶回城下養育嗎？

清左衛門突然停下腳步，蹙起眉。

——還是，這是禁止的行爲？

所以，孩子全白白死去？

現今在洞森生活的人，清左衛門大致曉得，接下來該認識死者了。他有種恍然大悟的感覺。從最初的墾荒到現在，究竟死了多少人？誕生幾名嬰兒，又成長到幾歲？最長的壽命是多少？單憑駐屯地的戶口名簿，根本無從得知。若想挖掘往事，只能逐一訪問村民。來試試吧。與其一個人四處查探，疑神疑鬼，不如進一步挖掘洞森村的歷史。

趁著停頓的空檔，村井清左衛門歇一口氣。一直專注聆聽的阿近，趕緊查看鐵壺裡的熱水。

「我先詢問欣吉，得知洞森村的習俗。要是孩子沒能長到十歲，一概不會登記在戶口名簿上。」

換句話說，滿十歲前不會當人看待。

「江戶也有『在七歲前都算是神之子』(註)的說法吧？」

「是的。」阿近頷首。「在我老家那邊的川崎驛站，也有類似的俗語。」

孩子的性命就是如此無常。那些在七歲前就升天的孩子，會葬在只有幼童的墳裡，當中帶有希望他們能早日投胎轉世的企盼。

「不過，在洞森村卻得等到孩子長到十歲，才認定是我們陽間的人。這表示不是將他們視爲生命的數量，而是勞動人口的數量。」

七歲仍是靠大人養的年紀，但到了十歲，就能幫忙除草或繞線筒。如果是男孩，還能帶著一起進森林。可充當勞動力者視爲人，倘若不行，便不算是個人，其中有明確的分界線。

「看村裡的墓地就一目瞭然。不分嬰兒、孩童、大人，全葬在一起。既沒墓碑，也沒像卒塔婆之類的東西，只是黃土堆成的土塚。」

看起來像是隨便埋葬，彷彿在說死去的人不會工作，沒有任何用處。這種做法太冷漠無情，清左衛門臉上浮現怒色，向欣吉質問。

——那樣會遭野獸啃食。

「逐一挖地埋葬容易引來熊、山犬、老鼠，於是集中在同一處，掘深後下葬，再把土夯實，小心翼翼防範野獸破壞。」

——村井大人，您可能不曉得，野獸會先啃食屍體，然後記住人肉的味道。

「這麼說，倒也合理。」

「但還是有點無情。」

清左衛門頷首，望向阿近。

「不過，總覺得欣吉平淡的口吻中，帶著一股哀傷。」

註：往昔孩童容易早夭，有一說稱七歲前是神明寄放在人間的孩子，隨時可能帶走。

「您的意思是……」

「死去的人已不在這裡，終於能離開洞森村，從此解脫。所以，沒必要供養他們。我彷彿窺見他的心聲。」

活著的人反倒痛苦。

「眞正開始嘗試探尋洞森村的歷史後……」

每天村民都爲了農務及維持生活所需忙得不可開交，要一一攔住他們，好好和他們當面聊，實在困難，而且……

「大家口風都很緊。」

連最早來墾荒的欣吉也總說印象模糊，不記得以前的事，不願透露。

——又要人口普查嗎？我們沒人撒謊，請您諒解。

「我太性急了。」

形同監獄罪犯的村民，對山番士畢恭畢敬，不等於親近信賴。

「要是不先融入洞森村的生活，和村民同甘共苦，沒人會向我透露以前的事。」

即使沒這麼貧困、封閉，其他的山村或農村也都是如此。

「這需要時間。當我下定決心，要拿出滴水穿石的堅忍精神進行調查後，說也奇怪，三年感覺也沒那麼漫長了。」

「就您一個人嗎？」

清左衛門露出苦笑。「我跟須加提過，但又惹來一頓訕笑。」

——眞是個怪人，隨便你吧。

「因為須加愈來愈忙。」

靠近下村的那頭熊，十天後再度現身時，遭利三郎擊斃。他的槍法確實一流，先一槍擊中身長五尺（註）的成年野獸的胸膛，讓牠倒地，再一槍貫穿牠的眉間，奪取性命。

「目睹那可靠的山番士英姿，下村的村民欽佩不已，阿峰更是高興。」

以此為契機，利三郎和阿峰結下露水姻緣。

「從那之後，利三郎都隻身前往下村巡視，而且次數頻繁，鮮少回上村。不過我的工作也因此變得輕鬆許多。」

我期待利三郎發揮在下村的人氣，請他想辦法讓下村的村民開口透露祕密，他卻遲遲沒有作為。

「須加得到阿峰後，原本只有忍耐的三年任期，多了些樂趣。他可能是感到心滿意足吧。」

圍繞著兩名前任山番士的謎團，他已完全失去興趣。

「夏初之際，選在生吹山一年中白天最長的日子，我們請欣吉帶路，二度入山找尋下落不明的戶邊五郎兵衛。」

利三郎一直在等候他自豪的火槍登場的機會，對搜索顯得意興闌珊。

——現在找也沒意義吧。

「儘管如此，透過那次的搜索，我和利三郎都大致瞭解洞森一帶的地形。」

要越過洞森，繼續登向山頂，就算是夏天也一樣困難。生吹山中，有陡峭的斷崖、險峻的山脊

註：約一五一公分。

線、深淵，足以吞噬人的險要之處多不勝數。

「戶邊是被這座山吞沒了。田川久助發瘋，但能平安來到山腳下，實在幸運，我真切感受到這一點。」

像這樣一步步踏穩，清左衛門不斷累積在洞森村當山番士的生活經驗。那年秋天，檢見役一行人帶著畏怯的神色（如果不是清左衛門想太多）上山。

「看到我和須加平安無恙，檢見役大為驚訝，接著發現村裡一樣貧困，村民仍舊平安度日，也同感驚訝。」

儘管如此，檢見役似乎還是鬆了口氣，於是待他大略視察過農作狀況，收完年貢後，清左衛門試著詢問日誌遺失的事。

「對方聞言，突然又露出驚恐的神情，悄聲反問我。」

——果然又不見了嗎？

「詢問後得知，去年秋天，那隊山番士全副武裝前來洞森村時，日誌已遺失。」

這麼一來，是兩名前任山番士從村裡失蹤後，日誌跟著遺失。

「恐怕是村裡的人拿走，或遭到銷毀吧。」

「沒錯，我重新思索此事。」

兩名山番士逃離的原因，就在村裡。

果然，這村莊本身就是個謎。

妖怪就在村裡。或者說，村子本身就是妖怪。

「無法贏得村民的信賴，就問不出任何線索。另一方面，對村民的猜疑積累在胸口，我的內心無比難受。」

看著利三郎和阿峰猶如夫妻般生活，悠哉度日，他有時會感到羨慕。

「尤其是漫長的寒冬到來，我幾乎都困在上村，須加則是困在下村。除了猜疑之外，我的心底又增添幾分孤獨。」

清左衛門只能不時取出志津送的護身符，緊握手中，勉勵自己。

阿近想到一個難以啓齒的問題，猶豫著不知該如何啓齒。

「您是不是在想，我在村裡有沒有遇上阿峰這樣的女孩？」

清左衛門觀察敏銳，阿近頓時羞紅臉。

「冒昧想著這種事，眞的很羞愧。」

「不，哪裡的話。」

清左衛門沒遇上這樣的對象，倒是和居住在上村，堪稱是洞森村年紀最輕的兩兄弟變得熟識。

他們是十三歲的富一，和十一歲的千治。

「這對兄弟是在他們十歲和八歲那年來到村裡。」

兩兄弟的父母原本在城下經營一家雜貨店，有個醉漢在店裡纏上女客，父親爲了阻止與對方發生衝突，被帶往衙門。

「雖然是醉漢的錯，但對方是城下一名放高利貸的商人，惹上他算是自己倒楣。」

對方在藩內的顧客眾多，在衙門裡也吃得開，一直堅稱是他們的父親主動挑釁，還害他受傷，大言不慚的堅稱自己沒錯。

「兄弟倆的父親馬上遭到逮捕。他們的母親替丈夫說話，反駁是放高利貸的商人滿口胡言，同樣被逮捕。經過一番嚴刑拷打，夫妻皆被判處死罪。」

「太過分了……」

阿近忍不住低語，清左衛門也壓低聲音：

「聽說在處刑後，雜貨店遺留的少許財產，全歸那名高利貸商人。若不是和衙門的官差勾結，絕不可能辦到，當眞是喪盡天良。」

失去父母和家庭的富一和千治，跟祖母一同被送往洞森村。但年事已高的祖母耐不住山村嚴苛的生活，短短幾個月便駕鶴西歸。

「這麼說來，只剩十歲和八歲的孩子相依爲命嗎？」

「欣吉充當兩人的父親，而且上村的村民很照顧他們。富一是個聰明的孩子，可能早就曉悟今後只能在村裡生活。孩童能做的工作，他都會主動幫忙，一路守護弟弟長大。幸好兄弟倆皆擁有健壯的體格。」

清左衛門認識他們時，十三歲的富一的面貌和體型都猶如成人，十一歲的千治與住在城下的同年齡孩童相比，身材也結實許多。

「富一負責植林和砍伐，千治負責田裡的工作，雖然住的是簡陋的小屋，但兄弟倆一切都打理得很好。」

儘管如此，清左衛門會和他們熟識，還是因爲他們懷念城下的生活，常央求他講城下的點點滴滴。想到他們心中的感受，便替他們難過。

「富一說，希望有朝一日兄弟倆能一起下山，到某個商號學做生意，日後要重新掛上雜貨店的招牌，還想替父母立墳。」

清左衛門下定決心，要平安完成三年的任務，重振村井家，到時再一併收養這對兄弟。

「村井大人，對您來說，這是很大的勉勵吧。」

「是的。以那時的年紀，我還無法當他們的父親，但我當自己是叔叔或年長的大哥。」

栗山藩人心渙散，連掌管秩序和治安的衙門官差都收受賄賂，藐視正義。既然如此，至少我要盡本分。跟兄弟倆一起在洞森村活下來，重拾原本該有的人生。清左衛門如此堅定信念。

「千治雖然能像大人一樣工作，辦事可靠，仍有天眞的一面。我送他自製的竹蜻蜓，他愛不釋手，是個可愛的孩子。」

另一方面，這對兄弟在生活上也給予清左衛門不少幫助。千治教他草鞋和雪鞋的編織方法，富一教他以竹子製作簡單的釣竿，在山溝釣魚，然後剖開做成魚乾。

春天、夏天、秋天，都在生吹山生活，而邁入冬天，村子遭到冰封後，清左衛門常和兩兄弟投入鏟雪作業，順便互丟雪球嬉戲。

「不過，從雪深的十二月中旬到二月，須加都待在下村，我則是獨自待在駐屯地。我常找兄弟倆來，教他們讀書寫字。」

待雙方混熟，關於上村的過去，及前任兩位山番士的種種，也比較容易開口詢問，但從這對兄弟口中並未聽到什麼特別的消息。果然孩子就是孩子。

儘管如此，和他們聊天依然愉快。

「我在身心方面，能平安度過第一個冬天，全多虧有他們。」

待生吹山顯現春天的預兆，雪逐漸融化時，冰封的日子宣告結束。

「我馬上前往查看下村的情形，當時欣吉也同行。」

洞森村仍積雪深厚，道路泰半都爲冰雪覆蓋。

「欣吉在前頭帶路，不時告訴我哪些地方常雪崩，及融雪後路會變得不好走，千辛萬苦抵達下村……」

下村的村民沒什麼改變，但……

「阿峰懷孕了。」

她的肚子微微隆起，也有害喜的症狀，不會有錯。阿峰有些憔悴，她姊姊也流露擔憂的神色。山番士和村裡的女人要是有了孩子會怎樣？清左衛門心中的一項疑惑，在眼前上演。

「那麼，須加大人呢？」

「他開心不已。」

清左衛門十分困惑。

「我問他，以你的身分立場，該爲此高興嗎？他回答說，當然高興啊，我有必要顧慮誰嗎？」

——我在城下又沒妻兒。等三年的勤務結束，我會帶著阿峰和孩子一起下山。

「既然如此，就沒必要瞎操心，我不禁鬆一口氣。」

不過，這麼一來，須加利三郎便完全待在下村不走了。

「最後，他說『下村由我負責，上村就交給你』，一點都不難爲情。跟阿峰過著形同夫妻的生活，將下村的統領悟作晾在一旁，儼然一副村長的姿態。」

依下村的婦女研判，孩子應該會在夏末出生。春、夏兩季比較不會爲糧食發愁，阿峰和嬰兒一定撐得過去。

「須加似乎很開心，我也跟著感到歡欣。回程途中，我不由得向欣吉吐露興奮的話語。」

——欣吉，這名即將誕生的嬰兒，是洞森村的希望，得好好養育。

欣吉沒回答，也沒一絲笑意。不過，不是因村裡的女人和山番士發生關係，爲這樣不檢點的行徑感到歉疚。

「他只是沉默不語。」

他的沉默，在清左衛門心中留下一道暗影。

另外，還有一件奇怪的事。

「富一和千治說，他們沒去過下村。有一天，我突然心血來潮，打算趁巡視的機會，帶他們前往下村。」

儘管長久以來都分上村和下村，其實兩地同屬洞森村。好歹該去見識一下。

「然而，欣吉認爲萬萬不可。」

——一旦歸屬上村或下村，就不得更改，這是規矩。山番士大人，請務必體諒。

「看著村長嚴肅的神情，兩兄弟大爲怯縮，我也不再堅持。但我心裡納悶，向欣吉詢問，他僅堅稱不能這麼做，沒說明原因。」

向其他村民打聽後得知，能往來上村和下村的，在上村唯有欣吉，在下村唯有悟作。

「大家似乎不覺得奇怪。光是爲了應付平日的生活已竭盡全力，況且沒什麼重要的事，得特意穿越洞森前往另一村。女人異口同聲地表示，在森林裡迷路非常可怕。」

這藉口聽來頗有道理。

「不過，上村有幾名男子，雖然不是欣吉這般的開村元老，但也相當資深。面對我的詢問，他們露出慌亂的神色。」

像是有話想說，清左衛門頗爲在意。

「村井大人，與您感情不錯的那對兄弟呢？」阿近問。「關於不能去下村的原因，當初村長怎麼解釋？」

清左衛門流露令人一震的犀利目光，凝睇著阿近。「問得好。」

兄弟倆回答，村長吩咐他們不能去，而且洞森既深邃又可怕。

「接著，千治不經意補上一句。」

——要是在森林裡迷路，會遇上妖怪，所以很可怕。

遇上妖怪。

去年秋天，發瘋回到城下的田川久助曾說：

——有妖怪。

阿近倒抽一口冷氣，注視著清左衛門。他向阿近點點頭。

「『妖怪』意外登場，我一陣緊張，進一步追問，千治一愣，只說是村長以前提到的。富一哈哈大笑，調侃弟弟，說那是編造的故事。」

兄弟倆吵了起來，清左衛門不得不出聲喝斥，忙著勸架。

「洞森確實深邃，生吹山也有多處險要的地形。如果欣吉是要防止孩童誤闖，刻意編出這樣的故事，倒是不無可能。將恐怖的事物比喻成『妖怪』，是常見的情況。」

所以，不能過度聯想。然而，偏偏又忍不住產生聯想。

「我問兄弟倆，是否向前任山番士的戶邊大人和田川大人提過妖怪的事？兩人互望一眼，搖搖頭。」

——因為他們架子很大。

「千治再度天真無邪地說了這麼一句，富一窺探著我的神情。」

——這也難怪，畢竟我們是罪人。

「雖然是孩子，言語之間仍帶著不滿和不甘心。」

先前兩名山番士對村民相當苛刻，擺出高高在上的姿態。

「這是村裡的大人絕不會吐露的眞心話，於是我趁勢追問。」

——先前的兩名山番士，都是在去年秋天突然從村裡消失，對吧？

——嗯。

——知道他們為何會消失嗎？

——不知道。

「我認為兩人並非隱瞞，而是眞不知情。他們的神情就是那般坦然。」

不過，富一提出一件清左衛門未曾聽聞的事。

——不過，在他們消失的幾天前，戶邊大人不舒服，一直在駐屯地裡躺著。

——不舒服？哪裡不舒服？

——不清楚，村長去探望過他。

「對於兩位趾高氣昂、態度冷漠的山番士，兄弟倆恐怕是漠不關心，但村長肯定知情。於是，我隨即上門質問欣吉。」

然而，欣吉一概裝糊塗。咦，有這件事嗎？一直躺著？我不曉得有這麼回事呢。

「我內心非常焦急，一陣火大，忍不住攤牌。」

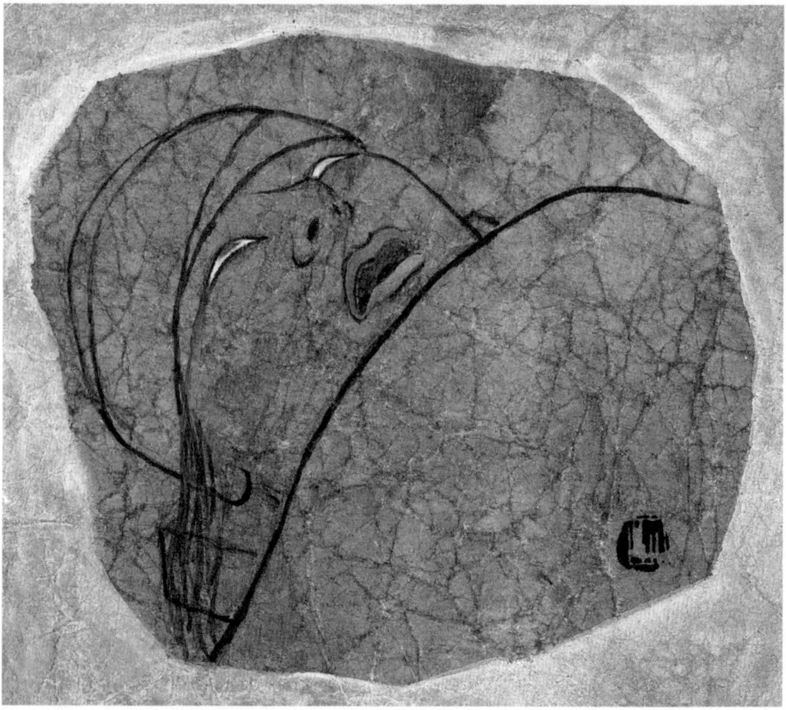

——駐屯地裡的山番士日記不見了。欣吉，是你拿走的嗎？這村裡的事，你是不是有所隱瞞？

欣吉聞言，眼神轉爲空洞。那不是想說謊的眼神，也感覺不出半點邪氣。接著，他發出和空洞的眼神無比相稱，失魂般的聲音應道：

「村井大人，再繼續追查下去，您會下不了山。」

坐在阿近面前講故事的清左衛門，回憶著遙遠的往事，雙頰緊繃。

「聽聞那番話，再目睹他的表情，我頓時怒火全消。全身寒意湧現，雙臂直冒雞皮疙瘩。」

太可怕了。

「身爲武士，受到威脅而怯縮，實在是顏面無光。可是，當時我卻一語不發，默默退下。」

清左衛門重重嘆氣，低下頭。阿近暗想，他是在激勵自己繼續說下去。

「要是能一直維持那樣就好了。」

他壓低聲音道。

「欣吉不是在威脅我。那是由衷的建言，因爲我沒有能耐背負起洞森村之謎。」

那年梅雨季即將結束時，村井清左衛門領悟其中的道理。

「一夜大雨後，山溝突然暴漲，富一在泥水中溺水。」

事發時，清左衛門不巧前往下村。回到上村時，千治哭得眼睛都腫了，緊緊抱住他。

「村井大人，我哥快死了。」

富一躺在欣吉的小屋裡。清左衛門趕過去，看到他的傷勢，頓時僵在當場。

水位暴增的山溝泥水，夾雜著沙石、岩石碎片、斷折的樹枝。沒頂的富一渾身是傷，單腳斷折，右肘以下的胳膊僅靠皮肉懸掛著，背脊似乎也受到重創，身體扭曲成古怪的形狀。

他還勉強能呼吸。氣息短淺急促，幾乎只吐不進。眼睛微張，泛著淚光。嘴巴微開，舌頭外露。守在枕畔的欣吉臉色蒼白。

「他怎會變成這樣？大人都在幹什麼？」

由於雨停了，包括富一在內的四人到剛植林的開墾地探查狀況。途中，富一好奇蓄滿泥水的山溝，靠近細看，同行的大人勸他別再前進。

——哇，危險。

正當富一準備折返，腳下的立足地崩塌，連同土沙遭水流吞沒。

「大人們拚命順著水流追過去。」

他們拚了命想救富一。好不容易將富一救離水面，讓他嘔出泥水，恢復呼吸，才揹著他回到村裡。

不管再怎麼呼喚，富一都沒反應。碰觸他臉頰，無比冰冷。可能是在泥水中翻滾時，被樹枝刺中，傷口頗深，血流不止。

「得將斷折的骨頭接上，縫合傷口，加以止血。」

「我們不會啊。」

「既然如此，趕緊找醫生過來。」

「村裡沒醫生。」

「我去城下帶人來！」

清左衛門激動得脫口而出，猛然回神。不論有任何理由，擅自離開村子，就無法達成任務。他想重振村井家、重新擔任小納戶末席的心願，也將幻滅。

欣吉彷彿要安撫清左衛門的不安和猶豫，溫柔到有點可怕地勸道：

「村井大人，麻煩您照顧一下千治。雖然擁有成人的體格，他內心仍是個孩子。不能讓他目睹哥哥死亡。」

「只能眼睜睜看著富一嚥氣嗎？」

「約莫是撐不過今晚了，我會守著他的。」

清左衛門垂頭喪氣地離開，另一名女子進屋。她捧著洗到泛白的浴衣，應該是要讓富一穿上。

——是那孩子的壽衣吧。

清左衛門雙膝發顫。千治來到小屋外頭，一屁股坐在地上。上村的村民遠遠圍著欣吉的小屋。女人低聲哭泣，男人頹然垂首。

直到哭得累了，千治也沒吃飯就睡著。清左衛門陪在一旁，一夜無眠。

天亮後前去探望，富一一息尚存。

並非有好轉的跡象，只是處在彌留狀態，但在清左衛門的眼中，這是希望之光。富一是個身強體健的孩子，不，他已有年輕人的體格，或許能度過難關，恢復健康。

「欣吉，有沒有湯藥或膏藥？之前你們受傷或生病，都是自行醫治的吧？快幫他治療。」

欣吉緩緩點頭。

「村井大人，請待在千治身邊。他和您很親近，麻煩您了。」

清左衛門和千治待在駐屯地時，村裡的女人送來雜燴粥。

「千治，別再哭了，吃飯吧。富一一定會好起來的。要是你先倒下，那怎麼行呢。」

千治哭哭啼啼地吃著雜燴粥。清左衛門在駐屯地的爐邊教他念佛，面向西邊合掌，祈求佛祖及兩兄弟已前往西方淨土的父母拯救富一。清左衛門自己也跟著膜拜，虔誠祈求，卻無法達到毫無雜念的境界，不停與內心的迷惘對抗。

爲了救富一的性命，捨棄自身的未來也無所謂嗎？

到城下帶醫生過來，只要花一天的時間，今天就能辦到。因此放棄重振村井家也無所謂嗎？

——志津，妳會原諒我嗎？

迷惘重重壓在胸口，充塞內心的糾葛害他喘不過氣，眼前忽明忽暗。

傳來嘩啦啦的雨聲，清左衛門回過神。早上明明已放晴，現在卻天色昏暗。他望向窗外，發現烏雲密布，遠方劃過一道閃電。

梅雨季的尾聲，常有突如其來的雷雨。每年皆是如此，但此時他對雷雨感到忿恨不已。

千治坐在爐邊打盹，雙手落在膝上，仍維持合掌的姿勢，臉頰殘留幾道淚痕。

清左衛門的心中，湧現一股強烈的情感。

我要救富一。這對兄弟經歷太多殘酷的遭遇。再讓千治變成孤零零一人，未免太可憐。

雨聲愈來愈響，雷電大作，四周暗如黃昏。

遠處雷鳴轟隆。

——抱歉，志津。

我要下山。

清左衛門深深吐出一口氣，取下掛在土間牆上的斗笠和簑衣穿上。既然下定決心，就刻不容緩。

穿過駐屯地的木門，外頭空無一人。在層層烏雲通過前，村民應該都會待在小屋裡。

綿密的雨幕前方，可望見欣吉的小屋。立著遮陽擋風的葦簾上，濺起大顆雨粒，無比喧鬧。

——富一，在我回來前，你要撐住。

清佐衛門大步跨向泥濘的地面。突然間，大雨中出現動靜。他托起斗笠外緣，望向前方。

欣吉的小屋葦簾旁，佇立著一道奇怪的身影

——是誰？

他腦中首先浮現這個念頭，是因對方穿著簑衣。那應該是人，但模樣詭異。

對方戴的不是斗笠，而是筒狀的竹籠。由於是像塗上煤灰般漆黑的竹籠，看不出長相。

身高比清左衛門矮。簑衣長至腳踝上方，下襬露出不合時節的雪鞋。

「你是誰！」

清左衛門厲聲叫喚。那人轉身就跑，簑衣上的雨水彈開。

「站住，你是什麼人？」

對方從欣吉的小屋逃向隔壁的小屋後頭，清左衛門追上前。漆黑的竹籠在模糊村裡景象的豪雨中，一路逃竄。

「等等，站住！」

一路追到村子外圍，清左衛門被地上的泥濘絆住，跌了一跤。他隨即重新站穩，抬起頭。置身豪雨中，雨水宛若瀑布，沿斗笠的外緣流下。

那名怪人已消失不見。

逃進森林了嗎？不過，他的動作未免太迅速了吧。明明下著大雨，路面又泥濘，他卻絲毫不受影響，迅如疾風，消失得無影無蹤。

那會是誰？以那身裝扮出現在這裡做什麼？是從欣吉的小屋出來的嗎？或者，是在窺望屋裡的動靜？

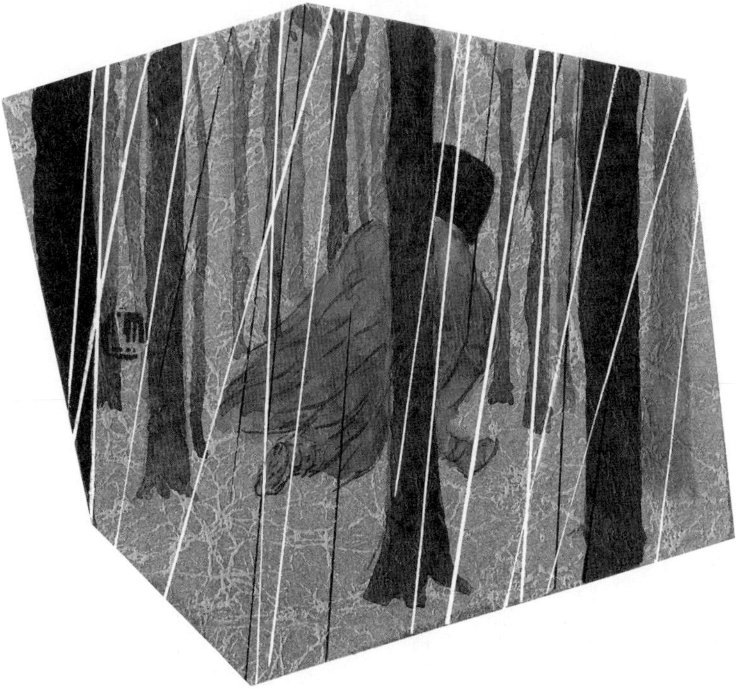

清佐衛門愣在原地，背後突然傳來慌張的聲音。
「千治，快過來，你哥不行了。」
村裡的一名男子在駐屯地前叫喚千治。仔細一看，欣吉小屋的大門敞開，村民不畏大雨，聚集在門口。
其中一人看到清左衛門，搖了搖頭。
「富一！」
清左衛門踩著泥水，奔回欣吉的小屋。千治也同時趕到。
富一已嚥氣。那貝殼般的眼皮，及痛苦喘息的嘴巴，全都緊閉。
「哥！哥！」
千治的哭聲在雨聲中響起。
儘管於心不忍，富一仍依上村的慣例，由村裡的男人埋入亂葬墳地。孤身一人的千治，改為投靠欣吉。
上村有人逝世，必須通知下村，也得請在下村的須加利三郎來一趟。清左衛門跟著欣吉來到森林裡的某處高地，點燃狼煙，升起一縷輕絲。雷雨過後，天空放晴，蔚藍無雲。
悟作和須加利三郎從下村趕來。悟作恭順地低頭不語，利三郎聽聞富一喪命的詳細經過後，感嘆著兄弟倆的身世。
「下次要投胎到更好的人家啊。」
利三郎望著朝亂葬墳覆土的作業，雙手合十低語。雖然傲慢又焦躁，他有著溫柔和重情義的一面。或者，他是將阿峰腹中日漸長大的嬰兒未來的命運，與富一重疊，產生聯想：我絕不會讓自己的孩子死在這種荒山中。

話說回來，戴著黑色竹籠的人，究竟是何方神聖？

那人待在欣吉的小屋外。你是不是看到什麼？是否知道些什麼？儘管如此詢問，欣吉仍一副搞不清狀況的樣子。

「不清楚……我一直陪在富一身旁，什麼都不知道。」

不僅如此，他甚至懷疑起清左衛門的話。村井大人，您會不會是第一次遭遇那樣的大雷，受到驚嚇，一時眼花？

「我是親眼目睹！」

在清左衛門的抗辯下，利三郎想起擱置許久的山番士本分，及兩名前任山番士的怪異遭遇。他展現認眞的態度，對此事產生興趣。

「他逃跑的速度那麼快嗎？」

「嗯，健步如飛。」

冷靜回想，那名怪人沒濺起一絲泥水，是穿著雪鞋的緣故嗎？

「當時突然下起大雷雨，下村的男人不是去森林就是在田裡，幾乎都不在村中。」

「上村也一樣。」

「既然這樣，人人都有嫌疑。」

只要戴起黑色竹籠，穿上簑衣，臉就不用說了，連體型也無法分辨。唯一的線索是身高，但比較的對象是清左衛門，包括利三郎在內，幾乎每個男人都符合。

「他戴著塗黑的竹籠，感覺很不吉利，像是在弔喪。」

富一下葬時，村裡的人都沒戴這種竹籠。
「在栗山領地內，也沒聽過這種習俗。」
說到這裡，利三郎納悶地側著頭。
「提到習俗，我見過紅色的狼煙。」
利三郎指的是富一去世前一天，也就是他在山溝溺水的那天。
「我問悟作那是什麼，他說是上村有人生病或受傷時的通知。」
森林裡有焚燒後會冒紅煙的樹葉，會預先蒐集，以備不時之需。
清左衛門馬上向欣吉和悟作確認，兩人都坦承這一點。
「因爲富一傷重，我燒起狼煙。」
「這不是通知要下村派人來幫忙嗎？」
「不，是在通報對方，有人生病臥床不起時，可能是罹患疫病，不要過來。」
原來如此，倒也合理。
清左衛門忽然發現一件事。洞森村一分爲二，禁止任意往來，如果是這個緣故，便能理解。雖然毀滅全村的大雪崩不常見，疫病卻常發生。即使不是馬上會害人送命的疾病，例如眼疾、腹瀉，但要是在山中傳開，村民一時無法應付，可能會迅速發展成奪走性命的嚴重情況。
「有沒有通知好事或吉事的狼煙？」
面對利三郎的提問，欣吉和悟作都搖頭。
「沒有。」
「那麼，日後我的孩子出世，還是只能穿越森林通報嗎？悟作，到時候就要麻煩你，代我向村井大人通報一聲。希望他能早點看到我孩子健康的模樣。」

開心地說完這句樂天的話，利三郎便返回下村。利三郎得到生存的動力，走起路虎虎生威，悟作低著頭跟在他身後。清左衛門望著他們步入洞森的背影，獨自留在原地。

那年夏天酷熱難當。連續日照導致地面乾裂，村民爲乾渴所苦。

富一去世後，清左衛門和千治變得疏遠，周遭就像熄了火，冷清寂寥。他比過去更深切體認到這裡的生活多艱難，咬牙獨撐。

正因如此，當晚風增添些許涼意，活潑的秋蟲輕聲鳴唱時，悟作從下村前來通報好消息，他欣喜不已。

「須加大人的孩子出生了。」

是個女孩。

「孩子和阿峰都平安吧。」

「是的。只是生產過程不太順利，須加大人十分擔心。」

清左衛門聞言，益發坐不住，連忙趕往下村。

「是清左衛門啊，來得正好。」

前往一看，利三郎面容憔悴。阿峰不僅生產不順，還足足痛苦三天三夜，而且出血嚴重，一度危及性命。「得讓她安靜休養一陣子。目前沒辦法餵孩子喝奶，她姊姊會陪伴照顧，煮米湯餵孩子喝。」

原來如此，利三郎居住的小屋土間上，堆著飽滿的米袋，一旁還吊著魚乾、鳥、兔子。

「這是要給阿峰吃的嗎？」

「嗯，當然。幸好我是槍手。」

聽說阿峰懷孕後，利三郎常拎著火槍進森林獵捕野獸。

「我得再加把勁，阿峰需要吃滋補的食物。」

驀地，一陣危險的寒風掠過清左衛門胸口深處。

利三郎疼惜阿峰和嬰兒，不難理解。但他帶著火槍在森林裡隨意捕獵，村民想必心裡不是滋味。這座森林並非獵場，而是植林和耕作之地。

況且，袋裡的稻米，理當是下村的人共享的貴重糧食。利三郎仗著山番士的身分，一人獨占。

——應該早點規勸他。

最近利三郎一直爲所欲爲。疼愛自己的女人，疼愛自己女人懷的孩子。

這是蠻橫的行徑。利三郎只想到自己，清左衛門將下村全權交給他負責的期間，下村的人恐怕累積不少反感和恨意。

清左衛門窺望村民的神情，發現他們悶悶不樂。嘴上說著「須加大人的孩子誕生，可喜可賀」，但每個人的眼神都不帶笑意，反倒流露一絲凶惡。

阿峰和姊姊原本就是弱女子。或許姊妹倆合起來才勉強抵得上一人的勞動力。如今其中一人懷孕，成爲孕婦，自然更不能充當勞力。明明沒工作，她卻還有飯吃。

眼下的發展，無疑是雪上加霜。產後復原狀況不佳，一直臥床不起的阿峰，及在一旁照料的姊姊，全不能工作，大家卻得供養她們。嬰兒也一樣。珍貴的白米，成爲孩子喝的米湯。等他長大，勢必需要更多食物，利三郎也會想多給他一些才對。

像這樣的人，不就是下村的負擔嗎？在洞森村嚴苛的生活中，擅自男歡女愛、擅自生子的山番士和他的女人，變成不必要的壓石，重重壓在村民身上。

利三郎是個年輕強健的武士，擁有傲人的槍法，同時具備山番士的權威，下村的人無法反抗。然而，人們的忍耐終究會有極限。一個人害怕不敢付諸行動，要是結合眾人之力……

趁著利三郎陪在阿峰和嬰兒身旁，清左衛門請悟作召集村裡的重要人物，向他們低頭鞠躬道：

「孩子誕生原本值得慶賀，但在此地恐怕不是這麼回事。增加各位的負擔，我和須加大人同感歉疚，還望多多關照。」

受召前來的村民盡皆無言。從他們的沉默中，清左衛門明白自己的擔心果然沒錯。

「要是遭遇什麼困難，隨時都能燒狼煙向我通報，不必顧忌。」

清左衛門如此吩咐悟作。接著，明知是白費力氣，他仍向利三郎曉以大義——既然見過孩子，你該暫時回到上村的駐屯地，專注於山番士的勤務。

利三郎起初只是微笑，當他發現清左衛門是在認眞說教，立刻脹紅臉，勃然大怒。

「上村是你的地盤，下村是我的。我不接受你的指使！」

「我們都是洞森村的山番士，不能爲所欲爲。」

「那你又如何？」

利三郎指著清左衛門，破口大罵。

「富一那孩子即將斷氣時，聽說你告訴欣吉，要到城下帶醫生回來，對吧？」

清左衛門一時語塞，「那是……」

「而且，你還眞的打算下山。欣吉告訴我，他親眼目睹你在滂沱大雨中，換好衣服走出駐屯地。」

被看到了嗎？當時的清左衛門應該是一臉悲慟吧。是從他的表情，猜出他的心思嗎？但此事透著怪異。如果欣吉從小屋往外望，注意到清左衛門，應該會知道他在追趕頭戴黑色竹籠的可疑人物，並向對方大喝「你是誰」。

「欣吉眞的那麼說？」

「騙你有何好處？」

到底是誰才爲所欲爲啊——利三郎厲聲咆哮。

「你要是下山，沒能攔阻你，我也算是失職。我們是生死與共的關係，這點你要牢記在心！」

這場爭執在兩名山番士之間鑿出一道深邃的鴻溝。之後，清左衛門仍會到下村巡視，但利三郎幾乎都不跟他交談。至於利三郎，僅在秋天檢見役上山收年貢時前往上村。等候檢見役到達之際，他在清左衛門耳畔低聲威脅：

「你可別想向檢見役大人告狀。」

「告什麼狀？」

「你應該憋了很多話想說吧？勸你不要。好不容易活到這個歲數，你只會害自己白白送命。」

我是槍手——利三郎補上一句。

「就算你沒特別強調，我也知道。」

「不過，你沒親眼見識我遠距射擊的本領。告訴你，從一町（約一一〇公尺）遠的地方，我能準確射中標靶上約一根拇指大的星號印記。」

即使距離兩町遠，我一樣能命中——利三郎頗爲自豪。

「我常在穿梭在洞森裡打獵，已摸熟這一帶的地形。當中有幾處視野佳，又方便立足的場所。

你知道這代表什麼意思嗎？現在的我，隨時都能射殺你。」

所以，你最好把嘴閉緊——利三郎嘲笑道。

清左衛門問：「阿峰和孩子可好？」

利三郎突然怯縮，不高興地回一句「不用你管」，別過臉。之後，他便一直避著清左衛門，不與他目光交會。

這年，檢見役看到兩名山番士仍舊平安無恙，大爲吃驚，似乎相當佩服，甚至出言誇讚。

「兩位都融入山中的生活，有著剛毅的面容。」

完成年貢的檢視和繳納後，清左衛門和利三郎稟報這一年來的狀況。檢見役相當關心富一的意外死亡。

「死因是在泥水中溺斃，換句話說……不是發生什麼怪事吧？」

簡單來說，不是遭妖怪殺害，對嗎？檢見役只關心這一點。

「舉凡妖怪、非人的異形之物、像鬼怪之物，都完全沒出現。」

利三郎毫不遲疑地回答，清左衛門卻沒默不作聲，提起頭戴黑色竹籠的可疑人物。檢見役聞言，不禁蹙眉。

「此事著實詭異……」

「是的，而且對方逃跑的速度飛快……」

利三郎馬上插話：

「那不過是在滂沱大雨中，村裡的某人穿著簑衣，拿起手邊的竹籠戴在頭上躲雨罷了。說什麼逃跑的速度飛快，也只是村井這麼認爲。恐怕是村井聽到雷聲，嚇得腿軟吧。」

「不，我沒有。」

「話說回來，沒帶狼牙棒當武器，卻穿著簑衣在雨中遊蕩，世上哪有這種妖怪啊。」

檢見役來回望著兩人，最後決定採納自信滿滿的利三郎的說法。他哈哈大笑，一臉放心地應道：

「須加的話一點都沒錯。」

檢見役的笑容，令利三郎的氣焰益發高漲。

「從前年融雪時節起，我便認真巡視，徹底調查洞森一帶。容我再次重申，我從未見過妖怪。我的火槍唯一一次發揮功用，只有去年春天射殺一頭威脅下村居民的山熊。」

「噢，這樣啊。」

「倘若誤闖深山，人們容易亂了心性，看到不該出現的景象。戶邊五郎兵衛和田川久助也是如此。戶邊失去性命，田川失去理智。總結來說，他們欠缺膽識，不足以擔任武士，才會落得那般難堪的下場。」

原來如此——檢見役用力往膝上一拍。

「我明白了。須加利三郎，你是名副其實的山番士，值得信賴。村井，你也要多多磨鍊膽識，畢竟還剩一年的任期。」

儘管少了富一，卻遲遲沒送來填補空缺的墾荒者或新的罪人。

「等你們在此地度過三年，山奉行大人應該會另有打算。」

生吹山和洞森都沒有妖怪。既然是這樣，就沒什麼好怕。一如以往，可以繼續推動墾荒者移民和植林。

「這樣一來，根本什麼也沒改變。」

清左衛門維持跪坐，不自主趨身向前，提出陳情。

「這村莊的生活太嚴苛，村民被遺棄在此，完全與外界隔絕。一旦出現富一那般的傷患，卻無法進行妥善的治療。因為村民缺乏相關的智慧，也不懂方法。」

那又如何——檢見役應道。

「洞森村原本就是這樣的村子。」

看著那毫不在乎的表情，清左衛門啞口無言。

「你和須加的任務，就是確認洞森村有無怪事發生。如果有怪事，便著手解決，讓一切和以前一樣，維持不變。」

檢見役語氣像在叮囑，簡要說明後，再度換上嬉皮笑臉。

「須加不是說此地沒有妖怪？這職務比當初想像的輕鬆，不是嗎？這麼一來，你們就能順利復職了。好好加油。」

檢見役下山後，利三郎也一派輕鬆地返回下村。

清左衛門感到有一把火在腹中悶燒。

只要平安活過這三年就行，所以才會想堅持到最後，但現在他火冒三丈。

太不負責任了。清左衛門已完全成為洞森村的居民，內心更加明白，貫徹山番士的角色，維持現狀，不做任何改變，才是不負責任。

——這是錯的。

洞森村在這裡，村民被關在這個地方，是錯誤的做法。這是施政不力。身為藩內的武士，不嘗試改變，只求守舊，不是應有的行徑。
「欣吉，你撒謊。」
受到跟利三郎和檢見役那場談話的影響，清左衛門有點自暴自棄，於是他毫不客氣地說出心裡的想法。
「那個不圖振作的檢見役，露出一派輕鬆的表情，但事情沒那麼簡單。還來得及，我要反過來利用戶邊大人和田川大人遭遇的橫禍。我、你，還有悟作，一起向上級陳情，就說生吹山有可怕的妖怪，不適合住人。」
沒錯，這麼做哪裡不對？不論是要解開謎題，或改善村民的生活，認真思考這些事會給誰帶來什麼好處？
謎團的答案與眞相，都不重要。眞正需要的，是煞有其事的謊言。這麼一來，村民就能獲救。
但欣吉聞言，既沒流露感激之色，也沒順著清左衛門的話加以奉承。
「別這麼說，等任期屆滿，請村井大人和須加大人都下山去吧。」
聽著他平淡的口吻，清左衛門益發認眞起來。
「不必擔心須加，我會說服他。不，我會講到他認錯。動用武力逼他屈服也沒關係。眞正的武士不該以槍法自豪，若是持刀對決，我絕不會輸給他。」
面對情緒激昂的清左衛門，欣吉只簡短應一句。
「很像您會有的想法。」
這樣是不行的。
「我也是一知半解，這麼說或許挺失禮，不過，要是沒能完成使命，您和須加大人會十分困擾吧。」

清左衛門彷彿遭迎面潑了桶冷水，不停眨眼。

「說、說這什麼話，我無所謂。」

無所謂才怪。不過，清左衛門還是很想改變現狀。

——志津一定能體諒我。

志津眞的希望重振村井家嗎？今後繼續待在栗山藩，妹妹會幸福嗎？明明沒犯任何錯，妹妹卻無端受辱，一生都會遭人指指點點，擔驚受怕。

是栗山藩的施政不力，容許惡事橫行。

我受夠了。

清左衛門腦中清楚浮現這樣的念頭，有種新鮮和驚奇的感覺。

我要帶著志津離開栗山藩，離開這塊土地。既然在生吹山能捱過兩個冬天，不管去哪裡都能活下去。這是他眞正的心聲。

「我只是想堂堂正正當個人，過著更好、更正當的生活。你呢？不會想逃離這種不合理的對待嗎？」

欣吉再度露出恍惚的眼神，彷彿望向清左衛門未知的遠方。

「請不要替我們擔心。村井大人，您多多保重，否則眞的會無法平安下山。」

之前也聽過這句話。完全沒有高低起伏的語調，充滿不祥氣息的聲音，和之前一模一樣。

「這話是什麼意思？」

清左衛門決定當面問清楚。

「繼續追查下去，會下不了山。你以前也說過吧？」

欣吉淺淺一笑。「哦，我說過嗎？」

「欣吉，你到底在隱瞞什麼？」

「我什麼都沒隱瞞。」

我只是擔心而已。

「即使是山番士大人，仍會生病、受傷，然後命喪此地。村井大人是了不起的人，我不希望您落得這種下場。」

接著，欣吉深深一鞠躬。

「我得去田裡了，恕我告辭。」

儘管繳交上年貢，工作告一段落，依舊無法悠哉度日。為了捱過寒冬，得盡量多儲備糧食。植林、耕種，僅僅是掙口飯吃，每天勞碌不休。

欣吉說，這樣就夠了。沒有山番士在的時候，也沒人想逃離。

每個人都放棄了嗎？

——我們是罪人，這也是無可奈何。

清左衛門緊咬嘴唇，獨自留在原地。

生吹山的秋季不長，冬季飛快到來。山脊剛出現一道白線，幾天後，洞森飄落雪花，很快化為銀白世界。

冰封的冬天降臨。對清左衛門而言，第二年的冬天格外難受、寂寥。

沒人肯靠近他。村民總是離他遠遠的。連替他準備飯菜的女人也一樣，不管怎麼搭話，她們只會不發一語，鞠躬點頭。欣吉吩咐過什麼嗎？如今千治也不會主動接近他。清左衛門每天巡視、寫日誌，孤零零地在爐邊添柴火。猛然回神，往往會發現自己整天沒和人說過半句話。

睦月（一月）中旬，連續放晴數日，凍人肌骨的北風狂吹，連酒也隨之結凍的寒氣直滲體內，這時突然下起大雪。

宛如一大塊冰層的雪地上，一再覆上新雪，容易引發所謂的表層雪崩。去年冬天有過經驗，清左衛門深知這一點。

仰望生吹山的地表，已覆上滑順猶如綢緞的雪衣。帶來大雪的雲層散去，藍天重現，眼前的景致堪稱絕景。但此時絕不能魯莽登山，更嚴禁發出聲響。只要拍手，或是一個噴嚏，就可能會引發雪崩。

「等這場雪再次凍結，一切就會平靜下來。在那之前，只能忍耐。」

清左衛門將欣吉的話牢記心中，撥開深及大腿的積雪，巡視上村四周後，返回住處，發現下村的方向升起紅色狼煙。

他急忙趕往欣吉的小屋，指著天空詢問原由。返照的雪光炫目，欣吉瞇起雙眼，呼出白色氣息。

「不曉得發生什麼事。村井大人，勸您最好別去下村。不管怎樣，此時要在森林裡行走相當困難。」

下村是有人受傷，還是生病？該不會是阿峰或孩子吧？清左衛門心神不寧，偏偏只能待在駐屯地。

然而，隔天上午狼煙再度升起。宛如不吉利的黑線般升起的狼煙，是通報下村發生緊急事態的信號。

不能再拖拖拉拉了。

「欣吉，我去下村一趟。」

幸好天空放晴，北風也停歇。只要進入深邃的洞森，突然遭雪崩壓垮的危險便會降低。

「既然如此，我與您同行。」

欣吉穿上踏俵（註）走在前頭，將雪地踩實，並不時以柴刀在樹枝或樹幹上做記號。清左衛門多次陷入雪堆中，得請欣吉拉他脫困。儘管戴著厚實的手套，十指仍凍得無法動彈，鼻子下方掛著小小的冰柱。

好不容易抵達下村，只見村民全聚在悟作的小屋裡。不，是受召集而來。窄小的屋子擠不下這麼多人，滿出屋外的人個個縮著身子。

看到村民的表情，清左衛門頗爲詫異。他們面露怯色，並不盡是寒冷的緣故。

「到底發生什麼事？」

在他的詢問下，小屋裡傳出一聲渾厚的叫喊。是須加利三郎。那滿是鬍碴的臉頰嚴重凹陷，唯有雙眼炯炯發亮。

「噢，你來啦！」

他一把抓起火槍，推開村民，像要分出一條路，步向清左衛門。

「清左衛門，那東西出現了。阿峰和我的孩子，被、被他幹掉了。」

小屋裡，悟作和阿峰的姊姊都弓著背。阿峰的姊姊眼皮紅腫，一和清左衛門四目交接，旋即雙手掩面。

接著，清左衛門看到了。

一張薄薄的被褥上，躺著纖瘦的女子和瘦小的孩童。兩人臉上都覆著洗到褪色的手巾。

「阿峰和孩子都死了嗎？」

「嗯，死了。他們都死了。」

利三郎滿是鬍碴的臉皺成一團，放聲哭泣。約莫是受到他的情緒影響，阿峰的姊姊又嗚咽起來。

「今天一早，天剛亮時，那傢伙戴著黑色竹籠，身穿簑衣，出現在此地。跟你描述的一樣。實在太突然，像在使妖術。」

之前富一剩一口氣時，那個詭異的傢伙也是在雷雨中突然現身。如今，他同樣出現在這裡。

「你親眼目睹？」

「我瞧見了，當時我就在這裡。徹夜不眠陪在母子倆身旁，只是去一趟茅廁，回來一看……」

那怪異的傢伙鼓起簑衣，覆在阿峰和孩子身上。

——你是什麼人！

「我揚聲大喊，對方馬上起身往外逃。我追在後頭，但對方的速度簡直迅如疾風。」

利三郎氣得跺腳。

「明明近在眼前，手一伸就能抓住對方的簑衣，最後仍眼睜睜讓對方逃跑，瞬間消失無蹤。」

註：農家利用稻草編出兩個圓筒，並在圓筒兩側綁上線，雙腳踩入後拉線輔助，就能在雪地行走。

接著，小屋裡的阿峰和孩子雙雙斷氣。

「可惡，可惡！就發生在我面前！」

利三郎怒不可抑，號啕大哭。

「清左衛門，幫我找出那個傢伙，大卸八塊！」

利三郎想必是夜不安枕，食不下嚥。他腳步虛浮，像紙人一樣弱不禁風。

「我知道了，你先冷靜一下。現在你的臉色和死人差不多。」

「那是害死阿峰和孩子的仇人，我非報仇不可。拜託，助我一臂之力。」

利三郎口沫橫飛地請求。他握住棍棒般，抓著那把火槍，但沒看到火盤和火藥袋。利三郎方寸大亂，難怪村民會面露怯色。

清左衛門將利三郎拖出屋外，村民馬上讓出路。他們的神情中，已沒有對山番士的敬畏和親近。清左衛門胸中充塞著哀傷和悲戚。

「全回自己的小屋去，誰都不准離開村莊。」

村民全低垂著頭，任利三郎咆哮：「我一定會找出犯人！做好覺悟吧！」

利三郎的小屋裡沒有絲毫火光的暖意，一片狼藉。髒汙的襁褓仍丟在水盆裡。

「你先坐下。」

儘管被清左衛門推著癱坐在地爐旁，利三郎仍口沫橫飛地說個沒完。

「以爲扮成那種滑稽的模樣，隱藏長相和體型，就不會暴露身分嗎？農民百姓的小聰明，簡直笑死人！」

「聽你的意思，這是村裡的人下的手嗎？」

利三郎雙眼充血，瞪著清左衛門。

「不然還會有誰？洞森這裡只有我們兩人和村民。」

村裡的某人戴著黑色竹籠，穿上簑衣，殺害阿峰和孩子後逃離——

「悟作那傢伙一直裝蒜，推託什麼也不知道。話說回來，打從那傢伙提議在他的小屋照顧阿峰和孩子的時候起，我就有些納悶。那邊日晒比較好，吹不到北風之類的，淨講些好聽話。」

利三郎雙手抱頭，咬牙切齒。

「當時我應該提高警覺，是悟作引那個人前來。不，不單是悟作，也許村裡的人都互相勾結，那個人才會那麼快消失。因為只要衝進任一幢屋裡，脫掉竹籠和簑衣就行。沒錯，一定是這樣。」

接著，利三郎發出「噢」一聲叫喊，雙目圓睜，搖晃清左衛門的雙肩。

「喂，富一那孩子死去的時候，八成也是用相同的手法！」

利三郎情緒激動，腦袋卻不糊塗。思考前後經過，清左衛門也認同他的話。

於是，導引出另一個令人背脊發涼的推論。

難不成……

清左衛門極力保持平靜，緩緩問道：

「阿峰和孩子的狀況不好嗎？」

利三郎熱淚盈眶，點點頭。

「阿峰產後恢復得不順利，時睡時醒，不斷反覆。」

由於沒喝母奶，孩子都不長肉，身體虛弱。

「偏偏又天寒地凍，感染風寒。約莫三天前起，她就沉睡不醒……孩子太虛弱，連哭都沒力氣。我很擔心，寸步不離地看顧。」

不料，就在他短暫離開的空檔，兩人都遭到殺害——

清左衛門的心一沉，默默思忖。

富一當時只剩一口氣，阿峰和孩子同樣離死不遠。

富一是村長欣吉陪在一旁，阿峰和孩子也有下村的統領悟作陪同。

然後，那個詭異的人出現，三人喪命。

富一或許能保住一命。但以他的傷勢來看，會對日後的生活帶來很大的影響。別說行走了，連獨自起居都有困難。

阿峰一直狀況不佳，孩子看來也不太可能平安長大。儘管如此，阿峰仍是山番士的女人，孩子仍是山番士的孩子，會在山番士的庇蔭下，獲得良好的食物，接受細心的照料。

在洞森村的其他人眼中，這三人的性命是負擔。

不能成爲勞動力，只會耗費人手和糧食的「累贅」。

生吹山嚴苛的大自然，洞森嚴峻的生活，不容許這樣的「累贅」。

那個詭異的人是何方神聖，目前還不清楚。究竟是經過怎樣的協議，由「誰」來扮裝，也不清楚。

但清左衛門明白「爲何」要這麼做。

就像疏苗一樣。

這是洞森村無法養育，只會造成負擔的生命，於是遭到清除。

爲了讓村子活下去而這麼做——非這麼做不可。所以，村長和統領才會在一旁見證。

「村井大人、須加大人。」

兩名山番士一驚，轉身望去，只見欣吉佇立在小屋門口。

「悟作似乎搞砸了，眞的很抱歉。」

清左衛門緊盯著欣吉，彷彿第一次見面。感覺和他平日熟悉的欣吉不太一樣。

「你在說什麼？」

「不過，不能全怪罪悟作。其實我也搞砸了，讓村井大人看到那個妖怪的形影。」

妖怪。

——有妖怪。

「原本絕不能讓山番士得知。」

這是洞森村的祕密。

「所以，我和悟作都會陪在一旁，仔細監看整個過程。」

果然，當時欣吉看到了。悟作也知情。

「我們一直隱瞞著，後來戶邊大人和田川大人卻出狀況。」

下落不明的戶邊五郎兵衛，及發瘋逃下山的田川久助。

「我們不斷搞砸。」

欣吉聳聳肩，不住搖頭。

「這種事或許不能再做了。」

他的眼神轉爲空洞。啊，第三次看到這種眼神——清左衛門暗想著。

「既然這樣，我就全盤托出吧。村裡的人都知道那個妖怪，只是我和悟作曾特別叮囑，所以上村僅有兩、三個待得較久的村民親眼目睹過，下村一個也沒有。」
不管怎樣，一切都由我，也就是洞森村的村長負起全責——欣吉說。
「請原諒其他人，拜託您。」
欣吉當場跪下。飄落簑衣上的細雪結凍，隨著欣吉簌簌發顫，散落土間。
距今二十六年前，包含欣吉一家在內，最早的墾荒者抵達洞森村。第四年的夏天發生一件事，成爲開端。
「村裡一名男子在割草時，不小心用柴刀割傷手臂。」
傷口很淺，又是二十歲左右的年輕人，只要纏住傷口並止血，便無性命之憂。當事者原本也安然無恙。
數天後，他的狀況卻愈來愈不對勁。
「他的傷口化膿，逐漸腐爛。」
洞森村的夏天炎熱，東西容易腐壞。
「他疼痛難耐，甚至發起燒，像是染上瘧疾。」
村裡沒有醫生，只能集結村民的智慧，一起想辦法。
「我爹說，這種時候得將鐵鏟前端過火，用來燒燙傷口。一開始就該這麼做。」
承受這種野蠻的治療方式，年輕人不住哭喊，痛苦萬分。
「我們希望能救他一命。」
然而，如同欣吉的父親的看法，或許還是慢一步，也可能是他運氣不佳。燒炙傷口形成燙傷的地方，又化膿腐爛，年輕人的胳臂腫得和圓木一樣粗。

「他全身癱軟，一病不起，而且不停喘息。什麼都吃不下，還大小便失禁。」

——這樣一來，只能讓他解脫。

「村長和男人們討論後，做出決定。」

——雖然殘忍，有時仍不得不這麼做。我會出面處理，希望各位能諒解。

「儘管當時我只是個孩子，但在我出生的村子，也發生過類似的情況。」

無法養育的嬰兒、無法工作的老人、恢復無望的病人或傷患，讓他們解脫，減輕村裡的負擔。

「實在沒辦法。即使年輕人勉強撿回一命，仍得一直照顧他，根本行不通。」

年輕人是跟母親一同來墾荒。母親向村長和男人們懇求，饒兒子一命。

「小犬由我照顧，我會養他，不會給大家添麻煩。母親淚流滿面，額頭緊貼地面，不斷磕頭。」

——可是，婆婆，您光是要養活自己就很勉強了。

爲了村子，爲了大家，請您忍耐。

「我爹說，這種時候要用白棉布。」

將白棉布沾滿水，用力按上臉孔。一旦無法呼吸，很快就會喪命。這是最輕鬆的方法，死得也乾淨俐落。

「由於丈夫和別人一起提出陳情，遭斬首處分，年輕人的母親才會流放到洞森村。兒子是她活下去唯一的希望，不久她便發瘋了。」

洞森村恢復原先的生活。嚴峻、貧窮，吃不飽也餓不死的一群罪人構成的山村生活。

「不過，那年冬天，爆發一場嚴重的流行性感冒。」

主要症狀似乎是咳嗽，一旦發咳，就會咳個不停，甚至到嘔血的地步。當中有三人的身體急遽衰弱。

「縱使沒遇上這些災禍，冬天的糧食也不夠。」

無法一次照顧三名不久人世的病患。

「於是，村長再度召集眾男丁，要大家抽籤。」

抽籤決定「除去」這三人的人選。

「這是爲了村子著想，爲了大家好。」

這些病患也有家人。有些平日是熟識，有些是情人的關係。

「村井大人和須加大人都算是城下的人，或許不清楚，但在山村或農村裡，發生這種事也不得埋怨，這是默認的規矩。」

遲早都會死，眾人已看開。

「要是一直懷著恨意，會被村民疏遠。這也是莫可奈何。」

不過洞森村的情況，與其他山村或農村不太一樣。

「我們不會與其他村子往來。」

洞森村完全孤立。

「沒人能逃離。」

村民全被關在這裡。

「在墾荒者當中，摻雜一些原本並非農民的人。」

爲了村子著想，必須清除成爲「累贅」的弱者，有人懼怕此一規距。

「所以……留下恨意。」
壓力大得喘不過氣的洞森村，變得更像牢獄，冰冷、緊繃的空氣，緊緊包覆村民。
「然而，我們只能在這裡生活。」
今後仍會出現這種情況，得做好心理準備。不過，若是秩序大亂，村子崩毀，危及更多人的性命，一切就完了。
「於是，村長拿定主意。」
將洞森村一分爲二吧。
「要重新開拓另一個村子，無法立刻達成。但如果不這麼做，恐怕撐不下去。」
「什麼意思？」利三郎問。他安分許多，眨了眨依舊布滿血絲的雙眼。
「將村子一分爲二，一旦發生狀況，便能互相分擔此一討厭的角色，約莫是這個意思吧。」清左衛門應道。
欣吉緩緩點頭，「沒錯。」
上村有必要採取行動時，由下村的人來執行。下村有必要採取行動時，由上村的人來執行。
「這樣一來，當親戚或熟識被解決時，留下的人就不會每天和下手的人碰面。」
欣吉的話聲沙啞。「如果不這麼做，大家都會很痛苦。」
「那麼，紅色狼煙是……」
「嗯，上村通知下村，或下村通知上村，希望對方派人過來。」
不得不送某人到彼岸，快穿越洞森來這裡。
每次男丁都會抽籤。

「過去的三十多年以來，發生過幾次這種狀況？」

欣吉緩緩抬起右手，屈指細數。他彎起五根手指，再度打開，又從大拇指彎起。

「夠了，不用數了。」清左衛門制止，欣吉的手垂下。

「即使不是病人或傷患，有時也不得不這麼做。」

欣吉彷彿在辯解，喃喃自語。

「例如，想偷糧食的人、愛動粗的人、懶惰的人……」

「我知道了，別說了。」

欣吉卻不肯停。

「這種時候，要是對方逃走就好了。」

生吹山會予以吞噬。

「否則下場會很慘。」

有人會因憤怒和恐懼大鬧，有人會哀求討饒。

「你剛才提到，此事原本不該讓山番士知曉。」

清左衛門望向欣吉。

「以前的山番士不可能毫無所覺吧。」

欣吉沉默不語，清左衛門繼續道：「大家都裝成沒看見。」

接著，他猛然想到，這就是日誌遺失的原因。

縱然未介入洞森村默認的規矩，但山番士應該會寫在日誌中，稟報上級。所以，前任的戶邊五郎兵衛和田川久助發生意外，引起騷動後，日誌才會遭人丟棄。

畢竟這是村裡的罪過和恥辱。

「這次是誰下的手？」

須加利三郎低吼，渾身不住顫抖。

「上村是誰抽中籤？殺死阿峰和孩子的是誰？快說！」

利三郎叫喊出聲，一把揪住欣吉，想扭住他的脖子。簑衣在兩人之間摩擦，發出沙沙聲。

「住手，你責怪欣吉也沒用。」

「少囉嗦！」

欣吉毫不反抗，任憑利三郎抓住搖晃。清左衛門發現，欣吉那見過好幾次的空洞眼神，及完全放鬆的表情底下，第一次浮現恐懼之色。

「不知道……」欣吉呢喃般應道。

利三郎咆哮：「這種時候，你還想隱瞞嗎！」

「我沒隱瞞，我們也不知道。」

那不是村裡的人——欣吉說。

欣吉的眼中，微微泛著淚光。

「那誰都不是。不過，是從山裡的某處前來。」

「開什麼玩笑！」

清左衛門擋在中間，分開欣吉和利三郎。接著，他抓住欣吉的胳臂，直視欣吉。

「欣吉，這是什麼意思？」

欣吉哭了起來。

「快說，什麼叫『誰都不是』？」
「這傢伙分明在鬼扯。」
利三郎再度撲上前想揪住欣吉，清左衛門用力往回推。憔悴又疲憊的利三郎跌了一跤，趴倒在土間。
「欣吉，快說。」
淚水濡溼欣吉的臉頰，及鼻子下方結凍的雪。
「一開始，是十年前的春天。」
上村誕生一個尚未滿月的嬰兒。母親出血嚴重，身體虛弱。
「我升起紅色狼煙。」
為融雪的生吹山藍天點綴色彩的鮮紅狼煙。
「接著，那傢伙就出現了。」
升起狼煙後，只過一個時辰，欣吉覺得對方動作眞快。
「由於森林的積雪融化，道路浮現，我以為對方是火速趕來。」
但造訪者的模樣怪異。頭罩塗上煤灰般的漆黑竹籠，身上穿著簑衣，腳下套著雪鞋。
換句話說，完全看不到長相。
「即使主動搭話，對方也不回答。不過，誰都不願擔任這種角色，之前的執行者也不太開口。」
「迎接執行者前來的一方，從不問對方名字嗎？」
「是的，不曉得對方是誰比較好。」

嬰兒和母親的「解決」工作，迅速處理妥當。戴黑色竹籠的人，來去同樣無聲無息。

「準備要掩埋遺體時，下村有人前來，自稱抽中籤。」

明明一切已結束。

「這麼一來，那又是誰？」

約莫半年後，來到夏末時節，換下村出現食物中毒的狀況。五人食物中毒，當中一人性命垂危。

看到下村升起紅色狼煙，欣吉沒進行抽籤，決定親自前往。當然，這是他對先前發生的事心存懷疑的緣故。

「我獨自穿越洞森。」

雖然繫在腰上的「沙沙」熱鬧地響個不停，欣吉的步履和心情都十分沉重。

他獨自拖著無力的腳步，走在蓊鬱的洞森小徑上，一道黑色身影如風般掠過視野一隅。

「我以爲是烏鴉，但並不是。」

那道黑色身影一再橫越欣吉前方，而且同樣是朝下村而去。

「我嚇到好幾次，定睛細看，不料對方也停下腳步，轉頭望向我。」

那是個模樣怪異的人。戴著黑色竹籠，身穿簑衣，腳踏雪鞋。

「佇立在森林中央。」

對方突然轉身，往前奔去，速度快得驚人，簡直是飛越森林。

「我想追上前，卻辦不到。」

欣吉心中驚恐，仍繼續前往下村。

「等我抵達，一切已『解決』。」

當時下村的統領不是悟作，而是一名更年長的男子。一見到欣吉，他差點嚇得腿軟，和半年前的欣吉一樣，吐出相同的話。

——這樣一來，那又是誰？

之後，同樣的情況持續發生。上村焚燒紅色狼煙後，欣吉就會遇見那個人。換下村升起紅色狼煙，上村也不會進行抽籤，欣吉都親自前往。接著，下村果然很快就「處理」完畢，因爲戴黑色竹籠的人總是早一步造訪。

「依我看……」

在淚水和鼻水都會結凍的寒氣中，欣吉欠缺抑揚頓挫地淡淡說著：

「山中的某處有第三個洞森村，那傢伙是從那邊來的。」

搞不好是生吹山的妖怪。

「託那傢伙的福，我們不必手染鮮血。」

那或許是生吹山的慈悲。

「俐落地奪走人命。」

不論對方是誰，是怎樣的東西。

「我們一點都不恨他。」

這就是洞森村的祕密。

「眞是愚蠢。」

利三郎語帶不屑，朝土間啐一口唾沫。

「第三個洞森村？哪來這種地方？誰能住在那裡？」
「等等，利三郎。」
清左衛門按住怒氣洶洶的利三郎，向欣吉問道：
「戸邊五郎兵衛和田川久助，也是遇上那傢伙嗎？」
——有妖怪。
「快告訴我，他們到底發生什麼事？」
欣吉再度潸然淚下。
「當時，戸邊大人誤食毒菇，一病不起。」
巡視時，他在森林中發現香菇，不聽欣吉等村裡的人勸阻，堅持烤來吃，導致中毒。
清左衛門恍然大悟。富一和千治不是說過嗎？戸邊五郎兵衛在失蹤前，身體狀況就不好。
他未免太輕率了吧。

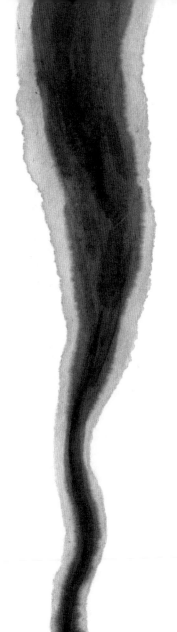

「戶邊大人平時就不聽我們的建議。」

前任兩名山番士趾高氣昂，富一兄弟也提過這一點。

田川久助行事謹慎，沒吃毒菇，平安無恙。他照顧中毒受苦的戶邊，但戶邊的病情愈來愈糟。

「眼看是回天乏術了。」

欣吉如此說道，便閉口不語。

「欣吉，」利三郎氣勢懾人，「你後來怎麼做？」

欣吉淚流不止。

「我問你後來怎麼做，快回答！」

「我燒起紅色狼煙……」

一股寒意竄過清左衛門的背脊。

「那傢伙來了嗎？」

妖怪來了嗎？

「是的。」

「來殺戶邊吧。」

是來助他解脫。

這是一種慈悲，卻是妖怪所爲。

「田川大人撞見那一幕。」

田川久助朝著奪走同伴性命、模樣詭異的人追去。尾隨如疾風般逃逸的怪人，進入山中的森林，失去下落。

數天後，幸運抵達城下時，田川久助精神錯亂，滿頭白髮。

清左衛門渾身發顫。田川久助一定是看到藏在黑色竹籠底下的面貌。

「村井……」

威儀十足地低喚著，須加利三郎站起。「我們來逮住那傢伙吧。」

隔天，等太陽升上高空，清左衛門和利三郎命欣吉升起紅色狼煙後，悄悄埋伏在駐屯地。

他們叮囑上村的村民待在自家小屋，千萬不能出門。村外通往駐屯地的道路，只留北側一條路，其餘皆以貨車或木桶堵住。不論是要前來或逃走，只能經由那條路。

兩人做好萬全的準備。清左衛門假扮病人，躺在被褥上，蓋著棉被。利三郎坐在枕畔，當然，他也備妥火槍，預先填裝彈藥，揹在背上，隨時都能擊發。

駐屯地的後門打開，欣吉返回。利三郎立刻提醒：

「不要大聲說話。」

「是。」

「你若從中阻攔，我可不曉得會發生什麼事。」

欣吉縮著身體，坐在土間的角落。不久，他小聲念起「阿彌陀佛」。

那天同樣晴朗，萬里無雲，但風勢強勁。從駐屯地的屋簷下，不時有風呼嘯而過，將村裡堆積的雪捲上高空。此時，風想必吹得山裡都是漫漫飛雪。

不知等了多久，清左衛門察覺異樣的氣息，忽然睜開眼。

「村井……」利三郎壓低嗓音。

咚，近處傳來聲響。

駐屯地的地爐裡，燃燒的火焰倏然熄滅。不是風的緣故。不是被風吹熄。
爐火就這樣滅了。
「南無阿彌陀佛、南無阿彌陀佛……」
欣吉的低低念佛聲傳來。
「南無阿彌……」
戛然而止。
清左衛門撥開棉被坐起，利三郎跟著站起，拔出腰際的短刀。
黑色竹籠、長長的簑衣、雪鞋。
站在駐屯地的門口。
四周的空氣凍結。
「大膽狂徒！」
利三郎大叫一聲，下一瞬間，那傢伙迅整轉身，從兩名山番士面前消失。
清左衛門追上前，利三郎緊追在後。兩人卯足全力，口中吐出白煙，有時莫名發出長嚎，全神貫注，緊追不捨。
戴著黑色竹籠、穿長簑衣、腳踩雪鞋的那傢伙，幾乎是凌空飛渡。身形忽左忽右，轉眼就拉開雙方的距離。
不過，那穿梭林中，在樹叢間若隱若現的身影，清左衛門始終沒跟丟。利三郎也一樣，幾次他像要往前撲倒般停步，準備開槍。
——那傢伙在引導我們。

對方穿越洞森，朝生吹山頂前進，到底要帶他們去哪裡？

來到森林的盡頭，忽然轉爲幾乎碰到鼻子的陡坡。聳立在兩名山番士面前，覆滿白雪的地表。那個黑色竹籠、長簑衣的身影，飛也似地一路攀爬。事情演變至此，清左衛門終於能確定一點。

那絕非凡人。

覆滿白雪的地表上，沒留下任何腳印。

「喂，等等！」

清左衛門氣喘吁吁，揚聲叫喚。

「等一下！」

一陣強風橫掃過來，捲起地面的飛雪。細小的冰粒刺進皮肉，清左衛門不由得趴倒，護住臉孔。

風聲呼號，吹起冰雪。

聽起來像在哭泣，也像在咆哮。

他雙膝跪地，弓著背忍受強風，全身凍得幾乎快化爲冰柱。

風突然止息。

清左衛門坐起身，抬起臉。

眼前是一片白雪覆蓋的地表，背倚著藍天，四周靜謐無聲。

一旁的利三郎踩著雪地站起，連臉上都沾滿白雪，顫抖著緊抓火槍。

黑色竹籠和長簑衣的身影，立在約一町遠的陡坡高處，面向他們，俯視兩名山番士。

「你是什麼人？」

在青空下，清冷的寂靜中。

清左衛門凍得口齒不清。他喘不過氣，無法大聲叫喊。

一股火藥味撲鼻而來。利三郎往火盤裡添加火藥。火繩滋滋燃燒著。

利三郎持槍瞄準目標。

那道黑色竹籠和長簑衣的身影，佇立在純白陡坡上，一動也不動。

「須加，住手，別開槍！」

清左衛門叫喊的同時，槍聲響起。

子彈射出的瞬間——

時間彷彿停止，永遠的一剎那。

之後，清左衛門親眼目睹。

利三郎擊發的子彈，精準命中。

漆黑的竹籠，輕盈地飛向空中。

藏在竹籠底下的臉……不見了。

裡頭根本沒人。

緊接著，長簑衣倒在原地。

裡面空無一物。

黑色竹籠倒懸，掉在離簑衣有段距離的地方。

清左衛門的心底，揚起不成聲的叫喊。

該怎麼面對這股悲哀？

該拿這份怒意如何是好？

清左衛門愣在原地，潸然淚下。

傳來一陣喘息般的呼吸聲，是利三郎。他像要鬆開僵硬緊繃的身軀，緩緩放下火，雙目圓睜，睫毛凍結成冰。

「是空的……」

沒錯。裡頭什麼也沒有。誰都不是。

「利三郎。」

清左衛門叫喚一聲，抓住他的手肘。

「到此爲止吧。」

這時，山上發出隆隆巨響。

以爲是風，其實不然。腳下傳來一股震動。

清左衛門仰望前方。地面在搖晃，一陣白色的雪煙湧來。

「快逃！」

清左衛門轉身就跑，卻絆到雪跌倒。利三郎扶起他，兩人緊緊抱在一起。

「快跑，快跑！」

整座山隆隆作響。

生吹山對人毫不留情。

因爲人只會犯下罪過。

洞森村藏有祕密。

因爲那裡有人犯的罪。

大雪山的轟隆巨響，將小小的兩名山番士完全吞沒。

——哥！

「我在志津的叫喚中醒來。」

村井清左衛門坐姿端正，不顯一絲疲態。

不知何時，梅雨季的細雨打在外廊上，傳來滴滴答答的聲響。阿近彷彿從遙遠的冰冷雪山返回，急忙環顧四周。

四目交接，清左衛門莞爾一笑。看到他的笑容，阿近才有回過神的感覺。

「清醒時，我躺在下村的小屋裡。我遭雪崩掩埋，是悟作他們拚命將我從雪裡挖出，救下我一命。」

「須加大人也得救了嗎？」

「是的，我們都撿回一命。」

這是罕見的幸運，當中另有原因。

「雪崩停止，又是一片雪白，根本看不出我們埋在什麼地方。這樣下去，肯定會凍死。」

志津送的護身符，清左衛門從不離身。多虧這個護身符，才能撿回一命。

「志津放在護身符裡的長髮，在高高隆起的雪地上形成一道線條，宛如指標。」

下村的人以此爲線索，往雪地底下挖掘，找到清左衛門和利三郎。

當眞是女人的頭髮救了他們一命。

「一問之下，我整整昏睡三天，像死了一樣。」

這段期間，須加利三郎陪同村長欣吉下山。

「還剩一年的任期，爲什麼須加要下山？我驚訝不已。」

從雪地掘出後，須加利三郎在村民的照顧下醒來，爲自身的運氣感到詫異。雖然有些凍傷，但似乎沒受什麼嚴重的傷。得知清左衛門的護身符一事後，他頗爲感慨。

「我一直昏睡不醒，聽說他一直坐在我枕畔沉思。」

不久，利三郎喚來欣吉，和他商量許久，接著找來悟作。

——我要帶欣吉到城下，去見擔任山奉行與力的元木源治郎大人。

「他認爲，這個村子再這樣下去不行。」

利三郎凍傷導致多處紅斑的臉上，展現精悍的決心。

「洞森村究竟發生什麼事？長年以來，隱瞞著多麼殘酷的眞相？還有，戶邊五郎和田川久助又碰上何種遭遇？」

——所謂的妖怪，到底是什麼？

「他打算毫無隱瞞，逐一稟報，並請求取消明知不可爲而爲之的植林和墾荒者入住，拯救村民。不，他展現旺盛的鬥志，無論如何都要讓上級接受陳情。」

——留下未完的任期，擅自下山，提出強硬的訴求。這麼一來，我和欣吉都會遭到問罪，恐怕無法全身而退。

「儘管如此，我還是想解救村井和村民——聽說，當時他的語氣毫無迷惘。」

——我太過任性妄爲。今天能撿回這條命，全是拜村井所賜。不，是託村井妹妹的福。「就當是一份謝禮，也算是贖罪，我想送村井回到志津小姐身邊。留下這句話，他就離開了。」

得知利三郎的決心，清左衛門無法坐視不管。但他腳傷嚴重，別提要走路，連站立都十分勉強。

「有生以來，頭一次覺得自己這麼沒用。須加和欣吉不可能全身而退，他們的陳情想必會被漠視。說來可悲，這就是我們栗山藩的政治情勢，實在令人感到無力。」

經過約莫十日，山奉行麾下的一隊番士上山。

「形式上，我和村民全遭到逮捕。」

一行人平安下山。

「村民和先前下山的欣吉，一同囚禁在城下外郊的空屋，須加則是交由元木大人看管。」

清左衛門在那位與力的宅邸裡，與利三郎重逢。

「相較於之前發生的事，這是無比慈悲的安排。見面後，須加仍不改高傲的脾氣。」

——我的陳情打動主公的心。

「他一副立下大功的神情。儘管不全是吹噓，不過……」

其實是須加利三郎的陳情，傳入早就（隱隱）察覺洞森村黑暗面的元木源治郎耳中。這位與力向年輕時曾任山番士的筆頭家老（註）發揮影響力。得知洞森怪異又悲慘的謎團後，筆頭家老頗爲驚詫，於是向藩主稟報——這就是來龍去脈。

「雖然主公凡事只會說一句『要妥善辦理』，但並非昏君。不是會眼睜睜看著家臣和領民平白喪命，毫不心痛的冷血主君。」
清左衛門和利三郎受藩主召見，親口講述在洞森村的遭遇。
「主公臉上浮現驚恐之色，慰勞我們的話語中，帶著眞切的關懷。」
——你們能活著回來，告訴我這件事，眞是不簡單。
「之前認爲主公年紀太輕，看著有些不忍的我，感到既安心又羞愧。」
於是，洞森村獲救。往後的數年間，村民被派往領地內的各處服勞役，但沒人因提出陳情判處死罪。
「唯獨欣吉……」
某天，他從服勞役的地點失蹤，下落不明。
「可能是回到生吹山了吧。」
欣吉已沒有其他容身之所。
雖然沒能完成三年的任期，但身體痊癒後，清左衛門返回小納戶末席的職位。村井家得以重振，他找回志津同住，兄妹倆終於恢復往日的生活。
「之前我遭雪崩吞沒，在鬼門關前徘徊時……」
——哥！
「當時聽到妹妹的聲音，我以爲是幻覺。跟志津重逢後，問及這段插曲，我得知一件不可思議

註：家老當中地位最高者。

的事。」

清左衛門即將滅頂之際，待在親戚家的志津突然一陣心神不寧。

「她馬上察覺我出事，於是誠心向在天上的雙親祈求。」

約一個時辰後，清左衛門被掘出雪地——

「志津的頭髮全部掉落，心神不寧的感覺也消失。」

女人的頭髮連岩石都綁得住。這是妹妹為哥哥著想的心意。

阿近備受震撼，垂下目光。

清左衛門平靜地繼續道：「對了，上村的千治也被處以一年的勞役，之後由村井家收留。雖然無法收為養子，但他和志津很親近，在村井家住下，不久便到城下的雜貨店當夥計。

「如今已是那家店的掌櫃。」

他一直念念不忘，要替父母和哥哥富一造墓立碑，終於能好好為他們祈福。

清左衛門擔任小納戶末席，勤奮認眞，在二十九歲那年升為正職，娶妻成家。同年，奉命隨藩主前往江戶任職，第一次踏上江戶這塊土地，成為他人生的轉機。

「當時掌管江戶藩邸的家老，儘管遠離藩國，不知為何十分清楚藩內的大小事。」

包括清左衛門在洞森的奇遇。

「一切塵埃落定，成為過去的事，家老卻興趣濃厚。」

對方非常好奇，從生吹山歷劫歸來的村井清左衛門，究竟是怎樣的男人。

「他想聽我親口講述，並且不斷詢問細節，我只能如實相告，有點吃不消。但拜此之賜，家老相當賞識我。」

藩主在江戶的任期結束，返回藩國的時刻到來，清左衛門仍留在江戶，以江戶家老親信的身分克盡職責。

之後他飛黃騰達，升任江戶家老，博得「節儉清左衛門」的綽號，掌管栗山藩江戶藩邸的政務。

「江戶藩邸的花費，往往是各藩財政的一大負擔。」

所以，他才會叫「節儉清左衛門」。

「但只是節流，無法根本解決問題。栗山藩一直找不到開源的方法，始終跳脫不出貧困的境況。」

藩裡的內鬨難以平息，最後落得改易的下場。

此刻，坐在阿近面前的前任江戶家老，宛如卸下肩上重擔，一臉安詳。

「至今，我仍不時會想起洞森村的生活、欣吉的哭臉，及在雪山上俯視我和須加，戴著黑色竹籠的身影。」

矗立在寒冬的生吹山上，簑衣內空蕩蕩的「妖怪」。

「儘管是很久以前的事，此刻我能確認一點。」

面對那傢伙時，心中湧現的情感，終於能轉化為言語。

你就是我。

「那是栗山藩裡一切不合理、一切罪業、一切悲傷，凝聚而成。」

我就是你。

「如同我為了志津殺人，那傢伙也是為了洞森村殺人。」

所以，當時清左衛門才會想放聲哭喊。

我和你是夥伴。

「跟那傢伙對峙之際，須加或許也從那副空蕩蕩的身軀中看出什麼。」

自身的罪過，自身的欲望。阿峰和孩子失去的生命，此刻自身性命的重量。

「於是，他決定下山，解救村民。他想送我回到妹妹身邊。」

妖怪，引出人們心中的眞實。

阿近緩緩點頭。

「志津小姐仍與您同住嗎？」

清左衛門眨眨眼，望向阿近，莞爾一笑。

「不不不，志津嫁人了。」

「哎呀，眞是可喜可賀。」

「她和丈夫長住於江戶市。收留我的地方，其實就是妹婿家。」

妹婿經營砲術指導道館。

「砲術……」

咦？阿近側著頭，微感納悶。

清左衛門笑逐顏開。

「志津的丈夫，就是須加利三郎。」

「咦？」

看到阿近驚訝的神情，清左衛門更樂了。

「我重新擔任小納戶末席，須加也一度重回砲術隊。由於在洞森的那場奇遇中，一起歷劫歸來，我們成爲患難之交，經常互相拜訪，須加逐漸與志津變得親近。」

一年後，須加以「想精進砲術」爲由，奉還藩士職務，表示要前往江戶。

「他就是在那個時候向志津求婚。」

原來是這麼回事啊。

「起初我十分反對這門婚事，因爲須加一直覺得欠志津一份恩情。」

——我是託村井妹妹的福，才撿回這條命。

「不能爲了報答恩情而娶她。況且，志津身心都受過重創。」

遭人刻上「牛女」的傷疤，一輩子都無法抹去。

受到清左衛門的反對，利三郎脹紅臉，大爲光火。

——我是眞的愛上志津小姐。如果志津小姐拒絕，我會徹底死心，但我絕不會爲你的反對而退讓。

「那急躁、頑固，話一說出口就不更改的脾氣，還是老樣子沒變。」

清左衛門一副拿他沒轍的滑稽模樣，阿近忍不住跟著笑。

「利三郎那小子執起志津的手，使出渾身解數，百般追求。」

——我須加利三郎，爲了鑽研砲術，將成爲浪人之身，但我絕不會讓妳吃苦。請給我三年，不，給我五年，我一定會爲成爲砲術老師，揚名立萬，讓妳幸福。我向妳保證。

「志津小姐接受求婚了吧。」

「不覺得她思慮欠周嗎？」

兩人相視而笑。

「最後，利三郎花費六年當上砲術老師，獨當一面。至於開設道場、招收門徒，則是耗費十一年。志津想必吃了不少苦，但她伺候丈夫，在背後默默支持，至今夫妻倆仍過著琴瑟和鳴的生活。」

志津夫妻育有三子，得孫子七人。

「這算是洞森村締結的良緣呢。」

「一點都沒錯。利三郎一把歲數，還是一樣急躁，實在傷腦筋。不過，他似乎很受門徒敬重。」

幽暗深邃的洞森、在雪山中飛奔的妖怪、許多人喪命的可悲故事，最後由這對夫妻綻放幸福的光輝。

「村井大人，謝謝您的故事。」

「該道謝的是我。」

這麼一來，我心中再也沒有牽掛。留下這句話，村井清左衛門離開「黑白之間」。

之後，經過數日。

「燈庵先生，這次前來是要討論下一位說故事者嗎？」

一如往常，人力仲介商的蛤蟆仙人，沉著一張油光滿面的臉，造訪三島屋。

「不，我是專程爲小姐而來。」

要是從別人那裡聽聞此事，小姐想必會很難過——燈庵說。

「我會很難過？」

阿近反問，腦海頓時掠過一抹鳥影，浮現一種預感。

燈庵老人定睛望著阿近。

「前些日子，我介紹來說奇異百物語的客人……」

他刻意不提名字，拐彎抹角。

「切腹身亡。」

阿近啞然失聲。

怎麼可能！只是，她心底也隱隱浮現「果然是這樣」的想法。不是身分或武士的規矩造成的結果，而是看出對方的心思，明白他會這麼做。

栗山藩遭改易、撤除，藩士失去奉祿，前途茫茫，各奔東西。擔任江戶家老這項要職的村井清左衛門，背負起責任。

他就是這樣的人。

「在他做好覺悟，決定走完人生最後一程時，只寫一封遺書給妹妹。」

約莫是為了替自身的覺悟添上最後一分決心，村井清左衛門才想說出洞森村的故事吧。

——這麼一來，我心中再也沒有牽掛。

「誰為他介錯（註）呢……」

「他的妹婿，原本也是栗山藩士。」

是須加利三郎。阿近不禁雙手貼向臉頰。

「這不是我們市井小民能插手的。」

燈庵刻意表露不悅，繼續道。

「不過，有件事令人不解。」

在村井清左衛門切腹的場所，遺留一個奇怪的東西。

「我認爲小姐可能知道含意，才想來詢問。」

「遺留什麼東西？」

一個竹籠——燈庵老人回答。

「像塗過煤灰的漆黑竹籠。聽說，準備清理遺體時，不知哪裡冒出這個竹籠，一路滾向外廊邊。」

啊，阿近暗自驚呼。

我和你是夥伴。

遠方，幽暗的洞森發出喧鬧的聲響。

註：爲切腹者斬首，免除其痛苦折磨的儀式。

第四話

倉庫大人

今天依然悶熱。

阿近在「黑白之間」的花瓶裡插上酸漿。

奇異百物語暫停舉辦，叔叔伊兵衛也沒邀棋友來對弈。這個廂房將近一個月沒派上用場。由於還是一樣打掃得很仔細，一塵不染，但空空蕩蕩，實在寂寥，阿近才會想拿當季的鮮花點綴。

奇異百物語會暫停，是伊兵衛和阿民的吩咐。今年梅雨乍到之際，名叫村井清左衛門的武士來擔任說故事者，幾天後竟切腹自盡。這是阿近第二次經歷類似的情況（說故事者自盡），但不管遭遇再多次也不可能習慣。她的心情沉重抑鬱，不時流淚。叔叔和嬸嬸十分擔心，於是提議歇息一陣子。

僅僅如此，阿近還有辦法重新振作。

說故事者喪命，聆聽者確實會很悲傷。但打一開始，說故事者就是想在人生的最後，將內心的話一吐爲快，帶著覺悟造訪三島屋。那麼，傾訴完理當會心滿意足，變得輕鬆許多。我應該這麼想，靜靜替他們合掌祈福。繼續爲沒必要的事煩惱，只是庸人自擾。

關於兩位故人，阿近心情上已有調適。雖然覺得悲傷，但不再爲此牽掛。她自認盡到了聆聽者的職責。

目送那名坦承殺人的說故事者被押往衙門時，阿近反倒更難過，心底始終有個疙瘩。她既迷惘又後悔，不確定在這種情況下，是否不要引導說故事者吐露眞相比較好。

然而，這是頂著三島屋的招牌持續舉辦的奇異百物語，不是阿近一個人拋卻煩惱就沒事。只要叔叔和嬸嬸仍愁眉不展，下一位說故事者就不會上門。日子在忙碌中度過，剛邁入水無月（六月）不久，竟發生一件大事。

伊兵衛和阿民有兩個兒子。長男伊一郎今年二十三歲，次男富次郎二十一歲。兩人在十五、六歲前，就學會製作提袋的技術，接著伊兵衛一句「你們到其他店學做生意吧」，便送他們離家當夥計。伊一郎到通油町的雜貨店「菱屋」，富次郎則是到新橋尾張町的棉布批發商「惠比壽屋」。兄弟倆都到了可以回三島屋的年紀。日後應該是伊一郎繼承三島屋，富次郎另開分店，到時非娶妻不可。

阿近和兩位堂哥僅見過一面。剛到江戶時，兩人專程來見她。透過短暫的交談，感受到堂哥都是溫柔善良的人，阿近十分開心。聽聞兩人在任職的店家遭到苛刻的使喚，非常吃驚。一般的夥計不允許為私事拋下工作外出，阿近以為雖然堂哥是學徒，但應該像是委託店家照料的重要人物，會受到客人般的禮遇，但似乎並非如此。

——我也得在三島屋裡認眞工作才行。

這成為阿近上緊發條的依據。不過，在伊兵衛眼中，阿近的發條有點上過頭。他只是想將姪女當親生女兒看待，呵護疼愛，阿近的舉動著實無趣。

伊一郎和富次郎分別在菱屋和惠比壽屋認眞工作，頗受倚重。約莫半年前，菱屋的店主造訪三島屋，跟叔叔和嬸嬸商量一陣，一臉沮喪地離去。之後阿近詢問阿民，得知對方提出招伊一郎為贅婿的請求，遭到婉拒。惠比壽屋也提出請求，希望富次郎能和自家女兒結婚，如果同意馬上讓兩人另開分店，伊兵衛夫婦同樣婉拒。阿民笑著解釋：

「不管條件再好，他們沒意願也是白搭。」

叔叔和嬸嬸都表示，兄弟倆很期待回到三島屋，與阿近一起像兄妹一樣認眞工作。另一方面，阿近不希望他們回家娶妻後，身為小姑的自己成為累贅，隱隱感到苦惱。

不過，前提是兩兄弟能順利返家。

水無月的朔日（一日）下午，惠比壽屋的一名學徒氣喘吁吁地跑來。伊兵衛和阿民見過他後，急忙叫一頂轎子，火速趕往新橋的尾張町。

「到底發生什麼事？」

面對阿近的詢問，掌櫃八十助臉色蒼白，告訴她原因。

「富次郎少爺受了傷，有生命危險。」

由於無從得知進一步詳情，唯有不安不斷累積，三島屋人心惶惶。只有阿勝依舊沉著，從小就認識兩兄弟的阿島，則是滿面愁容。

太陽下山後，伊兵衛總算返家，說明情況。

「惠比壽屋的兩名二掌櫃，為金錢借貸的事大打出手。居中勸架的富次郎慘遭池魚之殃，頭部重重挨一擊。」

之後，富次郎便昏睡不醒，儘管有呼吸，卻怎麼呼喚都沒反應。阿民守在他枕畔，從菱屋趕來的伊一郎也陪在一旁。

「醫生如何診斷？」

「醫生表示，只能等他醒來，絕不能隨便移動。」

阿島聞言，馬上到附近的神社展開百次參拜。在富次郎得救前，她決定每晚到神社參拜一百次，要持續多久都不在乎。阿近、八十助、阿勝，也跪在供奉伊兵衛家祖先牌位的佛龕前合掌祈禱。

直到三天後的早上，才傳來好消息。富次郎終於醒來，回應阿民的呼喚，握住她的手。

儘管撿回一命，仍得靜養一陣子。阿民想帶富次郎回三島屋，但醫生勸阻，認爲立刻搬動傷患有危險，於是她決定待在惠比壽屋照料兒子。之後，約有半個月，阿島和童工新太頻繁往來神田三島町和新橋尾張町兩地，幫阿民的忙。三島屋勉強如常營業，不過眾人仍忐忑不安。暫停蒐集奇異百物語，也是無可奈何。

請花店送來的酸漿，其實是綠色的。當中帶有一絲期盼，希望花朵全部變紅時，富次郎就能康復，回到三島屋。

阿近暗暗祈禱著，拿花剪坐在塗上黑漆的花瓶前。

「請問有人在嗎？」

「黑白之間」的外廊傳來叫喚聲。

一名矮小的男子揹著高過頭的大包袱，雙手緊握胸前包巾的繩結，微微躬身。一看到阿近，他便恭敬行禮。

像這樣揹著行李的商人，唯有租書店的小販。

在三島屋，阿島會找租書店的商人前來，借閱繪本或情義故事。「這很有趣喔」，阿島曾向阿近推薦，但阿近覺得在「黑白之間」聽到的故事，更有切身感，也更有趣，是一般書中看不到的，所以她往往會敷衍幾句帶過。

不過，經常進出店裡，和阿島做生意的租書店老闆，阿近倒是認得。不是眼前矮小的年輕人，而是年紀較長的大叔。

於是，阿近應道：

「您是哪位？」

「平日承蒙您的關照，我是『葫蘆古堂』的人。」

咦，那位大叔的店，竟有如此風雅的名稱。

「是我們這邊的人，經常租借故事書的店家嗎？」

「是的。」

年輕男子的嗓音溫柔，給人一種飄飄然的感覺。

「葫蘆古堂？」

阿近進一步確認，對方連忙回答：

「不不不，是『葫蘆古・堂』。」

咦，哪裡不一樣？

「寫成『葫蘆』，再加上『古堂』二字。」

年輕男子的右手鬆開包巾的繩結，在半空中寫下複雜的漢字。

「這是我家店主後來加上的字。在店主的故鄉，稱葫蘆爲『葫蘆古』，所以，其實只是加一個『堂』字當屋號。」

葫蘆古，聽起來十分愉快的發音。

「就像俗話說的『從葫蘆裡跑出馬』（註），有時文字寫成的故事書中也會跑出眞實的事，這就是店名的由來。」

語畢，男子微微一笑。

「聽聞最近三島屋發生一些煩心事，特地前來探望。我不習慣出門做生意，一時誤闖貴寶號的庭院，實在失禮。」

男子又行一禮。阿近拿著花剪回禮，忽然驚覺這樣很沒規矩，急忙擱下，轉向外廊。

「您太客氣了。我家阿島不在廚房嗎？」

「我明白了，改天會再上門拜訪。」

背上的書本應該相當沉重，但年輕男子輕盈轉身，接著望向阿近。

「富次郎先生似乎好多了，想必各位也安心不少。」

啊，他可眞清楚。

「是的，謝謝您的關心。」

阿近剛應完話，隔壁的小房間傳來阿勝的聲音。「小姐，我是阿勝。」

隔門霍然開啓。阿勝探進頭，看到佇立在外廊邊的年輕男子，大吃一驚。

「這位是……？」

「他是租書店的人。」

葫蘆古堂的小販說著「平日承蒙關照了」，行一禮後，快步走出庭院。

不知爲何，阿近頓時感到輕鬆許多。

——雖然對方有點怪，但不會讓人覺得不舒服。

反倒有股暖意洋溢心頭。年輕男子的表情和說話口吻，帶著一種討喜的感覺。不是親切，而是自然湧現的一種可愛感。

阿近想起阿勝，轉過頭，發現她仍坐在隔門旁，望著葫蘆古堂商販剛才站立的地方。只見阿勝

註：日本俗語，意指發生意想不到的事，或是玩笑話居然成眞。

雙眼圓睜，眼珠差點沒掉出來。

難得看到阿勝露出這種神情。

「那麼驚訝嗎？」

阿近笑著問，阿勝眨眨眼，赫然回神，不住打量著她。

「怎麼？看得我身上都快穿出洞了。」

「小姐。」

阿勝一本正經。

「什麼事？」

「我現在說的話有點奇怪，但請您別笑。」

擔任奇異百物語的守護者，負責消災驅魔的阿勝，是阿近重要的夥伴。同時，她也是可靠的大姊姊，不管遇上什麼狀況都不顯慌亂，始終保持冷靜，包容阿近的一切。

此刻，她的眼神無比認真。

「怎麼了？」

阿勝彷彿在宣布神諭，煞有其事地說道：

「小姐，您和剛才那名男子有緣。」

「咦？」

阿勝如花朵綻放，燦爛一笑。

「阿島姊剛從惠比壽屋辦完事回來。聽說這兩、三天，富次郎少爺就能返回三島屋。」

阿近高興得幾乎要跳起來，「眞的？」

「是的。他身體狀況穩定許多，醫生同意他回家。老闆娘也高興得哭了呢。」

好消息傳遍三島屋上下。「得快點準備才行」、「要好好慶祝一番」、「富次郎少爺喜歡吃什麼」，眾人你一言、我一語，喧騰不已，直到入夜阿近才有空向阿島詢問葫蘆古堂的事。

「哦，是十郎先生吧。」

對了，阿島常提到的那位熟知戰爭故事的租書店大叔，名字就叫「十郎」。

「不是他，是別人。」

阿近描述對方的樣貌後，阿島一愣。

「這個嘛……我毫無頭緒，眞的是葫蘆古堂的人嗎？」

這麼一提，那名年輕男子曾說「我不習慣出門做生意」。

「可能是平時顧店的人，偶然外出做生意吧。」

「也對。我沒去過那家店，而且只認識十郎先生。」

該不會十郎先生傷到腰了？阿島有些擔心。

另一方面，在一旁聆聽兩人交談的阿勝，始終愉快地微笑。

「葫蘆古堂嗎？這屋號眞好聽。」

「阿勝姊，之前說我和對方有緣，是什麼意思？」

「等時候到了，您就會知道。晚安，看來您今晚會有個好夢。」

阿勝對阿近裝傻帶過。

轉眼已是三天後。

富次郎回到三島屋。

然而，眾人看到他的模樣，旋即明白還不是開心的時候。從新橋尾張町到神田三島町，富次郎一路走走停停，花費將近一整天。

「他沒辦法坐轎。」

就算挑選厲害的轎夫，再怎麼扛著轎子慢慢走，他也會因搖晃頭暈目眩。

「是頭部受過重擊的緣故吧。」

「好像是。醫生說，休養半年就能痊癒。」

富次郎沒有頭痛、身體麻痺，或手腳行動不便的狀況，也沒失憶。比較傷腦筋的是，日常生活中一站起或坐下——跟坐轎一樣，稍微動到頭部，便會暈眩不已。

「那麼，走路也不例外嘍？」

「不得不小心。」

兩年不見的富次郎，看上去一切安好。不過，跟當初相比，下巴消瘦了些。

「小近，我回來了。今後請多多指教。」

他的話聲依舊開朗。

「我才要請您多多指教。」

「別這麼拘謹。」

「堂哥，你的身體……」

「嗯，還過得去。只是有時會突然暈眩，有點麻煩。」

瞧他說話的神情，似乎一點也不覺得麻煩。阿近想起過往的片段。長男伊一郎性格沉穩，擁有教養良好的接班人氣質，次男富次郎宛如五月的和風，瀟脫自得。

儘管醫生囑咐要靜養、多休息，但除了不時會暈眩，富次郎自認並無大礙，不肯乖乖躺著。每當阿民不厭其煩地勸他躺著時，他總會回一句「娘，我都快長褥瘡了」，哈哈大笑。

富次郎時而在三島屋內走動，時而前往工房查看作業情況，時而在緣廊上打盹，頗為悠哉。敏銳的阿島一直在觀察他的健康狀態，一下安心，一下擔憂，相當忙碌。富次郎腳下微微踉蹌，阿島便會大喊「少爺」，飛奔而至，實在是眼尖耳利。

「看來，我出外學做生意的期間，阿島也練就一身忍術。」

連當事人富次郎都如此調侃。

「我擔心少爺的身體啊。」

「我很感激妳的心意，但別再叫我『少爺』了。」

這個稱呼屬於日後將繼承三島屋的伊一郎。

「叫我爹『老爺』，叫我哥『少爺』，這樣才合情合理吧。」

「那麼，我該怎麼稱呼您？」

「小近，妳有什麼好提案？」

面對突如其來的諮詢，阿近陷入沉思，富次郎接連拋出幾個提議。

「二少爺、次少爺、小少爺、富少爺、吃閒飯少爺、暈眩少爺。」

逗得阿近和阿島忍俊不禁。

「叫『小少爺』應該挺合適。」

於是，富次郎決定讓夥計稱呼他為「小少爺」，不過允許阿近和以前一樣叫他「堂哥」。

「那麼，堂哥也直接叫我『阿近』吧。」
「這樣好嗎？確定不是叫妳『聆聽者大人』？」
富次郎很清楚奇異百物語的事。
「連我在惠比壽屋時，都聽過妳的傳聞，還看過妳上報。」
「太難為情了……」
「什麼話，我在惠比壽屋都自豪地說『如何？我堂妹是個大美人』，要是當事人覺得尷尬，我豈不是下不了臺？」
富次郎在惠比壽屋算是二掌櫃，見同僚吵架，還會居中勸架，應該是與同僚打成一片，沒有隔閡。比起用「在下」這種客氣的自稱，不如用「我」較為自然。
富次郎說，他一個人還是有些不安，於是常邀阿近一起散步。其實只是到附近逛逛，不過，富次郎在阿近搬來前就住在三島町，留有許多回憶。
「啊，以前的滷味店不在了。真可惜，那家店的食物很好吃。」
「這棵柿子樹長在這麼小的地方，卻枝葉茂密，生氣盎然，還會結出色澤鮮豔的碩大果實。可惜是澀柿子。」
「那邊的巷弄裡，住著一位新內節（註）的師傅，是我們的老主顧。不知為何，娘十分討厭她。」
他說出許多阿近不知道的事。
「嬸嬸居然會討厭顧客，真令人訝異。」
「她覺得對方很不討喜。每當那位師傅上門，和八十助聊天時，她就會偷偷把掃把倒過來。」

把掃把倒過來，是將賴著不走的客人趕跑的咒術。

「娘的直覺一向很準，恐怕是發生過什麼事。今天真悶熱，阿近，喝杯甜酒再回去吧。」

富次郎喚住路過的甜酒小販，與他交談時……

「啊，抱歉。」

富次郎抓住阿近的胳臂，閉上雙眼，約莫是感到暈眩。

「堂哥，不要緊吧？」

「嗯，不暈了。」

這就是不忍心看人打架，出面勸阻付出的代價。世上就是有如此沒道理的狀況。

關於吵架的詳細經過，叔叔和嬸嬸沒特別提及，富次郎也不想透露。這不是阿近該追究的事，所以她一直沒過問。一向關心富次郎的阿島，也謹守夥計和僱主的分際。不過，她曾氣呼呼地對阿近和阿勝說：

「將小少爺害成這樣的二掌櫃們，不曉得在惠比壽屋有沒有受到懲罰。」

富次郎遭受無妄之災，離開惠比壽屋，又沒辦法到自家的店面幫忙，所以三島屋沒正式向顧客介紹他，只私下向一些親朋好友告知他回來的消息。儘管如此，還是有人很重情義，包括那位黑痣老大——外號「紅半纏半吉」，負責這一帶治安的捕快。

「恭喜少爺康復。」

嘴上這麼說，但可能是擔心酒會損害富次郎的身體，他拎著豪華的料理餐盒前來，當作伴手

註：日本傳統藝能淨瑠璃的流派之一。

禮。

跟叔叔和嬸嬸閒聊一陣後，富次郎以手肘輕輕撞阿近一下。

「這位捕快老大，就是保護三島屋免遭強盜洗劫的可靠救星吧。」

去年秋天，綽號「金魚安」的強盜頭子率領的盜賊集團盯上三島屋，多虧半吉相助，才逃過一劫。當時引發軒然大波，伊兵衛派人前往兒子工作的地方，說明經過，並告知家裡一切平安，所以富次郎曉得此事。

「其實我沒幫上什麼忙，三島屋另有得力的幫手。」

聽到半吉這番話，富次郎十分感興趣。

「既然如此，願聞其詳。爹，方便借用『黑白之間』嗎？」

「好啊。」

於是，半吉、富次郎和阿近，三人移步「黑白之間」。

「唔……阿近，妳就是在這裡主持奇異百物語嗎？」

富次郎環顧四周，頗有感觸地低語。

「還以經文裝飾，感覺就像置身寺院中。」

前次的說故事者者村井清左衛門來訪時，牆上掛著寫有《般若心經》的習字帖。說完故事不久，清左衛門便切腹自盡。爲了替他祈求冥福，那經文一直掛著沒取下。

「如果看著有壓力，覺得不舒服，我來換掉吧。」

「不不不，留著吧。這樣很清爽。」

可能是久未沾染人氣，「黑白之間」感到開心。今天明明沒插花也沒焚香，空氣中卻帶有微微涼意。

「好了，老大，說來聽聽吧。」

半吉講起強盜案的來龍去脈，阿近不時補充介紹出現的人物。在阿島端來茶點時——

「來得正好。阿勝不是擔任奇異百物語的守護者嗎？阿島，請她過來一下。」

在富次郎的央求下，全員到齊，好不熱鬧。

富次郎不時配合情節，發出「哇」或「哦」的聲音附和，聽得相當開心。當中最引他發笑的，是半吉他們與強盜的黨羽打鬥時，阿島全程都在呼呼大睡。

「這才是我認識的阿島。」

「少爺，別這樣笑我嘛。」

「不是少爺，是『小少爺』。」

阿近笑咪咪地望著成為話題的阿島，沒想到會受波及。富次郎話鋒一轉，問道：

「阿近，妳喜歡替老大助拳的習字所小師傅嗎？」

那間習字所是位於本所龜澤町的「深考塾」，富次郎提到的小師傅，則是那裡的老師青野利一郎，是一名浪人。稱呼他為小師傅，是因深考塾原本有一位上了年紀的老師傅，青野利一郎本身不算太年輕。初次見面時，看到他五官清秀、口齒清晰，阿近心裡便認定他是「年輕武士」，認識後才改觀。他約莫年長十歲，或許更多。而且，從半吉的話語中猜得出，他的人生似乎曾經歷阿近難以想像的苦劫。

此時，阿近彷彿冷不防挨一劍，半晌答不出話。阿島暗暗竊笑，阿勝保持低調，佯裝不知情。半吉老大的演技沒阿勝高明，急忙將包子塞進嘴裡。

「阿近，到底是怎樣？」

富次郎神色自若，追問不休。

「堂、堂哥，爲何這麼問……」

「妳臉上寫著『喜歡』兩個字。」

阿近雙頰一熱。富次郎見狀，哈哈大笑。

「逗弄可愛的堂妹，我眞是不應該。抱歉、抱歉。」

既然阿近在意對方，答案就不難猜，富次郎擅自在心中下結論。

「對妳來說，這算是好事，我也鬆一口氣。不光是我，大哥一樣擔心妳。」

兩年前，由於遭遇不幸的事故，阿近青梅竹馬的未婚夫喪命。殺死她未婚夫的，是阿近的老家——川崎驛站的旅館「丸千」當初收養的孤兒，他與阿近之間宛如兄妹，但一直受到「養育之恩」束縛。

在嫉妒、猜疑、自卑、恩情、仇恨，種種複雜的思緒交錯下，兩人都失去生命，阿近的心靈也受創。她離開老家，投靠在江戶開店的叔叔和嬸嬸，後來意外擔任起奇異百物語的聆聽者，領悟世上存在著許多悲傷、陰錯陽差，及幸運與不幸的樣貌，才逐漸振作起來。

但要談感情還太早。對於追求眞正的幸福，阿近仍感到內疚。她心裡應該是這麼想……

「堂哥，我……」

「沒關係。對不起，我和妳賠不是，別苦著一張臉。」

富次郎溫柔地輕拍阿近的胳膊。

「阿勝啊……」他的目標轉向守護者。

「在，請問有何吩咐？」
「今後讓我加入妳們的行列吧，我想一起聆聽奇異百物語。」
「咦？」
阿近憨傻地應一聲。
「堂哥要一起……？」
「不行嗎？」
「倒不是不行，不過你的身體……」
「我這副身體，目前還不能幫忙做生意，閒得發慌。百物語應該很有意思吧？」
「是，確實很有意思。」半吉老大插話：「我只知道其他地方的怪談物語會，不過，聽故事會忘記浮世的煩憂。不單是有趣，身心也能得到淨化。」
「太好了。除了有趣之外，還有這種功效，實在太棒了。」
一向關心富次郎的阿島並未反對，一旁的阿勝也直點頭。
「既然如此，只要叔叔和嬸嬸同意即可。」阿近回答。
到其他店家當夥計，見過不少世面的富次郎，十分擅長交涉。他表示並非想和阿近一起擔任聆聽者，跟阿勝一起在隔壁悄悄聽故事比較不麻煩，萬一身體不舒服或沒預期中有趣，便會抽手。伊兵衛和阿民乾脆地答應他的請求。
童工新太馬上去找人力仲介商的燈庵老人，請他介紹新的說故事者。
「搞什麼，不是停辦了嗎？」
蛤蟆仙人語帶不悅，但得知奇異百物語重新開張，似乎也很高興，當下眉開眼笑。

於是，當酷暑已過巔峰，太陽下山後，傳來秋蟲銀鈴般的鳴唱時，「黑白之間」久違地迎來訪客。

跟阿勝一起躲在隔壁小房間的富次郎，不希望顯得狼狽，特意換過衣裝。阿勝也安排妥當，讓他暈眩時可直接躺下休息，不必勉強。

「阿近啊……」

走進隔壁房間時，富次郎彷彿突然想到，喚住阿近，莞爾一笑。

「今天我不是帶著半玩樂的心態來打發時間，我自有的想法。」

他露出開朗的笑臉，卻毫無開玩笑的意思。

「我在惠比壽屋，被重重打中頭部時……」

眼前逐漸化爲一片漆黑——

「我心裡想著，如果就這樣沒用地死去，一定要變成幽靈。」

阿近心頭一震，阿勝平靜望著兩人。

「無法安詳地前往西方極樂世界，我就是這麼不甘心。當時若眞的死了，恐怕會凝結成一股怨念。所以，醒來看見娘和大哥，我一陣安心，有種想哭的感覺。」

啊，我依然活著。

「歷經九死一生，最後我能留在人世，多虧醫生的治療、娘的全心照料，及託大家的福。當然，還有阿島的百次參拜。」

富次郎微微一笑，雙手合十。

「今天我能望著太陽，享受美味的菜肴，笑著聊天，再也沒有更幸福的事了。我由衷感謝。」

但正因如此，他才會不時想起。

「想起當時心裡的感受——唉，我就快死了。」

無比悲傷、懊悔，滿腔怒火，胸膛幾乎快爆開。

「如今回想，當時的我眞可怕。那種不甘心的黑暗念頭實在駭人，但又感覺哀傷得不得了。」

世上有比當時的我更可怕的人嗎？還有比我當時的懊悔更強烈的念頭嗎？不僅僅是我，人是不是都有可能遭受那樣的念頭囚禁？那就是煩惱，是罪過嗎？

「於是，我想到一個點子，就是和阿近一起聆聽百物語。」

阿近頷首。「堂哥，你內心深層的想法，我無法完全瞭解。不過，只要聆聽對方分享的故事，相信一定會和我一樣，得到很好的療癒。」

「哦，還有療癒的效用。」

「是的。只是，跟藥到病除的仙丹妙藥不太一樣。」

雖然是恐怖、不祥、悲傷的故事，卻是以人的言語道出。當中存在著說故事者，及故事中提到的人們具有的生命溫度。

「阿近，說得眞好。那麼，我就牢牢記在這裡。」

富次郎手抵在胸口，閉上眼。

「阿勝，拜託妳了。」

「是，小少爺。」

一切準備妥當，阿近端坐在聆聽者的位置。

今天「黑白之間」插的花，是泰半轉爲紅黃色的楓葉，搭配胡枝子花。掛軸是一幅水墨畫，畫的是現今正肥美的秋刀魚。兩尾魚交疊在一起，上面那尾背鰭朝上，下面一尾腹部朝上，往後弓身。這樣的構圖不像是強調魚兒肥美鮮活，而是別有含意的猜謎畫。

「黑白之間」位於裡屋，離店面有段距離，聽不見門庭若市的喧鬧。悠閒寧靜的氣氛中，賣炒栗子的小販路過庭院的木板圍牆，同時傳來孩童奔跑嬉鬧聲。正值未時（下午兩點），約莫是從習字所返家吧。

陽光仍留有夏末的熾熱，但秋風已起，楓葉和銀杏也會加快變色的腳步吧。為說故事者特意準備的茶點，是附近一家阿民常光顧的糕餅店賣的番薯羊羹。這是全年販售的招牌商品，又以這個時節最為甘甜。

話說回來，這次的說故事者遲遲未到。

約定的時間早已過去。

「堂哥、阿勝姊。」

阿近朝隔門揚聲叫喚。

「我去看一下情況。」

她起身來到走廊，發現空無一人，於是環視四周，豎耳細聽。

「阿島姊？八十助先生？你們在嗎？」

帶領說故事者前來的，一向是阿島或掌櫃八十助。

無人回應。阿近沿著走廊步向外頭，傳來陣陣話聲。

「歡迎光臨，今天想買什麼？」

「您看中這項商品嗎？謝謝。」

夥計與客人熱絡交談著。文人雅士總會想隨季節替換應景的飾品，託他們的福，每逢四季更迭，三島屋往往格外繁忙。只見夥計和童工新太忙進忙出。

阿近伸長脖子，望向賬房，看見八十助的背影。他正撥著算盤記賬，沒看到伊兵衛，應該是外出了吧。這麼一提，今天早上伊兵衛說過要參加聚會。

——該怎麼辦才好？

阿近決定折返。瞥向「黑白之間」的隔門，她想著也許不巧與訪客錯過。

「失禮了。」

她輕喚一聲，端正坐好，將門關上。

剛打開門時，上座空無一人。

關上隔門，阿近抬起頭，前方竟端坐著一名婦人。

她太過訝異，沒發出驚呼，而是倒抽一口氣。噗通！心臟用力跳了一下。

阿近睜大雙眼，望著那名婦人。

對方頗有年紀。屏除對客人的禮數不談，稱得上是老婆婆。不僅骨瘦嶙峋，背部彎駝，下巴還向前挺出。由於是這樣的坐姿，衣襟幾乎碰到喉嚨，後領嚴重外露，從後頸到背部上方都一覽無遺，頗為難看。

令人驚訝的是，對方梳著島田髻，一襲振袖和服，皆是年輕女孩的裝扮。和服的圖案是豪放的橫紋，搭配具有驅魔含意的可愛「麻葉」圖案的黑緞晝夜帶，花簪也十分華麗。

「歡迎蒞臨。」

阿近立刻鞠躬問候。

「讓您久等了。我是奇異百物語的聆聽者，爲店主伊兵衛的代理人，名喚阿近。」

老婆婆完全沒轉頭瞧她一眼，是耳背嗎？還是感到不悅？

「這位客人……」

阿近再度叫喚後，老婆婆不知望向何處，滔滔不絕地開口：

「這裡的圖畫好怪喔。」

阿近又是一驚。雖然嗓音沙啞，與年紀相稱，卻像年輕女孩語帶嬌嗔，口齒不清。

阿近十分詫異，一時僵在原地，這時老婆婆才轉過頭。

「別愣在那裡，快到這邊坐。我是來說故事的，這樣可沒辦法說啊。」

「啊，是。」

阿近僵硬地站起，急忙坐向下座。

「我剛才離席，似乎與您錯過了，實在是失禮。」

「我不在意。」

老婆婆下巴抬得高高的，一副滿不在乎的神情。

「因爲我欣賞這幅掛軸，很樂在其中。」

那是繪有兩尾秋刀魚的畫。

「這樣啊，很高興您看得上眼。」

「這幅畫是在呈現秋刀魚魂魄離去的場景。」

「咦？」

老婆婆偏著頭，姿態相當可愛。她以雙手的食指，比出和掛軸上的兩尾秋刀魚同樣的形狀。

「上面那尾秋刀魚，接下來會被肢解或烤來吃。下面那尾秋刀魚，則是魂魄脫離身軀。或者，是兩者相反。妳認爲呢？」

阿近並不這麼看，聽起來是很有意思的觀點。

「我以爲只是畫了兩尾秋刀魚……」

「如果兩尾並排在一起，確實就像妳所說的。不過，這幅畫並非如此。畫師會在裡頭暗藏謎題，不抱持這種想法來欣賞就太無趣了。」

之前《般若心經》的字帖也一樣，伊兵衛有個習慣，在古玩店發現有趣的東西就會買回家。這幅秋刀魚的掛軸亦不例外。不知是出自怎樣的畫師之手，也不懂當中是否暗藏謎題。

老婆婆的口吻充滿自信，但沒有挖苦人的意思，表情中帶點淘氣。阿近彷彿受她影響，面露微笑。

「您喜歡這種謎題嗎？」

「那也得是有格調的謎題，畢竟人家是待字閨中的姑娘。」

這句話似乎不是謎題。看來，這次的說故事者不太好伺候。

只要持續舉辦奇異百物語，就會遇上形形色色的說故事者。有感覺不舒服的人，也有牢騷滿腹的人。或許會有人想假借怪談之名，講別人壞話。當中可能有人會編造故事，胡亂吹噓。阿近自認已做好心理準備。

——這是一位愛做夢的客人。

雖然外表是老婆婆，內心卻是年輕姑娘。她就是做這種夢的說故事者。

這倒不是不行。如果她的夢能成爲百物語的一則故事也很好。阿近暗自拿定主意，不要惹對方不高興，小心應答。

「那麼，接下來就麻煩您了。」

一如既往，阿近告知「聽過就忘，說完就忘」的規矩，及可自行更改人名的事。掛在火盆上方的鐵壺微微冒著熱氣，但茶點尚未備妥。今天似乎和阿島很沒默契。

「因為一時疏忽，讓您久候，也沒為您上茶，接連的失禮之舉，真是慚愧。」

阿近雙手一拍，想叫喚阿島前來時，老婆婆從容不迫地打斷她。

「不，不用費心。我不需要茶點。」

「可是……」

「甜食對牙齒不好。我只會在每個月第一天吃甜食，真的不必張羅。」

見她說得如此斬釘截鐵，阿近也就恭敬不如從命。

重新面對面，阿近發現老婆婆化著淡妝，還塗了口紅。她朱唇輕啓，娓娓道來。

「接下來要說的，是我家的故事。很久以前，我家就在芝的神明町三丁目經營香具店。」

香具店的生意，專門販售各種香料、香油，及容納這些物品的香袋。往往會順便一起販售髮梳、髮笄、夾入式假髮、香粉等飾品。不過，提到芝的神明町，街景與這一帶大不相同。那裡不是有許多氣派的武家宅邸和寺院嗎？這樣看來，顧客或許比較拘謹。

阿近思索此事時，老婆婆突然眨起眼。

「恕我冒昧問一句，妳的和服原本就這麼設計嗎？還是，妳怕讓我久等，匆忙間穿反？」

「您的意思是……？」

「妳衣服的花紋在反面。」

的確，今天阿近的和服外表是樸素的陶土色，內面則是藍綠色網格，搭配飛舞的蜻蜓花紋。這是俗稱的「裏模樣」，乍看樸質無華，卻又低調顯露花紋，別具雅緻。

要向賓客表現禮數，應該慎重裝扮，但由於扮演的是聆聽者的角色，不能過於華麗。考慮到身分，阿近選擇這一身方便的服裝，並非有什麼匠心獨具的巧思。如果有三名年紀相仿的商家姑娘聚在一起，大概會有一名是這種裝扮，另外的兩人當中，應該會有一名是「裾模樣」。這是外觀質樸無紋，唯有下襬邊緣配有花紋的一種雅緻和服設計。

——莫非她不知道？

阿近思忖著，老婆婆突然蹙起眉，朗聲說「啊，眞受不了」。

「這就是最近的流行吧。實在受不了流行這種玩意。不論是和服、腰帶，或髮型，過了十年，就完全變了個樣。連髮髻也不例外，當初紅極一時的『鷗髱』，妳應該不知道吧？」

何止不知道，連是怎樣的髮型也猜不出。和服的裏模樣不是最近才開始流行。從阿近懂事起，在老家的川崎驛站就常聽布莊的人提到「在江戶這樣穿才叫風雅」。

老婆婆微微嘆氣。

「抱歉，聽我接著往下說，妳就會明白。我算是女浦島太郎（註），自年輕時起，一直過著時間沒有變換的生活。」

這麼一提，那豪華的振袖和服，上頭的橫條紋確實略微褪色。綾質腰帶的寬度，也比阿近的腰帶窄。

註：日本童話，浦島太郎到龍宮一遊後帶著寶盒回到陸地，發現已過數年，打開寶盒後他頓時變成老爺爺。

已故的祖母說過，她年輕時的腰帶又窄又短，和服的下襬也不會拉這麼長。只要世人生活寬裕，女人就會個個變得像千金小姐。當然，不會當便服，一年大約只有一次機會盛裝打扮。不過，若不是變得富裕，女人的衣服想必不會如此講究。

「我們店裡做的生意，雖然比不上貴寶號，也算是和流行有關。身爲店主的女兒，我卻採舊式的打扮，旁人難免會覺得奇怪。但我是自己喜歡這麼做，所以沒人責怪我。」

我叫阿梅——老婆婆輕盈地低頭行一禮，像是淘氣的小姑娘。仔細一看，才發現摻雜銀絲的眞髮相當稀疏，當中夾了許多假髮，勉強梳成島田髻。

「我們的屋號是『美仙屋』。不常聽到，對吧？」

她伸指在榻榻米上寫下文字。

「第一代店主，曾在名爲『備前屋』的香具店當夥計，後來獲准開分店。」

原本可直接掛上「備前屋」的屋號。

「當時，店主迎娶總店老闆娘的姪女當媳婦。對方是個大美人，他高興得幾乎快升天，約莫認爲娶了美麗的仙女，便以此當屋號吧。」

實在令人開心。

「接著，夫妻倆生下一個女兒，同樣是美人胚子。店主喜不自勝，直說：『噢，這是屋號的言靈（註）所賜。眞是受之有愧，感恩不盡。』」

她扭動身軀，誇張地雙手合十，不斷鞠躬。

「若世人看見，一定會想對他說一句『適可而止啊』。」

阿梅張嘴哈哈大笑，口中缺了幾顆牙。

「不知是否言靈奏效，美仙屋的女兒確實代代都是美人，娶的媳婦也都是花容月貌。我爹是第六代店主，我娘也是膚色白淨、瓜子臉、髮量豐沛的美人。」

不過——說到這裡，阿梅突然露出可怕的目光。

「她右眼下方有顆大黑痣。人們都說，這樣的女人會招來慘事，很不吉利，因而感到排斥。但我爹一見鍾情，將她娶進家門。」

阿梅眨眨眼，恢復原本的眼神。

「最後，爹娘落入含淚與女兒生離死別的下場，或許那顆痣眞的不吉利。」

逐漸接近危險的話題。

「您提到的女兒，就是您本人嗎？」

「不，不是我。」

是大阿梅一歲的姊姊。

「我們家有三姊妹，長女阿藤，次女阿菊，我叫阿梅，是老么。」

雖然阿梅眼窩凹陷，臉頰到下巴一帶極度瘦削，幾乎可清楚看出骨頭輪廓，但天庭飽滿，鼻梁挺直，有著櫻桃小口，年輕時想必是美女。

「肯定是漂亮的姊妹花吧。」

「嗯，的確。」

阿梅一點都不謙虛。

註：日本自古認爲言語中帶有神奇力量的一種思想。

「只是，要說誰最美，非阿菊姊莫屬。甚至，大家都認爲她有資格進入大奧（註）。」

到底是什麼原因，美仙屋會與美若天仙的次女別離？

「一切發生在阿藤姊十七歲，阿菊姊十五歲，我十四歲那一年。這是很久以前的事，得耐著性子聽我話說從頭，妳能接受嗎？」

「是的，我會洗耳恭聽。」

阿梅注視著阿近。那是宛如筆直看穿對方眼底的強悍眼神。

「雖然我外表是個老太婆。」

阿梅心知肚明。

「但我內心的時間，始終靜止不動。依舊停留在當初和菊姊別離的那一刻。」

一直是十四歲。

「外出時，我會盡竭所能化妝打扮。妳從剛才都沒笑——也沒有明明想笑，卻強忍不笑的模樣，我很高興。」

阿梅並未流露一絲感動，語氣一樣幹練，口齒清晰。

「不僅是我們家，香具店的店面規模都不大。不過，香料有時用的是小小一片就值一兩、百兩的上好材料，生意相當興隆。」

如果會做生意，自然是日進斗金。

「所以，我們都在優渥的環境中長大。」

女兒們打扮得華麗，能熱絡店內的氣氛，算是另一種收穫。

「替生來貌美的三個女兒精心打扮，讓內在能匹配外貌，並教導禮儀規矩，我們的父母對待孩子是既疼愛又嚴厲。」

三姊妹想要的，幾乎都已到手。

「唯獨兩項規矩，父母一再叮囑我們要嚴格遵守。」

一是禁止男女情愛。

「我們家就三個女兒，沒有兄弟，於是阿藤姊得招贅。菊姊和我則是要嫁人，而且對方的家世必須足以匹配美仙屋。」

因此，舉凡喜愛、迷戀男人，或是和男人有情書往來，這類的男女情愛一概不准。

「一些大型店家或名店，也常有類似的情況。」

「三島屋呢？」

「我們算是白手起家，而且我是店主的姪女，不是女兒。」

「還是會有人前來提親吧。」

阿梅哼一聲。

「算了，在這裡欺負妳也沒用，放妳一馬。」

感激不盡——阿近行一禮。

「男女情愛一律禁止，我們三姊妹並不以為苦，但對周遭的男人來說，卻是殘酷的規定。」

許多人流下男兒淚——阿梅坦然道。

「好幾個男人向阿藤姊和阿菊姊說過：如果不能和妳結為夫妻，我也不想活了。」

註：幕府將軍的後宮。

茶道、花道、舞蹈、三弦琴、古箏，三姊妹認眞學習各種才藝，年輕人在學才藝的地方對她們一見鍾情，埋伏在她們返家的路上，想遞交情書。

「謹愼起見，爹特地僱人和我們同行。」

有一次外出看戲，鄰座的商家少爺一眼相中，直接開口求婚，然而——

「娘問對方『不好意思，我們家有三個女兒，您想娶誰』，對方竟回答『哪個都行，眞要我說的話，三個都想娶。要是被其他男人搶走，我可受不了』，滿口諢話。娘和女侍總管合力撒鹽，趕跑對方。」

阿梅明明在誇耀，聽起來卻沒有引以爲傲的感覺。這點令人納悶，但也頗爲有趣。阿近面帶微笑，仔細聆聽。

「很好笑吧。不過，當事人卻爲這種事勞心傷神，而且惹來不少人的嫉妒。」

阿藤是古箏好手，又熱中學習，短短數年，琴藝便幾乎和師傅並駕齊驅。穿上華麗服裝在發表會上表演時，她的美貌和美妙琴聲吸引某人的目光。

「然而，那個人是花花公子。偏偏他是古箏師傅的心上人，此事非同小可。」

眞是一幅地獄景象——阿梅說道，阿近噗哧一笑。

「啊，對不起。」

「沒關係、沒關係，那件事我也笑翻了。師傅是頗具姿色的中年婦人，見心上人移情別戀，對她愛理不睬，頓時方寸大亂，又哭又叫，甚至用指甲搔抓，活像野貓般張牙舞爪，實在是難看。」

當然，日後將繼承美仙屋的大女兒，不可能招三弦琴師傅的情人爲贅婿，但阿藤吃到苦頭，停止學習古箏。

「我很不甘心。之前聽到阿藤姊的琴聲，總覺得內心清明許多。」

阿梅無限懷念地瞇起眼。

「爹也感到遺憾，認爲阿藤的琴聲，連『倉庫大人』都很期待。」

倉庫大人，第一次提到的名稱。阿近有些納悶，阿梅馬上察覺。

「啊，我眞是的，竟沒先說明就提及。眞的很久沒像這樣慢慢和外人聊天，我變得不太會講話。」

阿梅的手指輕抵唇間，思忖片刻後，接著道：

「倉庫大人是我們家裡的神。」

沒錯，是神——阿梅彷彿在和自己確認，悄聲低語。

「守護美仙屋的生意一切順利，家中老小都能過著平安幸福的生活，是我們家專屬的神。」

倉庫大人與三姊妹應該遵守的第二項規矩有關。

「倉庫大人住在家中的倉庫。」

不是獨立建造，而是與家中一部分相連的倉庫。

「我家走廊的盡頭處，有一扇黑漆加上金箔唐草花紋的氣派雙開門。架上門閂並上鎖，鑰匙由爹一人保管。每天早晚，請爹開鎖後，走進倉庫替常香盤換香，是我們三姊妹的工作。」

「常香盤？」

「妳不知道嗎？在寺院裡沒看過？」

或許看過，但還是不清楚。

又稱爲香鐘——阿梅解釋。

「原本是爲了能一直替神佛焚香製作的道具，不過依據香的量，可用來估算時間。」

如同人們常說的，「等這柱香熄了，我們就出門吧」，或「蚊香燒完，表示已是三更半夜」。會持久燃燒的東西，能成爲時間流逝的參考基準。

「隨著常香盤的大小，能測量的時間長度也不同，但我家的常香盤直徑約這麼大。」

阿梅雙手張開約肩寬的大小。

「呈橢圓形，是個像盤子的陶器。爲了方便擺放，還附上底座，但沒有外緣，完全平坦。往盤面均勻撒上薄薄一層灰，然後畫出漩渦般的線條。」

在這線條上加入粉末香，一端點火後，會慢慢燃燒，揚起薰香。換香時，將盤裡的灰和殘渣丟進裝灰桶，擦拭乾淨後，撒上新的灰，在畫有線條的地方放香點燃。

「聽起來頗費工夫。」

「嗯，起初一個人忙不過來，是在爹的教導下學會的。」

有個比常香盤大一圈的容器，裝著淺淺的水，常香盤擺在上頭，安放在室內正中央。

「不擔心會失火嗎？」

「倉庫裡空無一物，沒有任何可燃物。那是約六張榻榻米大的空間，鋪木板地，天花板和牆壁都塗上白灰泥。」

明明有美仙屋的神坐鎮其中。

「沒有神龕或符紙之類的嗎？」

「沒有，爹說這樣不會有問題。」

——不過，這裡的香絕不能中斷。

「因爲是早晚更換。儘管可燒上半天，總會迅速更換。」

依序由三姊妹進行更換。

「有時突然有事，或感冒無法下床，則是早上由阿藤姊處理，晚上改由阿梅姊處理。其實，這種情況下都匆匆忙忙，並不恰當。在倉庫大人面前露臉的，一天內最好都是同一個人。」

阿月腦中閃過的疑問，阿梅搶先回答。

「遇上月事也沒關係，倉庫大人並不在意。所以，爹吩咐我們要好好完成這項任務，不可弄錯順序或跳過。」

「那麼，倉庫大人可能是女神。」

阿近隨口說出心中的想法，阿梅卻渾身一震。她陡然坐正，露出幾乎會將人穿透的目光，緊盯著阿近。

「聽過和我家情況類似的故事嗎？」

「咦？」

「還是，知道其他和我家的倉庫大人一樣的故事？」
阿近端正坐姿，應道：「不，沒有。」
停頓片刻，阿梅瘦削的雙肩垂落。
「沒有嗎……」
阿梅頹然垂首，微微搖頭。
「要是有就好了，我們到底該怎麼辦……無論如何，現在都太遲了。」
阿梅如此低語，阿近靜靜等候她往下說。看來，倉庫大人的眞實身分……雖然有點失禮，不過這似乎是整個故事的關鍵。
阿梅的嘴角淌落一滴口水。以手背拭去後，她緩緩抬頭。
「總之，我們三姊妹輪流更換常香盤，一天兩次。」
這是在美仙屋誕生的女兒應盡的義務。
「聽說，在我們之前的姑姑們，也就是爹的兩個妹妹，一樣是負責這項工作。美仙屋的孩子以女性居多，代代都會生下兩、三個女兒，在這方面沒有人手不足的困擾。」
代代都會生出美女，或許是拜倉庫大人之賜。
「媳婦不行嗎？」
「我娘從來不曾走進倉庫。」
一定要有美仙屋血緣的女人才行嗎？
「長久以來，常香盤的香火始終沒斷過，美仙屋也一直生意興隆，對吧？」
「是的。阿菊姊和我出嫁後，阿藤姊得獨自進行這項工作。等姊姊的女兒誕生，再交由女兒繼承。」

理應如此，可是——說到這裡，阿梅第一次皺起眉。

「因爲那場火災，一切全變了。爲了守護美仙屋，阿菊姊成爲倉庫大人。」

阿菊「變成」倉庫大人。

阿梅板起臉，沉默不語。阿近想問清這句話的意思，阿梅忽然開口：

「我也眞是的，怎麼又先說了呢……」

阿梅低喃著，輕按右鬢。她的手指枯瘦，皮膚乾癟，彷彿骨頭上覆著薄薄一層皮。

雖然爲時已晚，阿近仍漸感不安。這位老婆婆不僅年邁、清瘦，可能還有病在身，身體衰弱。

不過，當阿梅抬起頭，表情再度轉爲柔和，目光也十分明亮。

「跟妳說，倉庫大人是怎樣的神明，又是什麼模樣，我們三姊妹很在意，也非常想知道。」

她的口吻平靜，話聲恢復活力。

「不過，爹一直不肯透露，只說日後我們就會知道。」

實際上，在持續更換常香盤的過程中，她們逐漸明白內情。

「剛才妳眞是明察秋毫，倉庫大人確實是女神。」

祂呈現年輕女孩的樣貌。

「話雖如此，我們都沒見過祂的臉。因爲不曾和祂面對面，就像我現在和妳這樣。」

不過，當我們擦拭常香盤，撒上新灰，畫出線條，進行瑣細的作業時，祂會突然出現在眼角餘光中。

「有時會看到穿白布襪的腳尖，有時會看到手指與和服的袖口。察覺祂的出現，一轉頭，祂就會逃也似地躲到我背後。」

跟阿梅三姊妹玩捉迷藏一樣。

「雖然沒看到臉，卻猜得出祂是年輕姑娘，是因爲祂的和服相當華麗，還有氣味。」

感覺得出一股黃花閨女會用的香粉氣味，芳香甘甜。

「這一點很不可思議。我們家開香具店，比別人家的女孩更熟悉香粉，應該說，鼻子較別人靈敏。」

但她們三姊妹猜測倉庫大人的香粉名稱時，卻屢屢意見分歧。

「阿藤姊說是『紫麗香』，阿菊姊說是『錦絲蝶』，我則認爲一定是『白梅香』。」

阿梅手指游移，逐一寫下香粉的名稱。

「紫麗香是紫藤花的香氣。至於錦絲蝶，有種菊花就叫這個名字，不曉得妳是否聽過？蝴蝶頭上不是長著兩根觸角嗎？那花瓣的前端卷著兩根類似的東西，是一種黃色的菊花。」

白梅香，如同字面的含意，帶有白梅的香氣。

「換句話說，我們嗅到和自己名字有關的花朵香氣，而且味道清晰，搞不懂其餘兩人爲何會誤聞成別的香氣。」

看來，倉庫大人會配合前來更換常香盤的女孩，變換氣味。

「祂也會變換衣服嗎？」

「這點就不清楚了。雖然知道祂穿的是採用金絲和銀絲，繡出講究的花草圖案，極盡奢華的振袖和服，但一直看不到祂的全貌。」

「令尊和妳們一起進倉庫，他有時也會看到或聞到嗎？」

阿梅鄭重搖頭。

「不，完全沒有。爹什麼都看不到，也感覺不到。」

這樣正好，阿梅的父親如此認爲。

「爹是聽上一代店主的吩咐，上一代店主是聽上上代店主的吩咐。」

倉庫大人呈現年輕姑娘的樣貌，只會在年輕女孩眼前稍稍露面。

「常香盤一向是燒何種香？」

「白檀香，絕不能換成別種。」

這是一種淡香，不會有濃郁的氣味。而且只有淡煙，相當高雅。

「所以，不會和倉庫大人身上的香氣搞混。」

「那麼，您和兩位姊姊平日身上是熏何種香？」

「我們三人都是熏白檀香。」

阿梅頓時睜大雙眼。「對了，這麼一問我才想到，明明是香具店的女兒，我們只能用普通的白檀香。長大後，我們覺得十分不滿。」

不論是香包，還是衣服的熏香，一直是相同的香氣。

「要是發牢騷，說這樣很無趣，爹就會訓斥我們，說我們是香具店的女兒，才要用再普通不過的香氣。仔細想想，那是爲了配合倉庫裡常香盤的焚香。」

阿梅恍然大悟，點著凸尖的下巴。

阿近微微低聲問：

「您不覺得可怕或陰森嗎？」

家中有一個不開放的房間，每天都得走進去，進行不可思議的儀式。

「對於替常香盤換香的任務，不會感到排斥嗎？」

阿梅露出深思的表情。

「我倒是覺得還好。」

從來不以爲苦。

「爹會陪在一旁，而且，我現在對妳說這件事，妳會覺得很奇怪，但當時我一點都不覺得可怕。」

反倒有一種親近感。

「像是去見親人。」

阿梅低喃著，深深嘆氣。

「我也不知該怎麼解釋。在不清楚倉庫大人的眞正身分時，我們實在太樂天。」

倉庫大人的眞實身分。果然，這是故事的關鍵。

「如同我剛才提到的，一切發生在阿藤姊十七歲，阿菊姊十五歲，我十四歲那年的初春。」

一早就颳起猛烈的南風。「日暮時分，美仙屋所在的神明町南方，一處叫七軒町的市街失火。」

在強風的助長下，火勢迅速延燒。

「由於地點的關係，不僅市街消防隊，連大名消防隊也出動，大家都拚命想早點滅火，然而，強風正是造成這場春日大火的元凶。」

儘管待在美仙屋，依然聞得到濃煙的臭味，大路上擠滿避難的人潮。大家揹著家當，或是擺在貨車上，呼喚彼此的名字，確認是否平安無恙，逃離火舌和竄升的黑煙。

「自我懂事以來，沒那麼近看過火災。阿藤姊記得十年前，附近的寺院曾發生一場小火災，但沒引發這麼大的動亂。」

三姊妹嚇得簌簌發抖，緊握彼此的手，全身瑟縮。

「我們是不是也得逃命？」

想到這裡，三人便害怕得雙膝發顫。

「如果逃走，勉強保住一命，但家當全燒光，我們明天能到哪裡躲雨？有辦法過日子嗎？那些鍾愛的和服、人偶、重要的東西，全都會失去。」

阿梅忍不住哭出聲，阿菊也哭了。長女阿藤堅強地緊摟著妹妹，給予安慰。店內的夥計全方寸大亂，慌張不已。

「這時，隔門突然開啓，爹昂然而立。」

令人驚訝的是，美仙屋的店主竟穿著裙褲、單紋短外罩，一副正裝打扮。

「這身裝扮出現在火災現場中，顯得多麼突兀，我們都看得出來。」

三姊妹愣愣仰望父親。

「只見他血色盡失，面如白蠟。」

雖然雙手在身體兩側握成拳，仍抑制不住顫抖。

「接著，他注視著我們三姊妹，如此說道。」

——不必擔心，美仙屋不會燒毀。

「他吩咐我們，待在原地別動，絕不能到外頭，要是混在逃亡的人群中就麻煩了。」

阿梅傾訴著，雙眼瞪得老大。當時她一定也是如此。只曉得仰望父親，一臉錯愕。

「爹說會前往倉庫，打開門，恭請倉庫大人駕臨。這麼一來，美仙屋絕不會燒毀。因爲倉庫大人會保護我們。」

阿藤聞言，準備起身。她想和平時一樣，隨父親進入倉庫。

「但爹按住她的肩膀。」

——倉庫大人離開倉庫時，必須由當家單獨迎接，這是規矩。

每個人都待在原地別亂動，不准吵鬧。只要靜下心，雙手合十，就沒什麼好怕的。

美仙屋有倉庫大人坐鎮。

「接著，他露出泫然欲泣的神情。」

——對不起，眞的很對不起妳們。

過去一直都躲過劫難，沒想到……

「沒想到倉庫大人會在我這一代輪替。沒想到得獻上妳們。」

他嘔血般長嘆一聲，轉身踩著重重的步伐，離開走廊，朝倉庫前進。

「爹緊握著打開倉庫的鑰匙。」

面對詭異的情況，三姊妹蜷縮著，緊挨彼此。濃煙的臭味愈來愈重，外頭喧鬧無比。

「我把臉埋進阿藤姊的懷中，緊閉雙眼。接著，我聽到了。」

母親在屋內哭泣。

哭得悲痛欲絕。

「娘一定和我們一樣，在爹嚴厲的叮囑下，待在原地不敢動。」

外頭因火災亂成一團，美仙屋的眾人卻屏息斂氣。呼號的風聲遠去，最後只聽到母親的哭聲。

「當時我察覺到了。」

白檀香的氣味。

「從倉庫的方向飄來。」

不僅是香氣，同時湧來一股清爽舒暢的氣息。清水般盈滿美仙屋的清淨空氣。

濃煙的氣味逐漸消散。

戶外的喧囂如潮水退去。

阿藤輕輕抬起手，阿菊跟著這麼做。

「兩個姊姊彷彿要撈取那股清聖之氣。」

阿梅看到晶亮的顆粒，從阿藤和阿菊白皙的蔥指間淌落。

那是尊貴、耀眼、溫柔的光輝。

「這就是倉庫大人的神力。」

宛如清水流過，水面折射出燦然金光，包覆美仙屋。

阿藤陶醉地閉上眼，露出微笑。

阿菊深呼吸，雙手貼向胸前。

阿梅自然地流下眼淚。那不是悲傷，也不是恐懼，而是感激、喜悅、安心，淚水奪眶而出。

「不久，我的意識遠去，像是進入夢境，不知不覺睡著。」

睡得十分深沉，一夜無夢。

「當我醒來時，已是隔天清晨。」

阿梅獨自蜷縮著，睡在房裡。她急忙起身，打開隔門，只見晨光灑落外廊。

——那場火災呢？

「美仙屋平安無恙，一張紙也沒燒著。」

那股清淨涼爽的空氣，仍充斥屋內，盈滿美仙屋所在的土地。

「庭院的樹木和盆栽，甚至留有朝露。我望向前方，差點嚇得腿軟。」

火災一路燒到鄰家。

「隔壁是一家紙店，屋子大半燒毀，爲防止火勢延燒，另一半遭到搗毀。僅留有白牆被熏得一片漆黑的倉庫，其餘實在慘不忍睹。」

然而，美仙屋卻完好無缺，連與紙店交界的木板牆也沒半點燒焦的痕跡。

「大路的另一側也延燒了三幢房屋。」

唯獨美仙屋毫髮無損，彷彿有人包覆守護。

「眞的是倉庫大人守護這個家。」

爹娘和姊姊在哪裡？

「我頓時清醒，呼喚著大夥的名字，在家中四處找尋。」

阿梅的父母和長女阿藤佇立在倉庫的入口。在一如往常架著門閂、嚴密上鎖，塗著黑漆的雙開門前，三人緊摟著彼此，癱坐在地。

「娘哭腫雙眼，阿藤姊也滿臉是淚。」

三姊妹的父親，經過一夜就憔悴許多。不僅如此，看起來足足老了十歲。

「他頭髮全白了。」

變化之大，身爲女兒的阿梅幾乎認不出，不禁懷疑眼前的人眞是父親嗎？

不知爲何，始終沒看到阿菊。

「爹一發現我，便爬也似地過來，哭著說『阿梅，妳沒事眞是太好了』。接著他蹲下身，緊緊抱頭。」

——阿菊……阿菊走了，她被選中。今後她將成爲倉庫大人，守護美仙屋。

「這是代代相傳的規矩。」

不知不覺間，年邁的阿梅濕了眼眶。

「這是美仙屋的第一代店主，當初和倉庫大人訂下的約定。」

倉庫大人要在美仙屋的倉庫裡坐鎭，不能離開。

然而，每逢發生火災、地震、瘟疫、搶劫等等，可能危及美仙屋的財產或家人性命的災禍時，如果當家提出請求，倉庫大人便會走出倉庫，以神力守護眾人。

之後，倉庫大人便算是完成使命，得進行世代交替。

從祂守護的美仙屋女兒中，挑選下一任倉庫大人。

「成爲倉庫大人的女孩，不能過一般人的生活。祂已不再是一般人。」

祂不需要食物，不需要水，跳脫時間的洪流。不會變老，永遠是年輕姑娘，受常香盤的香氣繚繞。

「之後，爹帶我們前往倉庫。唯有那天，是阿藤姊和我一起踏入倉庫，只見常香盤翻覆，香灰和殘渣散落一地。」

我們姊妹將常香盤擦拭乾淨，抹平新的香灰，畫上線條。

「接著，我聞到香氣。」

那是錦絲蝶的香氣，阿梅突然感到背後有人。

——是阿菊姊。

「我望向爹，他點點頭。於是，我們遞出裝有錦絲蝶的小盒子。」

——從今天起，這是爲倉庫大人焚燒的香。

「之前用的白檀香，是前任倉庫大人的香。今後由阿菊姊擔任倉庫大人，改燒菊香。」

散發菊香的錦絲蝶，阿菊在倉庫內的氣味。

——阿藤、阿梅，換成錦絲蝶的香和香包吧。美仙屋的女兒得隨身攜帶倉庫大人的香。這是重要的約定，不能隨意更換。

「我連哭好幾天。」

爲何會有這麼殘酷的規定？

爲什麼我們美仙屋的女兒，必須受這樣的規定束縛？

「阿菊姊實在太可憐。我好想見阿菊姊。難道不能想辦法，將她從倉庫帶回來嗎？不能和她一起遠走高飛嗎？」

阿梅一直鑽牛角尖，甚至到廢寢忘食的地步。阿藤也一樣，姊妹倆相視而泣，怨恨這個家，生父親的氣，也氣只會順從丈夫，絲毫不爲女兒著想的母親。

隨著日子流逝，阿藤與阿梅看出彼此眼中的想法。

倘若這就是美仙屋的女兒難以改變的命運……

倘若能藉以保護自己不受任何災禍侵害……

「幸好成爲倉庫大人的不是我。」
不是我被選中，眞是慶幸。
彼此的心聲反映在對方眼中。
「於是，我發現一件可怕的事。前任的倉庫大人，曾分別在我們三姊妹面前，散發出和我們名字一樣的香氣，若隱若現。」
該不會是在考慮，要選誰當繼任者吧？
選阿藤嗎？
阿菊適合嗎？
還是選阿梅呢？
哪一種香適合下一任倉庫大人？
「選・哪・一・個・好・呢。」
變成老婆婆的阿梅豎起顫抖的手指，彷彿在歌唱，帶著抑揚頓挫低喃。
「一切如同神明所說，完全按神明的期望發展。」
從一名女兒身上奪走時間，奪走人生，奪走原本理所當然的生活。
「這時，我才眞正打心底感到恐懼。之前，我簡直像站在懸崖峭壁旁。」
神明選中阿菊的香，阿梅逃過一劫。
儘管鬆一口氣，阿梅不禁心生歉疚。
「阿藤姊恐怕也是相同的心情。在那之後，我們變得十分疏遠。只要一碰面，我們就尷尬極了。」

雖然早晚前往倉庫，爲常香盤換香的習慣還是沒變，不過……

「心情截然不同。」

變得很不想去，一忙完便逃也似地離開。

「阿菊姊應該會憎恨沒被選中的我們吧。」

阿近平靜地插話：「待在倉庫時，您有這種感覺嗎？」

阿菊是否曾發怒，以錦絲蝶香氣逼近？

「才沒這種事。」

阿梅似乎十分不悅，冷淡應道。

「阿菊姊已成爲守護美仙屋的神明，是充滿慈愛的倉庫大人。」

但理應受祂的慈愛保護的女孩，卻遭到恐懼和罪惡感折磨，難以承受。

「害怕親生姊姊，更讓人歉疚。」

阿梅突然雙手掩面，清瘦的身軀藏在又厚又長的衣袖後方。

「於是，我決定要停住時間。」

以肉身追隨阿菊。阿菊被奪走的一切，阿梅也要捨棄。

「我關在美仙屋裡，足不出戶，並停止學習任何才藝。」

拒絕所有婚事，一直守在家中沒嫁人。

「最後變成這樣的老太婆。」

阿梅雙手一攤，望著自身的模樣低語。

「倉庫大人不會變老，我卻日漸衰老。這襲華麗的和服，是倉庫大人的衣服。阿菊姊喜歡的振袖和服。」

這是阿梅最好的一套衣裝。是猶如活死人般，時間停止流逝的女孩珍藏的華服，也是她的壽衣。

「我是多麼可悲啊。」

阿梅再度捲起長長的衣袖，彷彿要遮住上半身，嚶嚶啜泣。

「阿菊姊又是多麼可悲啊。」

這是美仙屋遭受的詛咒。

「其實，我們根本不是受倉庫大人保護。我們受祂欺騙，受祂詛咒。」

啊，眞不甘心！

她發出怪罪般的吶喊，彎下身，雙手緊緊握拳，捶打起榻榻米。咚、咚、咚！

由於力道過猛，花簪紛紛滑脫，假髮也掉出髮髻之外。儘管如此，阿梅仍未停下粗暴的舉動。單憑她僅存的稀疏髮絲留不住髮髻，於是凌亂地往振袖和服的雙肩垂落。

「客人，您的頭髮……」

忽然，阿梅的雙肩無力地往一旁斜傾。振袖和服的衣袖，在榻榻米上攤開。

咦？

此時坐在原地的，僅有一襲振袖和服，及鬆弛的腰帶。裡頭的阿梅憑空消失。

阿近僵在當場。

「阿梅小姐！」

阿近大喊一聲，正要奔向上座，「黑白之間」一陣搖晃。她看見天花板，接著榻榻米的紋路直逼面前。

是我頭昏眼花。

阿近雙臂撐地，想穩住身軀。她的手無力地滑過榻榻米，雙膝發軟。

像是靈魂出竅，意識遠離。身體輕飄飄，一股冷氣將阿近緊緊包覆。

鼻端微微傳來白梅的香氣。

好暗、好冷，彷彿在冰水中隨波逐流，不斷漂向遠方——

「烤栗子，要不要買烤栗子……」

賣烤栗子的小販經過木板圍牆。

突然再度感受到身體的重量，眼前豁然開朗。

阿近猛然清醒，睜開眼。

她倒臥在聆聽者的位子上，不自主伸出的胳臂，裸露在衣袖外。

她抬起頭，「黑白之間」一片悄靜，秋日陽光照向雪見障子，一切都沒變。

阿近獨自一人。

上座不見說故事者，位子上沒坐人。

她戰戰兢兢爬向前，探向坐墊，沒感受到人的體溫。

怎麼可能？剛才明明在這裡。那位插著花簪，打扮講究的老婆婆。

阿近一時發不出聲。喘幾口氣後，喉嚨才鬆開。

「堂哥！阿勝姊！」

她踉踉蹌蹌起身，打開通往隔壁的紙門。

接著，她益發驚訝。阿勝端坐著，雙手規矩地放在膝上，闔起眼，頭微微斜傾。富次郎枕著胳膊躺臥在地，雙膝微彎。

難不成死掉了？

「呼嚕……」富次郎打起鼾。

阿近站在原地，鼓足全力大喊。

「你們快醒來啊！」

富次郎赫然彈起，阿勝睜開雙眼。兩人抬頭望向阿近，面面相覷。

「啊，哎呀呀。」

「小姐，怎麼了？」

還問呢……阿近當場癱坐。

「到底是怎麼回事？」富次側頭不解。

「我太大意了。」阿勝十分懊悔。

「不過，還好你們三人都平安無恙。」阿島撫胸感到慶幸。

雖然重拾平靜，阿近仍難以置信。

「確實有客人來過。」

「可是，小姐，我沒帶任何人進來。」

聽阿島這麼說，掌櫃八十助頻頻點頭。

「我以爲今天奇異百物語的客人遲到了……」

這點也很奇怪。阿近派童工新太跑去追那名賣烤栗子的小販，向他詢問，得知他今天是第一次行經此處。換句話說，阿近等候說故事者前來時聽到的叫賣聲，與她暈眩醒來時聽到的叫賣聲，是出自同一名小販，間隔應該不會太長。

「不過，那段期間我一直在聽一位叫阿梅的客人講故事。堂哥和阿勝姊也都聽到了吧？」

「嗯，聽是聽到了，只是……」

富次郎口吻有點含糊。

「到底是怎樣的故事？」

又是一件令人難以置信的事。阿勝竟與富次郎的狀況相同。

「腦袋昏昏沉沉，不知不覺中睡著。那時我在幹什麼呢？」

完全記不得了！

「你們該不會都在做夢吧？」

八十助說出合理的推測。但對奇異百物語的相關人士說「這是在做夢」，是最大的禁忌。

「絕對不是。」

阿近斬釘截鐵地回一句，八十助露出歉疚的神色。

「怎麼可能是夢？真的有那位說故事者。」

「嗯，我知道、我知道。阿近，別這麼激動。」

富次郎柔聲打圓場。

「我們三人一定是被妖怪迷昏頭。」

可能是妖狐或狸貓吧。

「大概是牠們聽聞三島屋奇異百物語的風評，想好好迷昏我們，特意從柳原河堤一帶前來。」

阿勝一臉沮喪。「那我就更沒面子了，守護者居然受狐狸誆騙。」

「有什麼關係？拜此之賜，我第一次來就碰上難得的體驗。」

不可能有這種事，阿近仍難以接受。

「不、不，不對。恕我直言，我擔任百物語的聆聽者已有兩年，不論來者是妖狐、狸貓，還是貉，都不會輕易受騙。」

「阿近，狐狸、妖怪之類的可不好對付。愈是自認不會上當的人，愈會受騙。」

「小少爺，您眞清楚。」

「妖怪繪本中很多類似的軼聞。」

爲了安慰滿腔憤慨無處宣洩的阿近，富次郎刻意擺出滑稽的表情。

「不過，我們相當幸運。對方是大白天前來，在家中耍了我們。如果是漆黑的夜晚，在外頭行走時遇上就麻煩了。」

妖狐倒還好，牠們十分聰明。

「牠們會牽著上當者的手，帶對方走，不會去危險的地方。狸貓比較笨，會繞到受騙者的背後推著對方走，最後推入水溝或糞坑。一個沒弄好，可能會喪命。」

「哎呀，眞的嗎？」

現在是爲此讚嘆的時候嗎？望著氣呼呼地鬧彆扭，想用指甲抓人，或丟東西出氣的阿近，阿勝噗哧一笑。

「雖然這次我很沒面子，但能看到小姐這麼生氣，我覺得挺開心。」

「爲什麼！」

「一般過日子，一年當中好歹會發一頓脾氣。小姐太壓抑，一直沒生過氣。」

很像是阿勝會說的話，但眼下不是談論阿近的狀況或心情的時刻。

「阿近一直是這樣啊？那麼，今天眞是可喜可賀的日子。」

富次郎益發得寸進尺。「來喝一杯慶祝吧。阿島，幫忙準備一下。」

阿島一臉嚴肅，「您的身體還不能喝酒。」

「哪會，我早就沒事了。」

「是啊，我也想喝一杯。」

「眞是的，怎麼連阿勝也這麼說……」

「不早點淨化，身爲守護者的力量都快消失了。」

「這很重要。今天店裡早點關門吧，大家一起喝酒熱鬧一番。」

「那麼，我去問問老爺的意思。」

這群人怎麼啦？阿近詫異得說不出話。他們這樣才像是被妖怪迷昏，簡直是高興過頭。

阿近別過臉，恰恰瞥見壁龕上的掛軸。秋刀魚的水墨畫。

秋刀魚只剩一尾。

原本應該有兩尾。上下疊在一塊，構圖好似一種猜謎。

此刻只剩一尾。頭朝左，背鰭朝上。這幅畫僅僅是描繪肥美可口的當令鮮魚。

今早在壁龕掛上掛軸時，到底是哪一幅？話說回來，這是叔叔伊兵衛在古玩店買的掛軸。

其中是否暗藏寓意？

阿梅將兩尾秋刀魚的圖畫，解讀成是描繪秋刀魚的魂魄離去的場景。她認爲上面的秋刀魚將會被肢解烤來吃，下方的秋刀魚是從牠身體脫離的魂魄。

——她的眞實身分是妖狐、狸貓，或是貉，才會想談論魚嗎？

還是，她是想藉秋刀魚來暗示些什麼？

例如，即將被吃掉的身體，及從中逃脫的魂魄。

今天店面沒提早關門，但經叔叔和嬸嬸的同意，仍臨時舉辦一場宴席。

「富次郎回到家裡，及他康復後，都還沒好好慶祝。」

這麼一來，阿近不能繼續板著臉生氣。她急忙確認兩件事，其中一件當然就是秋刀魚的畫。

「提到那幅掛軸，當時我覺得秋刀魚畫得肥美可口，就當場買下。」

伊兵衛依稀記得是單純簡樸的畫，只繪著一尾秋刀魚。

另一件，與燈庵老人有關。阿近再度派新太跑腿。

「我要介紹的下一位說故事者，人選已決定，但日期尚未敲定。對方一直挪不出時間。」

你們那位大小姐是不是又誤會什麼啦——新太替阿近挨了一頓挖苦，返回三島屋。

沒錯，打從一早，阿近就認定今天是新的說故事者上門的日子。

只是誤會一場？是阿近粗心鬧笑話？

阿近無意找藉口，但她認爲並非如此。狐狸之類的妖怪，不會以如此細膩的手法迷惑人心。一切都是名叫「阿梅」的說故事者策畫，因爲她想造訪三島屋，才做這樣的安排，好讓阿近迎接她的來訪。

阿近聽著阿梅說出美仙屋倉庫大人的故事。「我們受祂欺騙，受祂詛咒」的悲慟吶喊，至今仍縈繞在她耳際，難以忘卻。

阿近想查個水落石出。

此時，她腦海浮現的，是「紅半纏」半吉。請老大幫忙吧。不過，她旋即打消念頭。又不是什麼案件，實在沒臉請幕府御用的捕快出馬。

阿近只能靠自己。「神明町三丁目的美仙屋」，以此爲線索，前往查看是否確有其事，便可明白。要是眞有美仙屋這家香具店就好了，若是現在沒有，以前存在過也行。

她暗暗拿定主意，鬥志昂揚時，富次郎表示要幫忙。

「這次的事，我也覺得有點古怪。」

富次郎認爲，對方講的故事明明聽得很清楚，卻忘得一乾二淨，實在不是滋味，心情無法平靜。

「不能把一切都丟給妳處理。這種查探的工作，交給我們三島屋的西施去辦，有點勉強。」

「不會吧。」

只要有心，一個人在江戶町四處打探消息，也不是問題，應該辦得到。

富次郎呵呵輕笑。

「抱歉，一開始就挫妳銳氣。不過，妳曉得芝的神明町沒有三丁目嗎？」

阿近啞口無言。那裡沒有三丁目嗎？

「之前的說故事者，不是會隱瞞地名和人名，或換個假名嗎？」

「是的。這樣說故事比較容易，我總是如此建議。」

「那位叫阿梅的老婆婆，約莫是傾訴完想說的事就心滿滿足，不想讓人進一步查探吧。」

一旦牽涉到身世，往往都是如此——富次郎說。

「不過，堂哥，你還沒辦法外出吧。」

「這個嘛，要是讓爹娘知道，免不了一頓責罵，我外出時得保密。」

其實阿梅的事，後來阿近告訴叔叔和嬸嬸，她搞錯說故事者前來的日期，當一件笑話處理。要是道出眞相，他們恐怕會很擔心。

「比起地點，先從『香具店』這門生意查探較好吧。」

在這種情況下，就輪到《江戶購物指南》上場——富次郎說。

「那麼，得先備妥這本書。」

「喂喂喂，家裡沒有《購物指南》嗎？」

「沒有。叔叔認爲，我們的店沒寫在上頭，但就算沒寫在上頭也無所謂，所以不需要。」

「明明是縫製提袋這種風雅的生意，卻如此固執。爲了來自遠方的顧客，連惠比壽屋也備有這本書。」

《江戶購物指南》是集結江戶名店一起介紹的指南書，分上下卷及美食餐飲之卷，一共三本。阿近的老家，是位於川崎驛站的旅館「丸千」，這本《購物指南》放在隨時看得到的地方。爲了讓住宿的客人可隨意使用，母親甚至找時間謄寫內容，製成分冊。有些客人會厚著臉皮偷偷帶走。

「算了，我們要調查的，是阿梅婆婆年輕時的那家店，現今市面上流通的指南書都派不上用場。這種書都會一再改版吧。」

不如找書店的人來。

「阿島不是常光顧一家租書店？一家屋號挺有趣的租書店。」

葫蘆古堂。再次向阿島詢問後得知，那家店位於神田多町。這時，又輪到負責跑腿的新太登場。

隔天一早，可能是三島屋提出的要求相當罕見，葫蘆古堂常來替阿島送書的十郎，和店裡的少爺一同前來。

「感謝平日的惠顧。」

「您是葫蘆古堂的……」

阿近大吃一驚。向他們問候的少爺，就是之前誤闖庭院的年輕人。

「是的，在下是店主的兒子，名叫勘一。小姐，前幾天對您很失禮。」

喜歡戰爭故事的十郎有副好嗓子。聽說，爲了建議客人閱讀這類書籍，他將戰役的知名場面牢記腦中。十郎以他的好嗓音推銷道：

「我們家少爺是隻書蟲，老是抱著我們做生意的書猛啃，還挨我們家老爺的罵。」

儘管受夥計十郎的調侃，勘一少爺既不害羞也沒笑。看起來和阿近年紀相仿，但不曉得該說他性格沉穩，還是無從捉摸。

——一盞白天仍沒熄的燈。

這句話浮現阿近心中。

——縱使站著沒說話，也不會給人陰沉感，這一點很像。

「對了，我弄反問候的順序。富次郎小少爺，恭喜康復。」

十郎低頭鞠躬，勘一少爺跟著行禮。富次郎仍是平時那副神色自若的模樣。

「哎呀，阿島眞是的，居然跟租書店提到我的英勇事蹟，眞傷腦筋。」

「堂哥，那不算英勇事蹟吧。」

「阿島一定會跟人說，當時要是放著不管，可能會演變成互相殘殺的局面，而我及時居中調解，圓滿解決紛爭，一切全是我的功勞。」

阿島一臉得意洋洋，像是她親身的遭遇。

「沒錯，要是不是小少爺在場，肯定辦不到。」

十郎也吹捧起小少爺。「那名和人打起來的二掌櫃，賭博欠一屁股債，變得自暴自棄。逼迫年紀比他小的二掌櫃把所有積蓄拿來借他，還說以後會加倍償還，硬要人借錢。」

這種情況下的「借我錢」，是打一開始就不想還債的「把錢交出來」。受逼迫的一方無法接受。

「對方拒絕借錢後，此人便又打又踹。對方再也受不了，動手反擊。雙方大打出手，真是慘啊。」

公然詢問此事，在三島屋內算是一種忌諱，阿近是第一次聽聞詳情。十郎的消息還比她靈通。

「在那種情況下出面勸架，您眞是不簡單。」

「再不勸阻會出人命，當下我並不害怕。」

富次郎搔著鼻梁，面露苦笑。

「可是，我卻被打得最慘，眼冒金星，實在狼狽。所以，你別再捧我了。」

「那兩名二掌櫃的下場如何？」

「他們都捲鋪蓋離開惠比壽屋。」

這是理所當然——阿島說。

「我覺得應該重罰。小少爺不是一般的夥計，是三島屋託惠比壽屋照料的重要人物。動手毆打小少爺的二掌櫃，等於是與店主持刀相向。」

夥計要是傷害店主或其家人，通常會判處死罪。這樣事情會鬧得太大，往往都私下處理。但要是認爲不可饒恕，正式請求官府裁決，夥計方面完全站不住腳。

「眞是的。惠比壽屋重人情固然不錯，但這樣未免太姑息。」

在十郎眼中，阿島是客人，於是完全順著阿島的話附和。兩人聊得熱絡，頻頻吹捧富次郎。富次郎難爲情地笑了笑，不予置評。

另一方面，勘一少爺完全沒插話，孤零零待在一旁，面無表情。之前（雖然是恰巧）與阿近碰面時，他馬上問候富次郎的近況，應該知道此事。

「好了、好了，這個話題到此爲止。」

富次郎拍著手說道。

「阿島，妳不是清洗到一半？」

「哎呀，我忘了！」

阿島急忙重新綁好束衣帶，匆匆忙忙奔向廚房。

「眞是的，阿島很會惹麻煩，不過打從懂事起，我就十分受她照顧，所以對她沒轍。」

富次郎笑咪咪地說，向勘一少爺輕輕頷首。

「不好意思，開場白吵吵鬧鬧。阿近，該進入正題了。」

「那麼，我先告辭。」

十郎揹起書箱，站起身。

「您要談的事，我們家少爺比我清楚。」

「什麼嘛，既然如此，你來幹麼？」

「跟小少爺問候一聲啊。」

十郎連在離去時，都不忘以富磁性的嗓音展現魅力。接著，葫蘆古堂的勘一打開包袱，取出書箱。

「聽說，爲了找尋現今恐怕已不在的老店，您想借閱《江戶購物指南》。」

「沒錯。而且，不清楚這家店的所在位置。」

「不過，確定是香具店。」

阿梅說的故事，與香具店有很深的淵源，不像是做其他生意。

「屋號叫『美仙屋』，不常聽到吧？原本似乎是香具店『備前屋』的分店。」

勘一打開書箱，一本又一本取出裡頭的書籍，擺在地上。

「這些全是《購物指南》嗎？」

「是的，我將店裡的購物指南都帶來了。」

厚的、薄的、漂亮的、髒的、舊的、新的、大的、小的、沒裝訂直接用捲的，各式各樣皆有。

大致看過書名後，阿近發現不只一種。

「《江戶購物指南》是大坂一家名叫『中川芳山堂』的出版社發行。」

「咦，是京坂那邊出版的？」

「是的。當局者迷，江戶的書店約莫是沒想到這個點子吧。」

不過，當這本既是名店指南，也能充當江戶旅遊指南的書暢銷後，許多出版社依樣畫葫蘆，陸續推出類似的指南書。

「原來的《購物指南》共三本，我花了些工夫製作輕量的分冊版和廉價版。」
「我娘也是這麼做。」
我的老家經營旅館——阿近解釋。
「這種書稱爲『私家版』。這裡有幾本，是旅館或餐館爲了服務客人，自費製作的分冊。」
私家版忠於原著，品質反倒精良——勘一說道。
「自從各種當商品販售的指南書問世，陸續出現一些不太上道的書。」
「沒錯，盡是一些敷衍的介紹。」
「只是敷衍倒還好，要是收店家的錢特意出版的指南書，可信度令人存疑。」
這不是提供客人方便，而是用來爲店家宣傳的指南書。
「例如，將沒什麼名氣的商品形容爲遠近馳名，或是將沒沒無聞的小店誇讚成名店。」
原來如此——富次郎側頭尋思。
「不過，原本的《購物指南》不也是這樣？不，不是不值得信賴，而是收店家的錢這一點。」
「依我所知，中川芳山堂似乎沒向店家收取刊登費。」
「那麼，是店家主動出錢嘍。」
將出版的《購物指南》全部買下，也是一種方法。
「內容範圍的大小，會因店而異。名產的介紹也一樣，有的詳細，有的簡略，有不同的等級之分。這是視捐款的多寡決定的吧。」
「有的名店沒出現在書中，原因似乎是出在這裡。」
「一些以品味自豪的老店，反倒會生氣，要他們別介紹。」

「是的。即使不是老店，有的店家也十分排斥，認爲被寫進指南書會讓人看輕，或打亂客源。」

我們三島屋算是其中之一——富次郎笑道。

「不管怎樣，這都算是不錯的賺錢手法。後來有人爭相效法，從中賺取好處，也不足爲奇。」

有些單純是模仿，有些是江戶的出版商想著「京坂方面的出版商哪知道什麼江戶的名店啊」，競相出版《購物指南》。有些是標榜由好穿華服、愛嘗美食的風雅之士，親自挑選匯整。

「你居然蒐藏這麼多本。」

「要做租書店的生意，得從湊齊各種書著手。」

如同富次郎所言，《江戶購物指南》本身經過多次增補和改訂，所以不止一本。

「阿近，看來得逐本調查。」

分頭進行吧——富次郎捲起衣袖。

「阿近，妳直接找名叫美仙屋或備前屋的香具店。我不看生意類型，專挑屋號叫備前屋的店家，展開地毯式搜尋。」

「是，我明白了。」

阿近充滿鬥志。這時，勘一拿起旁邊的一本書，補充一句。

「所有書的最後一頁，都夾著這種書籤。」

確實，勘一手中的書夾著淡紅書籤，阿近手中的是紅色書籤，富次郎翻開的書則夾著暗紅書籤，分別從書末露出一角。

「紅色愈深，表示書的年代愈古老，這就是書籤的含意。」

「眞是幫我一個大忙，謝謝。」

哪裡——勘一低頭回禮，接著道：

「或許有點多管閒事，不過，我似乎有幫得上忙的地方……」

阿近與富次郎面面相覷，勘一急忙搖手，像要收回剛才的話。

「不好意思，我太多嘴了。」

「你又不是蝸牛，不必急著縮回殼裡。」富次郎忍不住調侃，「那麼，我們該怎麼請你幫忙？」

「這個……如果您要找的店家，確定是香具店……」

「你有什麼好點子嗎？」

「在下的顧客中，有人家裡就是開香具店，可以向他們打聽。」

依不同的行業，江戶的店家組成股東會或同業集會，橫向連結緊密。的確，像美仙屋這種屋號奇特的店家，期待同業知曉或有印象，應該不會落空。

阿近拿不定主意。葫蘆古堂的勘一少爺感覺是好人。若只是調查，應該能馬上請他幫忙。

——但這件事有點詭異。

包括富次郎在內，雖然不清楚他有多認眞，但他曾說這是「被迷昏頭」。將完全無關的人牽扯進來，眞的妥當嗎？

這時，富次郎乾脆地點頭答應。

「這樣啊，拜託你了。」

「堂哥……」

「不行嗎？由於做生意的關係，這位少爺人面較廣，看起來又老實，値得信賴，不是嗎？」
「不過，要是給他添麻煩……」
見阿近欲言又止，勘一悄聲問：
「這件事該不會和三島屋遠近馳名的奇異百物語有關吧？」
聽別人說奇異百物語遠近馳名，阿近很難爲情。
「坦白講，確實如此。既然你知道就好談了，算是幫我們一個大忙。」
富次郎根本毫無顧忌。
「我們的百物語最大的賣點，就是聽到的故事絕不外傳。所以，對你也一樣不能透露詳情，這一點能接受嗎？」
「當然。」
「這牽涉到一件詭異的事，非常可怕。你不害怕嗎？」
勘一正經地思索片刻，依舊悠哉地回答：
「依目前的情況看來，似乎不太可怕。」
聽他如此坦率，阿近莞爾一笑。
「哦，這位小姐也同意，就請你幫忙吧。要是找出美仙屋這家香具店，請通知我們一聲。」
「是，我明白了。」
「若有人問爲何要找尋這家店，您會怎麼應對？」
面對阿近的疑問，勘一臉上浮現笑意。「我會以租書店會說的理由來回應。」
葫蘆古堂的人離去，阿近和富次郎望向堆積如山的《購物指南》。這些全是租來的書，如果找

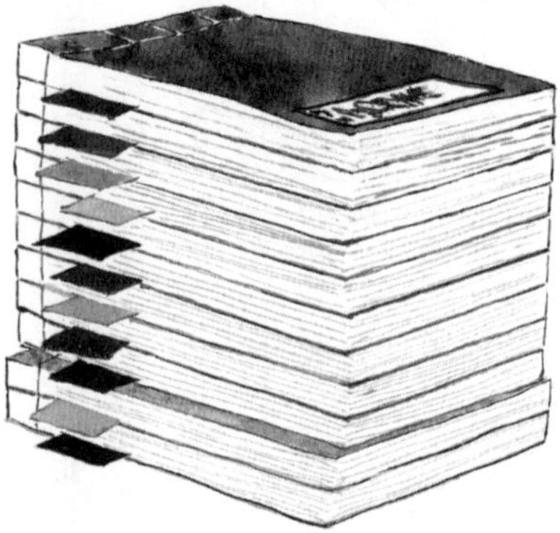

到相近的屋號，便得抄寫下來。阿近準備筆硯時，富次郎請新太幫忙，從置物間搬來一張舊書桌。

「這是我以前習字用的書桌。」

正宗的《江戸購物指南》，以「か」行的索引找尋「香具」（かうぐ）即可，別看漏增補的部分，應該不會花太多時間（不過，頁面重複或缺頁的情況出奇地多，頗爲棘手）。比較麻煩的是「依樣畫葫蘆」的指南書，有的沒仔細分類，不是以行業區分，而是以地點區分。光是以屋號排列的情況下，得搭配索引來查看店家是做哪種生意。

「這是一場硬仗。」

如同富次郎所說，緊盯著密密麻麻的文字，便覺得眼睛痠痛、肩膀僵硬，難以持續。秋天太陽下山的速度，像落入井中的水桶一樣快，轉眼已天黑。兩人挑燈夜戰，疲勞不斷累積。熬過頭兩天，從第三天起，阿近自動切換，改爲僅查詢「備前屋」這個屋號。

「這項作業容易令人看膩。我自認全神貫注，或許仍會有遺漏，還是要謹慎一些。」

阿近將富次郎翻過的書重翻一遍。於是，兩人又花費兩天。

「找不到美仙屋。」

「備前屋倒是找到不少。」

現今在江戶市區經商的備前屋有數十家。美仙屋的屋號罕見，備前屋卻俯拾皆是。

「要是一家一家問，阿近恐怕會來不及嫁人。」

能不能嫁人不重要，依目前的《購物指南》所見，從以前到現在，芝的神明町都沒有香具店。是根本沒有這家店，還是美仙屋（和三島屋一樣）不想出現在指南書上？不管是何者，看來不跑一趟芝一探究竟，肯定查不出結果。

「我們先休息一下，吃個秋刀魚延年益壽再去吧。」

這時絕不能笑富次郎「怎麼說這種喪氣話」。阿近忽然想起，堂哥尚未完全康復。實際上，可能是連日翻閱指南書，緊盯著文字，富次郎理應好轉的暈眩毛病一再復發。

「也對。或許葫蘆古堂的少爺已查出什麼消息，我們暫時歇歇吧。」

伊兵衛和阿民笑咪咪地旁觀堂兄妹倆認眞投入這項工作，見富次郎略顯疲態，仍不免擔心。

晚餐吃的是肥美的秋刀魚和栗子飯。富次郎食欲旺盛，阿近暗自鬆一口氣，但旋即又發生一件令人擔心的事。

「小姐，您相信嗎？今天的栗子飯，小新竟沒添第二碗。」

這指的是童工新太。面對最愛的栗子飯，他顯得意興闌珊。

在一旁服侍眾人的阿島問「你肚子痛嗎」。白天時掌櫃八十助罵過新太一頓，於是出聲開導「如果是那件事，別繼續放在心上」。新太回答「飯很好吃，只不過秋刀魚的魚刺鯁在喉嚨裡」。

阿勝聞言，刻意將飯揉成一個丸子吞下。「這樣就能去除魚刺。」

阿勝姊，眞的耶，喉嚨不會痛了。我吃飽了。

「但他還是沒添飯。」

這和阿梅那件事同樣古怪。

「仔細想想……小新最近的神情，還不到無精打采的地步，但似乎若有所思。」

不過是這四、五天的事，阿勝一提，阿近也想起來。

「對了，最近都沒看到小金他們。」

新太是三島屋的童工，但在店外有同齡的朋友。包括金太、捨松、良介三名調皮鬼（這是阿島說的），及三島屋附近一家蔬果店的兒子直太郎。

先前直太郎出了些狀況，深考塾的小師傅青野利一郎想替他解決，阿近才與大夥認識。而利一郎也當過「黑白之間」的說故事者。

金太三人是深考塾的學生。他們家住本所，以孩童的腳程估算，離此地有一段距離。但他們爲了見小直和小新，不時會代爲辦事，賺取跑腿費，或替人撿拾薪柴，頻頻往這邊跑。不過，畢竟有各自的生活，無法常來。最近直太郎開始幫忙蔬果店的生意，而新太在三島屋原本就十分忙碌，相聚的機會又更少。

「嗨，阿近姊。」

「最近好嗎？」

「還是一樣漂亮呢。」

金捨良三人來找阿近的間隔也愈拉愈長。

「剛剛提到的『小金他們』，是指誰？」

阿近說明後，富次郎不由得讚嘆。

「哦，眞有意思，也替我介紹一下吧。」

「好，看看有沒有機會。」

「新太顯得意興闌珊，約莫是和夥伴吵架吧。」

阿近只想得到這種可能。

「雖然年紀小，畢竟是男人。」富次郎推測，「由於重面子，不能向大姊姊哭訴，只能忍著將淚水，往肚裡吞。」

「堂哥，『大姊姊』是指我嗎？」

「將阿島和阿勝加進來，應該算是『大姊姊們』吧。」

「小少爺，那幾個臭小鬼都叫我『鬼女』。」

阿島鼓起腮幫子。

「偏偏喊阿勝『阿勝大姊』、『三島屋的菩薩』，稱呼小姐爲『美女』。」

富次郎哈哈大笑。「有意思，我愈來愈想會會這幾個孩子。」

阿近事後向掌櫃八十助打聽，他知道金太他們來和新太見面，但當時沒看到打架或爭吵的情形。

金捨良三人要是前來，都會吩咐他們辦事，讓他們賺點跑腿費，所以八十助和他們很熟，還會順便教他們一些禮儀。要是他們起衝突，八十助一定不會坐視不管。

「不過，新太神色不尋常，恐怕還是這方面的問題。」

或許是那幾個孩子中，有人決定要去店家當夥計了吧——八十助應道。

「他們不可能永遠都是孩子。等獨立的時刻到來，便會各奔東西。」

「也對……」

如果是這件事，新太會感到落寞，意志消沉，也是理所當然。阿近同樣落寞。

「不過，幾個小鬼仍是老樣子。他們眼尖，一看到小少爺就問我，那個像跑龍套的男人，是三島屋的食客嗎？被我狠狠訓一頓。」

阿近忍俊不禁。稱富次郎是跑龍套的，形容得眞好。

下次見面，包個紅包給他們吧。想到這裡，她的心情舒暢許多。這些孩子眞是開心果。

然而……

隔天，黑痣老大「紅半纏」半吉造訪三島屋。雖然不像前幾天來慰問時一本正經，他卻表示，等阿近有空，希望能占用她一點時間，有話想談談。而且，不是直接告訴阿近，是透過阿勝詢問。

「現在就行。老大今天怎麼了，如此見外？」

去年歲末，阿近、阿勝、半吉和青野利一郎，曾一同參加怪談物語會。之後，老大和阿勝成爲無話不談的好友。

——這次總覺得說話拐彎抹角。

「黑白之間」裡堆滿借來的指南書，半吉又似乎頗爲顧忌，於是阿近請他到廚房旁的入門臺階處，與他碰面。

「在百忙中前來叨擾，眞是抱歉。」

那難爲情的模樣，也不像平日幹練的老大。陪在一旁的阿勝訝異地望著他。

「該不會又有像金魚安那樣的麻煩人物，在打我們的主意吧？」

阿近主動發問，老大急忙搖頭否認。

「幸好不是這種危險的事。」

既然如此，爲何欲言又止？

「小姐，事情是這樣的。」

話才出口，他猶豫不決，再度吞回肚裡。

「這是我多管閒事。算是我大嘴巴，切莫見怪。」

「是。」

「關於武士的私事，我們這些市井小民不該說三道四。您也知道，深考塾的小師傅剛正耿直，他想在離開前，好好向三島屋的各位問候一聲。」

深考塾的小師傅，此事和青野利一郎有關嗎？

「離開前？」

難得阿勝會打岔。「小師傅要去哪裡？」

「紅半纏」半吉一時語塞。接著，他緩緩點頭，望向阿近和阿勝。

「他要回故鄉。」

阿近一愣，回故鄉？

「小師傅出生於野州那須請林藩。他原本侍奉的大名門間大人，呃……」

老大屈指細數。

「五年前，主公突然亡故，來不及辦理繼承人申請，被沒收領地。」

青野利一郎失去主家和奉祿，成爲一名浪人，來到江戶。

「之後由生田大人入主，改爲生田請林藩，但一樣是小師傅的故鄉。」

如今生田請林藩有出仕的機會。

「哎呀……這是……可喜可賀的事。」

難得阿勝在道賀時結巴。

阿近仍在發愣。小師傅將回到故鄉，再也見不到他。

「他將結束浪人的生活，固然可喜可賀。話雖如此……」

半吉的口吻，像嘴裡嚼著什麼難以咀嚼的食物。

「由於他本人口風很緊，我也是從向島的老太爺那裡聽來的。就是小師傅的老師，加登新左衛門大人。」

深考塾原本的師傅，阿近與他素未謀面，不過利一郎在「黑白之間」說的，就是加登新左衛門夫婦的故事，感覺猶如熟識的人。

加登夫婦將深考塾交由青野利一郎掌管，移居向島的小梅村，半吉都稱他「向島的老太爺」。聽起來，他似乎常去拜訪。

「換句話說，小師傅出仕的背後有『隱情』，老大的表情才會如此凝重吧。」

阿近沉默不語，阿勝只得主動接話。

「是的……其實，這算是我多嘴。」

老大的臉色愈來愈沉重。

「當初在那須請林藩，小師傅是擔任用達下役，工作內容是提升領民的生計。」

鑽研新的作物栽種方式，或從其他藩國引進種苗，在領地內培育成長。

「聽說，他還會教農民的孩子讀書寫字。」

這麼聽來，算是致力於產業振興和教育的職務。

「小師傅從那時候就開始當老師了。」阿勝露出微笑。

「深考塾的工作，他也是馬上就能勝任。」

「用達下役」是那須請林藩特有的職務，後來入主的生田家也十分看重。從外地移封的新領主，相當重視他們擁有的見識。

「因此，雖然小師傅成爲浪人，昔日的同僚中，有人被生田請林藩挑去續用……恕我用字粗鄙。」

當然，這沒什麼機會出人頭地，終生都會是用達下役。但身分和奉祿有保障，最重要的是，不必離鄉背景，算是相當幸運。

此人是青野利一郎的朋友，大他一歲，名喚木下源吾。

「木下大人罹患肺病。」

約莫半年前開始臥病在床，剩不到一個月的性命。

「他家中有母親、妻子，及四個孩子。上面三個是女兒，最底下的是男孩，才三歲，說來令人鼻酸。」

阿近仍在發愣，但老大的字字句句還是傳進耳裡。她大致聽出端倪。

「小師傅要加入那個家庭吧……」

在老朋友的請託下，繼承其身分，守護那個家，他想回到故鄉。

悶熱的季節早已過去，半吉卻滿臉汗水。

「就是這樣的緣由。」

「生田家的主君眞是寬宏大量。」阿勝開口。「居然允許藩士以這種形式收養子繼承家名。」

「是啊，應該是木下源吾大人工作很認眞吧。」

「那小師傅呢？青野家斷絕沒關係嗎？」

「他父母早已亡故，連墳墓維護都是請人代勞。小師傅似乎也打算日後要重回故鄉。」

在這次的機會到來前，他隱約透露過類似的想法——半吉說。

「呃……小師傅……」

原本有未婚妻。

「在那須請林藩被沒收領地前，她先一步香消玉殞，而且……是不幸的死法。」

半吉不知是不清楚詳情，還是聽聞過什麼，但不方便明講，只見他滿頭大汗。

「女方的父母意志消沉，不久跟著辭世。女方家中同樣沒有可守護祖墳的繼承人。小師傅相當掛懷，就是這麼回事。」

半吉從懷中取出手巾擦汗。阿勝靜靜頷首，阿近依舊沉默。

「他已故的未婚妻，與木下源吾大人是堂兄妹。」

木下家算是本家。

「那麼，在小師傅眼中，算是多重的緣分，才會動心？」

「是的。」

「這樣確實很難拒絕。」

「阿勝小姐，您也這麼認爲嗎？」

阿勝頷首，半吉附和。兩人像約好般，沉默不語。

阿近有許多話想說。小師傅是溫柔的人，難得生田家的主公肯同意，這是難能可貴的機會，況且和他已故的未婚妻也算有點淵源。

小師傅無法拒絕，應該也不會想拒絕。

只不過，他並非僅僅是回故鄉。青野利一郎打算娶朋友的妻子，成為對方四個孩子的父親。

阿勝微微嘆氣，像要重振精神般抬起頭。

「這件事來得很突然嗎？」

「因為木下大人的病情似乎不樂觀。」

「啊，也對。我眞是的，明擺著的事，我居然還問。」

阿勝緊按著前額。

「既然小師傅要出仕，三島屋也該贈送合適的賀禮。小姐，您也這麼認為吧？」

察覺阿勝的視線，阿近抬起眼。阿勝以表情向她訴說：

小姐，不管您覺得落寞、悲傷、不甘心，都沒關係，但絕不能哭喪著臉。

「如果送厚禮，小師傅恐怕會婉謝。」阿近回答。「我找叔叔和嬸嬸商談，準備一份低調又能表達三島屋謝意的禮物吧。」

青野利一郎是保護三島屋免遭強盜洗劫的恩人。

「老大，謝謝您告訴我們這個消息。」

「不不不，哪裡。」

「請不要覺得自己多嘴。在我們三島屋，我和阿勝姊應該不是第一個聽聞此事的人。」

最早得知消息的可能是新太。約莫是金捨良三人告訴他「小師傅要離開深考塾了」，他才會意志消沉。

「深考塾的學生會很寂寞吧，不曉得深考塾接下來會如何？」

「向島的老太爺正急著找尋接替的師傅。萬一趕不及，他打算暫時重執教鞭。」

日後利一郎來問候時，半吉會與他同行。這場對話到此結束，阿近與阿勝馬上去找伊兵衛。

伊兵衛大吃一驚，沉聲低語——對青野利一郎先生來說，實在值得慶賀，但對深考塾和三島屋來說，是遺憾的別離。

「人的緣分來來去去，也是無可奈何。」

這句話總覺得是刻意說給阿近聽。

稟報完，阿近突然想前往「黑白之間」。比起日常生活的起居室，她覺得「黑白之間」才是安身之所。

翻閱指南書的工作暫停，富次郎不在這裡。向葫蘆古堂借來的《購物指南》堆積如山，阿近獨坐在書堆的夾縫間。

不久，庭院出現一道人影。仔細一看，是手執掃帚的新太。

「小姐……」

新太遲遲無法接話，號啕大哭起來。

阿近此時內心的紛亂，嬸嬸阿民不可能猜不出來，但身為三島屋的老闆娘，她還是為青野利一郎能出仕任官感到高興，積極張羅賀禮。

「我們要是踰越分寸，就有失禮數了。」

她請半吉代爲介紹加登夫婦，專程前往向島的小梅村拜訪，與他們熱絡討論，如何爲利一郎備禮才恰當。

「加登夫人送的是新的短外掛，和印有家紋的衣服。」

這是武家的禮裝，窄袖和服的前方印有兩枚家紋，背後印有三枚，一共是五枚家紋。

「得印上木下家的家紋，小師傅的青野家家紋必須全部拿掉，教人有點落寞。所以，我們打算爲他張羅錢包和袂落（放進衣袖內使用的提袋），加上青野家的家紋。」

不是用染印，直接繡上家紋，而且是交給店裡最厲害的工匠——阿民喜孜孜地說道。

「畢竟我們是提袋店，要做就做最好的。不過，加登夫人提到，木下家的奉祿僅有八十石，也不能太華麗招搖。」

再來是長褲。用達下役這項職務常四處巡視，要是有一件不錯的旅褲，應該會很方便。

「阿近，妳覺得呢？」

「按嬸嬸的意思就行。」

阿近啊——阿民凝望著她。

「妳的表情得再高興一點。」

「我現在不是這種表情嗎？」

「一點也沒有。像下雨天的晴天娃娃，無精打采。」

別再苦著一張臉——阿民語氣嚴厲。

「要是對小師傅的婚事不滿，儘管大聲說出來。抱持要推翻一切的念頭，試著央求他不要回故鄉。」

阿近沉默不語。

「假如沒有這樣的覺悟，就以笑臉相迎，向他說聲恭喜吧。這是女人的志氣。」

阿民第一次如此嚴厲地訓斥。阿近頗為詫異，但並未在心裡回嘴「什麼嘛」，湧現不服輸的情緒。

看到阿近這副模樣，連早一步大哭的新太也不禁擔心起來。他會刻意找理由來探望阿近，然後一臉尷尬，垂頭喪氣地默默告退。

小新會號啕大哭，當然是自身感到落寞，以及他覺得金捨良三人和直太郎會感到落寞，還有，想到阿近會比任何人都悲傷。阿近深深領受到他的體貼。

連阿民也不例外，她是想藉訓斥來安慰。阿近心裡明白，但光是明白就能平復思緒，就太省事了。

由於阿民和阿近之間的氣氛緊繃，伊兵衛不管對哪一邊都戒慎戒懼。不過，他曾對阿勝說道：

「雖然覺得阿近很可憐，但為失戀悲傷，倒不是壞事。因為她會打開心房。一年多年前，她還對男女之情不感興趣，甚至想一輩子孤單地躲在幽暗的地窖。」

當時阿近從旁經過，佯裝沒聽見。阿勝一時不知該如何回應。

其實，阿近也不清楚為何悲傷。這代表她不懂自己真正的心意。她到底有何期盼？

「這種時候，順其自然就行。」

明明沒找富次郎商量，他卻主動提供建議。

半吉的來訪，宛如是季節變換的轉捩點。季節的行進加快腳步，這幾天早晚都透著寒意。

「我最喜歡這樣的季節，氣溫宜人。」

富次郎如此說著，一副活力充沛的模樣。

「書裡找到的備前屋，要逐一前往拜訪，最好先安排順序，盡量有效率一點。」

語畢，他坐在「黑白之間」，製作起〈備前屋巡訪地圖〉。見他如此熱中，阿近心想，他要是太投入可不妙，於是窺望他畫的地圖，發現竟加上途中休息或買點心的店家，還擬定路線。

「這家店的羽二重包子很好吃，是阿島告訴我的。這家『二八蕎麥』，是一位老爺爺的麵攤，只在子日和辰日開店，得查清楚月曆再出發。」

「堂哥，你眞是的。」

阿近終於笑了，富次郎嘴角輕揚。

「看妳還笑得出來，應該就不要緊。」

莫非富次郎也在替她擔心？

「有件話要先跟妳說，不過，那些嘮嘮叨叨的大道理就免了。妳已成年，經歷不少事，會有煩惱也是理所當然。不過，若妳左思右想，卻理不出頭緒……」

就順其自然吧。

「話說回來，姓青野的小師傅到底何時要來道別？該不會我們周到地準備賀禮，他反倒不好意思上門吧？」

以青野利一郎的爲人來看，不無可能。

「武士與我們的身分不同。他們得侍奉主君，守護自家名聲，想必壓力沉重，他恐怕很難說出眞正的心聲吧。」

真想當面問個清楚——富次郎說。
「問他接收朋友的遺孀和孩子，會不會覺得沒勁？」
「堂哥！」
「妳生氣啦？好可怕、好可怕啊。」
笑著逗鬧阿近的富次郎，大聲喚道：「噢，這不是葫蘆古堂的少爺嗎？來得正好。」
一如往常，勘一揹著書箱包袱，躬身站在庭院。
「我來向阿島姊問候，得知小少爺和小姐在這裡。」
進來坐——富次郎朝他招手。
「情況如何？」
勘一在外廊放下書箱，行一禮。
「多少有些收穫……小少爺，您在寫什麼？」
他似乎看到攤在地上的地圖。
「嗯，我這邊沒找到美仙屋，備前屋倒是不少。喏……」
富次郎詳細說明，並出示他製作的〈備前屋巡訪地圖〉。勘一趨身向前。
「真不簡單。」
勘一發出讚嘆，看得目不轉睛。
「小少爺，您愛吃甜食嗎？」
「愛不釋手。」
的確，富次郎每天都吃點心。

「難怪您這麼清楚。不過，這家白玉屋上個月改換小老闆接手，蜜的味道變了。」
「咦？這倒是第一次聽說。」
「寶扇堂的蜜餞，茄子堪稱一絕。至於蜜柑，倒是評價兩極。」
「噢……」富次郎執起毛筆，在地圖上振筆疾書。
「還有，這家二八蕎麥。」
「是一位老爺爺的麵攤，對吧？」
「是的，不過老爺爺的學徒跑到池之端仲町開店。如果是種物（註一），他學徒的店評價比較高。」
兩人聊起美食。
「這家天婦羅店……」
「這家壽司攤……」
「這家茶屋的糯米糰子，一串有五顆。」
「提到草餅，比起這家天滿屋，另一家播磨屋更好。」
「在彼岸（註二）結束前，一定要到這家飯館嘗嘗他們的素麵。」
「裝在盤子裡，然後淋上生薑汁吧？我知道。」
阿近看傻了眼，兩人根本是老饕。

註一：加在蕎麥麵或烏龍麵上的配料。
註二：春分及秋分前後各三天的期間。

「堂哥，你在惠比壽屋到底都學了些什麼啊？」

富次郎突然正經八百地說：

「葫蘆古堂的少爺，你不習慣外出做生意，對餐館倒是如數家珍。」

勘一也維持前傾的姿勢，變得一本正經。

「你們眞是氣味相投。」

阿近原想蹙起眉，還是忍俊不禁。

「正好是點心時間，我去拿些吃的過來，兩位繼續聊。」

阿島在廚房準備茶點，一旁擱著一個紙包。

「客人送的，恰巧是小少爺喜歡的大黑屋穀餅。」

阿島準備移往點心碗，阿近攔阻道：

「最好換個有蓋的大碗。」

待她泡好番茶回到「黑白之間」時，勘一已從外廊走進房內。他端正坐好，與富次郎圍著那張地圖，聊得相當熱絡。

阿近放下托盤，輪流望著兩人。

「這個大碗裡，裝有今天的點心。」

兩個大男人倏然抬頭，望向托盤。大碗蓋著蓋子。

「要不要猜猜裡頭是什麼？」

勘一不停眨眼，富次郎馬上顯得興致盎然。「好，我接受挑戰。怎麼個比法？」

「我把碗藏在背後，只給你們蓋子，請憑蓋子的氣味來猜。」

正是打著這個主意，阿近才沒用微帶漆味的漆器點心碗。

很好——富次郎摩拳擦掌，往鼻子底下一抹。

「少爺，可以讓我先聞嗎？」

「好啊，請。」

富次郎拿起碗蓋，鼻子緊貼著，仔細嗅聞。

「唔，好像是油菓子。」

接著換勘一。他捧起碗蓋，鼻子湊近一聞，立刻回答：

「是音羽町洞雲寺後方，大黑屋的白芝麻穀餅吧。」

富次郎和阿近都不禁讚嘆。

「我也覺得是穀餅，但爲什麼你單憑氣味就猜得出店名？」

「我聞到黑蜜的味道。用黑蜜帶出穀餅甜味的，只有大黑屋。」

「可是，那家店的穀餅不是分黑芝麻和白芝麻嗎？」

他眞清楚。

「附帶一提，我喜歡白芝麻。」

「這點阿島姊也很清楚。葫蘆古堂少爺，穀餅的白芝麻和黑芝麻有氣味之分嗎？」

面對阿近的詢問，勘一莞爾一笑。

「不，沒有。」

「那麼……」

「一開始小姐掀蓋時，我注意到您的手指沾著白芝麻。」

「咦？」
阿近急忙檢查，確實如此。沾附在指甲邊緣。
「怎會讓您看出來呢？。」
於是，三人度過一段熱鬧的點心時間。富次郎喝茶啃著穀餅，重新說明自身的病況。
「別看我副德性，畢竟大病初癒，沒辦法一次跑完所有行程，我才會想出這樣的順序。」
「地圖上加了許多餐館呢。」
「挺有意思吧？阿近來江戶快三年，幾乎沒外出遊山玩水，未免太可惜。」
話說，葫蘆古堂的少爺提到「多少有些收穫」，不知是怎樣的情況？
「我遇見兩個人，他們知道名叫美仙屋的香具店。」
「哦，幹得好！」
「不過，他們口風很緊，不肯透露詳情。」
這是我個人的推測——勘一預先聲明。
「美仙屋的風評可能不太好，對方不太想提起。」
富次郎直點頭，雙手插在衣袖裡。
「既然你說風評不佳，現在應該不在了吧。」
「是的，這倒是毋庸置疑。」
如同先前告訴阿近的，勘一在查探美仙屋時，特意準備租書店會用的藉口。他說，這次葫蘆古堂收購幾本舊書，有漂亮的藏書印，寫著「美仙屋」。書籍本身是普遍的合卷本或繪本之類，並非高價書，但對方肯定十分珍惜。

「那些在外頭流浪，最後來到我們店裡的舊書，有些上頭也會有藏書印。」

這種時候，找出書籍原本的主人，把書帶到對方面前，對方會很懷念，備感欣喜。

「所以，我才會藉口在找尋留下藏書印的美仙屋。從屋號來看，約莫是販售風雅飾品的店家，於是我向雜貨店、香具店、提袋店打聽。」

富次郎聽得瞠目結舌。「少爺，你的演技眞高超。」

勘一難爲情地聳聳肩。

「不，眞的偶爾會遇上這種情形。」

於是，勘一遇上兩名疑似知道美仙屋的人。

「一個是在日本橋通町開香具店的老闆，另一個是常到他店裡光顧的料理店老闆娘。」

香具店老闆這麼說：

——美仙屋是一家老店，早就結束營業，那些舊書儘管拿去做生意吧。

之後就不再透露半句，勘一正想追問，對方卻一臉冷漠。

「不過，好不容易得到線索，我一直想找話題跟對方多聊一些，不料……」

第三次拜訪那家香具店時，一名穿著華麗的女子掀開暖簾走出，向勘一喚道。

——你就是擁有美仙屋書本的租書店職員嗎？

「她就是料理店的老闆娘嗎？」

「是的，她表示可以買下那本書。」

她的料理店名叫松田屋，位於大傳馬町三丁目的大丸新道上。

「在下不勝感激，不過，請容在下和店主商量再登門拜訪。」

那是昨天的事。

「松田屋老闆娘又吐出充滿謎團的話語。」

——我隨時都行，不過，那本書八成不太吉利，勸你早點脫手。

「我追問是怎麼回事。」

——抱歉，一時多嘴，請忘掉我剛才的話吧。

「我也有點困惑。」

阿近和富次郎面面相覷。

「不太吉利……」

阿近低喃，富次郎從衣袖裡伸出手，搔抓著鼻梁。

「未免太多謎團了吧。不過，單憑隻字片語，難怪葫蘆古堂的少爺會一頭霧水。」

告訴他吧——富次郎像孩子般，拉拉阿近的衣袖。

「應該沒關係。話說回來，這次並未遵守『聽過就忘，說完就忘』的原則，還想進一步調查，和之前不一樣。」

阿近一時不知該如何回答，陷入沉思。

若一直像之前一樣，阿勝悄悄擔任守護者，由阿近獨自聆聽故事，應該就不會出現這種情況。

這麼一提，當初阿勝見到葫蘆古堂的勘一，曾這麼說：

「您和剛才那名男子有緣。」

那句話的意思是，勘一和三島屋的奇異百物語有緣嗎？不是以說故事者的身分造訪「黑白之間」，而是以這種奇特的形式產生關聯。

「也是，我就說出實情吧。」

勘一是瘟神賜予強大神通力的阿勝掛保證的人。

「很好，這樣才對。」

富次郎撫掌大樂，拿起穀餅塞進嘴裡。「來，快說吧！」

這次〈倉庫大人〉的故事，從阿近與說故事者阿梅錯過彼此的地方起頭。阿近仔細講述，富次郎一直在旁邊附和「嗯、嗯，沒錯，沒錯」（還邊嚼穀餅），相當吵鬧，但勘一仍端坐聆聽。

雖然勘一神情正經，一派輕鬆的氣息仍沒任何改變。拜此之賜，阿近得以在毫不緊張的氣氛下，敘述來龍去脈。

「於是，當我醒來時，是一個人待在這裡，堂哥和阿勝睡倒在隔壁房間。」

「阿近叫醒我，理應聽到的故事卻忘得一乾二淨。儘管後來聽阿近又說一次，但我感覺迷迷糊糊，彷彿是夢裡發生的事。」

聽完故事的勘一，雙手放在膝上不動，緊盯著富次郎畫的地圖。

阿近啜飲由熱轉溫的茶，潤了潤喉。富次郎嚼完碗裡僅剩的最後一片穀餅，嚥進肚裡，勘一依然維持原樣。

「呃，葫蘆古堂少爺？」

聽到阿近的叫喚，他眨眨眼，開口：

「那位叫阿梅的老婆婆……」

「啊，是。」

「您認爲是鬼魂嗎？」

開門見山地提問。

「之前明明不在場，卻突然出現。之前明明在場，又平空消失。我認爲這很像是鬼魂。」

「不是我們做了相同的夢嗎？」

「小姐，您擔任奇異百物語的聆聽者已有三年，曾睜眼睡著，進入夢鄉嗎？」

哎呀，我才沒那麼鬆懈。

「剛開始擔任聆聽者時，我去過疑似陽陰交界的地方……」

富次郎發出驚呼。「阿近，妳經歷過這麼危險的狀況啊？」

「一點都不危險。後來託橘子的福，平安回到這裡。」

富次郎目不轉睛地注視阿近，微微移身向後。

「雖然不清楚是怎麼回事，不過，看來這個角色不光是坐著聽故事那麼簡單。我覺得很可怕。」

「當時阿勝還未出現，現在不會再發生那種情形。」

「可是，這次連守護者阿勝小姐也睡著，忘記那個故事吧。」

勘一仔細確認。

「嗯，沒錯。」

「小姐卻還記得。」

阿近完全沒忘。

「約莫是阿梅女士非常想讓小姐聽這個故事吧。」

希望妳聽過後牢牢記住。

「正因成功傳達這份心意，小姐才會和平時不同，想進一步確認阿梅女士的故事。在下是這麼認爲。」

是這樣嗎？阿近伸手抵向胸前。

「不過，她會是鬼魂嗎？」勘一重複問道。

「她沒吃茶點，也挺像鬼魂的行徑。」

「鬼魂都不吃東西嗎？」

「是的，如果會吃東西，算是妖物、妖怪之類。」

書上是這麼寫的——勘一解釋。

「不過，阿梅女士說甜食對牙齒不好，所以沒吃。呃……」

要是沒記錯，她是說「只有初一才吃」。

「一個月只吃一次嗎？」

富次郎陰森地壓低聲音：「這應該是指只在月命日（註）吃。那麼，她應該眞的是死人的鬼魂。」

「鬼魂會在意蛀牙嗎？」

「沒錯，這點倒是跟活人一樣。」

富次郎莞爾一笑，拂去沾在手指上的白芝麻。

「總之，既然組成解謎夥伴，我們一起去吧。」

註：每個月與忌日同天的日子。

「去哪裡？」

「還用說，當然是松田屋。」

「這樣一來，葫蘆古堂的少爺得準備一本有藏書印，看上去煞有其事的書才行。」

畢竟他當時以此爲藉口，引起松田屋老闆娘的注意。

「什麼嘛，簡直不知變通。」

那個謊言已用不著。

「對方是料理店，走進店裡一點也不難。當他們的客人就行。」

松田屋、松田屋——富次郎翻閱起《購物指南》。

「最新的是哪一本？餐飲類……」

「很不巧，對方是指南書上沒記載的店家。」勘一回答。

「這樣啊，廚師的手藝不精嗎？」

「不，恰恰相反。」

據傳是一家高級料理店，價格不斐。一概不接待陌生客人，打一開始就不需要指南書的介紹。

「噢，眞氣人。」

富次郎冷笑幾聲。

「那又怎樣？包在我身上，我自有安排。」

「可是，價格似乎不斐……」

「我會拿到餐票的，放心。」

料理店的餐票，指的是常用來當贈品的「使用券」。

這次換阿近和勘一面面相覷。

「要從哪裡取得？」

「惠比壽屋。」

老闆一直央求爹娘同意來探望我——富次郎說。

「惠比壽屋的大老闆人面很廣，相當重視享樂。江戶城內的料理店，尤其是價格昂貴的店家，沒有他不知道的。只要我提出要求，他應該會馬上買來。那樣的話，他就不會再爲害我受傷的事感到歉疚。」

阿近不曉得惠比壽屋爲富次郎受傷的事如此內疚。

「他多次想登門謝罪，娘都回絕了。」

——居然讓我的寶貝兒子受傷，豈是道歉就能了事？

「娘還回對方一句『用不著再來探望』，眞是夠凶悍的。」

總之，交給我安排吧。

「不過，正値遊玩的旺季，恐怕沒那麼容易訂到松田屋的位子，可能要等一段時間。」

富次郎對勘一說道。勘一搔抓著鼻頭，開口問：

「小少爺，在下也要同行嗎？」

「當然，我們是夥伴。解開謎團的關鍵時刻，你怎麼能缺席？」

「可是，那麼昂貴的料理店……」

「你推辭就太不上道了。」

既然富次郎幹勁十足，誰也攔不住。阿近暗暗竊笑。

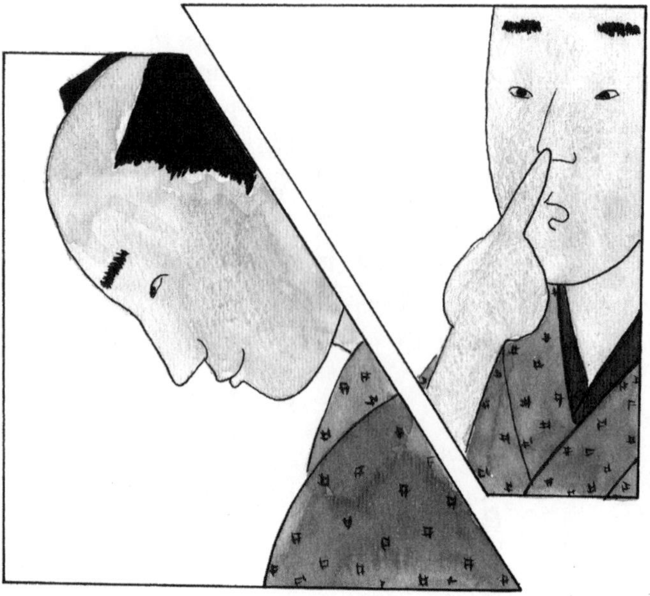

「好吧，請讓我作陪。」
勘一再度低頭望向攤開的地圖，笑逐顏開。
「該怎麼說，感覺在下眞是傻人有傻福。」
「哦，看來他很高興。就是坦率一點才好。阿近，對吧？」
的確，這人挺可愛的。
「不不不，不能白白讓您請客。」
勘一忽然回過神。
「小少爺，既然如此，我能繼續調查吧？」
「還要調查什麼呢？」
甜食——勘一回答。
「阿梅女士提過，只在每個月初一吃甜食吧。」
不曉得是指供品，或單純是吃甜食。
「不管怎樣，要是只限初一，應該會挑選當季的甜食、名店的甜食，或當時比較熱門的甜食。」
那又如何？阿近側頭不解。她在這裡遇見的阿梅，雖然裝扮不合她的年紀，但十分奢華。倘若那是她一個月一次的享受，或許在甜食方面也會極盡奢侈。不過，不能抱持太高的期望。

「死馬當活馬醫吧。在下會向一些較有可能的糕餅店打聽，看他們知不知道哪位客人只在每個月初一光顧。」

這是愛吃甜食的人「心中的猜測」，他應該能毫無遺漏地打探吧。如果運氣好，找出這樣的客人，或許就能查到阿梅的所在地。

「要是找出這樣的客人，對方告訴我們，阿梅女士已長眠九泉，我們都會在初一時，在她的牌位前供上糕餅，到時該怎麼辦……」

「堂哥，不見得會那麼順利。這種時候，請不要逃避。」

富次郎聞言，擺出拜倒在地的敬畏姿勢。「葫蘆古堂少爺，看見了嗎？我堂妹很強悍吧。」

此事敲定。

「還有一件事。我能提出一個任性的請求嗎？」

勘一想瞧瞧那幅秋刀魚的畫。小事一樁，阿近從頂櫥取出掛軸攤開，勘一看得相當入迷。

「是一尾秋刀魚。」

「不過，之前我看的時候是兩尾。」

上下重疊，像是猜謎畫。

「若是猜謎畫，一定有含意。」

勘一低喃，接著問富次郎：「對了，小少爺，您對繪畫感興趣吧？」

富次郎大吃一驚，略顯難為情。

「我曾學畫當樂子，虧你看得出來。」

「您的字畫都有獨特的風格。」

阿近是第一次聽聞，「我都不知道。」

「我只是想附庸風雅，別告訴別人。」

葫蘆古堂少爺揹起書箱離開後，富次郎開口：「這位少爺眞有意思。」

阿近也有同感。奇異百物語喚來詭異之物，也爲她和這個有意思的人牽起緣分。

富次郎果然像他打包票的，輕輕鬆鬆從惠比壽屋老闆那裡取得料理店的餐票。

不過，這餐票所費不貲，等於是惠比壽屋對富次郎的補償金，自然不可能保密。伊兵衛和阿民也得知此事。

「我只是想稍微享受一下奢華。現在我的身分，算是在家中吃白食，不好向爹要錢，才自己想辦法。」

富次郎用來搪塞的藉口，伊兵衛一笑置之，阿民卻板起臉孔。她說，豈能單憑幾張餐票就原諒對方？

之前阿民強調「不是道歉就能了事」，一口回絕惠比壽屋來謝罪的請求。她不是器量狹小的人，阿近覺得納悶，忍不住詢問。

「嬸嬸，關於堂哥的事，看您怒氣難消，背後肯定有原因吧。」

「富次郎什麼都沒告訴妳嗎？」

「我只聽說，將堂哥打傷的二掌櫃沉迷賭博，欠一大筆債……」

阿民嗤之以鼻，語帶不悅：

「那個沉迷賭博的二掌櫃，是惠比壽屋老闆在外頭的私生子。」

「咦！」阿近從未聽聞此事。

「在惠比壽屋，大夥嘴上不說，但都心知肚明。此人的母親是柳橋的藝伎，因難產過世。」
孩子沒人可託付，不得已，只好由惠比壽屋收養。
「既然如此，就當是親生兒子，好好對待他。爲何要把他當夥計對待？這不是太過分了嗎？」
阿近頗爲詫異。嬸嬸認爲惠比壽屋不可原諒，竟是這個原因？
「這種不明確的身分，會受夥計疏遠，老闆娘一定也看他不順眼。」
「也對……」
「惠比壽屋的老闆覺得內疚，不時會塞錢供他零花。」
「啊，這成爲他賭博的資金。」
原來如此，阿近恍然大悟。
夥計中也有人會賭博。如果是賭骰子，在澡堂二樓就能賭，多得是機會。不過，鮮少有人會沉迷到債臺高築的地步。畢竟工資微薄，賭資很快就花完，而且，周遭的同僚發現後，都會加以勸戒，或向老闆告狀，導致東窗事發。
只是，那個二掌櫃的身分特殊，就另當別論了。
「我認同嬸嬸的看法，實在令人同情。」
不是以兒子的身分，而是以夥計的身分與惠比壽屋保持關係，反倒會心有不甘，感到無處容身。無論是親人或同僚，不管是基於哪一種考量，都會對他避而遠之。
還不如惠比壽屋與他斷絕關係，趕他出門，搞不好會過得更自在。之所以會沾染賭博，一頭栽入，也是想忘卻積鬱心中的憤懣和孤獨吧。
「我滿心以爲他們是有規模的店家，一定能學到不少，才會將寶貝的富次郎託付給那麼無情的店家。」

阿民緊咬嘴唇，十分不甘心。

「我也氣自己，這股情緒始終無法平復。」

「那麼，在您情緒平復前，好好發一頓脾氣吧。」阿近勸道。「沒什麼可忍的。要是強忍，將會沉澱在心中無法消散，一個不愼就會引發怪事。」

「這話眞有意思。」

「沒錯，我可不是白白主持奇異百物語。」

之後阿近與富次郎談及此事，他頗爲尷尬。

「我原本不想讓妳知道。」

「堂哥，你又沒錯。」

「不，是我不好。因爲我心底總是瞧不起那個人。」

這句話中暗藏惡意，阿近心頭一震。

「惠比壽屋已有像樣的繼承人，所以那個人根本是礙事者。雖然我也覺得他的身世令人同情。」

富次郎聳聳肩，面帶苦澀。

「他素行不良又懶惰，百般討好老闆和老闆娘，對年紀比他小的夥計卻頤指氣使。」

惠比壽屋老闆偷塞給他的零用錢花完，他便厚著臉皮向人勒索。

「明明卑躬屈膝，卻又一副跩樣。」

所以，富次郎討厭他。

「那他對你……」

「他哪敢招惹我啊。我可是三島屋請他們代爲照料的重要人物。」

說起來算是賓客。儘管同是二掌櫃，卻是得討好的對象。

「由於此一緣故，他應該也看我很不順眼。我們都討厭對方。」

他們打架時，其實我不是居中調解才挨揍——富次郎坦言。

「我介入勸架時，想必露出『這個可憐的傢伙，眞拿他沒辦法』的表情吧。他會發火，想揍我而揮拳，並非不小心。」

那一瞬間，我們目光交會，我心知肚明，不會有錯——富次郎繼續道。

「談起這件事就討厭，不說了。」

阿近獨自爲此鬱悶許久。因爲發生過這件事，堂哥才會有「不能死在這裡，我不能就這麼死去」的想法。

之後透過新太的跑腿，多次與松田屋交涉，終於順利訂到席位。時間是八月十三日傍晚。沒想到能訂到這麼早的日期。

「因爲是惠比壽屋的餐票，對方特別空出席位嗎？」

「才不是，中秋前的日子比較有空位。」

八月十五是中秋賞月的好日子。前一天也是適合賞月的風雅之日，稱爲「待宵」，常舉辦俳諧或連歌的宴會，是料理店和貸席賺錢的良機。但再前一天的十三日，則沒有任何設宴的名目。

「十六日晚上往往賓客滿座，接連三天都會很熱鬧。爲了張羅準備，有些店家會在十三日公休。」

嗜吃美食的富次郎深諳此道。

「有錢人和文人雅士都不屑一顧的十三日晚上，究竟會端出怎樣的菜色，眞令人期待。或許能給我們店裡的賞月商品當參考。」

江戶的料理店，有的是由客人自行準備食材，指定菜色；有的是以店內首席廚師的手藝爲賣點，由店家主導一切。松田屋屬於後者，客人只要抱持輕鬆的心情，兩手空空前來即可。

他們決定當天請葫蘆古堂的勘一先到三島屋一趟，三人再一起前往大丸新道。阿近已提早準備，但勘一更早抵達。

「哎呀，少爺，您今天看起來完全不一樣。」

難怪阿島會如此調侃，只見勘一穿御所絹的黑色家紋和服及短外褂，髮髻也重新梳理得整整齊齊。

「咦，需要披短外褂嗎？」

「是的，在下聽說松田屋的顧客中也有大名。」

富次郎急忙請阿民取出短外褂，檢查有無蟲蛀或驅蟲藥的臭味，一陣手忙腳亂。

阿近請阿勝替她梳島田髻，換上黑色的曙染振袖和服，繫上綢緞腰帶。

「眞美。」

富次郎出聲誇讚，勘一仍是老樣子，宛如一尊木頭人。不過，等候三島屋的兩人準備的期間，他再度細看富次郎放在「黑白之間」的〈備前屋巡訪地圖〉。

「小少爺，在下想針對一些地方補充和修改。」

「可以啊，你儘管做。」

勘一反倒比較熱中於這方面。

「明明接下來要去品嘗美食，怎麼還在忙那件事？」

阿勝笑道，勘一回應：

「不，這次去拜訪松田屋，是爲了向老闆娘問話。」

對，差點忘了目的。

松田屋採宮殿式建造，宅內有一座養錦鯉的池子，共五間客用廂房，屋柱和走廊都擦拭得一塵不染，散發米黃色亮光。阿近他們被領往「錦之間」，壁龕掛著一幅惠比壽釣鯛魚的掛軸，一旁的花瓶插滿紅黃兩色的楓葉，當眞宛如錦緞，擺在博古架上的青瓷香爐飄來淡淡薰香。

「這氣味好，清爽不膩。」

富次郎開口評論。的確，這清爽的香氣不會殘留鼻中，而且在前菜利休蛋（註）送來時，氣味便自然消散。約莫是考量到不會和菜肴的氣味摻混在一起吧。

開始用餐時，掌櫃前來問候，說明今天的料理是「秋日新陽」。這是秋天柔和陽光般的口味，同時帶有濃濃的新鮮味。

「秋天是食物的新年。因爲有許多新的食材，例如，新蕎麥、新酒、新米等。」

這麼一提，確實如此——富次郎讚嘆道。

有香菇和秋天鯖魚的燒烤、燉煮芋頭、茄子田樂燒、鴨肉燉蘿蔔。酒當然非菊酒莫屬。

註：加入白芝麻、酒、油做成的蒸蛋。

「冷豆腐的時節已過，吃湯豆腐又嫌太早。」他們品嘗最適合這個季節的勾芡豆腐、栗子飯，及不是用水煮，而是以蒸籠蒸成的新蕎麥麵沾鹹醬。眾人邊吃邊誇讚，最後店家送來梨子當甜點。

「吃得太痛快了。」

菊酒微微帶來醉意，臉頰泛紅的富次郎拍著肚子。從上菜後一直不發一語，只顧動筷子，洋溢幸福笑容的勘一，在富次郎的勸酒下應該喝了不少，但絲毫不顯醉意。

沏好一壺濃郁甘甜的玉露（註）後，掌櫃向他們行禮。

「老闆娘待會就前來向各位問安。」

不久，老闆娘現身，穿著一身整齊的黑縐綢家紋和服，盤著江戶相當少見的兩輪髻，年約四十五歲。雖然下巴略長，但容貌端正。她身材修長，腰板挺直。

「今日各位蒞臨松田屋，蓬篳生輝。我是老闆娘加壽。不知小店的菜色還合各位的胃口嗎？」

老闆娘在問候時，帶魚尾紋的長眼突然睜大，似乎感到詫異。她認出勘一。

「在十三日晚上賞月時，品嘗可讓人延年益壽的佳肴。」

富次郎應道，面露微笑。

「不愧是松田屋，果然不是浪得虛名。老闆娘，這位朋友與您有過一面之緣，您記得他的長相嗎？」

勘一深深鞠躬，「前些日子失禮了。」

老闆娘轉為責備的眼神，輪流看著三人。阿近深感歉疚。

「非常抱歉。其實，我們有事想請教您，才登門拜訪。」

老闆娘的目光再度掃過富次郎、勘一、阿近，微微嘆氣。

「我記得，跟香具店的美仙屋的書有關吧。」
「哦，您記得這麼清楚啊。」
富次郎順利掌握話題的主導權。
「我和堂妹阿近，家裡是在神田三島町開設提袋店的三島屋。三島屋對外廣爲召募肯分享怪談的人士，持續舉辦奇異百物語，頗獲好評。前不久……」
先來一段流暢的開場白後，富次郎道出關於美仙屋和阿梅的離奇事件。
「我們舉辦奇異百物語，從訪客那裡聽來的故事，一般絕不外傳。這次太過離奇，才會……阿近，對吧？」
在富次郎的催促下，阿近用力點頭。
「是的，雖然不覺得可怕，但就像做夢一樣。」
「而且，名叫阿梅的老婆婆，或許是懷有什麼心願，出現在我們面前。」
聽富次郎這麼說，老闆娘不置可否，沉默不語。
「倏然出現，又倏然消失。那會是鬼魂嗎？果眞如此，可能是在請求供養，或想傾訴心中的遺憾。」
阿梅的嘆息聲，至今仍在耳畔迴盪。其實，我們根本不是受倉庫大人保護，我們受祂欺騙，受祂詛咒——
「若因主持百物語，聽到亡靈悲切的傾訴，我們只能盡己所能達成其心願。儘管有違平時的規

註：上好的煎茶品名。

矩，我們仍四處找尋美仙屋的下落。」

這時，富次郎重新端坐。

「老闆娘，您是我們好不容易找到的線索。要是您知道關於美仙屋的事，方便請您告訴我們嗎？」

松田屋的老闆娘沒開口，雙手併攏置於膝上，若有所思。

不久，她小聲吐出一句：「美仙屋的老三阿梅女士，我也不清楚她的下落。」

富次郎和勘一瞪大雙眼。阿近感覺卡在胸口的一股氣消散。美仙屋眞的存在，阿梅確有其人。

老闆娘端莊地移膝向前，打開通往隔壁的紙門，呼喚掌櫃。她壓低聲音，迅速吩咐幾句。

「我有話和這幾位客人說，『菊之間』就麻煩你了。還有，暫時別讓人過來。」

接著，老闆娘重新面向眾人。

「關於三島屋的提袋風評，我素聞已久。」

「愧不敢當。」

阿近等人一同低頭行禮。

「但我不曉得貴寶號主持百物語，恕我孤陋寡聞。」

老闆娘的表情僵硬。

「突然聽聞此事，我頗爲詫異，不過剛才各位的話中，似乎是眞心替阿梅女士擔心，所以就算透露我所知的內情，美仙屋的人和阿梅女士應該會原諒我。」

該從哪裡講起——老闆娘低喃。

「我現在腦袋有點混亂，是叫『倉庫大人』吧？我是第一次聽聞。」

「那麼，容我請教一下。美仙屋確實是香具店嗎？店家位在何處？」
「在芝的神明町。」
勘一插話：「可是，那一帶似乎沒人曉得美仙屋。」
老闆娘微微蹙眉，望向勘一。
「大概是忘了吧。那邊的市街，尤其是商家之間，都視美仙屋爲禁忌。因爲眾人都絕口不提他們的事。」
忌諱。禁忌之事。可怕之事。不祥之事。絕口不提的祕密。
「那家店是什麼時候消失的？」
「約莫三十多年前吧。」
既不是歇業，也不是移往別處。一場火災燒得精光，家中所有人都葬身火窟，美仙屋從世上消失。」
「火災嗎……」
阿近不禁屏息，老闆娘頷首。
「一場極爲詭異的火災。某個夏天的半夜，美仙屋裡竄出火苗，轉眼引發大火。但火勢並未向外延燒，唯有美仙屋燒毀，連屋柱都燒成炭。」
在阿梅講述的故事中，即使附近失火，美仙屋也會在「倉庫大人」的守護下平安度過，這場火災卻獨獨將美仙屋燒光。
「當時我十三歲，老家在片門前町經營提供外送的小餐館。美仙屋是我們的老客戶，而且家母與美仙屋的老闆娘阿藤夫人，自幼一起學習才藝，感情深厚，長大仍時常往來。」

「阿藤夫人！」阿近不由得提高音量。「她是三姊妹中的長女，次女是阿菊小姐，三女是阿梅小姐，對吧？」

「沒錯。不過，次女阿菊十五歲亡故，美仙屋的女兒只剩下阿藤和阿梅。」

「阿菊小姐被當成亡故啊……」

富次郎沉吟道，松田屋的老闆娘點點頭。

「只是，當下他們沒讓周遭知曉。家母也是過了很久才向阿藤夫人詢問。」

——舍妹去世了。由於太悲傷，僅有親人爲她治喪。

「對方婉謝弔唁，母親便沒再追問。」

不，阿菊根本沒死，而是成爲「倉庫大人」。那是美仙屋的祕密，不能向外人洩漏。

「待阿菊小姐的喪期過後，美仙屋很快替阿藤小姐招贅，她當上小老闆娘。母親是家中的獨生女，也緊接著談妥婚事，招贅納婿。」

之後一直和阿藤夫人保持情誼。

「母親生下哥哥、我，還有弟弟。美仙屋的阿藤夫人和她母親一樣，生下兩個漂亮的女兒。」

在美仙屋誕生的女兒，個個美若天仙。

「老闆娘，您和那兩位小姐也是好朋友嗎？」

面對阿近的詢問，老闆娘露出苦笑，搖著頭回一句「不」。

「美仙屋的姊妹花長得太漂亮，哥哥動不動就拿我和她們比較，淨說些挖苦人的話，實在沒意思。加上我性格活潑，不像美仙屋姊妹那樣熱中學習才藝……」

老闆娘欲言又止。

「母親和阿藤夫人熟識，但她其實不太喜歡美仙屋。」

——經營香具店這般風雅的生意，又有身分地位，家裡卻總是十分陰暗，感覺很恐怖。

——明明應該是幸福的老闆娘，不知爲何，阿藤夫人就算露出笑容，看起來也似哭臉。

「母親抱持這種看法，並不強迫我和美仙屋姊妹當朋友。」

那是竹馬之友的直覺。或者，是母親的直覺。美仙屋籠罩著一層陰影。

松田屋老闆娘微微嘆氣，接著道：「我能告訴你們的，只有發生美仙屋燒毀，阿藤夫人、她丈夫及兩個漂亮女兒都葬身火窟的慘劇後，母親告訴我的這件事。請各位先理解這一點。」

「明白了，願聞其詳。」

富次郎彷彿在替她打氣，點點頭。始終專注聆聽的勘一，表情依舊平靜，唯一和品嘗佳肴時不太一樣的，只有從他嘴角消失的笑容。

「美仙屋燒毀、阿藤夫人亡故後，母親嚇得面如白蠟。她不小心脫口說『他們夫妻吵得很凶，該不會是縱火吧』，父親不斷安撫她。」

——話不能亂說啊。

——老爺，你也知道，阿藤的樣子有點怪。

老闆娘的母親會如此恐懼，是有原因的。

「約莫在美仙屋燒毀的三個月前，我娘家的廚師受傷，祖母感冒長期臥病在床，弟弟反覆長針眼。」

老闆娘的父親十分在意，提議祈求神明消災解厄，於是夫妻倆決定前往川崎參拜弘法大師。消息不知怎麼傳了出去，美仙屋的阿藤夫人表示想同行。

「父母只帶將來要繼承家業的長子前去，我、弟弟及祖父母留下看家。我很不甘心，羨慕不已。」

以成人的腳程，前往川崎參拜弘法大師，一天就能往返。若要參拜祈求消災解厄，沿途絕不能遊山玩水。要誠心誠意，嚴肅以對，這是規矩。

然而，一路上阿藤不懂嚴肅，甚至表情僵硬，若有所思。

「母親頗擔心，佯裝不經意，想問出她爲何煩惱。」

原來阿藤與丈夫意見相左，丈夫不肯接納阿藤的意見，在美仙屋內引發衝突。

「那起衝突似乎與兩個女兒的婚事有關。姊妹倆分別大我二歲和三歲，到了有人上門提親的年紀。」

阿藤如此說道：

——要是兩人都出嫁，美仙屋的人會受懲罰。

「姊妹其中一人不招贅，美仙屋將斷絕香火。這樣的理由倒也合情合理。」

阿藤繼續發牢騷：

——我招了個荒唐的夫婿，竟想打破美仙屋的規矩。

——實在愧對爹和阿菊。

單聽這句話，想必會一頭霧水。不過，若得知美仙屋的「倉庫大人」及阿梅講述的怪事，隱約可猜出阿藤爲何感嘆。

難不成，阿藤的丈夫不像她父親那般接納「倉庫大人」的規矩，認爲在這一代中斷也無妨，打算早些將兩姊妹嫁出去，讓她們逃離束縛？所以，阿藤才會既生氣又害怕？

從小，阿藤的父親就教導她「倉庫大人」的規矩。經歷與妹妹阿菊的別離，跟父親一同悲嘆，另一方面，她也親身感受過「倉庫大人」的靈驗。阿藤心裡明白，誠心供奉「倉庫大人」，不間斷地照顧常香盤，美仙屋就能遠離災禍，長保安泰。

可是，阿藤的丈夫不這麼想。他不曉得「倉庫大人」神力的厲害。聽聞日後恐怕得獻出其中一個可愛的女兒，認爲怎會有這樣離譜的規矩，決意阻止，也是人之常情。倒不如說，考量到爲人父母對子女的慈愛，反倒是極爲自然的念頭。

「母親安慰阿藤夫人，只要虔誠向弘法大師祈禱，再大的災厄都能消除。」

阿藤皺著眉應道：

——所以我才想求祂消除美仙屋最大的災厄，也就是我們家裡的人。

「儘管完成難得的參拜，阿藤夫人仍沉著臉，額頭擠出一道道皺紋，我父母也悶悶不樂地返回家中。」

之後，老闆娘家裡的傷患和病人皆康復痊癒，重拾平靜，但美仙屋夫妻的爭吵卻日漸嚴重，連旁人都看得出。阿藤高聲責備丈夫，導致丈夫情緒激動，姊妹倆在一旁啜泣。一些老客戶聽見，將此事傳開。風聲也傳進老闆娘的母親耳中。

「還在替他們擔心，美仙屋就慘遭祝融。」

所以，老闆娘的母親才會說，搞不好是夫妻吵架後引發的縱火。

「當時我只是個孩子，就算母親告訴我許多事，也聽得一知半解。」

其實，美仙屋眞正面臨的麻煩，我父母根本無從預測——老闆娘繼續道。

「他們完全不曉得『倉庫大人』的事。」

阿藤從未向外人提及。

「相隔這麼多年，從你們口中聽聞此事，我才得以窺見全貌。」

真是可怕——老闆娘低語。

「請問……」

半晌後，勘一出聲。

「三十年前的那場火災中，美仙屋的人全命喪火窟。但您剛剛提到，不曉得三女阿梅女士的下落。」

「嗯，沒錯。」

「這表示，只有阿梅女士倖免於難？」

老闆娘頷首。「早在火災發生前，阿梅女士便離開美仙屋。那是在阿藤夫人招贅後不久的事。」

一直愁眉不展、終日關在家中的阿梅，離開美仙屋，到外地療養。

「阿藤夫人說，是送她到逗子或葉山之類可望見海的地方療養。」

「哦……」

「此後，再也沒有阿梅女士的消息。發生那起火災，原以為她會在葬禮上露面，卻沒見她現身。於是我父母認為，阿梅女士恐怕早已去世。」

「不，不是這樣。」阿近語氣篤定。「前來拜訪我們的，是上了年紀的阿梅女士。她約莫是在某個地方活到很長的歲數。」

富次郎雙手插進衣袖。「嗯，也對。可能是活到老婆婆的歲數，死後化為鬼魂，以說故事者的身分造訪三島屋。」

「不見得，」勘一開口，「也可能是生靈（註）。」

「你的意思是，靈魂脫離活人的身體，到『黑白之間』做客嗎？」

「妖怪繪本中也有魂飛千里的描述。」

「那是死後的事吧。人還活著時，哪有這等能耐啊。」

「如果意念夠強烈，或許辦得到。」

你說是亡靈，我說是生靈，涉及怪談的話語在室內交錯，松田屋的老闆娘靜靜望著他們。

「我們一頭熱地討論，實在抱歉。」

阿近自覺失禮，連忙道歉。老闆娘閉上眼，搖搖頭，盯著地面緩緩開口：

「既然三位都聽慣怪談，想必不會嘲笑我接下來的話。」

阿近他們重新將目光投向老闆娘，原本坐姿端正的人，微微彎腰，像要逃脫危險的事物。

「這也是從母親口中得知。她並非親耳聽聞，是美仙屋慘遭祝融後，從街坊的議論中知曉。」

非常恐怖——老闆娘說道。

「傳聞在大火中，響起女人的笑聲。」

那是年輕女孩清脆的朗笑，「一直笑罵『活該、活該』。」

阿近他們聽著，半晌說不出話。

「那場大火中，曾颳起一陣強風。美仙屋失火時，搧動火舌、狂吹不息的強風，將店面和屋子

註：活人出竅的靈魂。

完全包覆在火海中。」

不留任何活口。要將你們全困在這裡，燒成焦炭。

「不過，父親認為那只是狂風呼號，誤聽成女人的聲音。」

富次郎徹底酒醒。

「居然發生過這種事，難怪會成為街坊的禁忌話題。」

活該。

試著說出這句話，阿近打了個寒顫。那究竟是誰的笑聲？

告別松田屋老闆娘後，經過五天，勘一沒揹木箱，空手來到三島屋，一臉若有所思。

「小少爺、小姐，關於美仙屋，兩位可能覺得已足夠瞭解，不過……」

我查出阿梅女士的住處——勘一說。

「怎麼查到的？」

阿近頗為驚訝，但富次郎馬上明白。「你四處查訪甜食名店，發揮功效了嗎？」

「是的。俗話說，瞎貓碰上死耗子，一點都沒錯。」

兩年來，位於下谷廣小路的糕餅鋪名產「滿月包子」，有位顧客每個月初一必會前來購買。對方是在池之端仲町販售蠟燭和香的「多島屋」女侍。她曾告訴糕餅鋪的店員：「敝店長年臥病的老夫人，最愛這道名產。」

勘一經營的是租書店，儘管是第一次接觸的客人，也不會起疑。他和對方聊著故事書，漸漸卸下對方的心防。在多島屋跟那名女侍及夥計聊天時，他得知不少關於老夫人的事。老夫人名叫「阿梅」，是年過六旬的老婆婆，很久以前就臥病在床，今年更是虛弱，常躺在裡屋，恐怕來日無多。

「對多島屋來說，阿梅夫人算是遠親。至於與這位遠房親戚到底是怎樣的關係，女侍早記不清。」

——家人皆已亡故，她孤身一人。很長一段時間，輾轉寄在眾多親戚家。

勘一還打探出絕不能置若罔聞的重要消息。

「某個秋日，阿梅女士彷彿突然想到，向多島屋的老闆娘提出請求。」

——我要出門一趟，請拿我的振袖和服過來。

「由於是出自長期臥病的人口中，老闆娘心想，她應該是夢到什麼，馬上幫她處理。那件振袖和服，是阿梅女士輾轉寄住眾親戚家的歲月中，一直珍藏的上好和服。」

「是條紋圖案的振袖和服吧？」阿近開口。

「您果然知道。」

「是啊，她就是穿那一襲振袖和服，繫上麻葉圖案的黑緞晝夜帶，出現在三島屋。」

沒錯——勘一雙手一拍。「老闆娘將衣架立在阿梅女士的枕邊，替她換上振袖和服，搭配自用的晝夜帶，爲她梳妝打扮。還附上一支花簪，對阿梅女士說：『請插在髮髻上吧。』」

——您要去哪裡？

「阿梅女士這麼回答……」

——離此不遠，只是去一趟神田三島町。

確實不算遠。位於不忍池南側的池之端仲町，要到神田三島町，只須穿過下谷廣小路，順著下谷御成大道往下走，越過筋違御門橋，很快就能抵達，路線簡單好記。

「接著，她舒服地睡了一覺，醒來後顯得神清氣爽。」

但她的身體愈來愈虛弱，一天比一天沒生氣。這幾天幾乎無法進食，心跳何時停止都不足爲奇，一直昏睡不醒。

「我得去探望。」阿近說。

「可是，跟對方說得通嗎？」

「堂哥，一定說得通。想必是在多島屋聽過奇異百物語的風評，阿梅女士才選上我們，前來傾訴她的故事。」

確實如此。

面對阿近、富次郎、葫蘆古堂的勘一的來訪，多島屋的店主夫婦相當禮遇。阿近道出在「黑白之間」和阿梅對談的經過，夫婦倆倒抽一口氣。富次郎透露從松田屋老闆娘口中聽到的往事，兩人面面相覷，只見老闆娘眼裡噙著淚水。最後，勘一說明是藉由「滿月包子」這條線索找到此處，老闆深深頷首。

「那家糕餅鋪的包子皮很薄，紅豆餡隱約可見。不過，唯獨滿月包子裡是白餡，看起來渾圓雪白，老夫人覺得挺有意思。」

於是，這成爲她每月一次的享受。

「近幾個月，她連包子的邊角都咬不動。即使切細送進口中，她也無法吞嚥。」

多島屋老闆娘的眼眶再度泛淚。

「阿梅夫人……不，老夫人……方便讓我見她一面嗎？」

「好的，請。」

「縱然擱下病弱的身軀，只剩下靈魂，恐怕她也想前往三島屋，道出自己和懷念的家人，及美仙屋遭遇的不幸吧。」
詳情我們也不清楚——老闆娘解釋道。
「老夫人應該是我外姑婆的表妹，算是遠房親戚，我們不好細問。」
不過，阿梅輾轉寄住，最後來到多島屋，在生命的油燈即將耗盡時，渴望一吐心中的悲苦，於是選中三島屋。
在多島屋老闆娘的陪同下，阿近靠近病人枕畔。勘一表示不便在場，富次郎也說在一旁觀看即可。
「阿近，這是妳的職責。」
阿梅的寢室位於多島屋的裡間。那是六張榻榻米大，寧靜的小房間，只有中央鋪著床墊，沒有大型家具和生活用品，但擺著火盆和香爐。溫暖的空氣中，微微飄蕩一股梅香。
「老夫人喜歡焚燒梅香。」
阿梅仰躺在床上，棉被完全貼平，幾乎毫無隆起，可見她就是這般消瘦。
她梳開的頭髮，大半都是銀絲，髮量稀少。枕在白色圓筒枕上的腦袋顯得十分嬌小，臉也很小。眼窩凹陷，眉毛稀疏，皮膚乾癟。皺巴巴的嘴唇微張，發出「呼嚕、呼嚕」聲。
跟在「黑白之間」的模樣截然不同，阿近仍一眼認出。
阿近在枕畔坐下，微微前傾，低喃般輕聲叫喚「阿梅女士」。
「我從神田的三島屋來拜訪。我是之前和您見過面的阿近。」
當時很感謝您——
「由於店主伊兵衛的特殊嗜好，持續至今的奇異百物語，承蒙您的蒞臨。沒能好好款待，在抱歉。」

那天，「黑白之間」插著紅葉和胡枝子花，並裝飾有風格特殊的秋刀魚水墨畫掛軸。

「那是繪著兩尾秋刀魚的畫。阿梅女士，當時，您認爲畫的是秋刀魚，及從牠身體脫離的靈魂吧。」

阿梅以秋刀魚爲喻，道出自身的故事——我也是靈魂脫離軀體，前來說故事。所以，阿梅消失後，秋刀魚的畫恢復成一尾。

「美仙屋的『倉庫大人』故事，我已確實聽聞。」

呼嚕呼嚕，傳來老婆婆的呼吸聲。

「我和您有同感。從感情融洽的三姊妹中挑選一人帶走的倉庫大人，實在太殘忍。交換條件是保護美仙屋遠離災禍，若說這是一種保護，未免太壞心。」

留下的人爲逃過一劫慶幸的同時，也深深內疚。

「阿梅女士，或許如您所言，倉庫大人欺騙美仙屋，甚至下了詛咒。您會感到悲傷、憤怒，想大聲說出心中的看法，也是理所當然。非常感謝您蒞臨三島屋，一吐胸臆。」

阿梅停止呼氣，乾癟的眼皮發顫，兩鬢頻頻跳動。

她睜開眼。

那幕景象，宛如乾旱的地面湧出清水。濕潤的眼瞳。老婆婆的臉上，唯有雙眸散發女孩般的光輝。

阿梅的時間確實已停止。那澄澈的目光即是證明。

阿梅望向阿近。

「三島屋的阿近小姐……」

多島屋的老闆娘一怔。阿梅竟開口說話，以沙啞渾濁的嗓音。

「我在這裡，美仙屋的阿梅女士。」

阿近對阿梅露出微笑。

「我們四處找尋，終於能來探望。過程中花了一些時間，還請見諒。」

阿梅眨眨眼。

「我……我眞的曾拜訪三島屋嗎？」

我以爲那是一場夢——阿梅說。

「那不是夢。您在三島屋舉辦百物語的客房裡，和我面對面，親口說出那個故事。」

「是嗎……」

阿梅的皺起臉，是覺得哪裡疼嗎？不，不對。她是想挪動身體。

「老闆娘，我想握阿梅女士的手，可以嗎？」

「當然。」

老闆娘掀起棉被，阿近雙手緊握阿梅的右手。那是骨瘦如柴的胳臂，手指纖細修長。

「阿梅女士，您的手指好美。」

阿梅的手十分冰冷，連回握阿近手指的力量也沒有。

「阿菊姊更漂亮……」

阿梅轉動眼珠，遙想多年前見過的容顏。

「阿菊姊眞可憐。」

她的眼眶泛淚。

「我們全都很可憐。」

「嗯、嗯。」

阿近頷首，只見阿梅眼角淌下一行淚。

「誰也不在了。」

美仙屋已付諸一炬。

「美仙屋因倉庫大人家毀人亡。」

她又流下一行熱淚。

「我爹知道一切。」

阿梅的話聲沙啞，得湊近才聽得清楚。

「要娶美仙屋的漂亮女兒，必須做好心理準備。」

坐在角落的富次郎豎耳聆聽。

「所以，他告訴過姊夫『倉庫大人』這項規矩的由來。」

關於倉庫大人的眞實身分。

「以前家中曾有一名養女。」

是美仙屋領養的女兒。

「美仙屋的老闆好心收留孤苦無依的她。」

如今已無從得知她的來歷，阿梅的父親也瞭解不深。

然而，他很明白一點。雖然受到悉心養育，女孩在美仙屋裡卻過得不幸福。

「因爲她長得不漂亮……」

不同於那些誕生在美仙屋，擁有花容月貌的女兒。

「動不動就被拿來比較。」

過著千金小姐的生活，但背地裡受盡嘲笑，她備感尷尬，覺得無處容身。長大後，她自願像女侍一樣工作，甘於惡衣粗食，躲在暗處生活，最後病故。

「那個女孩成爲倉庫大人。」

美仙屋有養育之恩，她並不全然出於憎恨。儘管如此，平日累積的憤懣和悲傷，在死後化爲一股意念，留在人世。

好，今後我來守護美仙屋。不過，我要拿走你們疼惜的漂亮女兒的靈魂。領受的恩情，我以守護償還；承受的侮辱，我以不幸奉還。

這就是「倉庫大人」這項規矩的眞相。

「守護常香盤，就是遵守這項規矩。」

從不間斷的焚香，同時也是持續接受對美仙屋的詛咒。

「我爹遵守規矩。」

阿藤的丈夫卻非如此。

「姊夫大發雷霆。」

——管她什麼倉庫大人，拿我心愛的女兒當人質，我哪受得了！

「阿藤姊試著說服他，兩人爭吵不斷。她哭泣、生氣、勸諫，用盡各種方法，但姊夫一概不聽。」

終於，在三十年前的某日——

「姊夫打破倉庫裡的常香盤。」

阿近深深頷首，頻頻點頭。原來是這麼回事。

常香盤破碎，破除了詛咒。於是，以詛咒換來的守護也消失。

之前倉庫大人屛退的一切災厄，化爲劫火撲向美仙屋，將一切燒毀殆盡，同時大聲笑罵「活該、活該」。

「阿梅女士。」

見阿梅淚流滿面，阿近執起她的手，溫柔地握緊冰冷的手指。

「幸好您活下來，並說出美仙屋悲傷的故事。」

這正是阿近持續主持奇異百物語得到的最大收穫。

人們訴說故事，有能力訴說。不論好或壞，快樂或痛苦，對或錯，只要親口說出，有人聆聽，故事會超越個體無常的生命，永遠存續。

「我也要向妳道謝。」

瘦弱的阿梅露出微笑。

「謝謝妳肯聽我說故事。」

多島屋的老闆娘低頭落淚。

「我心中的疙瘩終於化解。」

因爲胸口的悲戚一吐而空。

「阿近小姐……」

阿梅的話聲轉爲輕細，阿近微微彎腰，附耳上前。

「聽說……妳也把自己關在家中？」

阿梅居然連這件事都知道？

「爲什麼？背後應該有理由，但……」

這樣不行——阿梅低語。

「妳會變得……和我一樣。」

變成一個時間停止、受悔恨折磨、只會緬懷過往的老女人。

「不然也會變成『倉庫大人』。」

阿近渾身一震。屏息坐在角落的富次郎也挺起身，雙目圓睜。

「這是我的答謝。」

語尾沙啞，幾乎爲呼氣聲掩蓋。阿梅以眼神傾訴，傳達心中的話語。

——三島屋的阿近小姐，妳要想清楚。

「可以了……」

阿梅滿意地微笑。最後一行淚水溢出，滑落眼角。

「她往生了。」

阿近靜靜向眾人宣告。

「到頭來……」

葫蘆古堂的勘一坐在「黑白之間」的外廊上，一如往常，以木頭人般的神情開口。

「阿梅女士究竟是何方神聖？」

「這話是什麼意思？」

富次郎反問。他們正忙著將堆積如山的《購物指南》，分成要歸還給葫蘆古堂的部分，及三島屋想收購的部分。

「不……在下只是覺得，阿梅女士像是神明。」

阿近端來茶點，坐在兩人身旁。輪流望著難以捉摸的勘一，及突然板起臉的富次郎。

「哪有這種事，多島屋的人替她治喪，我們也都前去替她送終，不是嗎？」

阿梅的葬禮，在兩天前一個秋雨綿綿的日子舉行。

「阿梅是正常的女人，一位老太太，一名病人，一個往生的人。」

富次郎噘起嘴。

阿近感到困惑。她隱約明白勘一想說的話。其實富次郎也一樣，才會板起臉反駁。

「話是沒錯……」

「那你應該回答『您說的一點都沒錯』。」

「三十年前美仙屋燒毀時，阿梅女士在遠方療養吧。」

「是啊。」阿近頷首。

「既然如此，她怎會知道阿藤夫人的丈夫打破常香盤？」

「聽別人說的吧。」

富次郎語帶不悅。勘一不為所動，一臉悠哉地偏著頭，繼續道：

「聽誰說的呢？畢竟美仙屋的人全葬身火窟。」

「我也曉得這一點。」
富次郎發起脾氣，苦著臉，將手中的一本《購物指南》往身旁的書堆用力一放。
「抱歉，我講話有些衝。其實，這件事一直擱在我心底。」
他不認爲阿梅是神明，卻也不覺得是普通人。
「該不會，我們是被狸貓或妖狐耍了吧……」
接下來的話，富次郎恐怕難以啓齒，阿近決定代替他說出口。
「因爲她向我說教，而且『倉庫大人』的眞實身分是美仙屋的養女，這故事和堂哥認識的人身世雷同。」
勘一仍神情悠哉，「您指的是，害小少爺受傷的惠比壽屋二掌櫃，其實是老闆私生子嗎？」
富次郎瞪大眼，「你知道？」
「是的。租書店這門生意，常會聽到各種小道消息，消息很靈通。」
呆愣片刻，富次郎噗哧一笑。阿近鬆了口氣，跟著輕笑。
「眞是服了你。」
「不好意思……」
「既然如此，那就好說了。」
富次郎聳聳肩，望向庭院。「我覺得阿梅女士不光是在告誡阿近，也像在告誡我。」
世事難料。有悲傷，有懊悔，有憤慨。懊悔的烏雲濃重，常會降下災難的冰雨。
但如果總是往回看，人生將在怯縮中度過。這樣只會更加危險。
「自古以來，傳聞一夜之間說完百物語，便會發生怪事。」勘一開口：「三島屋的奇異百物語也是相同道理，在日常生活中聽取各種怪聞，與怪異之物變得親近，才會容易受到影響吧。」

葫蘆古堂說得好。

「嗯，我也這麼認爲。」

阿近不覺得美仙屋的故事純屬虛構，但又像是特意替阿近和富次郎準備的故事。

「不能變成『倉庫大人』，也不能變得和阿梅女士一樣。」

不能停止時間，不能封閉在自己的心底。

「那該怎麼辦？索性結束百物語嗎？」

話一出口，壓力莫名沉重。阿近尷尬地縮起肩。

「不過，目前還不能結束。」

「妳大可依循心意持續下去。」

沒想到，富次郎一本正經地回答。

「不過，當妳想結束時，隨時都能結束。之後由我接手。」

「啊，這樣未免太大材小用。」

富次郎突然頭暈目眩的情況，最近減少許多，顯得充滿活力。差不多能到店面做生意，或準備另外開店。

「才不會大材小用。我又不是想終日玩樂，只要像妳現在這樣，一面工作，一面擔任聆聽者就行。」

「期待你的表現。」

「妳隨便敷衍幾句，我很傷腦筋。我也認爲，成天關在三島屋，對妳不好。」

妳有自己的人生。

「未來的人生道路，要按妳的意志走下去，別受任何事物束縛。如同阿梅女士的忠告，我也要提醒妳這一點。」

「是是是，我會聽從自己的心聲。」

富次郎聞言，加重語氣：

「那麼，要不要和深考塾的小師傅告別，妳拿定主意了嗎？」

青野利一郎返回藩國的日子接近，明天他將前來三島屋，爲收到的餞別禮道謝，也是臨行前的道別。

阿近一怔。

「堂哥，你眞是的，怎麼在葫蘆古堂的少爺面前說這種話……」

「那麼，我先告辭。」

勘一微微一笑，從外廊起身。才不是這樣，你繼續待著啊，眞是個木頭人！

「堂哥，我才不告訴你。」

阿近丟下一句，扮了個鬼臉，逃離「黑白之間」。

青野利一郎不再是阿近熟悉的「小師傅」。

嚴重磨損的鞋、鬆垮的裙褲、沒仔細梳理的蓬亂髮髻，還有，雖然彬彬有禮，卻怡然自得的神采，及爽朗的口吻。

這些全消失不見。眼前是頂著光亮的月代頭，梳得齊整的髮髻，一身嶄新家紋禮服，威風凜凜的武士。

「今天在下是青野大人的隨從。」

捕快半吉笑容滿面，看起來真的很像隨從。以前明明是老大比較有威嚴。

三島屋眾人也盛裝相迎。站在前頭的是伊兵衛、阿民、阿近，接著是掌櫃八十助，及受過利一郎恩惠，免於遭受強盜洗劫的夥計。待在最後面的新太，又哭喪著臉。

「你算是男人了，別動不動就想哭。」

在利一郎的告誡下，新太發出「嗚嗚」聲，強自忍耐。不過，利一郎只在告誡新太時恢復深考塾小師傅的模樣。他的容貌和話聲，都令阿近心中隱隱作疼。

「我不認識青野大人，就算今天露面，說我是店主的兒子，也很不識趣。所以，我還是待在屋裡吧。」

富次郎如此說道，並未出現。

由於利一郎堅決婉謝，沒舉行慶祝酒宴，眾人在裡間談天。

雖然氣氛熱絡，但利一郎話不多，主要是伊兵衛和半吉在談笑。

阿近也一樣，除了應有的道賀和問候外，一概沒多說。叔叔和嬸嬸沒出聲詢問，也沒刻意引她開口。

「深考塾的新師傅找到了嗎？」

「找到了。不像我是臨時湊數，邊看邊學，對方教學經驗豐富，願意承接深考塾。」

青野利一郎在江戶已無遺憾。

「三島屋眾人，在此祝青野大人身體康泰，平步青雲。」

大夥磕頭行禮，結束道別。

阿近一襲盛裝，獨自走進「黑白之間」。總覺得這裡才是她的容身之所。

由於忙著布置迎接利一郎的客房，今天的「黑白之間」既沒插花，也沒吊上掛軸，只有壁龕擺著簡樸的素燒花瓶。葫蘆古堂已收走書本，堆積如山的各種《購物指南》已消失，唯獨留下富次郎搬來的舊書桌。

阿近打開一扇雪見障子。染滿秋意的庭院景致，為空蕩蕩的「黑白之間」增添色彩。阿近坐在書桌前，從袖中伸出手，托著腮幫子。

內心一片平靜。

她閉上眼，聽到秋風拂過庭院枝椏的聲響。

「阿近小姐。」

因為太過驚訝，心臟差點蹦出喉頭。

青野利一郎佇立在庭院，望著阿近，露齒而笑。

「抱歉，嚇到妳了。我拜託阿勝小姐，讓我從後門走過來。」

我想再來一次，向「黑白之間」道別——利一郎說。

阿近慌亂地理好衣袖。

「啊，請進。」

「那麼，我坐在這裡吧。」

最近勘一前來都會將書箱放下，坐在外廊上，利一郎在相同的地方坐下。他的背脊和全新的裙褲折線一樣挺直。

「雖然不是多久前的事，卻十分懷念。」
利一郎指的是，他來說故事的那一天。
「如果不是受邀參與奇異百物語，我恐怕一輩子都不會說出那個故事。」
利一郎說的，是一個不可思議的妖怪的遭遇。雖然喜歡人們，它卻不能和人們一起生活。
「我也忘不了你說的故事。」
阿近的話聲沉穩。她有所自覺，內心轉爲平靜。
「我……」
利一郎望著僅僅擺著花瓶的上座，緩緩繼續道。
「曾是失去奉祿的浪人。」
失去身分，也失去侍奉的主君。
「當時，我認爲已無未來，人生只剩黑暗。」
但事實並非如此。
「我遇上師傅——加登新左衛門大人，他將深考塾交給我，讓我認識許多學生。」
全是意想不到的邂逅，全新的人生道路展開。
「眞的很開心。」
利一郎露出平和的笑容。
「每天有風波，也有歡笑。有時爲生計所苦，有時深切感受到市井生活中小小的喜悅。
阿近輕輕應一聲「是」。
「我的人生不會再改變。」

我不會再改變。這就是我的人生。

「原本我抱持這樣的想法。」

秋風吹過，庭院的樹木又沙沙作響，一片鮮紅的楓葉飄落。

「然而，如今我將再次改變。我要改變自己的人生道路。」

我認爲這才是正確的選擇。

「這不代表是正確的選擇，而是我這麼認爲。」

阿近默默頷首。

「阿近小姐……」

利一郎望向阿近。

「總有一天，妳會面臨相同的時刻。」

想改變人生。想接受不斷改變的人生。認定這是正確選擇的時刻。

「屆時，請不要退縮，不要躊躇，大膽踏出『黑白之間』吧。」

不能認爲妳的人生就是待在「黑白之間」裡。

「我來找妳，就是想拜託妳這件事。」

原本想回一句「好」，阿近卻發不出聲。

「金太、捨松、良介，都很喜歡妳。不管妳去哪裡，他們一定會不厭其煩地緊跟在後，和妳親近。有勞妳多多關照。」

「好的。如果不嫌棄，儘管包在我身上。」

阿近察覺利一郎的視線，急忙低頭看著地面。此刻，阿近實在無法和他對望。

「我在這裡留下美好的回憶。」

我會好好珍惜。

「阿近小姐，祝妳幸福。」

青野利一郎起身，深深行一禮。這次眞的離去了。

阿近深深一鞠躬。理應平靜的內心一陣騷動，臉頰發燙，胸口隱隱發疼。

「我也祝小師傅幸福。」

好不容易擠出這句話，庭院已空無人影。

留下阿近獨自一人。

在「黑白之間」獨自一人。

此刻，她選擇這條路。

我就承諾你一件事。衝著青野利一郎祝她幸福，她暗暗在心中立誓。

我不會成為「倉庫大人」。

不會將「黑白之間」當成內心的倉庫。

不會停止時間，會觀察四季的變換，感受歲月的累積。

我會好好活下去。

「有人在嗎？」

傳來一道憨傻的呼喚聲。

「打擾了……我是不是眞的……打擾到您？」

是勘一。今天依舊揹著比他個頭還高的書箱。

「眞抱歉，我改天再來。」

原本就因書箱的重量上身微彎，這下壓得更低，只見勘一準備折返。

「嗚……」

聲音從阿近喉中迸發而出。

「嗚嗚嗚……」

跟童工新太一個樣。阿近穿著厚重的振袖和服，頭上的島田髻插著華麗的髮簪，臉上的妝全花了。她當場哭泣起來。

「小姐，您很難過吧。」

勘一一派輕鬆地說道。

「難過時，哭泣是最佳良藥。」

阿近以衣袖掩面，放聲大哭。

「哎呀，您哭的樣子眞好看，害我不禁著迷。」

阿近哭個不停，勘一待在一旁，無事可做。「黑白之間」一片寧靜，庭院裡的楓樹隨風搖曳。

半晌後，阿近重重吐一口氣，從衣袖間露

出臉。勘一仍揹著書箱佇立在原地。
「葫蘆古堂的少爺，今天有什麼事？」
勘一露出木頭人般的笑臉。
「我想向小姐推薦幾本書。」
接著，他滔滔不絕開始介紹。
「生人說的故事有血有肉，特別有趣。不過，正因是生的，難免會食物中毒。比方這次美仙屋的故事，在下認爲小姐中毒了。」
不過，換成是書籍……
「由於脫離生人許久，早就乾枯。即使吃錯，也不會食物中毒，或造成危害。不僅適合用來抒發鬱悶，若能透過書籍增加知識，還能壯膽，不容易爲故事中毒，可謂一舉兩得。不不不，在下並非是想推銷生意，而是書籍眞的功效卓越……」
在阿近笑出聲前，勘一說個不停。
秋高氣爽的好日子裡，三島屋奇異百物語送走一人，又加入一人。

終

※本文涉及故事情節，未讀正文者請慎入

解說——路那

走吧，讓我們找故事去

聽說的，可信嗎？

「盂蘭盆節及春分秋分時，死者會歸來？那麼，阿月，妳親眼見過嗎？見過死者跟著盂蘭盆節的迎靈之火歸來，還是在邁入春分秋分時，懷念的死者穿過家中大門露面？」

「我、我沒見過，但爹娘都是這麼說的。」

「沒錯，他們是這麼說的，所以你們才會一直這麼相信，不是嗎？」

這是〈迷途客棧〉中，石杖老師對阿月暢談他認爲的死後生活樣貌的段落。在讀到這一段的時候，你是否也像阿月一樣，心頭一驚呢？追根究柢，我們在「黑白之間」聽了那麼多個故事，甚至宛若眼見地跟著阿近參與其中幾個。「死者」、「靈」、「鬼神」這類不可知的事物，隨著一個又一個訪客的敘說，慢慢沉澱爲三島屋宇宙的眞實。於是，在不知不覺間，在我們宇宙中或許代表了謠言來源的「有人說……」，在三島屋宇宙中卻成了磐石一般穩固的存在。我們可能會對這些「有人說……」的事件其背後的眞實爲何展開辯論，但不變的是我們都相信著事件本身確實存在——在不知不覺之間。

誠實地說，三島屋宇宙裡其實不乏「鐵齒」，卻少有像石杖老師一般，從觀點層面拆解這個「聽說——相信」的結構，而大抵停留在「聽說—不相信」的反對動作上。也因此，當石杖老師提出這個觀點的時候，如同醍醐灌頂一般透心涼迎面澆下——啊，是的，從「聽說」到「相信」的距離，被縮得這麼短了呢。而從小到大所接受的「眼見爲憑」式的科學教育，不知不覺間，在這個宇宙裡，已經離得那麼遠。

從這樣的觀點來看，「黑白之間」難道不也是一個迷途客棧嗎？一個在讀者與作者之間搭起橋梁，讓人有短暫的時間一窺「三島屋宇宙」的所在。

從「聽說」到「偵查」：走吧！讓我們找故事去

當「聽說」不再理所當然地與「相信」相連，找到能夠連結這兩者的事物，也就變得迫切起來。〈迷途客棧〉是一個引子：來了一個不太擅長隱匿故事所在地的講者阿月，而阿近在聽完故事之後，也理所當然地從故事中的敘述，連結出相關的人事時地物。從〈迷途客棧〉開始，「故事」不再停留於道「聽」塗「說」，而是化爲了實存的事件

這樣的傾向在〈食客饑神〉與〈三鬼〉中持續發酵。在〈食客饑神〉中，達磨屋老闆很乾脆地談到他的出生地，「我並不是土生土長的江戶人。我的出生地是上總國的搗根藩。」。而在〈三鬼〉中，前來說故事的武士大人，則乾脆地明示了隱匿的不必要性：

「您的大名，以及故事中登場的地點，也可隱匿不說。」

「不，這方面倒是毋須顧忌。」

若翻開前三本小說，在過去的故事裡，其實並不乏講故事的人自行告知故事所在地的例子，然而那些例子大多是如〈食客饑神〉般，作爲鄰居或熟識的店家，隱瞞也沒有意義的情況。再者，是安插的部分較爲隨機，不若《三鬼》這般緩步鋪陳。在這樣一步步的鋪陳之下，阿近在〈倉庫大人〉的故事中，碰上了百物語般的體驗。對於這個不知道是否存在的說故事老婦，阿近逐漸按捺不住她的好奇心，無法讓「故事」只停留在「聽說」的階段，希望能找出故事的源頭。到這裡，相信你也意識到了在本書中阿近的變化——她不再只是前三本「三島屋奇異百物語」中那個好心但仍滿懷陰影的少女，而是在故事與故事的間隙，逐漸成長爲對事物擁有好奇心的女子。

記得《怪談：三島屋奇異百物語之始》中，阿近與安藤坂宅邸的對決嗎？無論是對於阿近，又或對於我們來說，那都是一個讓人難忘的歷程。然而阿近踏上尋找安藤坂宅邸之路，或多或少是起因於阿貴的異變，迫於想知道青梅竹馬松太郎的去處，以及無法對阿貴見死不救的心情。但在〈倉庫大人〉中，動機卻是「想查個水落石出」，這樣的差距令人切實感受到阿近的變化。

另一方面，阿近依然是當初那個對自己感到迷惘的阿近。在〈滿屋作響〉中，阿近突然間發現比起未婚夫良助，她更關注青梅竹馬松太郎的境遇。這一個事實，最終令她自問「我究竟心歸何方？」卻終究沒有一個確切的回答。而在〈倉庫大人〉中，對於深考塾小師傅青野利一郎似乎頗有好感的阿近，將面臨青野回到藩國重新出仕，並與好友的未亡人共結連理的衝擊。對於這樣的變化，如同無法清理良助與松太郎在她心中的分量一般，阿近也無法理清她對青野的離去到底應該採取什麼樣的姿態。她如此苦惱，甚至到了「比起平時生活的起居室，她覺得『黑白之間』才是她的安身之所」的地步。若將「黑白之間」視爲迷途客棧的另一形式，則阿近已然站在成爲「倉庫大人」與否的分野，站在此岸與彼岸的交界。在這層意義上，青野利一郎的離開，對於因血腥案件而與良助和松太郎分離的阿近，可說是一次嚴峻的考驗。

幸運的是，利一郎顯然明白阿近的心境變化，而儘管阿近還是無法昂然說出「祝你幸福」，卻也立下了「不會成爲『倉庫大人』」的決心。

「聽過就忘，說完就忘」，可能嗎？

在小說中，阿近會再三強調「黑白之間」的規矩，是「聽過就忘，說完就忘」。在三島屋宇宙中，有些說故事的人毫不在意，有些人會再三確認。無論如何，我們都甚少去質疑這樣的一個前提。然而拜石杖老師之賜，此次在閱讀《三鬼》時，突然想到，這是可能的嗎？對於這些或動人心魄，或感人至深的故事，我們眞的可能「聽過就忘，說過就忘」嗎？阿近有可能嗎？

毋庸置疑，那是非常困難的。實際上，我們所讀到的阿近到三島屋後的故事，也是依憑著這些該被遺忘的故事而來。那麼，爲什麼又要立下這樣的規矩呢？

或許是因爲，故事重要的，終究不是在故事本身。不是在事件的發生地，也不是在事件的眞實性，而是在於說故事者親身體驗的傳遞，以及聽故事的人因此觸發的思緒。儘管中間我們可能必須繞點路，確定這個體驗確實發生過，但到頭來，「說」和「聽」，才是故事最重要的本質。最終，透過「聽說」，故事改變著我們對於自己與對於世界的認知以及想像。

——仔細想想，比起百物語，這更像是終極的怪談吧，不是嗎？

作者簡介

路那

台大台文所博士候選人、「疑案辦」副主編、台灣推理作家協會成員。熱愛謎團但拙於推理，最大的幸福是躲在故事裡，希望終生不會失去閱讀的熱情。

宮部美幸

作品集／60

Miyabe Miyuki

三鬼

國家圖書館出版品預行編目資料

三鬼──三島屋奇異百物語四／宮部美幸著；高詹燦譯. -- 初版. -- 臺北市：獨步文化：家庭傳媒城邦分公司發行, 民 107.2
面； 公分. --（宮部美幸作品集：60）
譯自：三鬼──三島屋變調百物語四之続
ISBN 978-986-95724-5-3（平裝）

861.57　　106024000

SANKI-MISHIMAYA HENCHO HYAKUMONOGATARI YON NO TSUZUKI
by MIYABE Miyuki

Originally published in Japan by NIKKEI PUBLISHING INC., Tokyo.
Chinese (in complex character only) translation rights arranged with RACCOON AGENCY INC., Japan through THE SAKAI AGENCY.

原著書名／三鬼──三島屋変調百物語四之続・原出版者／日本經濟新聞出版社・作者／宮部美幸・翻譯／高詹燦・責任編輯／陳盈竹・編輯總監／劉麗真・總經理／陳逸瑛・榮譽社長／詹宏志・發行人／凃玉雲・出版／獨步文化 城邦文化事業股份有限公司 台北市中山區104民生東路二段141號5樓 電話／(02) 2500-7696 傳眞／(02) 2500-1966; 2500-1967・發行／英屬蓋曼群島商家庭傳媒股份有限公司城邦分公司 台北市中山區民生東路二段141號11樓・讀者服務專線／(02)2500-7718; 2500-7719・服務時間／週一至週五：09：30-12：00、13：30-17：00・24小時傳眞服務／(02)2500-1990; 2500-1991・讀者服務信箱 e-mail／service@readingclub.com.tw・劃撥帳號／19863813 書虫股份有限公司・香港發行所／城邦（香港）出版集團有限公司 香港灣仔駱克道193號東超商業中心1樓／(852) 25086231 傳眞／(852) 25789337 E-mail／hkcite@biznetvigator.com 馬新發行所／城邦（馬新）出版集團 Cite (M) Sdn. Bhd. 41, Jalan Radin Anum, Bandar Baru Sri Petaling,57000 Kuala Lumpur, Malaysia. 電話／(603) 90578822 傳眞／(603) 90576622・書封&內頁插畫／北村さゆり・書封題字／北村宗介・裝幀設計／蕭旭芳・排版／游淑萍・印刷／中原造像股份有限公司・2018年2月初版・2022年6月17日初版六刷・定價／499元

Printed in Taiwan　ISBN 978-986-95724-5-3

獨步文化
APEX PRESS

廣　告　回　函
北區郵政管理登記證
台北廣字第000791號
郵資已付，免貼郵票

104台北市民生東路二段 141 號 2 樓

英屬蓋曼群島商家庭傳媒股份有限公司

城邦分公司

請沿虛線對摺，謝謝！

獨步文化
APEX PRESS

書號：1UA060	**書名**：三鬼—三島屋奇異百物語四	**編碼**：

請於此處用膠水黏貼

獨步文化 APEX PRESS

讀者回函卡

謝謝您購買我們出版的書籍！
請費心填寫此回函卡，我們將不定期寄上城邦集團最新的出版訊息。

姓名：______________________ 性別：□男 □女

生日：西元________年________月________日

地址：______________________

聯絡電話：______________________ 傳真：______________________

E-mail：______________________

學歷：□1.小學 □2.國中 □3.高中 □4.大專 □5.研究所以上

職業：□1.學生 □2.軍公教 □3.服務 □4.金融 □5.製造 □6.資訊
□7.傳播 □8.自由業 □9.農漁牧 □10.家管 □11.退休
□12.其他______________________

您從何種方式得知本書消息？
□1.書店 □2.網路 □3.報紙 □4.雜誌 □5.廣播 □6.電視
□7.親友推薦 □8.其他______________________

您通常以何種方式購書？
□1.書店 □2.網路 □3.傳真訂購 □4.郵局劃撥 □5.其他

您喜歡閱讀哪些類別的書籍？
□1.財經商業 □2.自然科學 □3.歷史 □4.法律 □5.文學
□6.休閒旅遊 □7.小說 □8.人物傳記 □9.生活、勵志 □10.其他

對我們的建議：______________________
____
____

□我已詳讀權利義務之相關條款，並同意遵守。

請於此處用膠水黏貼

宮部みゆき